KiWi
1557

Das Buch

Ein in die Jahre gekommener Sehnsuchtsort, eine Betonkuppel inmitten der Alpenidylle zwischen Südtirol und Österreich: Der Brenner, kein Ort zum Verweilen. Ausgerechnet hier müssen Commissario Grauner und sein neapolitanischer Kollege Saltapepe einen grausamen Mord aufklären. Das Opfer: ein alter Mann. Er lebte zurückgezogen, spielte täglich mit seinen schweigsamen Freunden aus Jugendtagen eine Partie Karten. Als diese befragt werden sollen, verschwindet einer von ihnen spurlos. Und ein alter Koffer birgt Hinweise darauf, dass der Fall mit der tödlichen Tragödie zusammenhängen könnte, die sich vor vielen Jahren auf dem Hof von Grauners Eltern zutrug. Eine Tragödie, für die er auch heute, nach so vielen Jahren, keine Erklärung hat.
Währenddessen folgt Ispettore Saltapepe rätselhaften Zeichen, die ein Unbekannter am Fundort der Leiche hinterlassen hat, und gerät dabei selbst in Gefahr. Dort, wo einst Staatsmänner, Schriftsteller, Händler und Weltenbummler Station machten, ist die Ruhe der Nacht trügerisch.

»Erstklassiger Krimistoff«
SWR

»Koppelstätters Krimi ist so spannend, dass man die Nacht durchliest.«
Freundin

Der Autor

Lenz Koppelstätter, Jahrgang 1982, lebt nach über zehn Jahren in der deutschen Hauptstadt heute wieder in Südtirol, wo er geboren und aufgewachsen ist. Nach dem Studium der Politik in Bologna und der Sozialwissenschaften in Berlin absolvierte er in München die Deutsche Journalistenschule. Als Autor und Medienentwickler arbeitet er für zahlreiche renommierte Verlage, Magazine und Zeitungen. Die Kriminalreihe um Commissario Grauner ist ein großer Erfolg bei Lesern und Presse.

LENZ KOPPELSTÄTTER

NACHTS AM BRENNER

Ein Fall für
Commissario Grauner

Kiepenheuer & Witsch

Personen und Handlung dieses Romans sind frei erfunden.
Die Schrecken des Krieges sind es nicht.
Sie müssen uns ein Mahnmal sein – für immer.
Wir dürfen nicht vergessen.

In Bezug auf manche Ortsbeschreibungen nimmt sich das Buch kleine Freiheiten heraus.

FSC
www.fsc.org
MIX
Papier aus verantwortungsvollen Quellen
FSC® C083411

Verlag Kiepenheuer & Witsch, FSC® N001512

7. Auflage 2021

Umschlaggestaltung: Barbara Thoben, Köln
Umschlagmotiv: © plainpicture/Ingrid Michel
Karten auf beiden Umschlaginnenseiten: Oliver Wetterauer
Illustration als Abschnittstrenner im Text: Oliver Wetterauer
Gesetzt aus der Minion
Satz: Buch-Werkstatt GmbH, Bad Aibling
Druck und Bindung: CPI books GmbH, Leck
ISBN 978-3-462-05008-0

Prolog

Im Dunkeln gibt es keine Schatten. Die Nacht macht alle Menschen gleich. Ob du gut bist oder böse, ob du stark bist oder schwach, ob Gauner oder Gottesmann, wurscht! Das Dunkel der Nacht macht keinen Unterschied, es verdeckt, es umhüllt, es macht Geschehenes ungeschehen, Gesehenes ungesehen.

Nicht die Nacht ist es, die uns Angst macht. Nein, vor der Nacht fürchten wir uns nicht, sagen die Bahnhofsangestellten am Brenner. Ihr Dunkel ist wohlig und warm, sagen sie. Ihre Geräusche beruhigend und sanft. Nur ein leises Rauschen tönt von der Autobahn her. Die Weichen am Bahnhof stehen still. Nur der eine, letzte Nachtzug kommt noch, aus der Ferne sind die gelben Lichter schon zu sehen, die groß und größer werden und bald blenden wie Sonnen. Dann bremst er, der Zug, und beim Bremsen quietscht es, die Bahnbeamten hören ein Schnaufen und Zischen, obwohl da gar nichts mehr schnauft und zischt bei den neuen Zügen der Ferrovie dello Stato. Eingebrannte Nostalgie.

Niemand steigt aus. Alle schlafen in den Liegewaggons. Trotzdem muss der Zug halten. Weil in diesem Niemandsland zwischen Italien und Österreich zwar keine Grenzkontrollen mehr stattfinden, aber die Lok immer noch von Gleichstrom auf Wechselstrom umgestellt wird.

Nur der Lokführer hüpft heraus, er nimmt den heißen Kaffee gerne an, den ihm der Bahnvorsteher reicht. Er zieht an der Zigarette, die beiden wechseln nicht viele Worte, ein Handschlag, dann rollt der Zug, der sich grad noch von Sterzing hochgekämpft hat, schon wieder runter nach Innsbruck.

Es ist nicht die Nacht, die das Unheil bringt, sondern ihr Verschwinden, sagen die Lokführer, die Zugführer, die Bahnvorsteher, die Gleisarbeiter am Brenner. Weil dann alles zum Vorschein kommt, was die Nacht verdeckt hat. Weil sie eisig daherkommt, diese Höllenstund', in der das dunkle Schwarz und das helle Blau um den Himmel ringen.

Minus zwei Grad zeigt das Thermometer am Bahnsteig an. Im Ofen in der Stube ist das letzte Scheit längst verglüht, nur beißender Rauch steigt noch auf. Da reicht das eine dünne Laken nicht, auch jetzt nicht, im Hochsommer, wenn die Sonne tagsüber ihre schweren Strahlen gegen die Felsen knallt, die den Brenner umzingeln. Jetzt, zu Ferragosto, wenn sich weit unten in den Tälern die Leut' nachts in der Hitze schlaflos wälzen, wenn ihnen Mücken um die Nasen tanzen, wenn sie genervt das Licht anmachen, um mit dem Kissen die kleinen, summenden, nervigen Viecher zu jagen, wenn die weiße Wand zum blutroten Schlachtfeld wird.

Nicht am Brenner. Am Brenner überlebt keine Mücke. Am Brenner gibt es keinen Sommer. Am Brenner ringen immerfort alle Jahreszeiten miteinander. Jede Stund', jeden Tag, jede Woch' – das ganze Jahr über, immer schon. Hier oben, am

Brenner, wo die Nacht besonders schwarz, wo das Morgengrauen besonders grausam daherkommt.

Giuseppe Bertoldo hatte den Mantelkragen hochgeschlagen und lief von den alten Bahnarbeiterwohnungen in Richtung des Dorfes und des Bahnhofs. Er brauchte für diese Strecke kaum zehn Minuten. Wenn er Frühschicht hatte, lief er sie im Halbschlaf. Weit vor ihm tauchte die Polizeistation auf, ein graues Monster aus Beton, dahinter befand sich die kleine Kapelle, dem heiligen Valentin gewidmet. Sie war umzingelt von den wenigen Häusern der Ortschaft, ein paar Geschäften, verfallenen Hotels, der *Brennerbar*, wo tagsüber die Carabinieri, Polizisten und Finanzer, der ein oder andere Lkw-Fahrer und der Wirt ein Gläschen zusammen tranken und eine Partie Karten spielten. Am Ende des Dorfes lag das Outlet-Center im Dunkeln.

Früher hatte Bertoldo sein Schicksal verflucht, heute machte er das nicht mehr. Längst hatte er sich ausgesöhnt mit dem, was ihm sein Leben bereitgehalten hatte. Das ist das Wichtigste, sagte sich Bertoldo, wenn er über Grundsätzliches, über Gott und die Welt nachdachte: nicht zu viel wollen. Wer zu viel will, ist nie zufrieden. Das annehmen, was das Leben einem bietet. Nicht mehr erwarten.

Vor langer Zeit, da hatte er sich verbrannt an diesem *Mehr* und an der Liebe. Damals, als er noch jung gewesen war. Als er als Capotreno, als Zugführer, immerfort von Lecce zum Brenner hoch- und zurückgefahren war. Als ihm die jungen Touristinnen aus bella Germania in den Abteilen noch lustvoll hinterhergeschaut hatten. Als er noch ein junger, fescher Mann gewesen war. Als er sich in diese junge Südtirolerin verliebt hatte, die in Verona immer mit ihm eine Zigarette geraucht hatte, bevor sie nach Bologna weitergefahren war. Die er sich eines schönen Tages getraut hatte zu fragen, ob er sie in eine Osteria einladen dürfe. Die er geheiratet hatte, in Brixen, obwohl ihr Vater ihm nicht getraut hatte – ein Italiener! Ein Pugliese! –, ihre Mutter aber hatte ihn sofort in ihr großes Herz geschlossen.

Er war zu seiner Frau gezogen, in dieses Südtirol, in diese bergige Provinz, in der die Menschen ein klobiges Italienisch und ein unverständliches Deutsch sprachen.

Zu schön, zu perfekt war das wohl gewesen. Je schöner das Leben, desto tiefer der Abgrund, der sich vor einem auftut. Diesen Abgrund, in den der liebe Gott ihn da hatte fallen lassen, den würde er ihm nie verzeihen.

Seit seine Frau gestorben war, die Susanne, abgestürzt am Hochfeiler, mit dem Kind im Bauch, hatte er kein Gebet mehr gesprochen, in keine Kirche mehr einen Fuß gesetzt, kein Weihwasser die Haut benetzen lassen. Und nie wieder hatte er einen Wunsch an das Leben geäußert, nie wieder ein bisschen Glück zu erhoffen gewagt. Er hatte beschlossen, nichts mehr zu wollen. Um nichts mehr zu verlieren.

Bertoldo hatte sich in den Innendienst versetzen lassen. Als sein Vorgesetzter ihn gefragt hatte, wohin er denn wolle, sicher doch zurück nach Apulien, zurück nach Lecce, um alles zu vergessen, das ließe sich organisieren, da hatte er nur die Schultern gehoben und gesagt, er möge doch dahin versetzt werden, wohin kein anderer wolle. Egal, hatte er gesagt. Und wenn ihr mich auf den Brenner versetzt. Auf den dunklen, kalten, bösen Brenner. Von mir aus auch auf Lebenszeit.

Rechts der Straße tauchte der Bahnhof auf, hinter dem die Autobahn verlief. Sie lag um diese Uhrzeit da wie tot. Kein

Handelsreisender. Kein Lkw. Kein Tourist, der nach Süden wollte.

Frühmorgens, auf dem Weg zur Arbeit, während dieser lautlosen Momente, kamen Bertoldo die immergleichen Gedanken: Was, wenn die Menschheit stillstünde und nur ich es nicht bemerkte? Was, wenn alle weg wären, der Welt abhandengekommen, nur ich nicht?

Schnellen Schrittes ging er weiter. Die Kälte ließ seinen Atem weiß werden. Der Schotter des Straßenrands knirschte unter seinen Schuhen. Er hatte den Eingang des Bahnhofsgebäudes beinahe erreicht, da sah er etwas im Licht der orangefarbenen Laternen blinken, da lag etwas auf der Straße. Eine Münze vielleicht, nein, eher ein glänzender Kieselstein. Bertoldo ging näher heran, bückte sich, und hob das Ding hoch.

Er hielt es nah vor die Augen, drehte und wendete es. Es war ein Stück Zahn. Er schaute sich um, fragte sich, was damit zu machen sei. Zurücklegen? In den Straßengraben werfen? Einstecken? Zu einem Fundbüro bringen? Gab es denn noch Fundbüros? Vielleicht sollte er das Stück im Outlet-Center oder in der *Brennerbar* abgeben? Blödsinn!

Würde ein Mitarbeiter des Outlet-Centers um zehn Uhr, wenn die Tore öffneten, sich etwa das Mikrofon schnappen und über die Lautsprecher verkünden: »Ein Stück Zahn gefunden! Wer einen Zahn vermisst, der hole ihn bitte am Info-Point ab«?

Würde der Wirt der *Brennerbar* einen Zettel mit einem Foto des gefundenen Stücks an die Tür kleben?

Bertoldo schaute noch einmal zu Boden. Da, wo der Zahn gelegen hatte, war der Asphalt dunkel gefärbt. Er sah, dass der Fleck in eine Spur überging. Er folgte ihr, sie führte die Hauptstraße entlang, den Weg, den er gegangen war, wieder zurück in Richtung Süden. Mal verschwand der dunkle Streifen, mal war er deutlich zu sehen. Bertoldo war etwa dreihundert Meter gelaufen, weiter vorne tauchte schemenhaft die Bahnarbeitersiedlung auf, da sah er auf der Straße wieder etwas liegen. Es glich einer Wattekugel. Er musste vorhin, im Halbschlaf, daran vorbeigetrottet sein.

Bertoldo ging noch ein paar Schritte heran. Von Nahem sah die Watte aus wie Erbrochenes. Hatte einer der Lkw-Fahrer die Meraner Würstchen vorne am Würstlstandl gestern Abend mit zu viel Bier ersoffen? Erst als der Bahnbeamte sich bückte, sah er, was es war.

Er hielt die Luft an, kurz wurde ihm übel. Mit zitternder Hand berührte er die schwammige Masse. Sie war noch warm.

13. August

1

Grauner spürte, wie sich die Schweißperle löste. Erst kam sie nur stockend voran, wie eine Badehose auf einer trockenen Wasserrutschbahn. Dann nahm sie Fahrt auf, sprintete den Rücken hinab und kitzelte ihn an den untersten Wirbeln. Der Commissario fuhr sich mit den Händen übers Gesicht und die Arme, doch es half alles nichts. Er war völlig verschwitzt.

Die Luft war dick, es schien, als könnte man sie mit den Händen fassen, zu Knödeln formen. Die Fensterläden der Questura waren geschlossen, doch die Hitze drang durch jede Ritze des morschen Holzes. Schon seit Jahren forderten die Mitarbeiter der Polizia di Stato eine Klimaanlage, doch da war nichts zu machen.

Grauner schnappte sich die Wasserflasche, beim Berühren des Plastiks spürte er, dass der Inhalt teewarm war. Er schleppte sich auf den Gang, schleppte sich zu den Toiletten, hielt den Kopf in das Waschbecken und drehte den Hahn auf. Kaltes Gebirgsnass. Wie gut das tat.

Es gab Tage, da hätte Johann Grauner, der im Hauptberuf Commissario in Bozen war und nebenher Viechbauer, sein Leben am liebsten mit dem einer seiner Milchkühe getauscht. Mit der Mara, der Mitzi oder der Olga. Besonders im Sommer überkam ihn dieses Verlangen. Jetzt, da seine Kühe auf den Wiesen eines befreundeten Almbetreibers standen. Die frische Sommerkühle in der Früh, der Duft des aufgeheizten Grases, der Klee, die Glockenblumen, die Vergissmeinnicht, die Bienen und Hummeln, die sich arglos mit einem Schwanzschwenker verscheuchen ließen, die frischen Kuhfladen, die über der Baumgrenze ganz anders rochen als unten im Stall. Würziger. Wie Delikatessen. Ein himmlischer Duft, der mit jedem kräftigen Bergkäse mithalten konnte.

Nur eines würde er als Kuh auf der Alm vermissen: seine geliebten Mahler-Sinfonien, die er immerfort zu hören pflegte, im Stall, im Auto, in der Stube auf der Ofenbank.

Grauner summte auf dem Weg zurück ins Büro die ersten Takte von Mahlers *Lied von der Erde* vor sich hin, als ihm der Ispettore entgegenstürzte. Auch Claudio Saltapepe schwitzte, und Grauner spürte, wie sich die Schadenfreude in ihm ausbreitete. Sein Kollege aus Neapel, der sich tagein, tagaus über die für seinen Geschmack zu niedrigen Temperaturen in dieser Alpenprovinz beschwerte, über die eiskalten Winter, die ihm nicht behagten, weil er bislang weder auf Skiern noch auf Schlittschuhen gestanden hatte, weil er noch nie einen Schneemann gebaut hatte oder in eine Schneeballschlacht verwickelt gewesen war.

Saltapepe schwitzte und keuchte, als er bei Grauner ankam, sodass er die ersten Worte nur halb und unverständlich herausbrachte.

»Gerade hat jemand angerufen. Vom Brennero. Von der

Staatsgrenze. Der örtliche Commandante der Polizei. Er … er … Wir sollen hochfahren.«

Grauner blieb ganz ruhig. Die vielen Jahre als Commissario hatten ihn gelehrt, dass man noch lange nicht irgendwo hinzueilen hatte, nur weil jemand aufgeregt in der Questura anrief. Man musste diese Aufgeregtheit an sich abperlen lassen. Sonst machte man sich verrückt. War ja klar, dass jemand, der hier anrief, aufgeregt war. Schließlich war die Polizeistelle keine Pizzeria, bei der man sich nach den Öffnungszeiten erkundigte, kein Kino, bei dem man Karten reservierte, keine Radiostation, bei der man sich sein Lieblingslied wünschte.

Jeden Tag wurde in der Questura der Polizei oder in der Kaserne der Carabinieri aufgeregt angerufen. Um den Nachbarsbauern anzuschwärzen, weil der die Granny Smith vom eigenen Moos geklaut habe. Um sich über die Polizeistreife zu beschweren, die abends nach dem Feuerwehrfest eine Alkoholkontrolle durchgeführt hatte. Das sei ja eine Unverschämtheit, ausgerechnet nach dem Feuerwehrfest, warum nicht morgens, nach der Messe? Und warum waren der Bürgermeister und der Feuerwehrhauptmann, die auf dem Fest stundenlang am Schnapsbudl gezecht hatten, nicht kontrolliert worden?

Viele riefen auch einfach nur an, um sich zu entrüsten. Über irgendetwas. Über das Wetter, über den Landeshauptmann, der es nicht für nötig gehalten hatte, zum letzten Almabtrieb ins Passeiertal zu kommen. Über das laute Sirenengeheul letzte Nacht in Gfrill, wo Grauners Leute zwei um die Gunst einer Magd streitenden Bauern davon abgehalten hatten, mit zerbrochenen Blauburgunderflaschen aufeinander loszugehen. Der ganz normale Provinzpolizistenwahnsinn.

Eigentlich liebte Grauner sie ja, diese Anrufe. Wenn er

sich die Probleme anderer Leute anhörte, kamen ihm die eigenen so klein und nichtig vor. Solange nichts Schlimmeres passierte, war doch alles in bester Ordnung, hier, in diesem beschaulichen Südtirol, wo der Himmel blauer strahlte, wo der Gipfelschnee des Ortler, des König, des Klockerkarkopf weißer schien, wo der Kalkfels der Dolomiten abends röter glühte als andernorts, wo der Vernatsch einen fröhlich machte und der Speck satt.

Solange kein Mord passierte, hier, an diesem wunderschönen Fleckchen Erde, so lange hörte sich Grauner diese Anrufe gerne an, geduldig, durch nichts aus der Ruhe zu bringen, so, wie seine Mara, seine Mitzi, seine Olga das Heu zu kauen pflegten. Solange er sich nicht um eine Leiche kümmern musste, besonders bei der schwülen Hitze, so lange war die Welt für ihn in Ordnung.

»Grauner!«

Saltapepe riss den Commissario aus den Gedanken.

»Ja, Claudio, warum sollen wir denn an den Brenner kommen? Gibt's eine Leiche, denn wenn es keine Leiche gibt, dann …«

»Ja, es gibt wohl einen Toten«, unterbrach ihn der Ispettore. »Zumindest Teile davon. Die haben da Stücke von Zähnen gefunden – und Gehirnmasse. Mitten auf der Straße. Sieht alles nach einem schrecklichen Verbrechen aus.«

2

Die Blechkolonne der Polizeiwagen zog sich über die Autobahn durch das felsige Eisacktal. Commissario Grauner saß bei Saltapepe im Alfa, das Blinken der Blaulichter spiegelte sich in den Fenstern der Autos, die sich, von den Sirenen erschrocken, zwischen den Lkw in der rechten Spur einreihten.

Die Autobahn verlief auf hundert Meter hohen Betonsäulen, sie verschwand in orange erhellten Tunneln. Irgendwo da auf dem Berg stand auch Grauners Bauernhof, da oben war das Paradies, man konnte nicht hinuntersehen in die tiefe Schlucht, durch die schon die Römer ihrerzeit gen Norden gezogen waren.

Am Berg war alles grün, von Grauners Bauernhof aus war der Blick auf den Schlern unverstellt. Unten war alles dunkel und grau. Die Autobahn kreuzte die rostbraunen Gleise der Zugstrecke und die blauen Wirbel des Eisacks, der sich über Jahrtausende in den Felsen gegraben hatte. Diese Strecke war die pulsierende Hauptschlagader des Landes, durch die man in die verästelten Täler und zu den idyllischen Postkartenorten zwischen den Bergen gelangte.

Saltapepe drückte aufs Gaspedal. Es waren nur hundertzehn Stundenkilometer erlaubt, der Tacho zeigte hundertsechzig an. Grauner verstand diese Hektik nicht, diese Eile, das hatte er noch nie getan. Die Leiche würde bleiben, wo sie war, und ja, man musste geschwind zu ihr eilen, weil erste Spuren, erste Zeugenreaktionen immer das Wichtigste waren, um Fälle zu lösen. Aber es ging doch nicht um Sekunden.

Grauner verdrehte die Augen, als Saltapepe einen deutschen Urlauber mit Kanu auf dem Dach und zwei Fahrrädern am Heck seines polierten silbernen C-Klasse-Mercedes nach rechts hupte. Eigentlich mochte der Commissario die Autobahn. Dank ihrer Hässlichkeit erschien seine Heimat drumherum noch schöner. Außerdem gab ihm die Betonspur das Gefühl, immer wegfahren zu können, wenn er es wollte. Bisher hatte er es allerdings noch nie gewollt.

Man muss sich die Welt anschauen, um zu verstehen, dass es zu Hause doch am schönsten ist.

An diesen Spruch hatte Grauner noch nie geglaubt. Hier war es schön genug, mehr musste er nicht wissen. Er schaute sie gerne an, diese Autobahn, er sah zu, wie sie alle hin- und herfuhren, und es wunderte ihn, wie viele Menschen hin- und hermussten, selbst sonntags, selbst zu Weihnachten. Er war froh, keiner von ihnen zu sein.

Er mochte die Autobahn, wenn er mit etwas Abstand den Verkehr darauf beobachten konnte. Er mochte sie nicht, wenn er selbst darauf unterwegs war. Dann war sie ihm nicht geheuer. Vom freien Fall auf das Gestein und in den Eisack nur durch eine Leitplanke getrennt.

Saltapepe fuhr zu schnell in eine der Kurven, er musste abbremsen, zurückschalten. Grauner warf es zuerst nach links, dann nach vorne, der Sicherheitsgurt hielt ihn zurück.

»Scusami«, entschuldigte sich der Ispettore und schaltete wieder in den Fünften.

Bei Brixen wurde das Land etwas flacher, das Wipptal löste das Eisacktal ab, Sterzing war aufgetaucht und wieder im Rückspiegel verschwunden, kaum merklich zog die Steigung nun an, der Alfa tat sich schwer, er war für ebene Autobahnstrecken zwischen Mailand und Modena gemacht, nicht um zum Pass der Pässe zu gelangen. Zu diesem niedrigsten und doch widrigen Übergang der Alpen. Zu diesem Nadelöhr Europas.

3

Normalerweise, wenn Grauner und seine Männer zu einem Tatort kamen, hatte sich da schon eine Menschenmenge versammelt. Ein Toter, insbesondere ein Ermordeter, das sprach sich schnell herum in den Dörfern Südtirols, das erzählte der Bäcker frühmorgens den Frauen, mittags, bei Speckknödeln und Gulasch, wurde bereits spekuliert, wer es wohl gewesen sei, und nachmittags traf man sich im Gasthaus oder auf den Kirchenbänken, um in großer Runde zu besprechen, was nun zu tun sei, um zu beklagen, dass das ausgerechnet im eigenen Dorf … dass man das von dem Verdächtigen nie erwartet … dass man sich immer schon gedacht habe, dass grad mit dem etwas nicht stimme.

Normalerweise war es Grauners erste Aufgabe, den Tatort freizuhalten, die Neugierigen zu vertreiben, die Flut von Gerüchten und Anschuldigungen zu kanalisieren und Wichtiges von Unwichtigem zu trennen. Doch als sie den Brenner erreichten, war da keine Menschenmenge zu sehen. Es war alles wie an jedem anderen gewöhnlichen Sommertag.

Drüben auf der Autobahn rauschte der Verkehr in beide Richtungen. Am Straßenrand reihten sich vom Bahnhof bis zum Outlet-Center die Touristenautos aneinander.

Zwei deutsche Familien hievten Einkäufe in die Kofferräume ihrer Autos. Designerjeans von Armani und Diesel; eingeschweißte Speckhammen, kiloschwer; Dreierkartons Wein, Vernatsch, Lagrein und natürlich den süßen Gewürztraminer. Schokolade, XXL-Tafeln aus Ferrara; Parmesan aus der Provinz Reggio Emilia; Holunderblütensirup; unzählige Packungen Kaffeepulver von Lavazza und ein paar Äpfel aus dem Unterland – für unterwegs. Einer der Familienväter hatte die neu gekaufte Lederhose bereits über die dicken schneeweißen Waden gezogen, jede Sekunde drohte das Kunstleder zu platzen, an einem Plastikhirschgeweihkopf, der neben ihm auf dem Boden lag, hing noch das Preisschild: 39,90 statt 89,90.

Eine Gruppe Rennradfahrer schlängelte sich an einer Touristenhorde vorbei. Sonnenverbrannte Unterarme, Leibchen der Giro-d'Italia-Idole: Gianni Bugno, Claudio Chiappucci, Marco Pantani. Kaum Schweiß auf der Stirn. Der Brenner mit seinen 1370 Höhenmetern war ein Klacks auf dem Weg zu den richtig hohen Alpenpässen.

Die Touristen schlenderten die Marktstände und kleinen Geschäfte entlang. Einst war der Brenner ein florierender Handelsort gewesen. Aus Österreich waren sie gekommen, um auf italienischer Seite billige Zigaretten zu kaufen. In Österreich waren dafür die Bananen günstiger zu haben.

Die ausgeblichenen Rollläden eines Gemischtwarenladens waren geschlossen. *Vendesi* stand darauf. Zu verkaufen.

Was einst ein Dorf gewesen war, war nur noch ein Abklatsch der Vergangenheit mit angebautem Einkaufstempel. Die Berge untertunnelt von monströsen Bohrmaschinen, irgendwann würde dort der Güterverkehr durchrasen. Die meisten Dorfbewohner waren weggezogen in den vergangenen Jahren. Weil es sich ohne Grenze an diesem Ort nicht mehr zu leben lohnte. Nur ein paar wenige Polizisten waren geblieben, und einige Bahnbeamte. Der Handel war zum Erliegen gekommen, nur der Schmuggel florierte nach wie vor. Keine Bananen und kein Tabak wurden mehr illegal über die Wasserscheide gebracht, aber nach wie vor Drogen, Waffen und Menschen.

An einem Kreisverkehr standen sich die italienischen Finanzer und die österreichische Grenzgendarmerie gegenüber. Sie winkten die wenigen Autos durch, die über die Staatsstraße zum Pass kamen. Das Winken, ein Reflex, in der DNA von Grenzpolizisten verankert. Nicht wegzubekommen, auch wenn die Grenze offen war. Die monströsen Maschinengewehre, die sie jahrzehntelang im Anschlag gehalten hatten, verstaubten in den Kasernen. Sie waren Reliquien einer Zeit, in der Italien und Österreich noch ihren eigenen kleinen Kalten Krieg inszenierten.

Auf einem Parkplatz zwischen dem Bahnhof und dem Outlet-Center wartete schon der Polizeikommandant der Brenner-Station. Er lehnte an der Fahrertür eines dunkelblauen Panda und rauchte. Neben ihm stand ein hochgewachsener unscheinbarer Kollege. Sie unterhielten sich mit einer älteren Dame. Sie musste so um die sechzig sein. Auch ein Mann in der Uniform der Beamten der Ferrovie dello Stato stand dabei.

Die Autos der Staatspolizei aus Bozen hielten nebeneinander. Grauner und Saltapepe stiegen als Erste aus. Der Commissario atmete die Brennerluft ein. Obwohl die Abgase nur wenige Meter weiter auf der Autobahn aus den Auspuffen gepumpt wurden, obwohl die Tankstellen den Sauerstoff mit Benzin und Diesel versetzten, war die Luft klar und kalt. Eine Wohltat an diesem heißen Augusttag.

»Grüß Gott«, sagte Grauner in die Runde. »Commissario Grauner von der Polizia di Stato in Bozen. Sie haben uns gerufen. Ein Mord?«

Der Polizeikommandant ging einen Schritt auf den Commissario zu, reichte ihm die Hand und musterte ihn dabei misstrauisch. Der Mann war einen Kopf kleiner als Grauner, seine Uniform spannte um den Bauch, im spiegelblank polierten, kniehohen rechten Stiefel klemmte eine Verkehrskelle.

»Ich, äh, Ispettore Superiore Paolo Ceccanti mein Name, eigentlich ging ich davon aus, ich würde die Leitung inne…«

Das geht ja gut los, dachte Grauner. Seine Miene verfinsterte sich. Ihm war bekannt, dass die wenigen am Brenner stationierten Polizisten mehr oder weniger ein sinnbefreites Eigenleben führten. Als im Zuge des Schengener Abkommens die Grenzen geöffnet wurden, hätte man sie abkommandieren müssen, sie waren aber im Wirrwarr der italienischen Polizeikompetenzen in Vergessenheit geraten.

Wenn die Grenze wegen eines politischen Ereignisses geschlossen wurde, spielten sich die verbliebenen Beamten groß auf. Wenn eine Gruppe Flüchtlinge es von Lampedusa bis an den Brenner schaffte und die Presse davon Wind bekam, holten sie die alten Panzerwagen aus der Garage – und durften sich für ein paar Stunden und Tage wieder so wichtig fühlen wie früher.

Klar, dachte Grauner, dass dieser Brenner-Kommandant so einen Mord als Chance begriff, sein Selbstwertgefühl aufzupeppen. Klar, dass ihm ein Commissario aus Bozen dabei nicht gelegen kam.

»Hören Sie, Ceccanti«, sagte Grauner, um einen Machtkampf im Keim zu ersticken, »wir sind im Auftrag der Staatsanwaltschaft unterwegs. Staatsanwalt Dr. Martino Belli hat mir die Ermittlungen zugewiesen. Er selbst wird auch bald vor Ort sein. Wir sind nicht hochgekommen, um den Verkehr zu regeln.« Er schaute herablassend auf den Stiefel des Kommandanten. Grauner spielte sich nicht gerne auf, aber nur das würde helfen. »Ich bin hier, weil es einen Mord gegeben haben soll. Also, wo ist die Leiche?«

»Äh, beh, das ist … das kann ich nicht …« Dieses *beh* bedeutete so viel wie: *Ich kann nichts dafür!* Der Kommandant blickte erst verlegen zu Boden, dann hilfesuchend zu der Frau, die nun ebenfalls herangetreten war.

»Wie?« Grauner war nun laut geworden.

Einige der Passanten, die von den geparkten Autos zum Outlet-Center strömten, schauten zu der eigenartigen Versammlung rüber. Ein Teenager machte bereits Selfies mit den Polizeiwagen im Hintergrund.

Die Frau räusperte sich.

»Mein Name ist Katharina Wieser. Der Bahnvorsteher, Herr Giuseppe Bertoldo …«, sie zeigte auf den Mann in Eisenbahneruniform, »… hat heute im Morgengrauen Stücke von Zähnen auf der Straße gefunden, außerdem Blut. Erst dachte er, es sei vielleicht Motoröl, dann aber fand er noch ein Stück Gehirn …«

»Im Morgengrauen!«, schrie Grauner. Das war ihm alles zu verrückt. Normalerweise kam man als Commissario an einen Tatort, da lag irgendwo eine Leiche, die gerade gefunden worden war, man schaute sich die Leiche an, der Chef der Spurensicherung, die in Südtirol Scientifica genannt wurde, unterrichtete einen über die Todesursache, erwürgt, erschossen, ertränkt, erstochen, was auch immer, dann verhörte man die Augenzeugen, es kristallisierten sich erste Verdächtige heraus, die Ermittlungen begannen. Aber hier?

»Im Morgengrauen? Warum, um Gottes willen, haben Sie uns dann erst mittags verständigt?«

Die beiden Polizisten und der Bahnbeamte wichen einen Schritt zurück. Nur die Bürgermeisterin hielt Grauners Gebell stand und antwortete kühl.

»Herr Bertoldo hat zuerst mich und den Kommandanten angerufen. Ich wohne unten in Gossensass, ich bin also hochgekommen und habe mir die … äh … Fundstücke angeschaut. Wir waren ja noch gar nicht sicher, ob das die Zähne und das Gehirn eines Menschen waren. Daran wollten wir zunächst gar nicht denken. Ich vermutete, das stamme von einem Tier, einer Kuh oder einem Hirschen. Deshalb haben wir erst einmal weitergesucht.«

Grauner atmete nun tief ein und aus, er versuchte vergeblich, seinen Ruhepuls zu finden. Das hatte ihm der Viechdoktor geraten, der den Kälbern seiner Kühe auf die Welt half und auch ihn manchmal untersuchte. Aber wie genau man das anstellte, das hatte Grauner noch nicht herausgefunden.

»Und dann haben Sie eine Leiche entdeckt und uns verständigt«, sagte der Commissario mit immer noch bebender Stimme. »Also zeigen Sie uns diese Leiche, sofort!«

Wieder traten die beiden Polizisten und Bertoldo einen Schritt zurück. Wieder antwortete die Bürgermeisterin unerschrocken.

»Nein. Wir haben die Straße und die nähere Umgebung abgesucht. Eine Leiche haben wir nicht gefunden, aber etwas anderes.«

Sie drehte sich um und ging zum Panda der beiden Polizisten vom Brenner.

Nun erst bemerkte Grauner das weiße Tuch, das auf der Motorhaube des Autos lag. Neben dem linken Vorderreifen stand eine Kühlbox, wie sie Campingurlauber zu ihrer Ausstattung zählten.

Sie versammelten sich um den Wagen, dann warf der unscheinbare lange Polizist einen Teil des Tuchs zurück.

Da lagen mehrere Stücke von Zähnen und die Fetzen einer Jeans. Sie waren mit dunklen Flecken versehen.

Einer der Polizisten hievte nun die Kühltruhe hoch, öffnete sie und bedeutete Grauner hineinzuschauen.

In der Truhe lagen zwei Plastiktüten, in der einen befand sich eine schwabbelige, rosafarbene Masse. Er hatte so etwas schon des Öfteren gesehen. Menschliches Gehirn an Tatorten. Das Gehirn einer Kuh auf dem Schlachthof. Sie ließen sich auf den ersten Blick nicht voneinander unterscheiden.

Der Commissario nahm die zweite Plastiktüte in die Hand. Er erkannte nicht sofort, was darin lag. Eine Kugel, eine runde Frucht. Als er den weichen Gegenstand drehte, fuhr er erschrocken zurück.

Eine waldgrüne Iris starrte ihm entgegen. Es war ein Auge. Das war nicht das Auge einer Kuh oder eines Hirsches. Das war das Auge eines Menschen.

Grauner fasste sich schnell wieder. Seine Gedanken hämmerten im Takt eines stotternden Traktormotors gegen die Kopfwand. Gemeinsam mit dem Ispettore ging der Commissario zu seinen Leuten zurück und erklärte die Lage.

»Was ist das für ein Ort, Grauner?«, fragte Saltapepe und blickte sich um. Der Commissario konnte sich ausmalen, wie unwirklich die Szenerie um sie herum dem Kollegen aus Neapel erscheinen musste. Wie eine unpassende Filmsequenz inmitten eines Heimatstreifens.

»Das ist der Brenner«, antwortete Grauner, nicht ohne Wehmut in der Stimme. »Kaputter Sehnsuchtsort für die deutschen und holländischen Wohnwagentouristen auf dem Weg in den Süden. Einstige Schmerzensgrenze für uns Südtiroler. Ein bisschen Österreich, ein bisschen Italien, ein Fleckchen europäisches Durcheinander, eine Betonkuppel inmitten unserer Alpenidylle. Kein Ort zum Verweilen. Lass uns diesen komischen Fall klären und verschwinden. Über den Brenner fährt man drüber, da bleibt man nicht. Den lässt man hinter sich.«

4

Es hatte sich herumgesprochen, dass die Polizei am Brenner eine große Suchaktion gestartet hatte. Das Geflüster war über das Örtchen Brennerbad runter nach Gossensass gewandert, von dort nach Sterzing, Brixen, Bozen und auf der anderen Seite der Grenze runter nach Innsbruck. Journalisten waren an den Pass gekommen, sie waren mit Schreibblöcken, Fotoapparaten und Kameras durch die Gässchen des Ortes geschlichen und hatten vermeintliche Augenzeugen ausgequetscht. Auf den Parkplätzen hatten die großen Sender ihre Übertragungswagen abgestellt und ihre Korrespondenten vor dem Bahnhofsgebäude in Stellung gebracht.

Inzwischen waren auch die Männer der Scientifica eingetroffen und hatten unter Anleitung ihres Chefs, Max Weiherer, mit der Arbeit begonnen. Die Fundorte wurden weiträumig abgesperrt, auch wenn Grauner ahnte, dass sie wahrscheinlich zu spät kamen. Viele Spuren waren von Autoreifen platt gedrückt, verschleppt, von Passanten und Schaulustigen totgetreten, vom Speichel, vom Schweiß der vielen Menschen mit fremder DNA kontaminiert.

Es war kurz vor vierzehn Uhr, als der Suchtrupp, bestehend aus Grauners Kollegen, vor Ort stationierten Polizisten und Carabinieri sowie einigen Männern der freiwilligen Feuerwehr von Gossensass die Suche auf die umliegenden Wälder ausweitete. Mit Drogenspürhunden der Polizei und mit Lawinenhunden der Bergrettung.

Um Viertel nach vier lag die Westseite des Brennerpasses bereits im Schatten. Im Osten ließ die Sonne das Laub des Mischwaldes golden erstrahlen, als einer der Polizisten keuchend und verschwitzt aus dem Wald gerannt kam. Er lief auf den Parkplatz zu, wo Grauner und Saltapepe gerade zwei Speckbrötchen zur Stärkung verschlangen. Sofort schwenkten die Kameras in ihre Richtung, Saltapepe gab sich alle Mühe, die Mikrofone der Journalisten auf Abstand zu halten. Der Polizist sah sich gezwungen, die Neuigkeit seinem Vorgesetzten ins Ohr zu flüstern.

»Wir haben ihn. Er liegt im Wald.«

5

»Das ist der Voltinger Jakob«, sagte die Bürgermeisterin und schaute auf den Toten hinab. Zumindest auf das, was von ihm zu sehen war, denn die Leiche war mit Laub, Erde und Moos bedeckt. So, als habe sie jemand mehr schlecht als recht verstecken wollen.

Grauner ging um die Leiche herum. Sie lag auf dem Bauch. Der Commissario war froh darüber. Er mochte sich das Gesicht des Mannes nicht vorstellen, wenn da überhaupt noch ein Gesicht zu erkennen war. Die Bürgermeisterin sprach weiter.

»Der ist aus der Gegend. Er hat einen Hof, unten, kurz vor Brennerbad, auf der anderen Talseite, jenseits der Autobahn. Er ist verwitwet. Er lebt alleine.«

Nun ergriff einer der Feuerwehrmänner das Wort: »Er … ich weiß nicht, welches Monster so etwas macht. Der Jakob war siebenundachtzig Jahre alt. Der hat nie irgendjemandem …« Die letzten Silben gingen in Schluchzen über.

Nachdem die Spurensicherung den Fundort inspiziert hatte, winkte Grauner Saltapepe heran, packte Weiherer am

Ärmel und zog die beiden ein paar Schritte weg, weiter in den Wald hinein.

Von hier aus, über der Talsohle, war durch die Blätter und Äste hindurch das Geschehen des Passes optimal zu überblicken: Die sattgelben Lampen des Bahnhofes leuchteten bereits, obwohl die Dämmerung noch lange auf sich warten lassen würde. Die Lichter der Tankstellen blinkten in bunten Farben wie bei einem überdimensionalen Flipper.

»Was ist mit diesem Mann geschehen?«, fragte Grauner den Chef der Scientifica, als sie weit genug weg waren, um von den anderen nicht mehr gehört zu werden.

Weiherer sprach die folgenden Sätze, als würde er von einem Sonntagsausflug zur Seiser Alm erzählen. Grauner war vieles gewohnt, aber die an Zynismus grenzende Nüchternheit vieler Kollegen im Angesicht eines Ermordeten – auch wenn sie dem eigenen Schutz diente –, konnte er auch nach all den Jahren nicht nachvollziehen.

»Dieser Mann ist allem Anschein nach heute Nacht über die Brennerstraße geschleift worden. Sein Gesicht ist bis zur Unkenntlichkeit aufgeschürft. Fast alle Zähne sind aus dem Mund gerissen, die Kleidung ist zerfetzt und die Wunden sind voller Dreck. Wir haben an den Hand- und Fußgelenken Plastikfetzen gefunden. Er war wohl mit einem Klebeband gefesselt.«

Grauner atmete tief aus. Hilflos knetete er die kribbelnden Hände, um das Blut zurück in die äußersten Gliedmaßen zu pumpen.

Er sah zu Saltapepe, der gelangweilt einen Kaugummi zerkaute. Diese Haltung, sie ärgerte ihn, aber Grauner sagte nichts. Er ahnte, was er zu hören bekommen würde. Eine Auflistung aller schrecklichen, menschenverachtenden Mordmethoden, die der Ispettore während seiner Jahre bei der Antimafia-Spezialeinheit in Neapel zu sehen bekommen hatte.

Grauner schluckte seine Wut hinunter und wandte sich wieder Weiherer zu.

»Durch die Straße geschleift. Das ist also die Todesursache?«

»Sieht danach aus«, antwortete der Chef der Scientifica. »Aber Genaueres muss die Gerichtsmedizin klären. Wir versuchen nun, den Weg anhand der Schleifspur zu rekonstruieren. Und wir versuchen herauszubekommen, was für ein Gefährt ihn hinterhergezogen hat.«

Weiherer musste Grauners fragenden Blick richtig interpretiert haben.

»Mithilfe der Reifenspuren könnte das klappen. Auto, Traktor oder Motorrad, mal sehen.«

Der Commissario brummte zustimmend. Auch wenn die Art Weiherers ihm nicht immer behagte, er schätzte sich glücklich, ihn an der Seite zu haben. In Gedanken sortierte er bereits die Aufträge, welche er schnellstmöglich zu vergeben hatte: Zusätzlich zu diesem Giuseppe Bertoldo mussten weitere Dorfbewohner befragt werden, er wollte eine Liste mit den Namen derer haben, die in der Nacht am Brenner gewesen waren, und er wollte wissen, ob eine dieser Personen irgendetwas mitbekommen hatte.

Jemand musste Kontakt zur österreichischen Gendarmerie aufnehmen. Die sollten auf ihrer Seite der Grenze Ermittlungen in die Wege leiten. Das würde schwierig werden. Der Tote war Südtiroler, er lag auf italienischem Boden. Die Österreicher würden sich nicht ihrer Ruhe berauben lassen. Schon gar nicht von einem italienischen Commissario. Grauner konnte es ihnen kaum verübeln. Umgekehrt würde er sich von einem österreichischen Gendarmen auch nichts sagen lassen. Er würde sich zumindest gehörig bitten lassen.

Er beschloss, Sovrintendente Piero Marché die Rolle des Bittstellers aufzuerlegen. Staatsanwalt Belli musste in der Zwischenzeit am Brenner angekommen sein. Grauner wollte ihn abfangen, bevor er mit irgendwelchem Halbwissen vor die Kameras trat. Am liebsten wäre es ihm, Belli würde vorerst überhaupt nicht mit der Presse sprechen, aber er vermutete, dass ihm dieser Wunsch nicht gewährt werden würde.

6

Die Bürgermeisterin war nicht mehr am Brenner und telefonisch nicht zu erreichen. Sie musste in den Hauptort Gossensass zurückgekehrt sein. Der Commissario und der Ispettore fuhren in Saltapepes Alfa die Brennerstraße hinunter, um sie zu finden. Einige von Weiherers Männern folgten ihnen. Katharina Wieser sollte ihnen den Hof des Toten zeigen. Den Lärm, das Blinken, den Beton hatten sie bald hinter sich gelassen, die Pfeiler und Fahrspuren der Autobahn waren hinter dem Grün der Bäume verschwunden, schon nach wenigen Minuten zeigte sich Südtirol wieder von der idyllischen Seite.

Weiter vorne erblickte Grauner die Hausanhäufung eines Örtchens, Gossensass, mittendrin überragte ein barocker Kirchturm die Dächer. Im Südosten schoss ein Stück Autobahn aus dem Wald heraus und auf der anderen Seite des Tälchens wieder in den Wald hinein, weit genug entfernt, um die Trasse bei flüchtigem Blick mit einem römischen Viadukt verwechseln zu können.

Saltapepe kurvte durch die engen Gassen des Dorfes, die holprigen Pflastersteine malträtierten die Stoßdämpfer. Auf der Terrasse der Bar gegenüber der Kirche saßen einige Dorfbewohner, Rotwein in den Gläsern. Ein paar Wandertouristen mit prall gefüllten Rucksäcken und Bergschuhen liefen die Gassen entlang, ein Brunnen plätscherte, eine getigerte Katze schlüpfte unter einem Holztor hindurch. Auf diesem Plätzchen war die Dorfbevölkerung versammelt. Eine Menschentraube hatte sich um Wieser gebildet. Die Bürgermeisterin sprach, wild gestikulierend. Saltapepe hielt, Grauner stieg aus, ging zu ihr hin.

»Frau Wieser, bringen Sie uns bitte zum Hof des Toten.«

Die Bürgermeisterin nickte und bewegte die Hände, als wollte sie Katzen verscheuchen. Das Grüppchen um sie löste sich auf, die Menschen verschwanden murmelnd in den Gässchen, hinter Ecken, hinter Haustüren. Wieser ging zu einem alten klapprigen Renault Quattro, stieg ein und fuhr los. Grauner und Saltapepe ebenso. Die Bürgermeisterin gab Vollgas. Ihr Auto verschwand immer wieder hinter der nächsten Ecke, während der Ispettore wiederholt bremste, weil er befürchtete, der Alfa würde nicht durch die schmalen Straßen passen.

Wieser lenkte ihr Auto aus dem Dorf hinaus, hoch Richtung Brenner, parallel der Autobahntrasse folgend, irgendwann bog sie in einen kleinen Schotterweg ab, ein dunkler Tunnel führte unter der Autobahn hindurch, auf der anderen Talseite fiel rechts eine von der Sommersonne verdorrte Wiese steil bergab, links säumten Ahornbäume den Weg. Weiter oben am Hang war dichtes Grün zu sehen.

Die Bürgermeisterin hielt am Straßenrand, etwas unterhalb stand ein altes Bauernhaus, mit einem hölzernen Stadel daneben. In der Talsohle rauschte der Verkehr. Obwohl

Grauner die Autotür noch nicht geöffnet hatte, hörte er bereits böses Hundegebell. Der Hof sah auf den ersten Blick unbewohnt aus.

Das Fell des Köters war dunkelbraun, drei der vier Pranken schimmerten grau, die Augen waren schwarz und die Zähne so weiß, als wären sie einer Hundezahnpastawerbung entsprungen. Der Schäferhund bellte nicht, er kläffte und knurrte wie das Donnergrollen eines Sommergewitters. Die Zunge hing ihm zur Schnauze hinaus, dickflüssiger Speichel platschte auf den staubigen Boden.

Das Tier zerrte an der Kette, die an der Hundehütte zwischen dem Eingang zum Hof und dem Stadel befestigt war. Mal legte sich die Kette wie eine eiserne Schlange auf den Sand, dann war sie wieder schnurgerade gespannt.

Weiherers Männer schlüpften in Ganzkörperanzüge und reichten auch den Ermittlern und der Bürgermeisterin weiße Handschuhe und Überschuhe. Dann gingen Grauner und Saltapepe, Wieser und die Spurensicherer ein paar Schritte zur Seite, sie versuchten an der linken Hauswand entlang zur Tür zu gelangen, aber die Kette reichte so weit, dass sich der Hund davor postieren konnte. Die Gruppe machte einen Rückzug.

»Soll ich?«, fragte Saltapepe.

Der Commissario verstand erst nicht, dann sah er, dass der Ispettore bereits die Beretta gezogen hatte. Grauner schüttelte angewidert den Kopf. Man konnte nicht alles erschießen, wovor man sich fürchtete. So funktionierte das Leben nicht. Er stellte sich in die Nähe der Tür, so, dass der Hund bis auf einen Meter an ihn heranreichte. Das Biest zerrte, kläffte, zerrte weiter. Grauner imponierte immer wieder, mit welcher Energie so ein Tier das eigene Haus verteidigte, er wusste aber auch, irgendwann würde die Erschöpfung einsetzen. Es war nur eine Frage der Zeit, diese Hunde waren starke Tiere, sie konnten einen Menschen zerfleischen, sie waren instinktgeleitet, treu, doch die Evolution hatte ihnen nicht beigebracht, sich die Kräfte einzuteilen.

Grauner sah dem Hund in die Augen und schmunzelte. Das Tier würde zerren und kläffen und schließlich todmüde zusammenbrechen. Dann würde er aus dem Trog, den er an der Scheune entdeckt hatte, etwas Wasser schöpfen und es dem Schäferhund hinstellen. Dieser würde die Flüssigkeit gierig in sich hineinschlecken und es würde ihn keine Sekunde mehr kümmern, ob die Besucher in das Haus gingen oder nicht.

»Wir können ums Haus herumlaufen«, schlug die Bürgermeisterin vor. Sie schrie gegen das Gekläffe an.

»Nein«, erwiderte Grauner. »Wir warten, erzählen Sie uns in der Zwischenzeit alles, was Sie über den Toten wissen.«

»Ich weiß nicht viel über den Jakob«, schrie Wieser weiter. Ihre Wangen leuchteten dabei wie Jonagold.

Wie viele Sommer auf der Alm mochten diesen Wangen ihre Farbe gegeben haben, fragte sich Grauner.

»Er … äh … war … Es gibt die, die viel reden und die, die viel schweigen. Er war einer von den Schweigsamen.«

»Hatte er Familie?«

»Was?«

Die Frage war im Lärm untergegangen, doch der Commissario hatte bemerkt, dass das Bellen bereits von immer längeren Passagen des Keuchens und Gurgelns unterbrochen wurde.

»Ob er Familie hatte, der Tote?«

»Nein, nicht dass ich wüsste. Nicht in der Gegend. Er lebte alleine auf dem Hof. Seinen Sohn hat sich der Herrgott viel zu früh geholt. Er ist in jungen Jahren mit dem Traktor verunglückt. Hier auf der Wiese.«

Grauner und Saltapepe schauten gleichzeitig den steilen Hang hinab. Der Commissario wurde auf keinem noch so steilen Gebirgsgrat von Schwindel oder Höhenangst befallen, nun aber wankten ihm die Knie.

»Auch Jakobs Frau ist bereits vor über fünfzehn Jahren gestorben. Seitdem lebt er alleine auf dem Hof. Er hat auch eine Tochter. Aber die ist ausgewandert. Zuerst runter nach Innsbruck, zum Studieren, heute lebt sie in Barcelona, soviel ich weiß.«

Saltapepe kritzelte seinen Schreibblock voll.

Grauner fragte weiter. »Wer kann uns etwas über den Alten erzählen?«

»Wenn überhaupt, dann seine Wattkollegen.«

»Seine … was?«, fragte Saltapepe.

Wieser schaute ihn verwirrt an.

»Der kommt aus Neapel«, klärte Grauner sie auf. Dann drehte er sich dem Ispettore zu, »Wattkollegen. Watten. Erinnerst du dich nicht mehr, Saltapepe? Das Kartenspiel, das wir Südtiroler spielen. Du hast es doch selbst einmal ausprobiert – im Ultental. Der Guate, der Rechte, Farbe, Schlag, Trumpf, die Drei bieten, heben, gehen …«

Saltapepe nickte. Grauner schaute wieder zur Bürgermeisterin und bedeutete ihr fortzufahren.

»Der alte Jakob saß jeden Tag unten in Gossensass im *Goldenen Rössl* mit seinen drei Wattkollegen. Dem Simon, dem Luis und dem Einarmigen.«

»Dem Einarmigen?«

»Ja, dem Einarmigen. Dem haben sie im Krieg einen Arm weggeschossen, in Russland, erzählt man sich. Fragen Sie mich aber nicht, wie der in Wirklichkeit heißt.«

Grauner kannte das. Fast jeder in den Dörfern Südtirols hatte Spitznamen. Oft wurde man mit dem Namen des Vaters gerufen, mit der Bezeichnung des Handwerks, das der Urgroßvater einst ausgeübt hatte, oder mit dem Namen des Ortes, in dem die Familie einst gewohnt hatte. So war es nicht selten, dass jemand, der ganz anders hieß, Schmied, Fischer, Maurer, Schuster, Professor oder Studierter gerufen wurde. Oder Schneckenthaler, Sarner, Pseirer, Vinschger. Nicht wenige trugen sogar mehrere Spitznamen, je nachdem, wie gut man jemanden kannte, wie sehr man jemanden mochte, wählte man eine freundschaftliche, intime oder abschätzige Variante.

Dieses Geflecht aus echten Namen und Kosenamen war für Fremde ein undurchdringlicher Code, für Dorfbewohner aber ein Mittel der vielschichtigen Kommunikation.

»Wann sind die drei im *Goldenen Rössl* anzutreffen?«, fragte Grauner.

»Jeden Tag. Nach der Kirche. Die Messe hört bei uns immer etwas später auf. Erst kurz nach halb zehn. Weil wir einen alten Pfarrer haben. Der kann nicht mehr so schnell beten. Er ist schwach auf den Beinen. Früher hat er dreimal am Tag seine Messe gehalten. Zweimal in Gossensass, einmal oben am Brenner. Zum Pass fährt er nicht mehr hoch. Jakobs Wattkollegen spielen Karten, vormittags bis Punkt zwölf. Abends kommen sie stets noch mal vorbei, ab fünf. Da können Sie die Uhr nach stellen.«

Der Commissario bemerkte, dass eine angenehme Stille wie Balsam seine Ohren beruhigt hatte. Er schaute sich um, die Kette war zu einem losen Bogen geformt, das Tier in seiner Hundehütte verschwunden, nur die schwarze Schnauze lugte hervor. Grauner ging zum Trog, schnappte sich einen Fressnapf, der da lag, füllte ihn mit Wasser und stellte ihn dem Hund hin.

»Kommen Sie«, sagte er zur Bürgermeisterin und winkte auch Saltapepe heran.

Die Haustür war unverschlossen, sie quietschte beim Öffnen.

Das Haus war menschenleer, doch nicht unbelebt. Ameisen krabbelten in Kolonnen den dunklen Holzboden entlang, aus der Küche gackerte es, es roch nach Fäkalien und faulen Eiern. Saltapepe hielt sich den Ärmel seines Sakkos vor die Nase, er atmete das Parfüm ein, das er sich morgens auf die Handgelenke gesprüht hatte, doch das seichte Wässerchen von Dolce & Gabbana konnte den penetranten Gestank von Hühnerscheiße nicht verdrängen.

Seitdem sie mittags von der Questura losgefahren waren, hatte ihn ein seltsames Gefühl beschlichen. Normalerweise hatten sie es bei diesen Südtiroler Ermittlungen mit Bozner Kleinganoven zu tun, die Fälle in den Dörfern waren meist Familienfehden, Streit um eine Magd, den Hof, die Vorherrschaft im Gasthaus. Dieser Fall aber, so wenig sie bislang auch darüber wussten, schien anders zu sein. Mächtiger, brutaler. Obwohl Saltapepe von Bergen umzingelt war, von Wiesen und Gletschern, kam es ihm so vor, als wäre er in die eigene Ermittlervergangenheit zurückkatapultiert worden. Irgendetwas an dieser Szenerie erinnerte ihn an die Einsätze, die er als Teil des Antimafia-Kommandos im Hinterland von Neapel erledigt hatte.

Vielleicht war es der Beton des Brennerpasses. Vielleicht die Kargheit des Hofes, den sie gerade begutachteten. Wahrscheinlich war es die Kaltblütigkeit der Tat, die sie aufzuklären hatten. Ein Mensch, zu Tode geschleift, das war nicht irgendein Mord, keine Tat im Affekt, wie es so oft vorkam, keine unüberlegte Kurzschlusshandlung, die jemand für den Rest seines Lebens bereute. Dieser alte Mann war hingerichtet worden. Geplant, grausam, unmenschlich.

Da war es jemandem nicht genug gewesen, diesem Jakob Voltinger das Leben zu nehmen. Ihn aus dem Weg zu räumen. Da wollte jemand ein Revier abstecken. Zurückschlagen. Rache üben. Was war der Grund dafür? Warum musste dieser Mensch sterben? Was hatte er getan? Was hatte er gewusst?

Die Glühbirne im Flur zersprang beim Betätigen des Schalters, zwei Meter weiter vorne schien Licht aus einem Raum ins Dunkel. Es war die Küche. Eine Henne war auf den Tisch gesprungen und pickte Nüsse aus einer Schale. Daneben stapelten sich alte Bücher mit vergilbten Einbänden. Tiroler Sagen. Herodots *Historien,* Sokrates, Platon, Aristoteles.

Dieses Haus wirkte nicht so, als hätte hier gestern noch jemand gewohnt. Oder zumindest so, als hätte der, der darin gehaust hatte, sein Leben schon längst hinter sich gelassen gehabt. Nur noch vor sich hinvegetiert, wartend, auf das Ende.

Die Fenster waren von einer Fettschicht verklebt, zwischen dem Kreuz und den hölzernen Armen des Gottessohnes im Herrgottswinkel spannten sich wollige Spinnweben. Dicke, gesättigte Fliegen zappelten darin. Im Spülbecken türmte sich dreckiges Geschirr, daneben lag verdorrte Petersilie, eine angeschnittene, schwitzende Speckschwarte und zu Kristallen erstarrter, geriebener Parmesankäse.

Saltapepe sah wieder zu Boden, er sah einen Schatten hinter der Ecke verschwinden, zu groß für eine Ameise, zu klein für eine Hauskatze. Er schaute zur Bürgermeisterin. Frauen hatten oft Angst vor Ratten, aber diese schien sich nicht zu fürchten. Überhaupt schien sie ihm eigenartig gefühlskalt auf die Vorfälle in ihrem Gemeindegebiet zu reagieren.

Der Ispettore folgte Grauner wieder auf den Flur hinaus. Sie gingen weiter nach hinten, vorbei an einer Garderobe, die Jacken rochen nach Wald, Treibstoff und Spritzmittel. An der rechten Seite der Wand hing ein altes Telefon mit Drehscheibe. Saltapepe überlegte, wann er zum letzten Mal ein solches Exemplar gesehen hatte. Es gab da diese alte Bar im Hafen seiner Heimatstadt, in der so ein Telefon hinter der Theke baumelte, daneben, an die Wand, hatte der Besitzer die Nummern der Mädchen gekritzelt, die er, als er noch zur See gefahren war, in den Häfen dieser Welt zurückgelassen hatte.

Grauner und Saltapepe erreichten das Badezimmer. Im Klosett und in der Wanne wies eine grüne Schimmelspur den Weg in den Abfluss. Sie machten wieder kehrt, links ging es ins Schlafzimmer. Es war dunkel darin, der Staub juckte den Ispettore in der Nase. Der Commissario ging zum Fenster, öffnete es und stieß die Fensterläden auf.

Das Bett war aus dunklem Holz und am Kopfende mit geschwungenen Schnitzereien verziert. Es war ungemacht, das Leinentuch lag halb auf dem Boden. Über den Kissen hing ein Muttergottesbild an der Wand. Sie hielt das Jesuskind in den Armen und schaute zum Himmel, wo sich dunkle Wolken wölbten. Der Rahmen war vergoldet.

Auf dem Nachtkästchen stand eine Lampe mit einem beigen Schirm. Wieder alte Bücher. Die Bibel. Dantes *La Divina Commedia.* Goethes *Faust,* die *Italienische Reise* und der *West-östliche Divan.* Daneben lagen Unterlagen in Mappen. Einige waren zu Boden gefallen. Die Bürgermeisterin verharrte im Türrahmen. Die Männer von der Scientifica hatten sich in der Zwischenzeit in der Küche zu schaffen gemacht. Saltapepe wusste, dass sie es nicht gerne hatten, wenn die Ermittler vor ihnen die Räume betraten, aber da Weiherer selbst nicht vor Ort war, sondern noch am Fundort der Leiche beschäftigt, trauten sie sich nicht, den Commissario zurechtzuweisen.

Grauner stand direkt am Bett, er schaute auf die am Boden liegenden Zettel. Hatten sie etwas zu bedeuten, standen darauf letzte Worte? Saltapepe wollte herantreten, da knipste der Commissario schon das Lämpchen an und bückte sich. Er schob zwei Blätter auseinander, fixierte eine Visitenkarte, die dazwischenlag, griff nach ihr, zögerte, drehte sich verstohlen um. Er wirkte für einen kurzen Moment wie ein Schuljunge, der beim Bonbonklau im Gemischtwarenladen sichergehen wollte, von der Verkäuferin und anderen Kunden nicht beobachtet zu werden.

Reflexartig drehte sich auch Saltapepe um, die Bürgermeisterin stand nicht mehr an der Tür. Er hörte das Klappern ihrer Sohlen im Flur. Als er seine Aufmerksamkeit wieder dem Commissario zuwandte, war die Karte verschwunden. Sie lag nicht mehr da. Kurz schauten sich die beiden Ermittler tief in die Augen. Grauner zeigte keinerlei Reaktion. Für Sekunden schien er wie zur Salzsäule erstarrt.

Saltapepe sagte nichts. Er blickte an seinem Kollegen hinab, eine der Hände lag schlaff am Hosenbein, die andere hatte er in die Tasche seiner Lederjacke gesteckt. An den Konturen des Leders erkannte der Ispettore, dass Grauner die Hand zur Faust geballt hielt.

7

Sie waren wieder zum Pass rübergefahren. Am Parkplatz warteten Weiherer und Staatsanwalt Belli auf sie. Sie saßen auf der Ladefläche des Lieferwagens der Spurensicherung. Einer der Polizisten reichte belegte Brote mit Speck und Gurken herum. Belli, Grauner und Saltapepe schnappten sich je eins. Weiherer verzichtete.

»Es gibt Neuigkeiten«, sagte der Chef der Scientifica, während die Ermittler kauten.

Der Spurensicherer reichte ein paar auf DIN-A4-Papier gedruckte Fotos herum. Sie zeigten die einzelnen Fundstücke, Zahnfragmente, Stofffetzen, die Hirnmasse, das Auge. Auf einem der Fotos war ein zertretener Haufen Pferdekot zu sehen.

Weiherer klopfte mit zwei Fingern darauf. »Das ist da vorne, ein Stück Richtung Brennerbad runter.« Er zeigte in Richtung Süden. »Wir haben die Straße immer und immer wieder abgesucht. Wir haben einfach keine Reifenspuren gefunden, die parallel zur Spur verliefen. Es war zum Verzweifeln. Ein vertracktes Rätsel. Dann trat einer meiner Männer in ..., tja, das Rätsel war gelöst. Dieser Voltinger ist nicht von einem Auto oder einem anderen Gefährt über den Asphalt geschleift worden. Sondern von einem Pferd.«

Belli verzog das Gesicht. Er hörte auf zu kauen, starrte auf den Rest des Brötchens in seiner Hand, legte es auf die Ladefläche des Wagens und streifte sich die Hände an seinem Anzug ab.

»Vom Pferd aber fehlt jede Spur. Keines gilt als vermisst. Wir suchen danach.«

Grauner stand auf und winkte die umherstehenden Männer herbei. Er schloss die Augen. Er versuchte, seine Gedanken zu zähmen. Von einem Pferd zu Tode geschleift. Was mochte das bedeuten? Wie war der Tote an den Pass gekommen? Wie das Pferd? Hatte er es geritten? Hatte der Täter es hierhergebracht? Hatte der Täter ihm am Hof aufgelauert, ihn ans Pferd gebunden und hier hochgeschleift?

»Habt ihr die offizielle Aussage von diesem Bertoldo protokolliert?«, fragte Grauner.

»Noch nicht, er hat einen kleinen Schwächeanfall erlitten. Er wurde vom Gemeindearzt untersucht, er liegt nun in seinem Apartment in der Bahnarbeitersiedlung im Süden des Dorfes.«

Grauner schaute in die Ferne. Langsam drehte er sich um die eigene Achse. Er blickte auf die Leuchtreklame des Outlet-Centers. Auf die graue Autobahn. Er blickte über die Dächer hinweg in den Wald. Er ließ die unterschiedlichen Komponenten dieses unwirklichen Ortes auf sich wirken.

8

Die Sommersonne war hinter den Felsen des Passes versunken. Auch der südlich und tiefer liegende Hauptort Gossensass lag bereits im Dunkeln.

Staatsanwalt Belli war wieder nach Bozen zurückgekehrt, er hatte sich mit Grauner und Saltapepe in der Gerichtsmedizin verabredet, um dort erste Autopsie-Ergebnisse einzuholen. Weiherer war am Brenner mit seinen Leuten weiter bei der Arbeit.

Aus dem *Goldenen Rössl* war Gasthausgelächter zu hören. Der Schein der Lampen drang goldorangefarben nach draußen und fiel auf die Pflastersteine. Die Katze, die vorhin durch eines der Holztore in einen Hinterhof geschlüpft war, balancierte nun am Dorfbrunnen entlang. Das Wasser plätscherte.

Wenn da nicht dieser grausame Mord zu lösen gewesen wäre, angenehmer hätte der Abend nicht sein können. Hier, im Norden Südtirols, kurz hinter der Wasserscheide, von wo aus die Gletscherschmelze runterfloss ins Eisacktal, die tiefe Felsschlucht entlang, bei Bozen hinein in die Etsch, vorbei an den Apfelplantagen des Unterlands, runter in die Weite der Pianura Padana, bis zum Meer.

Die beiden Ermittler gingen auf das Gasthaus zu. Alle paar Sekunden durchbrach polterndes Krachen die Idylle des Augenblicks. Selbst die Gasthausscheiben zitterten. Immer wieder zuckte der Ispettore zusammen, schaute reflexartig zum Himmel, doch der präsentierte sich sternenklar. Sirius funkelte wie aus Edelsteinen gefertigt, der Große Wagen zeigte sich in all seiner geometrischen Pracht.

»Das ist kein Donner. Zumindest kein Donner, der vom Himmel kommt«, sagte Grauner vergnügt und schubste seinen Kollegen in Richtung der Gasthaustür. »Das kommt von drinnen.«

An der Theke standen einige Männer mit blauen Schürzen, sie klammerten sich an Rotweingläser. Auf den Tischen standen Weinkrüge aus grauem Ton, mit blauen Verzierungen darauf. Zwischen aufgeschnittenem Speck, Essiggurken und Käsewürfeln lagen Salzburger Spielkarten.

Die Männer hielten die Karten in der Hand zu sich geneigt, sie hüteten ihre Symbole und Farben wie einen Schatz vor den Blicken der anderen. Die Symbole und Farben waren ihr Wissensvorsprung, sie reimten sich anhand der bereits ausgespielten Blätter zusammen, welche der Karten in diesem Spiel wohl die wertvollsten waren, bevor für die nächste Partie schon wieder eine ganz andere Rangordnung galt.

Grauner beachtete die Spieler nicht, auch nicht den stämmigen Mann hinter der Theke, mit weißem Schurz und vernatschroten Flecken darauf, der Wein einschenkte und Bestellungen aufnahm. Der Commissario war vielmehr fasziniert von der alten Kegelbahn, die sich im hinteren Teil des Gasthauses einen langen, schmalen Flur entlangzog. Ganz am Ende standen alte hölzerne Kegel, mit Gummibanderolen an den Holzbäuchen, damit sie beim Hinfallen keine Kanten aus der Steinbahn schlugen.

Die Kegler polierten die pulverschwarzen Kugeln mit ihren blauen Schürzen, dann stellte sich jeweils einer von ihnen an die Bahn, hob die Kugel kurz hoch, kniff die Augen zusammen, bückte sich, schlich zwei, drei, vier Schritte nach vorne und ließ das runde Gewicht den Fingern entgleiten.

Wieder das Donnern, das Zittern der Fenster. Vier Kegel fielen, einer wankte, die anderen verharrten still.

Zwei Buben saßen am Ende der Bahn auf einem Mauervorsprung. Sie trugen kurze Hosen und graue Tirolerhüte mit Gamsbärten daran. Kaum rührte sich nichts mehr, kaum war der Donner verklungen, sprangen sie zu den Kegeln runter, stellten sie wieder an ihre Plätze und hoben anschließend die Daumen. Es konnte weitergehen.

Der Commissario blickte sich um. Wie gerne hätte er einfach ein Glasl bestellt, sich an die Theke gelehnt, er hätte den Wein genossen und wäre bald wieder gegangen. Noch lieber wäre es ihm gewesen, gar nicht erst hier sein zu müssen. Er hätte in der Questura sein Hemd vollgeschwitzt, er hätte noch ein, zwei Mal den Kopf unter den Wasserhahn gehalten und sich das kalte Bozner Gletschernass in den Nacken laufen lassen. Er hätte die Leiche im Wald nie gesehen, er hätte sich nie vorstellen müssen, wie dieser Mann mit einem Pferd nachts durch die Straßen geschleift worden war, er hätte nie den Hof des Toten gesehen, nie seine Wohnräume betreten, nie diese Visitenkarte entdeckt.

Er fasste in seine Tasche, er streifte mit den rauen Fingern über die dicke Papierkante.

Er wäre nach einem Schreibtischtag nach Hause gefahren, ein Stück die Staatsstraße entlang, dann links den Berg hoch, die erste Serpentine, die zweite, irgendwas von Mahler in den Ohren, dann hätte er auf der Alm angerufen, nach seinen Kühen gefragt. Er hätte sich später an den Tisch gesetzt. Mit Alba, mit seiner Tochter Sara, von ihm aus auch mit deren Freund Micky, der die Haare neuerdings nicht mehr grün trug, sondern lila. Grün war noch erträglich gewesen, dachte Grauner.

Er hätte sich das Surfleisch schmecken lassen, das Alba für heute vorbereitet hatte, er hätte sich eine weitere Portion Krautsalat auf den Teller gelegt, dann hätte er sich mit einem Obstler auf den Balkon gesetzt, das kühle Lüftchen genossen, an nichts gedacht, außer vielleicht daran, wie schön das Leben doch sein konnte, die Vergangenheit weit weg, verdrängt, die Zukunft nicht anders als das Jetzt. Irgendwann hätte sich Alba neben ihn gesetzt, er hätte ihre Hand genommen, sie fest gehalten, ihre Äderchen gespürt, ihre Falten, das Drücken der Finger, ein Seufzen vielleicht, mehr brauchte es nicht für ein bisschen Glück.

Hätte er diese Visitenkarte nicht gesehen, wäre nichts wieder hochgekommen, die Vergangenheit Vergangenheit geblieben, in Träumen auftauchend, in engen, dunklen Räumen, wenn Grauner die Platzangst packte, aber das war auszuhalten, das war sein Schicksal, so sagte er sich. Er hatte es längst angenommen.

Doch nun war alles anders. Nun war die Vergangenheit Gegenwart. Zukunft. Sie steckte in seiner Lederjacke. Eine nie gekannte Angst überkam den Commissario. Die Angst, etwas zu erfahren. Zu erfahren, was er immer hatte wissen wollen. Es war paradox. Nichts wollte er so sehr. Doch vor nichts fürchtete er sich gleichzeitig mehr.

Grauner zwängte sich zwischen zwei Männer am Budl und winkte den Wirt zu sich heran. Der schaute kurz auf, schenkte zwei weitere Gläser ein, bevor er sich ihm zuwandte. Der Commissario hatte sein Tesserino auf die Theke gelegt und wies mit dem Kinn darauf. Er hatte keine Lust auf das übliche Spielchen zwischen Dorfwirt und Fremden, der eine, der sich als König fühlte, der andere, der in des Königs Reich eintrat. Er hatte keine Lust auf das gegenseitige Mustern und den Wettkampf darum, wer als Erster das Schweigen nicht mehr aushielt und sprach.

»Grauner mein Name. Polizia di Stato. Wir ermitteln in der Sache am Brenner.« Er sah dem Wirt tief in die Augen und er spürte die Blicke der anderen im Nacken.

»Ich würde gerne die Freunde des Toten sprechen. Die, mit denen er in Ihrem Gasthaus Karten gespielt hat.«

Der Wirt warf das Poliertuch über die Schulter und zeigte in die Richtung der hintersten Ecke des Gasthauses. Grauner steckte den Polizeiausweis wieder ein und drehte sich um. Am letzten Tisch, eingeklemmt ins Eck, saßen zwei alte Männer. Um die achtzig – mindestens.

Der eine Greis trug ein Spitzbärtchen, wie Grauner es nur von alten Jagdporträts kannte. Der Mann hatte eine Hand auf dem Tisch, sie umklammerte ein Rotweinglas; dort, wo sich normalerweise der zweite Ärmel des Sakkos befand, war der raue, waldgrüne Stoff gestopft und zugenäht.

Der zweite Greis war deutlich kleiner als sein Gegenüber. Er trug eine unauffällige Jacke in Rentnerbeige, ein kariertes Hemd und daumendicke Brillengläser.

Die beiden konnten von ihrer Ecke aus das gesamte Gasthaus überblicken, doch Grauner kam es so vor, als hätten sie die ganze Zeit nur auf ihn geschaut, ihn mit den Blicken verfolgt, darauf gewartet, dass er sich endlich zu ihnen durchfragen und sich ihnen vorstellen würde.

Der Commissario ging zu Saltapepe, der immer noch am Eingang des Gasthauses stand. Er sagte ihm, er solle sich doch unter die Männer an der Theke mischen und sich umhören. Dann ging er zu den beiden eigenartigen Gestalten.

»Darf ich?« Grauner schaute zuerst zum Einarmigen, dann zu seinem Tischkumpanen, dessen Pupillen wie beim Blick durch eine Lupe von den Brillengläsern zu Fischaugen vergrößert wurden.

Die beiden nickten unisono. Sie waren sichtlich mitgenommen. Der Commissario sah auf ihren Tisch, auf die halb leeren Weingläser, auf das Päckchen Karten, das akkurat gestapelt in der Mitte lag. Daneben ein Papierblock, auf dem in zwei senkrechten Kolonnen Zahlen standen. Zwei, vier, acht, vierzehn, sechzehn. Die Zwischenstände bereits gespielter Partien.

»Sie waren die Wattkollegen von Jakob Voltinger?«

Die beiden nickten wieder, der kleinere mit den dicken Brillengläsern reichte Grauner die Hand.

»Simon Moser«, sagte er und seine Augen schienen noch größer zu werden. »Ich kann immer noch nicht glauben, dass der Jakob tot ist. Ermordet.«

»Johann Grauner, Kriminalpolizei«, erwiderte Grauner.

Auch der andere reichte dem Commissario nun die ihm verbliebene Hand. »Grüß Gott, Peter Burgstaller, aber alle nennen mich nur den Einarmigen.« Der Mann zuckte mit der armlosen Schulter. »Der Jakob war ein guter Mensch. Er hatte es nicht verdient, so zu sterben.«

Grauner deutete mit dem Kinn zum Kartenstapel. »Zum Watten braucht es vier. Jakob ist tot, ihr seid nur zu zweit. Wer fehlt?«

»Der Luis fehlt«, antwortete der Mann mit der Brille hastig. »Wissen Sie, Herr Kommissar, in dieser Runde, mit dem Jakob, dem Einarmigen und dem Luis sitze ich schon mein halbes Leben lang. Wir spielen Karten, um fast nichts, nur um die nächste Runde Wein. Ich bin neunundachtzig Jahre alt, Peter ist zwei Jahre älter als ich, der Luis ist so alt wie ich und der Jakob ist … war …«, er schaute zu seinem Kollegen rüber, der trank gerade einen Schluck, schloss aber zustimmend kurz die Augenlider, »… zwei Jahre jünger.«

Der Mann lehnte sich zurück und atmete tief aus.

»Wo ist dieser Luis? Warum sitzt er nicht bei Ihnen? Wo ist euer dritter Mann?«, hakte Grauner nach.

Beide hoben zum wiederholten Mal die Schultern.

»Er wird zu Hause sein. Er wird keinen Grund gesehen haben, nach Jakobs Tod ins *Rössl* zu kommen. Unsere Kartenspielrunde ist ja mit dem heutigen Tag beendet. Wir werden weiter hier sitzen, unseren Wein trinken, den anderen beim Spielen zuschauen und warten, bis es mit uns zu Ende geht, gell, Einarmiger?«

Burgstaller brummte und trank sein Weinglas aus.

»Was hat der Jakob Voltinger gemacht in seinem Leben – als er jünger war?«, fragte der Commissario.

Nun antwortete der Einarmige. »Seine Familie stammt vom Brenner. Sein Urgroßvater war Krämer, Händler und Schmuggler. Sein Großvater hatte sich ein bisschen Geld zusammengespart und den kleinen Hof gekauft. In der steilen Lage, wo der Grund immer schon weniger kostete. Sein Vater kam nie von der Ostfront zurück. Ich bin mit dem Jakob zur Schule gegangen. Er war ein paar Klassen unter mir. Am Brenner haben wir als Buben viel Zeit zusammen verbracht. Später haben sie ihnen die Autobahn gleich unterm Hof entlanggebaut. Pech! Der Jakob war ein Pechvogel und nie ein großer Redner. Er hätte gerne studiert, aber dafür hat das Geld nicht gereicht. Seine Frau ist schon länger tot, sein Sohn verunglückt, seine Tochter vor Jahren ausgewandert. Unsere Kinder sind alle irgendwo in die Welt hinaus oder zumindest runter nach Innsbruck, Sterzing, Brixen oder Bozen. Hier am Brenner hält es die Jungen nicht. Sie wollen weg. Der Jakob hat sein ganzes Leben auf dem Hof verbracht. Wenn er nicht dort war, war er hier im *Rössl.* Er kegelte nicht. Kegler sind Redner. Werfen, den Wurf beurteilen, über Gott, die Welt, die Politik schimpfen, wieder eine Kugel hochheben, wieder werfen, weiterschimpfen. Jakob spielte Karten. Wir Kartenspieler sind Schweiger.«

Kurz überlegte Grauner, ob das auch für ihn etwas wäre. Nur noch watten. Gewinnen, verlieren, mischen, neu austeilen. Er war nie ein guter Kartenspieler gewesen, er regte sich immer zu sehr über sich selbst auf, wenn er nicht rechtzeitig kapierte, welche Karte es hinzulegen galt. Er war außerdem kein passionierter Gasthaussitzer, denn im Gasthaus saßen nicht nur die schweigsamen Kartenspieler, sondern auch die Plappermäuler an der Theke, da lagen große Philosophie und großer Schmarrn eng beieinander. So wie die Welt im Großen, so war es im Gasthaus im Kleinen, da gab es gut und böse und dumm und gescheit, alles bunt gemischt. Nur, dass keiner je glaubte, zu den Dummen und Bösen zu gehören.

Grauner war einer, der sich grundsätzlich nur an den Budl stellte, einen schnellen Espresso trank, ab und an ein Glas Wein, ein bisschen zuhörte, sich ein wenig umschaute, zustimmende Laute von sich gab, wenn ein Besoffener ihm erklärte, was im Dorf und in der Welt schieflief, und schnell wieder verschwand.

Er hörte beiläufig den Gasthausratschern zu, die in jedem der Dörfer Südtirols von Ähnlichem zu berichten wussten: Wer von den Carabinieri mit zu viel Wein im Blut auf dem Traktor erwischt wurde. Bei welcher Kuh es beim Kalben zu Komplikationen gekommen und wem die Magd abgehauen war. Wem die Frau abgehauen war, weil sie ihn mit der Magd des Nachbarbauern im Heustadl erwischt hatte. Wer sich den neuen 390-PS-Traktor gekauft hatte, den mit der beheizten Kabine, mit Bluetooth-Radio und Einparkhilfe.

Meist war Grauner froh, wenn er den Gasthausbesuch hinter sich hatte, wenn er zurück zum Hof konnte, in den Stall, zu den Kühen, Mahler auf voller Lautstärke, während er melkte, was für ihn wie meditieren war.

Grauner zwang seine Gedanken zurück in die Realität. »Hatte Voltinger Feinde? Wissen Sie etwas davon?«

»Ich bitte Sie, Herr Kommissar! In dem Alter hat man keine Feinde mehr. In dem Alter sind alle Schlachten vergessen – oder die Feinde tot.«

Grauner grummelte bejahend. Das leuchtete ihm ein. »Was könnte Voltinger gemacht haben, am Brenner, nachts?«, fragte er weiter.

Beide schüttelten ratlos den Kopf.

»Konnte er reiten?«

»Früher ja«, sagte der Einarmige. »Früher ritt er wie ein Cowboy. Aber das ist Jahre her. Er war zu alt zum Reiten. So wie ich auch.«

»Und ich seh' zu schlecht zum Reiten«, sagte Simon Moser und klopfte sich mit dem Zeigefinger auf das Panzerglas seiner Brille.

»Aber der Luis reitet immer noch. Trotz seines Alters«, fuhr Burgstaller fort. »Der hat ein Pferd im Stall. Einen Haflinger. Ein gutes Tier, ein schönes Tier.«

Der Commissario ließ sich von den beiden Männern die Adresse des vierten Kartenspielers geben. Es galt, ihm einen Besuch abzustatten. Er verabschiedete sich, ging zum Budl und klopfte Saltapepe auf die Schulter, der sich mit zwei Einheimischen unterhielt. Gemeinsam traten sie ins Dunkel hinaus.

9

Luis hieß mit vollständigem Namen Alois Sulzbacher. Sein Hof lag einige Kilometer unterhalb des Dorfes, in einer Talsenke. Haus und Stall waren umgeben von Weizenfeldern. Weiter hinten im Pflerschtal glitzerten die Berggipfel im Mondlicht, der Tribulaun und die Weißwandspitze, die auch zu dieser Jahreszeit von Schnee und Eis befleckt waren.

Grauner und Saltapepe blieben zunächst im Alfa sitzen. In einem der oberen Zimmer brannte Licht. Wenn jemand im Haus war, musste er sie kommen gehört haben. Sie warteten darauf, dass auch an der Eingangstür die Lampe anginge. Sie warteten darauf, dass jemand die Tür öffnete, vorsichtig herausspähte, um zu sehen, wer um diese Uhrzeit noch vorbeikam.

Der Commissario schaute auf den Hof, die Felder. Dort, wo der Wald begann, dunkel und wild, stand ein windschiefer Jagdstand aus verwittertem grauem Fichtenholz. Grauner war kein Jäger, nie gewesen. Er wusste, unter den Jägern gab es solche und solche. Solche, denen das Schießen und Treffen Spaß bereitete. Solche, die dies nur als Teil ihrer Pflicht ansahen. Solche, die den schönsten Hirsch jagten. Solche, die den schwächsten, kränksten von seinem Leiden erlösten.

Grauner war gerne draußen in der Natur, aber auf so einem Hochstand zu sitzen, sich nicht zu rühren, nur mit angehaltenem Atem abzuwarten, bis sich an der Lichtung ein Geweih erspähen ließ, dann anlegen, zielen, das Geweih fallen sehen, vom Stand hinunterklettern, zur Lichtung laufen, auf das tote Tier hinabschauen – das war nichts für ihn.

Er wollte Teil der Natur sein, darin wandeln. Er wollte seine Schritte hören, das Knacksen der Ästchen, das Rascheln des Laubes. Er wollte, dass sich sein angestrengtes Schnaufen mit dem Zirpen der Grillen, dem Klopfen des Spechts und dem Pfeifen der Rotkehlchen vereinte. Er wollte mit festem Schritt den Feldhasen erschrecken, sodass der ins Gebüsch sprang. Er wollte sich von einem Uhu erschrecken lassen, der sich urplötzlich vor ihm lautlos von einem Ast auf den anderen schwang.

Es war eigenartig still auf dem Hof. Grauner brauchte einige Sekunden, bis er realisierte, warum ihn diese Stille störte. Da war kein Hundegebell. Zum Ankommen, zum ordnungsgemäßen Empfang auf so einem Hof gehörte doch das Bellen eines Hundes, wie es auch am Hause des Toten erklungen war. Hier aber rührte sich nichts.

Er versuchte, die eigenartige Stille zu verdrängen, und dachte noch einmal über die ebenso eigenartige Begegnung mit den beiden Kartenspielern nach, und über das, was ihm Saltapepe während der Fahrt von den Aussagen der Männer am Budl berichtet hatte. Die sagten, der Tote und seine Kartenspielfreunde, das seien seltsame Leute. Der alte Burgstaller und der alte Moser hätten es nach dem Krieg als Hofbesitzer zu Wohlstand gebracht. Waldstücke gekauft. Weizenfelder. Viech. Obstwiesen weiter unten im Wipptal. Burgstaller verpachtete zwei der Tankstellen oben am Brenner. Moser einen der Souvenirläden. Sulzbacher, so wurde gemunkelt, soll irgendwie in die Geschäfte des Outlets verwickelt sein.

Nur der alte Voltinger, der Vierte im Bunde, hatte es nie zu Geld gebracht. Er hatte bis zuletzt auf seinem kleinen, heruntergekommenen Hof gehaust. Bettelarm sei der gewesen, habe von der Hand in den Mund gelebt. In den warmen Monaten vom Gemüse im Garten, als er jünger war auch von gewilderten Hirschen. Im Winter spendierten ihm Dorfbewohner und der Wirt im *Rössl* immer mal wieder eine warme Brennsuppn. Trotz seiner Armut war er vom Tisch der Kartenspieler nicht wegzudenken gewesen. Sie spielten, tagein, tagaus. Er mit dem Einarmigen. Gegen den Moser und den Sulzbacher.

Sie nahmen kaum am Dorfleben teil, sie waren nicht im Gemeinderat, nicht bei der Feuerwehr oder in der Musikkapelle, nicht einmal beim alljährlichen Watt-Turnier im Mai traten sie an. Obwohl dort die Männer aus dem ganzen Wipptal, aus Sterzing und sogar aus Brixen, dem oberen Eisacktal und dem vorderen Pustertal anreisten. Schließlich gab es da drei Eichenfässer voll mit Bier und ein Kälblein zu gewinnen.

Nein. Das interessierte sie nicht. Sie spielten nur unter sich, war einer krank, so spielten sie nicht. Dann saßen sie einfach nur da, tranken und schwiegen. Sie waren wie ein Teil des Interieurs. Nie standen sie am Budl. Sie wurden ein bisschen belächelt, aber in Ruhe gelassen. Doch wenn die vier etwas verlangten, dann wurde es auch umgesetzt, da konnte auch die Bürgermeisterin nichts dagegen machen.

Grauner ließ die letzten Stunden Revue passieren. Die Ermittlungen waren noch keinen Schritt weitergekommen. Es gab keinen Verdächtigen, noch nicht einmal Verdächtigungen. Es schien, als lähmte diese unvorstellbare Tat die Zungen der Wissenden. Welche Gründe konnte es geben, einen Siebenundachtzigjährigen zu töten? Ein unerwünschtes Testament? Eine letzte, grausame Rache, bevor der göttliche Kreislauf ihm den Atem nahm? Was konnte er getan haben, um so sterben zu müssen? Dass es Mord war, war klar. Ein Unfall konnte es keiner gewesen sein. Nein. Es war ein bestialisches Verbrechen.

»Lass uns aussteigen.«

Saltapepe nickte.

»Hast du deine Beretta dabei?«, fragte Grauner.

Nun schaute der Ispettore verwundert. Grauner war klar, dass diese Frage aus seinem Munde merkwürdig erscheinen musste, zog er seine Waffe doch höchst selten. Meistens erinnerte er sich nicht einmal daran, wo er sie liegen gelassen hatte. Auch in diesem Moment befand sie sich entweder unter einem Aktenstapel auf seinem Schreibtisch in Bozen oder im Handschuhfach seines Autos, anstatt unter seiner Lederjacke zu klemmen.

Saltapepe zog seine Waffe.

»Nur so ein Gefühl«, sagte Grauner. Der Ton klang entschuldigend.

Saltapepe nickte wieder. Zustimmend, beruhigend.

Grauner knallte die Tür absichtlich fest zu, der Wald warf das Echo zurück. Sie brauchten sich nicht leise zu verhalten, nicht ins Haus zu schleichen, falls im Haus jemand war, hatte derjenige sie längst im Visier.

»Hallo?«, rief Grauner. »Hallo. Ist jemand da? Herr Sulzbacher? Alois? Luis? Sind Sie zu Hause?«

Das Echo verklang unbeantwortet. Grauner hörte das Rauschen des Windes in den Wipfeln der Tannen. Irgendwo in der Ferne rief ein Uhu. Der Commissario deutete dem Ispettore, rechts um das Haus herumzugehen. Er selbst würde nach links gehen. Er schaute noch einmal zum beleuchteten Fenster. Da rührte sich nichts, kein Schattenflimmern. Kein Zittern am Vorhang.

Dunkel ist nicht gleich dunkel, dachte Grauner, während er sich umsah. Schwarz ist nicht gleich schwarz. Schwärzer noch als der Wald, der sandige Boden, das Haus, war der Schlund, den das offen stehende Stalltor darbot. Grauner lief hinein, es war ihm, als würde er in eine andere Welt treten. Er hörte die ihm vertrauten Stallgeräusche. Er bemerkte sogleich, dass sich Kühe, Hühner, Schweine, Schafe und Esel im Stall befanden. Er vernahm das Rascheln, das Grummeln, das panische Grunzen, das hektische Gackern, das ängstliche Blöken, das aggressive Wiehern.

Woher diese Angst? Was hatten die Tiere? Grauners Augen filterten erste Umrisse heraus, sie gewöhnten sich an die Dunkelheit. Je näher er ihnen kam, desto unruhiger wurden die Stallbewohner. Die Hühner begannen, wild zu flattern. Federn, Heu und Staub wirbelten auf, die Esel rammten die Becken gegen die Holzzäune, sie schnaubten, sie stießen warme Luft aus den Nüstern, die Hufe scharrten und kratzten auf dem Betonboden. Nur die Kühe blieben regungslos.

Grauner zog sein Handy hervor, ließ das Display aufleuchten und machte noch ein paar vorsichtige Schritte. Ein Abteil stand offen, nur Pferdeäpfel lagen darin. Grauner musterte sie. Die waren keine achtundvierzig Stunden alt. Wo war das Pferd? Hatte in diesem Stall vielleicht der Gaul gestanden, der …

»Wer ist da? Sulzbacher? Luis?« Grauner drehte sich um.

Das Flattern. Das Krächzen des Holzes. Das Scharren. Das Blasen der Nüstern.

»Ganz ruhig! Ganz ruhig! Ist …«

Nach zehn Schritten sah der Commissario etwas am Boden liegen. Ein dunkles Knäuel im Schatten, ein langer Stiel steckte darin, ein Stock, oder eine Schaufel. Grauner trat näher heran, Schatten trennten sich von Schatten, die Umrisse des Knäuels wurden im fahlen Licht des Displays deutlicher. Es war kein Heuhaufen, der da lag, kein Kartoffelsack, es war ein toter Hund. Ein Husky. Eine Mistgabel steckte im Fell des Tieres.

10

Der Hof war ausgeleuchtet. Die Mitarbeiter der Spurensicherung hatten Lampen an Stangen in die Höhe gekurbelt, sie brannten weiß wie die Scheinwerfer auf Fußballplätzen. Weiherer lief hektisch von einem seiner Männer zum anderen. Dann schritt er auf Grauner zu, der mit Saltapepe an einem der Polizeiautos stand.

»Das wird langsam ein bisschen viel«, schnauzte er in ihre Richtung.

Grauner hasste es, wenn er Klagen und Beschwerden über die Zustände an einem Tatort zu hören bekam. Als ob er sich das alles ausgesucht hätte, als ob er sich am Reißbrett eine knifflige Aufgabe für seine Mitarbeiter ausgedacht hätte.

»Mir gehen langsam die Leute aus«, schimpfte Weiherer weiter. »Am Brenner gilt es die Straße weiter zu untersuchen, zudem den Fundort der Leiche, dann das Haus des Toten und jetzt auch noch diesen Hof.«

Grauner schwieg. Sie mussten diesen Luis Sulzbacher finden. Vielleicht war er der Mörder. Aus welchem Grund auch immer. Und dann war er geflohen. Aus Angst vor den Konsequenzen. Erschrocken vor sich selbst. Vielleicht war es aber auch anders. Grauner verspürte so ein Gefühl im Magen, ein Gefühl, das ihn selten trog. Vielleicht war es nicht dieser Luis gewesen. Vielleicht war auch Luis tot.

Der Commissario fasste nach der Visitenkarte in seiner Jackentasche. Langsam fuhr er mit der Kuppe des Zeigefingers an der Kante des Papiers entlang. Er wollte allein sein. Er wollte diese Karte herausnehmen, sie drehen und wenden, sich vergewissern, dass sie da war, kein Traum, keine Einbildung. Er wollte sehen, dass der Name darauf wirklich der Name war, den er mittels eines schnellen Blickes entziffert hatte.

Er pfiff ein paar der Polizisten heran und verteilte die Aufgaben für die Nacht. Weiherers Leute sollten weiterarbeiten, so gut es ging. Bis morgen früh erwartete er Ergebnisse. Zwei Dutzend Polizisten aus Bozen sollten zurückbleiben. Gemeinsam mit den hier stationierten Kollegen und Carabinieri sollten sie die Suche nach Luis Sulzbacher in Angriff nehmen. Die Zollpolizei sollte an der Grenze vermehrt Kontrollen durchführen.

Er würde nicht lückenlos rekonstruieren können, wer

alles in der Mordnacht am Brenner zugegen gewesen war. Aber dass der Mörder ein Reisender war, ein Lkw-Fahrer oder ein Tourist, erschien ihm unwahrscheinlich. Wie sollte ein Reisender auf die Schnelle ein Pferd besorgen und warum sollte er sich die Mühe machen, das Opfer hinter das Pferd zu binden und zu Tode zu schleifen? Das ergab keinen Sinn.

Personenkontrollen. Ein nutzloses Unterfangen. Aber er hatte im Gegensatz zu Weiherer nun mal genug Personal zur Verfügung, und ihm war klar: Er musste die ortsansässigen Kollegen beschäftigen, nur so würden sie nicht auf die Idee kommen, aus Langeweile, aus einem Konkurrenzdenken heraus eigene Ermittlungen anzustellen. Nichts war schlimmer, als Ermittlungen, die aneinander vorbei verliefen. Grauner kannte das nur allzu gut von den leidigen Konkurrenzkämpfen zwischen der Polizia di Stato und den Carabinieri. Einen Konkurrenzkampf zwischen seinen Polizisten aus Bozen und den Polizisten vom Brenner konnte er nicht auch noch gebrauchen.

So unangebracht der Gedanke auch schien, Grauner hoffte, dass die Tat mit den am Brenner Lebenden zu tun hatte. Vielleicht war es Luis Sulzbacher. Hoffentlich war er es, dachte der Commissario und rügte sich dafür, in einem ihm unbekannten, vielleicht unschuldigen Mann einen Mörder zu suchen. Aber es wäre die einfachste Variante.

»Wir fahren nach Bozen«, sagte Grauner zu Saltapepe gewandt. »Wir müssen mit Belli in die Gerichtsmedizin. Danach treffen wir uns zur Lagebesprechung in der Questura. Komm!«

Die beiden gingen zu Saltapepes Alfa; der dunkelblaue Wagen verschwand bald darauf im schwarzen Wald. Wenig später waren die Scheinwerfer hoch oben auf der Autobahnbrücke über Gossensass zu sehen. Gespenstisch leer zog sich die Straße durch die Schlucht des Eisacks. In einer knappen Stunde würden sie Bozen erreicht haben.

11

Der Mann, der ihnen die Tür zur Gerichtsmedizin öffnete, trug eine John-Lennon-Brille und langes, zu einem Pferdeschwanz gebundenes Haar. Er steckte in einem Arztkittel, der ihm drei Nummern zu groß war und dessen Ärmel bis weit über die Hände reichten.

Staatsanwalt Belli war zwar auch zum Bozner Spital gekommen, hatte dann aber, wie gewohnt, irgendeine Ausrede erfunden, das Telefon ans Ohr gehalten und sich Selbstgespräche führend in die Cafeteria verzogen. Grauner war das recht. Er fand es zwar nach wie vor etwas eigenartig, mit einem Staatsanwalt zusammenzuarbeiten, dem beim Anblick von Toten die Knie weich wurden, aber auf einen bewusstlosen Belli im Leichenschauhaus hatte er auch keine Lust.

Der Arzt krempelte einen der Ärmel hoch und streckte Grauner die Hand entgegen. Sie war weiß wie Magermilchkäse. Der Händedruck war lasch und feucht. Grauner fragte sich, wer dieser Mann war, normalerweise ließ die Bozner Gerichtsmedizinerin Alessandra Filippi niemanden in ihr Reich, besonders auf Ärzte anderer Abteilungen reagierte sie allergisch.

»Die Kollegin Filippi ist oben im Vierten.« John Lennon faltete die Hände wie zum Gebet und drückte das Kinn nach unten.

Grauner konnte sich beim besten Willen nicht vorstellen, dass Filippi freiwillig einen Fuß in die oberen Etagen setzte.

»Wer mit den Lebendigen kann, der kann noch lange nicht mit den Toten«, sagte sie oft. »Dem Lebendigen geht's mal besser, mal schlechter, der Tote ist tot. Und toter als tot gibt's nicht. Der sagt nicht, wo's drückt, wo's wehtut, der schweigt – für immer. Du musst dich in ihn einfühlen, in sein Totsein, ihn aufschneiden und richtig hineingreifen, seine Eingeweide zum Erzählen bringen, sein Fleisch, sein Blut, seine Knochen. Das ist die größte Kunst! Bei lebendigen Jammerlappen einen Blinddarm abzwacken oder einen Herzkatheter legen? Nichts leichter als das!«

»Im Vierten?«, fragte Grauner. »Was macht sie da?«

»Sie liegt da«, antwortete der Mediziner. Grauner schaute immer noch verdutzt. »Ketamin gemischt mit Gamma-Hydroxybuttersäure, dazu viel zu viel Chardonnay. Sie hat sich wohl bei der Dosierung verschätzt. Ihr musste der Magen ausgepumpt werden.«

Grauner war bekannt, dass Filippi sich ab und an am Medikamentenschrank bediente, er hatte dies immer für sich behalten. Er hatte nicht gewusst, dass ihr Geheimnis im Spital keines war. Und: Er hatte nicht geahnt, dass es so schlimm um sie stand.

»Wie … wie geht es ihr?«

»Den Umständen entsprechend«, sagte der Arzt und schob erneut die Ärmel hoch, die immer wieder hinunterrutschten. Er versuchte unbeholfen, sie oberhalb seiner Ellenbogen festzumachen. Obwohl Grauner den Mann erst seit ein paar Minuten kannte, war er sich sicher, in seinem ganzen Leben noch nie einem derart unbeholfenen Arzt gegenübergestanden zu haben.

Überhaupt war es ja so eine Sache mit den Ärzten. Grauner hatte wenig Vertrauen in sie. Und je besser er einen Arzt kannte, desto mehr schrumpfte es. Ein Arzt im Freundeskreis, das war für den Commissario unvorstellbar. Denn einerseits bot dieser einem selbstverständlich an, sich bei Wehwehchen an ihn zu wenden, und war beleidigt, wenn man sich in die Hände anderer begab. Andererseits beobachtete man so einen befreundeten Arzt auch bei all seinen freizeitlichen Fehlgriffen: wenn er sich beim gemeinsamen Kochen schusselig in den Finger schnitt, wenn die von ihm geformten Knödel im heißen Wasser zerfielen, wenn die von ihm zu Tisch getragene Frittatensuppe aus dem Topf schwappte und auf den Stubenboden platschte, wenn beim Öffnen der Weinflasche der Kork entzweibrach, wenn er beim Einparken den Hennenstall rammte, wenn ihm am letzten Grat unterm Gipfel schwindelig wurde, wenn ihn beim Schwimmen im Kalterer See ein Krampf befiel und der Rettungsschwimmer ihn herausziehen musste.

Und so einem sollte man sein Leben anvertrauen? Einem, der noch nicht einmal einen Knödel zustande bekam, sollte man einen Bypass legen lassen?

»Das heißt, unsere Leiche …«, fuhr Grauner Böses ahnend fort.

»Die ist hier.« Der Arzt zeigte auf eine der Metalltüren, die in die geflieste Wand eingelassen waren. »Sie liegt da drin. Aber Filippi konnte sich nicht mehr darum kümmern. Ich vertrete sie, ich habe vor Jahren eine Zusatzausbildung als Pathologe abgeschlossen, aber ich konnte noch nicht viel machen. Ich bin gerade erst runtergekommen. War viel los heute. Die Hitze macht den Rentnern in Bozen zu schaffen.« Der Arzt sagte es wie ein Kellner, der sich darüber beschwerte, dass drei vollbesetzte Touristenbusse überraschend das Café überfallen hatten. »Außerdem haben wir gerade Hochsaison der Bergunfälle«, fuhr er fort. »Ein Deutscher ist an den Zinnen von einem Stück Dolomitengestein am Kopf getroffen worden. Ein italienisches Pärchen wollte in Sandalen den Ortler erklimmen, nach einer halben Stunde ist die junge Dame hingefallen und hat sich den Unterschenkel gebrochen. Zum Glück …«

Saltapepe schaute erschrocken.

»Zum Glück …«, wiederholte der Arzt, »wenn die beiden weitergewandert wären, wären sie jetzt tot. Vor Erschöpfung nicht mehr runtergekommen. Von der Nacht überrascht. Vom Sturm. Vom Schnee. Erfroren. Vielleicht in tausend Jahren als Ötzi-Pärchen wiedergefunden.«

Saltapepe trat vorsichtig einen Schritt zurück. Grauner schaute immer ernster drein. Wie sehr liebte er Filippis schnelle, unverblümte, direkte Analyse der Toten. Rein in den Leichensaal, Leinentuch weg, das Objekt des Interesses begutachten, Informationen vermitteln, Tuch wieder drüber, Pfiati, bis zum nächsten Mal!

Und nun? Nun musste er sich die Alltagsarbeitsproblemchen dieses Chirurgen, Kinderarztes, Anästhesisten, was immer der auch war, anhören.

»Das heißt, Sie können uns noch nichts sagen? Die Leiche ist noch nicht untersucht worden?«

Der Arzt nahm die Brille ab und polierte sie mit dem Zipfel seines weißen Kittels. »Die Italienerin mit dem Unterschenkelbruch, ich war bis eben damit beschäftigt …«

Also ein Chirurg, stellte Grauner fest. Diese selbst ernannten Obergötter unter den Göttern in Weiß. Überschätzte Laggl! Grauner war überzeugt, dass ein jeder Viechdoktor bessere Diagnosen abgab als diese selbstverliebten Mediziner, die im Spital die Flure auf und ab stolzierten, eine Traube an jungen Studenten in ihrem Windschatten,

Diagnosen vortragend wie Walther von der Vogelweide Gedichte.

Grauner vertraute Filippi. Und er vertraute dem Viechdoktor aus dem Dorf. Vor einigen Jahren hatte dieser die tragende Mitzi, die schon sterbend im Heu lag, zurück ins Leben geholt. Seitdem ließ Grauner, wenn es ihm einmal richtig schlecht ging, so schlecht, dass es ihn seine Ärztephobie vergessen ließ, diesen Viechdoktor kommen. Wer die tragende Mitzi rettete, der rettete jeden.

»Wir haben bislang nur Fotos gemacht. Der Kopf, das Gesicht … das waren … Hautfetzen, abgeschabte Knochen … Reste eines Plastikbandes, mit dem er wohl geknebelt worden war … ich … ich … so etwas habe selbst ich als Chirurg … wollen Sie die Fotos sehen? Oder soll ich die Leiche rausholen?«

Die Worte des Arztes holten Grauner zurück in den Keller des Bozner Spitals.

»Nein. Nein, das muss nicht sein.« Er spürte, wie es in seinem Bauch rumorte. Er schwor sich, nie wieder Bellis Fernbleiben zu belächeln. »Haben Sie Blut abgenommen?«, fragte Saltapepe.

»Öh … äh … nein«, stammelte der Arzt. »Wozu denn? Der Mann ist doch … mit einem Pferd über den Pass geschleift worden … Blutproben, die brauchen wir hier doch nicht.«

Grauner schaute ihn zornig an. Dann schrie er: »Was wir hier brauchen, bestimme immer noch ich, verstanden?« Er atmete tief ein und aus, wartete auf den Ruhepuls, er stellte sich nicht ein. Nun flüsterte er. »Filippi … ist sie ansprechbar?«

Der Arzt schüttelte den Kopf. »Sie schläft. Ich denke, es ist besser, wenn wir sie nicht stören.«

»Ja, sie soll sich ausruhen. Sie aber legen heute eine Nachtschicht ein, verstanden?«

Der Mann schaute ertappt zu Boden.

»Ich brauche so schnell wie möglich die Ergebnisse einer umfassenden Obduktion. Mit Blutproben, toxikologischen Befunden und allem Drum und Dran. Halten Sie sich wach! Arbeiten Sie die Nacht durch! Aber keine Aufputschmittel aus dem Medikamentenschrank, ja? Espresso hilft auch.«

Der Mann bejahte. Die beiden Ermittler verließen den Obduktionssaal. Auf dem Flur hallten ihre Schritte. Staatsanwalt Belli saß in der Cafeteria. Eine leere Espressotasse und ein halb volles Glas Blauburgunder vor sich. Sie erstatteten ihm Bericht. Dann fuhren sie im Alfa zur Questura. Belli ließ sich in seiner gepanzerten Lancia-Limousine hinterherkutschieren.

12

Es war kurz vor Mitternacht. Die Sitzung in der Questura hatte nicht lange gedauert. Belli schien den Feierabend herbeizusehnen. Der Redaktionsschluss der Zeitungen war lange verstrichen, die Zehn-Uhr-Nachrichten auch. Bozen schlief.

Grauner und Weiherer hatten vehement verlangt, die Brennerstraße weitläufiger abzusperren, um den Weg des Pferdes rekonstruieren und ungestört nach Spuren suchen zu können. Weitere Zahnstücke, Knochensplitter, Jeans- und Hemdfasern sowie Hautfetzen zwischen dem Pass und Voltingers Hof hatten sie bereits sicherstellen können. Bislang schien es, als sei der Tote einmal quer durch das Dorf in den Wald geschleift worden. Auf der Brennerstraße, im Süden des Dorfes, verlor sich die Spur.

Belli hatte die Sperrung abgelehnt. Bei aller Liebe. Sie sollten ermitteln. Und dabei kein großes Aufsehen erregen. Großes Aufsehen stünde Ermittlern nicht zu. Ermittler müssten in Demut agieren.

Der Einzige, der Aufsehen erregte, war Belli. Demütiges Auftreten war ihm fremd. Er dirigierte die Medienvertreter an die Tatorte, positionierte sich vor den rotweißen Absperrbändern, er gierte nach Mikrofonen und laufenden Kameras. Die Brennerstraße einen Tag länger zu sperren, das wäre ihm durchaus möglich gewesen. Aber er wollte es nicht. Er wollte seinen Freunden aus der Wirtschaft nicht auf die Füße treten. Den Brenner sperren. Womöglich den Zugang zum Outlet. Ein Tag ohne Shopping an der Pforte Südtirols. Unmöglich.

Marché hatte mit den Kollegen aus Österreich gesprochen. Sie hatten, wie erwartet, distanziert reagiert. Sie müssten eine Mitarbeit erst mit Innsbruck abstimmen. Das könne dauern. Die befragten Dorfbewohner hatten in der Nacht nichts bemerkt. Keinen Lärm, keine Schreie.

Der Sovrintendente hatte auch die Tochter des Opfers in Barcelona erreicht. Sie reagierte geschockt, ihre Aussagen brachten aber nichts Neues zutage. Sie hatte kaum noch Kontakt zu ihrem Vater. Sie hatte ihn zum letzten Mal vor drei Jahren an Weihnachten besucht. Sie wisse nichts von Feinden, von Drohungen, von möglichen Mordmotiven. Ihr sei das alles unerklärlich. Man möge ihr Bescheid geben, wenn der Mörder gefasst, die Leiche freigegeben sei. Sie würde dann anreisen, um sich um das Begräbnis zu kümmern.

Grauners Assistentin Silvia Tappeiner hatte in der Vergangenheit des vermissten Luis Sulzbachers gewühlt und Skizzen einer Biografie erarbeitet. Luis sei in jungen Jahren für einige Zeit nach Brixen gezogen. Er habe im Skigebiet der Plose eine Skischule und eine Bergführerstation gegründet, aufgebaut und betrieben, Skifahren und die Berge, das seien seine großen Leidenschaften gewesen. Später sei er nach Gossensass zurückgekehrt und habe den Hof seines Vaters übernommen. Es heißt, er habe ein wenig Geld investiert und alles auf Vordermann gebracht.

Es galt nun, die Nacht abzuwarten. Vielleicht würden Weiherers Männer auf weitere Spuren stoßen. Vielleicht würden die Polizisten und Carabinieri am Brenner auch Luis finden. Hoffentlich lebendig, vielleicht tot. Grauners Mitarbeiter in Bozen würden damit fortfahren, die Vergangenheit des Toten und seiner Wattkollegen unter die Lupe zu nehmen. Auch würden sie nach weiteren Kontakten des Toten suchen. Wo gab es Neid? Ungerechtigkeit? Gab es Vorfälle in seiner Vergangenheit, die zu den abscheulichen Ereignissen geführt haben könnten?

Grauner trat auf den Parkplatz der Questura hinaus. Die Bozner Luft war immer noch warm und unbewegt. Er suchte nach seinem Auto. Zweimal überflog sein Blick die parkenden Karossen, bevor er es entdeckte. Es schimmerte in makellosem Weiß unter einer buttergelben Straßenlaterne.

Der Commissario betrachtete den nagelneuen Panda, die runden Hüften des Gefährts sahen aus wie Luftballons in Birnenform. Grauner gefielen runde Hüften, die wie Birnen aussahen. Frauen sollten wie Birnen aussehen, fand er, nicht wie ausgedorrte Apfelbaumästchen im Winter. Grauner liebte Albas Birnenfigur, das war die Weiblichkeit der Bäuerinnen, wohlgeformt, gesund, natürlich.

Aber ein Auto? Da war Grauners Geschmack ein anderer. Bei Autos liebte der Commissario Ecken und Kanten. Und er liebte ihre Mechanik. Gott, wie er seinen alten Panda vermisste! Es nützte nichts. Es war sinnlos. Der Mechaniker hatte versucht, es ihm schonend beizubringen. Er hatte ihm erklärt, dass dieses eine Teil an der Kurbelwelle nicht mehr nachbestellt werden könne. Und, nein, das Fiat-Werk im Turiner Stadtteil Mirafiori könne seinetwegen die alten Maschinen nicht noch einmal anwerfen, dieses eine, einzelne Teil nicht nachproduzieren, um seinen alten geliebten Panda wieder zum Leben zu erwecken.

Grauner hatte nicht aufgegeben. Der Mechaniker hatte sein Bestes gegeben. Er hatte das Internet durchforstet und war auf einen Ersatzteilhändler in Tucson, Arizona, gestoßen, der alte Fiat-Teile sammelte und weiterverkaufte. Allerdings nur an Selbstabholer. Drei Nächte lang schlief Grauner nicht. Drei Nächte lang überlegte er, Grauner vom Graunerhof, der schon seit Jahren nicht einmal mehr nach Rimini, Jesolo oder Bibone in den Urlaub fuhr, weil er bereits nach wenigen Stunden seine Kühe und den Hof vermisste, er überlegte, ob er vielleicht nicht doch eine kleine Reise unternehmen sollte. Mit dem Flieger nach Amerika, zu diesem Fiat-Ersatzteilesammler in Arizona, um dem das Teil abzukaufen.

Am Morgen nach der dritten schlaflosen Nacht hatte es Alba gereicht. Sie begleitete ihren Mann mit dem Bus nach Bozen, in die Industriezone, zum Fiat-Händler, sie setzte Grauner in ein neues Panda-Modell und kutschierte ihn, weil er sich geweigert hatte, auf dem Fahrersitz Platz zu nehmen, einmal rund um das Messegelände. Dann kauften sie das Auto und fuhren wieder zum Hof hinauf.

Den alten Panda ließen sie beim Mechaniker ausschlachten.

»Schlachten, wie ein Viech«, hatte Grauner gesagt, und Rotz und Wasser geheult, als er seinen Wegbegleiter beim Schrotthändler zu einem quadratischen Blechklotz zusammengepresst vor sich stehen sah. Er wurde das Gefühl nicht los, einen Freund im Stich gelassen zu haben, ihm die letzte Rettung verwehrt zu haben, vielleicht wären ihm mit dem Ersatzteil aus Arizona noch ein paar schöne Jahre geblieben. Erst nach einigen Tagen hatte Grauner sich widerwillig in das neue Auto gesetzt, doch mit ihm angefreundet hatte er sich noch immer nicht.

Als Grauner auf das Plastikteil in seiner Hand starrte, fiel ihm ein, dass er draufdrücken musste, um den Wagen zu öffnen, und dass erst nach einem weiteren Druck auf einen kleinen Knopf der Schlüssel erschien. Die Lichter des Wagens blinkten, einmal, zweimal, dreimal, immer wieder drückte Grauner aus Versehen auf das Plastik, bis er den Überblick darüber verloren hatte, ob der Wagen nun offen war oder zu.

Himmel, Maria und Josef, sagte sich Grauner, warum musste dieses Leben, wenn man es nach Jahrzehnten endlich verstanden zu haben glaubte, immer mit neuen, unnützen Herausforderungen aufwarten, sodass man wieder von vorne beginnen musste?

Warum glaubte der Mensch, immer alles neu und besser machen zu müssen? Der liebe Gott hatte die Welt ja schließlich auch nur einmal erschaffen, für gut befunden – und basta! Er brachte sie nicht jedes Jahr mit neuen Extras und neuem Design auf den Markt. Dem fiel ja auch nicht ein, einer Mitzi, einer Margarete, einer Olga von einem Tag auf den anderen mechanische Euter anzuzaubern, schließlich hatte das Melken per Hand über Generationen gut und den Zweck erfüllend funktioniert.

Es gab Tage, da wünschte sich Grauner die langsamen Zeiten zurück. Da packte ihn die Melancholie mit voller Wucht, immer öfter, immer heftiger, wahrscheinlich, weil er älter wurde. Älter und weniger zeitgemäß. Er ging zur Tür, ließ sich auf den Fahrersessel plumpsen und fuhr erschrocken zusammen.

Der Schatten auf dem Beifahrersitz beugte sich zu ihm herüber, im Schein der matten Laterne erkannte Grauner das Gesicht.

»Claudio, hardimitzn! Hast du mich erschreckt. Wie bist du rein …? Hast du das Autoknacken in Neapel gelernt, oder was?«

»Du hast den Panda offen stehen lassen, Grauner.« Saltapepe nahm dem Commissario den Schlüssel aus der Hand, hielt ihn ihm vor die Nase und zeigte darauf. »Schau, hier drücken, zusperren, hier drücken, aufsperren, hier drücken, Schlüssel schießt raus. So einfach ist das.«

Grauner schaute den Ispettore immer noch entgeistert an. Nur langsam beruhigte sich sein Puls. Er beugte sich nach vorne und öffnete das Handschuhfach. Die Beretta lag noch darin. Nicht auszudenken, wenn sie weg gewesen wäre.

»Was machst du in meinem Auto, Claudio? Was soll das?«

»Ich habe es gesehen, Grauner.«

Grauner versuchte, unschuldig zu schauen, aber er ahnte, dass die erste Reaktion, sein flüchtiger, beschämter Blick zur Seite, dieses Vorhaben schon zunichtegemacht hatte. Was sollte er tun? Er hatte im Laufe des Tages nicht die Zeit gehabt, darüber nachzudenken. Nur eines war sicher: Belli durfte von alldem nichts erfahren. Der Staatsanwalt würde ihn beurlauben. Sofort. Wegen Befangenheit. Auch die Presse durfte nichts davon wissen. Charly Weinreich vom *Südtirol Kurier* schon gar nicht. Sonst wäre alles wieder da. Die Wunden aufgerissen, die dünne Haut zerfetzt, wie die Haut des Toten, der vom Pferd hinterhergeschleift worden war.

Aber wie vorgehen? Sollte er Saltapepe einweihen? Die beiden kannten sich nun seit ein paar Jahren. Er verstand zwar immer noch nicht, wie man zum Frühstück nur ein Gipfele und ein Schlückchen heißen Kaffee in den Magen schütten und abends eine Pizza Margherita einem Kalbskopf vorziehen konnte, aber sie hatten in dieser Zeit schon den einen oder anderen spektakulären Fall gemeinsam gelöst. Saltapepe hatte ihm bereits mehrmals in brenzligen Situationen aus der Patsche geholfen. Dafür war er ihm dankbar. So etwas vergaß Grauner nicht.

Es war ihm nicht entgangen, dass sein Kollege sich schwertat in Südtirol. Mit den Bergen, mit der Kälte im Winter, mit der Abwesenheit des Meeres im Sommer, mit dem klobigen Dialekt der Leute in den Dörfern, mit dem pedantischen Verlangen nach Pünktlichkeit und Ordnung, mit diesem Mischmasch aus Tiroler Kultur und zarten Einflüssen von Dolce Vita. Es musste irgendeinen guten Grund gegeben haben, warum sein Ispettore in diesen für einen Neapolitaner unwirtlichen Norden versetzt worden war, er hatte nie nachgefragt. Man fragte nicht, man bot dem anderen an zu erzählen, dafür reichte der richtige Blick im richtigen Moment, da waren er und Saltapepe sich gar nicht so unähnlich.

Überhaupt hatte Grauner in den vergangenen Jahren einiges an Gemeinsamkeiten entdecken können, trotz des Altersunterschieds, trotz der unterschiedlichen Herkunft. Beide liebten sie die Freiheit, beide waren sie von der überwältigenden Kraft der Natur geprägt, von den unendlich großen Wassermassen des Meeres, von den gigantischen, wilden Gesteinsmassen der Alpen, die Furcht erzeugten und Ehrfurcht verlangten und einen doch wie magisch anzogen.

Dieser Mann, Saltapepe, hatte Eier. Eier wie ein Stier. Coglioni. Das schätzte Grauner. Und dass der Ispettore seine Heimat, seine Stadt so sehr liebte und vermisste wie Grauner seinen Bauernhof, seine Berge vermisst hätte, wäre er nach Neapel versetzt worden, auch das verband sie – zugegeben hätte er das alles jedoch nie.

»Nichts, Saltapepe. Nichts. Ich weiß nicht, wovon du redest.«

Grauner öffnete die Handfläche, zum Zeichen, dass er den Schlüssel haben wollte. Er wollte losfahren, egal, ob Saltapepe ausstieg oder nicht.

Saltapepe hielt Grauner den Schlüssel wieder vor die Nase.

»Ich respektiere deine Geheimnisse, Grauner. Auch ich habe meine. Aber wir haben einen Mord aufzuklären. Ich kann das nicht machen, wenn mein Partner gegen mich arbeitet. Ich habe gesehen, was ich gesehen habe. Du wirst deine Gründe haben. Behalte sie für dich, wenn du meinst, dass du das tun musst. Dann steige ich jetzt aus diesem Auto aus, ich werde dich nicht verpfeifen, Belli wird von mir nichts erfahren, auch wenn ich das alles melden müsste. Du bringst mich in eine Zwickmühle. Was soll's! Ich werde mich krankschreiben lassen. Ich ermittle nicht in einem Fall, in dem mir etwas verheimlicht wird. Das habe ich zu oft erlebt – in Neapel. Gekaufte Staatsanwälte, gekaufte Kollegen, Dinge, die verschwinden, Dinge, die auftauchen, um die Ermittlungen in falsche Richtungen laufen zu lassen. No grazie. Nicht mit mir. Ich bin Polizist geworden, weil ich an das Gute glaube. An die Ehrlichkeit.«

Saltapepe ließ den Schlüssel aus dem Plastikgehäuse klappen und steckte ihn ins Schlüsselloch. Er öffnete die Beifahrertür, stieg aus, drehte sich noch einmal um, bückte sich, und sah dem Commissario tief in die Augen. Dann schloss er die Tür und verschwand im Dunkeln des Parkplatzes.

Grauner tappte mit dem Fuß nach der Kupplung, dann fiel ihm ein, dass das Auto ein Automatikgetriebe hatte, er schaute auf den Ganghebel, er spürte Tränen des Zorns, P – R – N – D, er konnte sich einfach nicht einprägen, welcher Buchstabe dafür stand, dieses verfluchte Auto zu starten, er konnte sich nicht daran gewöhnen, dass sich die Fensterscheiben nicht runterkurbeln ließen, er verstand nicht, warum dieser Panda ständig piepste.

Er war zornig auf sich selbst, zornig auf diesen Tag, den er so nicht hatte erleben wollen. Er öffnete die Tür und lief Saltapepe hinterher.

Er packte den Ispettore am Oberarm und zog ihn zu sich heran. »Gib mir einen halben Tag, Claudio! Ich brauche nur ein paar Stunden. Schmeiß den Laden morgen früh – ohne mich.«

Sie schauten sich erneut in die Augen. Grauners Finger waren immer noch in Saltapepes Jacke verkrallt. Erschrocken ließ er ihn los.

Saltapepe nickte.

»Danke«, sagte Grauner. »Danke. Wir sehen uns morgen Mittag am Brenner.«

13

Es war still zu dieser Stunde. Gespenstisch still. Es war nach ein Uhr morgens. Die Graunerin schlief. Tief und fest. Sie hatte ihren Mann nicht nach Hause kommen hören. Sara schlief auch. Der Nachbarshund hatte nur kurz gekläfft, als Grauner zum Bauernhof eingebogen war, er hatte sich längst an das neue Auto gewöhnt. Der Commissario saß am Tisch. Nichts stand darauf. Nur die Visitenkarte lag da. Sie war zerknittert. Grauner wusste, dass diese Karte in einer durchsichtigen Folie zu liegen hatte, gehütet von Max Weiherer. Er nahm sie in die Hand, er drehte und wendete sie. Sie war aus billigem Karton. Weiß. In zarten schwarzen Lettern standen ein Name und eine Profession darauf.

Peter Geisler
Konditor

Der Commissario drehte die Karte um. Eine Telefonnummer und eine Adresse.

Er murmelte die Zahlen vor sich hin, dann den Straßennamen und Ort: »Johann-Wolfgang-von-Goethe-Straße 26, Brixen.«

Er legte die Karte wieder auf den Tisch und schaute sich in der Stube um, dann zum Fenster hinaus. Einzelne Lichter blinkten auf der gegenüberliegenden Talseite. Er drehte sich um und starrte auf die geschlossene Tür der Abstellkammer, sie war aus schönem dunklem Eichenholz. Peter Geisler. Grauner hatte diesen Namen verbannt, sich über Jahre verboten, ihn auszusprechen. Doch vergessen hatte er ihn nie.

Peter Geisler. Konditor in Brixen. Zuvor Knecht an einem der Nachbarshöfe in Grauners Heimatdorf über dem Eisacktal. Der Mann, der in der Mordnacht seiner Eltern von einem höchst zweifelhaften Augenzeugen gesehen wurde. Wie er im Dunkeln durch die Straßen des Dorfes schlich. Was nicht sein konnte. Weil Geisler zu diesem Zeitpunkt, 1991, vor über fünfundzwanzig Jahren, bereits tot war. Verstorben in einer Irrenanstalt im Trentino. Den Hinweis auf Geisler hatte ein greiser, betrunkener und mittlerweile ebenfalls toter Dorfbewohner gegeben, der am Budl nach zwei Flaschen Vernatsch stets mit seiner früh verstorbenen Ehefrau gesprochen hatte, als ob sie neben ihm stünde.

Doch konnte es Zufall sein, dass diese Visitenkarte nun plötzlich in einem anderen Mordfall auftauchte? Geisler war zu Lebzeiten eine windige Gestalt gewesen, das wusste der Commissario. Stand er, obwohl längst tot, mit den Geschehnissen am Brenner in Verbindung?

Grauner erhob sich und ging die paar Schritte zu der Abstellkammer hin. Alles an ihm zitterte. Er drückte die Klinke nach unten und öffnete die Tür. Die Kammer lag im Dunkeln, nichts befand sich darin. Er fuhr mit der Hand über die Innenseite der Tür, er wusste genau, welche Bewegung er machen musste, um die Kerben zu finden. Tausende Male hatte er sie betastet. Er wusste, dass er sich damit quälte, kasteite, aber er konnte nicht anders.

Er spürte eine Berührung an der Schulter, nur kurz war er zusammengezuckt, dann ließ er die Wange auf die Hand seiner Frau fallen. Sie streichelte ihn sanft. Er hatte Alba nicht in die Stube kommen hören. Er war mit den Gedanken weit weg gewesen, bei seinen toten Eltern, deren spätes, unerhofftes Kinderglück er gewesen war, hinter den Bergen, hinter dem Horizont, im Himmel. Bis dahin drang das Krächzen der Holzdielen nicht durch.

Grauner drehte sich um. Im Flur stand Sara. Auch sie musste gerade erst aufgewacht und aus ihrem Zimmer gekommen sein. Die lila Haare leuchteten im Licht der Lampe. Sein kleines, zu beschützendes Mädchen, dabei hatte er sich längst eingestanden, dass sie eine junge, kluge, selbstbewusste Frau geworden war.

Er packte Albas Hand und ging mit ihr die paar Schritte zum Stubentisch zurück. Sie setzten sich. Er winkte Sara heran. Es war an der Zeit, ihr alles zu erzählen. Sie ahnte ganz sicher bereits, dass da etwas war, gewesen sein musste, weil das Dorf tuschelte, hinter ihrem Rücken, weil Gespräche verstummten, wenn sie dazustieß, beim Bäcker, beim Metzger, im kleinen Supermarkt neben der Kirche. Weil Blicke sie manchmal trafen, weil die Leute den Graunerhof mieden, weil da einst etwas Schreckliches passiert war. Vor vielen, vielen Jahren. Lange bevor sie geboren wurde.

14

Im Dunkeln gibt es keine Schatten. Nur das Kerzenlicht flackert. Es erhellt drei Gesichter, zwei mit blasser Haut, eins mit schwarzer. Die drei Männer sitzen am Tisch. Zwei tragen blaue Schürzen über den Wolljacken. Über die helle Haut ziehen sich vernatschrote Äderchen. Der schwarze Mann steckt in einem schwarzen Anzug. Nur am Hals blitzt ein weißes Stück Priesterkragen hervor.

Vor den dreien liegt ein Stück Speck auf einem Brett, daneben steht eine halb leere Weinflasche. Ein Tropfen läuft die Flasche hinab, er färbt das Holz des Tisches dunkel, frisst sich hinein.

»Lasst uns trinken«, sagt der eine Mann mit blauem Schurz zum anderen. »Trinken macht mutig. Aber trink nicht zu viel. Sonst zittert dir die Hand beim Schreiben.«

Er greift nach dem Speck, er nimmt das Messer in die Hand, schneidet Scheiben ab. Der Priester greift nach einem

Schüttelbrot und bricht es. Das Mehl rieselt zu Boden und auf den schwarzen Hosenstoff. Er wischt es weg.

»Schreib alles auf«, sagt der eine Mann und legt dem anderen die Hand auf die knochige Schulter. Der Geistliche zieht Papier und eine Füllfeder aus der Jackentasche, legt beides auf den Tisch und schiebt es in die Mitte.

»Befreie dich von deiner Last«, fährt der Mann mit Schurz fort.

Der andere schaut auf. Die dünnen Lippen öffnen sich, doch erst nach Sekunden füllt sich sein Mund mit Worten.

»Wir … ich … wir haben Böses getan. Wir … ich … wir waren noch so jung, wir waren noch halbe Kinder …« Er greift nach einem der Gläser, schüttet den Rebensaft in sich hinein, er läuft ihm aus den Mundwinkeln, tropft auf das Papier. »… es ist so lange her. Es hat mich nie losgelassen.«

Er wischt sich die Tränen aus dem Gesicht. Dann greift er nach der Füllfeder. Sie liegt schwer in der Hand. Er öffnet das Tintenfass und tunkt die Feder ein. Erst zittert die Hand noch, dann ziehen die geschwungenen Linien ins dicke gelbbraune Papier ein.

Gossensass am Brenner, den 12. August

Ich spüre, dass es mit mir zu Ende geht. Doch diese Last muss ich loswerden, bevor ich dem Teufel gegenübertrete. Ich bin ein gläubiger Mann, doch wage ich nicht, zu hoffen, zum lieben Herrgott zu gelangen. Nein, das wird nicht geschehen. Ich – wir! – wir werden in die Hölle kommen. Dies ist mein Geständnis.

Der Mann schaut auf das Geschriebene. Schüttelt den Kopf. Zerknüllt das Papier. Nimmt ein neues Blatt, setzt die Füllfeder wieder an. Draußen bellt ein Hund. Die Kette schleift über den Sand und die Steine auf dem Boden vor dem Hof. Der Mond verschwindet hinter Wolken. Schatten verschwinden. Im Dunkeln, im Schwarz.

14. August

1

Eine frische Brise wehte durch die mittelalterlichen Lauben und durchbrach die warmen Luftmassen. Grauner hatte den neuen Panda in einer Parkgarage an der Hauptstraße abgestellt, er wollte ein paar Schritte zu Fuß gehen. Aufwachen. Nun stand er am Domplatz von Brixen, eine schwarze Katze huschte an ihm vorbei und verschwand in einer der engen Gassen. Mächtig erhob sich das Gotteshaus vor dem Commissario, noch mächtiger umzingelten ihn die Berge, die Plose, die Pfannspitze, der Gabler. Der Himmel leuchtete schon, aber das Licht schaffte es noch nicht, die Stadt zu erhellen.

Die Bischöfe aus Marmor über der Eingangspforte, der heilige Kassian, der heilige Ingenuin und der heilige Albuin schauten grimmig auf Grauner herab. Der Commissario blickte zu ihnen hoch. Die Diözese hatte den Bischofssitz längst nach Bozen verlegt, und doch war Brixen nach wie vor eine Stadt, in welcher der liebe Gott und sein Bodenpersonal regierten. Die Geschicke wurden noch von der Kanzel verkündet, die Zukunft in den Sakristeien verhandelt.

Grauner lief die Lauben entlang, unter einem der Bögen lag in sich zusammengesunken ein Mann in Lederhosen und Strickjacke. Der Commissario blieb kurz stehen und versuchte, den Spruch auf dem Schurz zu entziffern. *Lustig und durstig!* Er musste schmunzeln. Der Oberkörper des Mannes hob und senkte sich sanft. Er schlief seinen Rausch aus. Grauner ließ ihm seine Ruhe. Er musste weiter.

Bald erreichte er die Runggadgasse, er lief die hohen Mauern entlang, vom Kapuzinerkloster zum Franziskanerkloster, vor den Mauern standen Zitronenbäume in Terrakotta-Vasen. Hinter einem Hofgatter lugten die Spitzen von Palmen hervor. Immer wieder faszinierte Grauner, dass auch im Norden Südtirols, wo die Berge höher und die Nächte kälter waren, das Alpenklima und das mediterrane Klima koexistierten. Schnee auf den Gipfeln. Im August. Und Küstenvegetation im Schatten der Klöster.

Die Mauern verstellten den Blick rüber zum Eisack. Wie bei dem Fall, den er zu lösen hatte. Wie beim ungeklärten Schicksal seiner Eltern. Irgendwo hinter solch hohen Wänden lagen Wissen und Wahrheit, doch wie weit er auch lief, er stieß auf keine Tür, die sich öffnen ließ, auch auf keine Leiter, die es ihm ermöglicht hätte, einen Blick auf die andere Seite zu werfen.

Dort, wo die Gasse endete und wo rechts die Johann-Wolfgang-von-Goethe-Straße begann, hatte Grauner bereits vor über zwanzig Jahren gestanden. Zur Sicherheit schaute er erneut auf die Visitenkarte. Dann auf die Wohnhäuser, die sich die Straße entlangreihten. Er ging die paar Schritte zur Nummer 26. Damals war das Haus eine Bruchbude gewesen. Das Dach eingefallen, der Verputz von den Wänden gebröckelt, Bretter waren an die Fensterläden gehämmert. In matten Farben war über dem Türbogen noch ein Schriftzug zu entziffern gewesen.

Konditorei Geisler

Damals war ihm gesagt worden, der ehemalige Knecht des Nachbarhofs habe diese Konditorei in den Fünfzigerjahren aufgebaut, aber nach einiger Zeit aufgegeben. Er sei nach Auer ins Unterland gezogen, dort sei er nach Streitereien mit einem ortsansässigen Bauern verhaftet worden. Er solle den Bauern erpresst haben, er solle ihm gedroht haben, dessen Weinfässer zu vergiften. Er habe einige Monate im Bozner Gefängnis verbracht, das musste in den Sechzigerjahren gewesen sein – als Grauner noch nicht einmal gelebt hatte.

Wieder auf freiem Fuß, sei der ehemalige Knecht an der Autobahnausfahrt Neumarkt-Tramin mit einer kleinen Dosis Heroin erwischt worden, erneut sei er für einige Zeit im Gefängnis gewesen. Als ihm ein Notarzt Jahre später, in den frühen Siebzigerjahren, eine Überdosis Amphetamine aus dem Magen gepumpt habe, sei er in die Irrenanstalt gekommen, wo er verstorben sei. All das hatte der Commissario herausgefunden, damals, nach dem gewaltsamen Mord an seinen Eltern.

Grauner schaute die Hauswand empor, sie war zartrosa getüncht. Die Fensterläden waren tannengrün gestrichen. Weiße Lettern standen in einem Halbkreis über dem Türrahmen.

Mayerhofers
Bäckerei und Konditorei
gegründet 2011

Der Commissario rüttelte an der Tür. Sie war verschlossen. Ein Blick auf die Uhr. Es war kurz vor halb sieben. Er ging um das Haus herum, schon nach wenigen Schritten schlug ihm der Duft von frischem Brot entgegen. Grauner liebte diesen Duft, fast noch mehr als den satten Geruch von frisch gemolkener Milch.

Vielleicht war es das Südtiroler Brot, das ihn nie darüber nachdenken ließ, woanders leben zu wollen. Nirgends schmeckte Brot so gut wie hier, und Grauner verstand die Italiener nicht, die zwar Weltmeister im Brotessen waren, für die ein Gericht ohne Brot keine Mahlzeit war, aber deren Brot nach nichts schmeckte.

Der Innenhof war mit Efeu überwachsen, eine halb geöffnete Tür führte in die Backstube. Der Mann, der pfeifend dunkelbraune Weggen aus dem Ofen holte, zeigte sich nicht überrascht, als Grauner plötzlich vor ihm stand.

»Darf's etwas frisches Brot sein? Ich hab' alles: Pusterer Breatl'n, Vinschgerlen, Semmelen, Krapfl'n, Kartoffelbrot, Nussbrot, Apfelbrot, Brot mit Weimerlen, Spitzkorn-Pims …«, sagte er und pfiff dann fröhlich weiter.

»Ich, äh, weiß nicht …«, erwiderte Grauner.

»Schön gefeiert? Viel getrunken?«

Grauner verstand nicht. Er senkte den Kopf leicht.

»Ah, du hast gar nicht die Nacht durchgemacht? Bist ein Frühaufsteher, was? Frühaufsteher kommen eher selten vorbei. Normalerweise stolpern bei mir um diese Uhrzeit nur die Discogänger herein. Außerdem die, die im Keller die ganze Nacht Karten gespielt haben. Oder die, die in fremden Betten übernachtet haben und vor dem Morgengrauen wieder auf der richtigen Matratze liegen müssen. Ich gebe jedem was, egal, was er in der Nacht getrieben hat. Möchtest du lieber etwas Süßes? Eine Mehlspeise? Ich habe Apfelstrudel, eine Zwetschgentorte. Eine Sacher habe ich auch. Ich mache alles – nur für die Zubereitung der Hostien bin ich nicht zuständig. Dafür haben die Klöster ihre eigenen Bäckereien.«

Der Bäcker zeigte rüber in Richtung Straßenkreuzung. Dann knetete er Teigbällchen zusammen.

»Ich bin beruflich unterwegs«, sagte Grauner.

Der Mann stemmte die Arme in die Hüften. »Angenehm. Mein Name ist Marius Mayerhofer. Und Sie? Sind Sie auch Bäcker? Konditor?«

Grauner schüttelte den Kopf.

»Nein, ich bin von der Kriminalpolizei.«

Das Scheppern des zu Boden gefallenen Teigblechs hallte durch den ganzen Raum.

Grauner hob eine Hand. Zur Beschwichtigung. In der anderen hielt er das Tesserino, das ihn als Commissario auswies. »Ich interessiere mich dafür, was in diesem Haus passiert ist, bevor Sie Ihr Geschäft eröffnet haben. Können Sie mir darüber etwas erzählen? Ich weiß, dass sich hier früher schon mal eine Konditorei befunden hat …« Grauner holte die Visitenkarte aus der Jackentasche und legte sie auf eins der Bleche, die ihn umzingelten.

Der Mann klopfte die Hände zusammen, Mehlwolken stiegen zur Decke empor. Dann griff er nach der Karte. »Ja, richtig. Die alte Bäckerei. Mein Großvater erzählte mir davon. Die Himbeertörtchen, so sagt man, hätten himmlisch geschmeckt, aber so gut wie meine konnten die nicht gewesen sein, meine sind göttlich. Bei Himbeertörtchen, da muss man das Gelee …«

»Danach stand das Haus lange leer, nicht wahr?«, rekonstruierte Grauner, um den Mann von weiteren kulinarischen Ausführungen abzuhalten. Er machte sich nicht viel aus Gebäck.

Der Mann nickte. »Ja, es gehörte einem mittlerweile verstorbenen Brixner Kaufmann. Ich habe es ihm vor sieben Jahren abgekauft, kurz vor seinem Tod. Es war in desolatem Zustand. Ein Jahr lang habe ich es saniert, gemeinsam mit meinem Bruder, einem Maurer, dann haben wir eröffnet.«

Grauner musste mit offenen Karten spielen. Oder zumindest ein paar der Karten auf den Tisch legen. »Ich war schon einmal in diesem Haus. Bevor es Ihnen gehörte. Ich bin in die Ruine eingestiegen, habe mich umgesehen …«

Grauner erinnerte sich noch daran, als wäre es gestern gewesen. Er erinnerte sich, wie er durch die dunklen Räume gekrochen war, den Staub beiseitegewischt hatte, das Gerümpel umgestapelt, nicht wissend, wonach genau er suchte. Irgendwann hatte ihn die Platzangst gepackt, im Dunkeln, in einem der Räume, wie immer waren ihm die Gesichter seiner toten Eltern erschienen. Wie immer hatte er kurz das Bewusstsein verloren.

»Wonach?«

Grauner schreckte aus der Erinnerung hoch.

»Wonach haben Sie gesucht?«, präzisierte der Bäcker seine Frage.

Grauner räusperte sich. »Nach der dunklen Vergangenheit.«

Der Mann pfiff nun wieder. Er schien erleichtert, dass sich der Besucher nicht um ihn kümmerte, dass er von der Kriminalpolizei war und nicht von der Gesundheitspolizei oder den Finanzern.

»Und? Haben Sie etwas gefunden?«, fragte er und schob den Teig in den Ofen.

»Nein«, murmelte Grauner und schüttelte den Kopf.

»Ich aber«, sagte der Bäcker. »Besser gesagt, mein Bruder. Wir mussten einige Mauern einreißen, unten im Keller, weil wir die Räume zu einer Vorratskammer umfunktionieren wollten. In einer der Wände war etwas versteckt. Eingemauert, zwischen den Ziegeln. Kommen Sie mit!«

2

»Wo ist Grauner?«

Saltapepe versuchte, seine Antwort so beiläufig wie möglich klingen zu lassen. »Er hat mich gerade angerufen. Der Panda ist kaputt. Er muss zum Mechaniker. Wir treffen uns mittags direkt am Brenner.«

»Der Panda ist kaputt?«, fragte Tappeiner ungläubig. »Der ist doch neu.«

Saltapepe hob die Schultern. Er log nicht gerne. »Hätte sich halt einen Alfa kaufen müssen, wie jeder vernünftige Polizist.« Er wechselte schnell das Thema. »Was gibt es Neues?«

Saltapepe, Tappeiner, Weiherer und Marché hatten sich im Versammlungssaal der Questura zusammengesetzt. Belli hatte sich entschuldigen lassen.

»Besprechung mit einem befreundeten Richter aus dem Trentino. Nur bei ganz wichtigen Neuigkeiten ist das Gespräch beim Frühstück im *Laurin* zu stören«, hatte ein Mitarbeiter der Staatsanwaltschaft am Gerichtsplatz mit gewichtiger Stimme am Telefon durchgegeben.

An der Wand des Versammlungssaals hingen Fotos des Opfers, tot und lebendig. Auch aufgebahrt in der Leichenhalle des Spitals war Jakob Voltinger abgebildet. Das Gesicht war nichts als ein schwarzes Loch. Ein Ohr fehlte ganz. Das zweite zur Hälfte.

Außerdem war eine Karte des Brenners an der Wand befestigt. Mit roten Punkten darauf. Sie markierten die Fundorte der Leichenteile. Neben der Karte hingen Fotos des Vermissten. Luis Sulzbacher war noch immer nicht aufgetaucht.

Silvia Tappeiner räusperte sich. »Die Gerichtsmedizin hat die Nacht durchgearbeitet. Filippis Vertretung hat vorhin die Ergebnisse gefaxt. Ich habe auch kurz mit dem Arzt telefoniert, denn die Blutproben … sie sind …«, Grauners Assistentin stockte. Sie schien nach den richtigen Worten zu suchen.

Die Runde schaute sie fragend an.

»Es konnten Cyanide nachgewiesen werden.«

»Und was heißt das?«, hakte Saltapepe nach.

»Der Arzt sagt, der Tote habe Gift intus gehabt.«

Die Augen der anderen weiteten sich.

»Cyanide? Was ist das? Um was für ein Gift handelt es sich?«, fragte Saltapepe.

»Das konnte er mir leider noch nicht mitteilen. Cyanide sind in ganz unterschiedlichen Giften enthalten. Sicher ist nur, dass Voltinger irgendwann in der späten Nacht gestorben ist. Zwischen zwei und fünf Uhr …«

»Woran ist er gestorben?«, fuhr Saltapepe dazwischen. Er spürte, wie die Anspannung in ihm hochkroch. »Am Gift in seinem Körper, oder an …«, er suchte nach Worten, »… daran, dass er durch die Straßen geschleift worden ist?«

Tappeiner seufzte. »Das haben die Untersuchungen nicht ergeben. Das muss irgendwie zeitgleich … das Gift und die äußeren Wunden … das muss beides innerhalb dieser Stunden passiert sein.«

»Hat er sich selbst vergiftet oder gab es ein Fremdeinwirken?«

»Auch das konnte nicht festgestellt werden.«

Der Ispettore versank in Gedanken. Das waren wichtige Neuigkeiten, die entscheidende Fragen aufwarfen. War der Mann gar nicht zu Tode geschleift worden? War er womöglich zuerst vergiftet und dann hinter das Pferd gespannt worden? Welchen Sinn ergab das? Sollte es ein Zeichen sein? Schaut her, was mit dem Voltinger passiert ist! Wenn ihr tut, was er getan hat, dann wird es euch genau so ergehen! Und warum Gift? In der Polizeischule hatte Saltapepe gelernt, dass Giftmorde in den meisten Fällen von Frauen begangen wurden. Er hatte in seiner Karriere bislang jedoch kaum mit mordenden Frauen zu tun gehabt. Auch nicht mit Gift als Mordwaffe. Die Mafia erschoss, erwürgte, sprengte in die Luft. Das Gift kam nur ins Spiel, wenn die Leichen auf illegalen, mit toxischer Säure verpesteten Müllhalden gefunden wurden. Von giftresistenten Ratten angeknabbert.

»Wir haben gestern noch bis spät in die Nacht Befragungen durchgeführt.« Marchés Stimme riss Saltapepe aus den Gedanken. »Im Gasthaus in Gossensass. Am Brenner. Bei Barbetreibern. Händlern. Tankwarten. Auch diesen Bertoldo, von der Ferrovie dello Stato, den Finder der Leiche, haben wir noch einmal ausgequetscht. Wir haben mit ihm jede Einzelheit durchgesprochen. Er wirkte nervös. Das hat mich erst nicht verwundert, muss ja nichts bedeuten. Jeder ist aufgeregt, wenn er zu einem Mordfall befragt wird.«

»Und wenn er höchstselbst Teile des Toten im frühen Morgengrauen gefunden hat«, präzisierte Silvia Tappeiner.

»Doch als ich ihm sagte, dass noch ein zweiter Mann vermisst wird, stieg seine Nervosität plötzlich schlagartig an«, fuhr Marché fort. »Er wurde kreidebleich, als ich ihm den Namen nannte. Er stammelte nur noch. Ich habe recherchiert, aber keine Verbindung zwischen Bertoldo und Sulzbacher feststellen können.«

Saltapepe dachte nach. Er konnte die vielen Ästchen dieses verzweigten Fallbaums nicht zusammenbringen. Vielleicht hatte das alles nichts miteinander zu tun. Der Tote. Der Vermisste. Vielleicht hatten sie einfach nur miteinander Karten gespielt. Sonst nichts.

Der Ispettore wollte gerade wieder das Wort ergreifen, als ein Bereitschaftspolizist zur Tür hereinplatzte. Völlig außer Atem verschluckte der Mann den Satz, den er loswerden wollte. Er hielt inne. Schnaufte und setzte neu an.

»Wir haben ihn.«

»Wen?«, fragte Saltapepe.

»Den alten Luis.«

»Ah, sehr gut. Wo ist er? Wo war er? Ist er bereits verhört worden?«

Der Polizist schüttelte den Kopf.

Der Mann atmete noch einmal tief ein. »Sie haben ihn in der Nähe der Autobahn gefunden. Unter der Brücke bei Gossensass. Er lehnte an einem der Pfeiler. Nicht weit von seinem Hof.«

3

Der Koffer war staubig, das hellbraune Leder an manchen Stellen zerrissen, die vergoldeten Metallecken zerkratzt. Er stand in einer Ecke des Kellers, zwischen alten Kisten, zwei weißen Kühltruhen und einigen Regalen mit leeren Gläsern darauf.

Grauner betrachtete das Fundstück aus einiger Entfernung. Fast schien es, als würde es, sobald er irgendetwas berührte, kein Zurück mehr geben. Mayerhofer hatte keine Berührungsängste. Er schnappte den Koffer und trug ihn die Treppe hoch in den Verkaufsraum.

Er hievte ihn auf den Tisch neben der Vitrine. Draußen war es in der Zwischenzeit heller geworden. Die Blätter der Bäume funkelten in den morgendlichen Sonnenstrahlen, die Klostermauern warfen lange Schatten. Wie zum Befehl klingelte erst das helle Glöckchen der Kapuziner-Kirche, dann stimmten die dumpfen Domglocken mit ein. Es war sieben Uhr.

In den meisten Dörfern Südtirols hatten Hoteliers und Gastwirte mit dezenten, aber großzügigen Spenden an die Dekane das Sieben-Uhr-Geläut zum Verstummen gebracht. Später am Vormittag nahm der Gast die Glocken als Folklore wahr, frühmorgens jedoch stimmten sie ihn übellaunig. In Brixen aber ließ sich die Kirche nicht kaufen. In Brixen hatte sie Geld genug. In Brixen wurde um sieben wach gebimmelt, trauter Touristenschlaf hin oder her.

Der Bäcker blies über die Lederhaut des Koffers. Der Staub schoss in die Luft, sammelte sich zu Bällchen, die wie Gleitschirmflieger langsam zu Boden sanken. Grauner nieste und übertönte damit das doppelte Klacken der Schlösser. Als er die Augen wieder aufmachte, stand der Koffer offen. Darin lagen eine Taschenuhr, schwarze Manschettenknöpfe mit weißen Totenköpfen, ein silbernes Feuerzeug, ein verschnürtes Lederetui und ein vergilbter, halb zerrissener Ausweis.

Grauner nahm das Dokument in die Hand. Obwohl seine Finger stark zitterten, erkannte er den Namen sofort.

»Peter.« Grauner schluckte. Kurz war ihm, als wankte er. Er presste die Augenlider zusammen, einmal, zweimal, er merkte, wie ihm der Mund staubtrocken wurde. »Peter Geisler«, stammelte er.

Ein junger Mann strahlte ihm entgegen. Dunkles Haar, neugierige Augen. Ein spitzbübisches Lächeln um die schmalen Lippen. Der Ausweis war von 1955, Geisler war da fünfundzwanzig gewesen. Auf dem Foto sah er jünger aus.

Nur langsam erwachte der Commissario aus der Starre. Er legte den Ausweis zurück in den Koffer, das Etui hatte er noch nicht angerührt. Eine plötzliche Eile befiel ihn, ein panisches Kribbeln in den Fingern, er fürchtete, dieser Fund könnte ihm ebenso schnell abhandenkommen, wie er ihm nach all den Jahren in die Hände gefallen war. Er musste raus aus dieser Backstube. Wieder zog er das Tesserino aus der Tasche und hielt es dem Bäcker unter die Nase.

»Ich muss den Koffer beschlagnahmen«, sagte er mit ernster Stimme.

Mayerhofer hob gleichgültig die Schultern. Er schien nicht an dem Fundstück zu hängen.

»Worum geht es denn eigentlich bei Ihren Ermittlungen?«, fragte er.

Grauner hatte weder die Zeit, noch war ihm danach, auf weitere Fragen zu antworten. Der Bäcker schien am Abend zuvor die *Tagesschau* nicht gesehen und auch keine Bar besucht zu haben. Der Mord am Brenner musste längst Gesprächsthema sein – spätestens in zwei Stunden würde der Briefträger den *Südtirol Kurier* in den Briefkasten stecken und den Bäcker auf den aktuellen Stand bringen.

»Ach«, sagte Grauner und versuchte, sich so gleichgültig wie möglich zu geben. »Eine ganz alte Geschichte. Die Akte war noch unvollständig, der Koffer fehlte uns noch. Ich denke, hiermit können wir die Sache abschließen.«

»Na dann …«, sagte Mayerhofer.

»Ja, vielen Dank noch mal«, sagte Grauner und wandte sich erleichtert zur Tür um.

»Warten Sie, ich sperre Ihnen auf.«

Grauner hatte ganz vergessen, dass er zur Hintertür hereingekommen war, und drehte sich um. Der Bäcker war plötzlich nah an ihn herangetreten. Der Commissario konnte den Schweiß riechen, die Brustmuskeln zuckten unter dem schmutzig-weißen T-Shirt, der Mann knetete die Finger, ballte die Fäuste, die dicken Unterarme spannten sich.

»Eine Sache noch, Commissario. Ich kann Sie so nicht gehen lassen …« Seine Stimme war nun ernst.

Grauner wich zurück. Mit misstrauischem Blick schaute er dem Mann in die Augen. Der Bäcker ging zur Vitrine und holte einen Pappteller voller Vanillegipfelen hervor.

»Für Ihre Männer.« Er grinste.

Grauner bedankte sich, nahm den Teller und trat aus der Tür.

Die Sonne warf ihre Strahlen aufs Trottoir. Die Spatzen pfiffen. Es würde ein heißer Augusttag werden. Zumindest hier unten im Eisacktal. Der Commissario blickte gen Norden, zum Pass, zum Alpenhauptkamm, dort wölbten sich grauschwarze Wolken.

Er musste mit dem Pappteller voller Gipfelen und dem alten Koffer ein heiteres Bild abgeben, dachte Grauner, während er durch die Lauben zurück zur Parkgarage ging. Es war ihm egal. In Brixen kannte ihn niemand. Grauners Stadt war Bozen. Das war immer schon so gewesen. Ein paar Dörfer weiter nördlich im Eisacktal fuhr man nach Brixen, in seinem Dorf dagegen fuhr man nach Bozen, um aufs Amt zu gehen, um eine höhere Schule zu besuchen, um einzukaufen, was es im Ort nicht gab: eine neue Winterjacke, einen neuen

Schurz, Futter fürs Vieh, einen Ochsen auf dem Viechmarkt, die neue Mahler-CD von Kent Nagano.

Der Betrunkene vom frühen Morgen saß noch unterm Laubenbogen. Die Sonne strahlte ihm ins Gesicht, er rieb sich die Augen. Grauner ging zu ihm hin, reichte ihm wortlos ein Gipfele, dann lief er weiter zur Parkgarage. Er bemerkte, dass er die ganze Zeit kaum zu atmen gewagt hatte, sein Kopf musste rot angelaufen sein. Er spürte die Anspannung und die Angst, sie wühlten in ihm. Er legte den Pappteller auf die Rückbank des Pandas und den Koffer auf den Beifahrersitz. Er startete den Motor und wunderte sich, dass es ihm gleich gelang.

Der Commissario bog in die Staatsstraße in Richtung Brenner ein, nach wenigen Kilometern hielt er in einer Parkbucht. Er blickte sich um. Der Verkehr rauschte an ihm vorbei. Er öffnete den Koffer erneut, kurz dachte er, es sei nur ein Traum gewesen. Doch es lag alles vor ihm. Uhr, Manschettenknöpfe, Feuerzeug, der Ausweis. Das Lederetui. Er entknotete die Schnur, im Etui lagen etwa ein Dutzend Fotos. Schwarz-Weiß.

Sie zeigten eine junge Frau. Sie war hübsch. Schulterlanges Haar. Melancholischer Blick. Dunkle Augen. Grübchen. Manche der Fotos waren Porträts, andere Schnappschüsse. Sie zeigten die Frau bei einer Bergwanderung, mit Rucksack und Wanderstock, oder auf der Bettkante sitzend, ein zu großes, weißes Hemd übergezogen. Auf einem der Fotos war sie in Nahaufnahme zu sehen. Ihr Gesicht verschwommen, daneben, halb abgeschnitten, ein Männergesicht. Es war dasselbe wie das auf dem Ausweis. Es war Geislers Gesicht.

Grauner wendete die Fotos. Auf manchen war mit Kugelschreiber das Datum vermerkt: *Brixen, 23. September 1956; Plose, 11. März 1957; Innsbruck, 3. April 1957; Drei Zinnen,*

12. August 1957. Auf manchen war ein Name gekritzelt. *Astrid.* Astrid? Wer war diese Frau?

Grauner legte die Fotos zurück in den Koffer, schloss den Deckel und hievte ihn zwischen den Vordersitzen hindurch auf die Rückbank. Er schaute erneut zum Himmel. Wieder sah er die Wolken. Bis hier hinunter würden sie es nicht schaffen. Die Gipfel würden sie festhalten. Südtirol würde sonnig bleiben. Doch am Brenner, da würde das Unwetter bald toben. Da musste er nun hoch, hoch ins Auge des Sommersturms.

4

Der alte Mann saß am Betonpfeiler. Saltapepe war klar, dass er sich mit der Frage wohl der Lächerlichkeit preisgab, trotzdem brannte sie ihm so sehr auf den Lippen, dass er sie stellte.

»Der ist nicht herunter…«

Der Rest des Satzes ging in Weiherers Gelächter unter. Er klopfte dem Ispettore auf die Schultern. Sie blickten Richtung Himmelszelt. Saltapepe wurde leicht schwindelig dabei. Die dicken rechteckigen Pfeiler der Brücke erstreckten sich in die Höhe, sie trugen die Trasse über die Talenge. Diese Bausünde war abstoßend und faszinierend zugleich. Der dichte dunkelgrüne Wald, aus dem, wie die Zunge eines Chamäleons, der Beton geschossen kam, das Bergpanorama im Hintergrund.

»Nein, Claudio, wenn der runtergefallen wäre, dann könnten wir seine Stücke zusammentragen, der wäre zerschellt wie ein Schneeball an einer Hüttenmauer. Nein, den hat jemand hingesetzt. Wahrscheinlich sitzt der hier seit gestern.«

»Warum? Warum sitzt der hier? Weiherer, was habt ihr bereits herausgefunden?«

Die beiden drehten sich um, sie hatten Grauner nicht herankommen hören. Sie waren eigentlich am Pass verabredet gewesen, aber nun hatte der Umstand, dass Sulzbachers Leiche gefunden worden war, die Pläne über den Haufen geworfen. Hinter dem nassen Grün der Wiesen blinkten die Blaulichter der Einsatzwagen. Am Pfeiler standen Weiherer und ein paar seiner Männer, Saltapepe und der nun eingetroffene Commissario – mit den Gipfelen in der Hand.

Er reichte sie in die Runde. Saltapepe musterte das Gebäck erst skeptisch, in Bozen hatte er die Cornetti alla Crema in der *Bar dello Stadio* lieb gewonnen, sie schmeckten nicht wie in Neapel, aber sie waren essbar. Was Grauner ihm nun unter die Nase hielt, sah zwar annehmlich aus, aber das konnte täuschen. Saltapepe biss vorsichtig rein, er spürte, wie seine Zähne die zarten Gebäckschichten durchbrachen, wie die Vanillesoße auf die Zunge tropfte. Sein Misstrauen schwand in Sekundenbruchteilen.

»Nun«, sagte Weiherer kauend. Er kniete sich hin, seine Finger, die in einem durchsichtigen Handschuh steckten, griffen nach dem dünnen Unterarm des Toten und hoben ihn hoch. »Schaut!«

Saltapepe sah die dunkelroten Flecken, erst dachte er, es seien Blutergüsse, dann wurde ihm klar, dass es Bissspuren waren.

»Sind das Menschenbisse? Oder Tierbisse?«

Sofort fielen ihm die Hundebegegnungen des vergangenen Tages ein. Die bellende Bestie am ersten Hof, das tote Tier im Stall der nun gefundenen Leiche. Der Ispettore konnte nichts daran finden, wenn Menschen sich Hunde als Haustiere hielten. Sie gehörten auf die Straße, in den Schmutz, niemals an die Leine. In Neapel hatte niemand Hunde. Nur die Reichen, die Frauen der Bosse besaßen blank geputzte Weimaraner. Die Frauen hielten sich Tiere, ihre Männer hielten sich menschliche Killer.

Die anerzogene Dummheit der Hunde ekelte Saltapepe regelrecht an. Kein Tier würde sich freiwillig durch eine Leine maßregeln lassen. Es würde um sich beißen, seine gottgewollte Freiheit einfordern. Es gab nur ein Geschöpf auf Gottes Erden, das noch befehlshöriger war als der Hund. Der Mensch. Der beschränkte seine Freiheit sogar ohne Leine. Zumindest ohne sichtbare.

»Nein, das war kein Hund.« Die Männer am Tatort drehten sich um. Bürgermeisterin Wieser war gemeinsam mit Sovrintendente Marché an die Gruppe herangetreten. Die Frau trug eine kurze Lederhose und einen Jägerhut mit Gamsbart. Sie sah aus, als wäre sie einem Heimatfilm der Siebzigerjahre entsprungen, aus Zeiten, als sich am Brenner im Sommer der Reiseverkehr gen Süden täglich stundenlang staute, weil die österreichischen und italienischen Beamten den Grenzübergang überwachten und eifrig Wohnwagen herauswinkten, um sie bis in die letzte Ecke zu durchsuchen.

»Das sind auch keine Menschenbisse, das waren Füchse.«

Saltapepe und Grauner schauten überrascht.

»Unter den Autobahnbrücken nimmt die Fuchspopulation seit Jahrzehnten zu. Die Füchse werden zahlreicher, größer, fetter.« Die Bürgermeisterin deutete mit dem Arm nach oben. »Die werfen alles runter: Kaugummis. Zigarettenstummel. Bierflaschen. Einmal habe ich keine zehn Meter von hier sogar eine Beinprothese gefunden. Aber vor allem landen hier Essensreste. Halbe Brötchen, Burger, Pommes frites. Das ist ein Schlaraffenland für die Viecher.«

Saltapepe musste grinsen.

»Sind Sie Jägerin?«, fragte Grauner unbeeindruckt.

»In vierter Generation.« Wieser schaute stolz.

»Die Frau Bürgermeisterin war es, die uns angerufen hat«, sagte Marché. »Sie hat die Leiche gefunden. Sie …«

»Im Morgengrauen«, unterbrach ihn Wieser. »Ich streifte hier entlang, da sah ich ihn da sitzen. Anfangs dachte ich, er schlafe.«

Saltapepe kam diese Welt immer irrer und unwirklicher vor. Dieser Nicht-Ort zwischen zwei Staaten, ein zubetonierter Pass, auf dem fast niemand mehr lebte, an dem jetzt, zu Ferragosto, wenn alle Italiener vor der Hitze an die Adria oder in die Wälder flüchteten, kühle Temperaturen herrschten. Ein Ort, umgeben von den schönsten Berggipfeln, an dem Autobahnstreifen wie in Science-Fiction-Filmen den Himmel durchzogen, wo es Kaugummis, Zigarettenstummel, angefressene Brötchen und Beinprothesen regnete.

Der Ispettore bückte sich zu der Leiche hinab, er musterte den Mann. Was waren das für Menschen, die an so einem Ort lebten? Er besah sich den Beton des Pfeilers, da hatte jemand etwas hingekritzelt. Die Botschaft eines verliebten Bauernjungen? Der dumme Spruch eines pubertierenden Dorfbewohners?

»Tau… Tausend …«, flüsterte Saltapepe. Er versuchte, die eingeritzten Worte zu entziffern. »Tausend Sch… Schritte. Tausend Schritte!«

Über die Buchstaben war ein Pfeil gesetzt.

Die anderen hatten sich um die Bürgermeisterin geschart, er ging los. Vielleicht mochte das alles nichts bedeuten, vielleicht. Eins, zwei, drei, vier … Die Schritte führten ihn in eine ungemähte Wiese. Bienen summten, Heuschrecken sprangen an seinen Hosenbeinen empor. Irgendwann bei vierzig oder fünfzig hörte er auf zu zählen. Er konzentrierte sich darauf, der Richtung des Pfeils zu folgen. Sie führte ihn in einen dichten Tannenwald hinein. Bald umzingelten ihn nach Harz riechende Stämme. Bernsteinfarbene Kugeln kämpften sich die Rinden hinab. Spinnen hatten ihre Netze zwischen den Ästen gespannt, ganze Tannenzweige umwickelt.

Bald wusste Saltapepe nicht mehr, woher er gekommen war, ob die Richtung noch stimmte. Ihm wurde etwas mulmig zumute. Was, wenn hier noch weitere Tote lagen? Was, wenn hier der Mörder lauerte? Er verwarf den wirren Gedanken. Was sollte hier schon sein? In Neapel lauerte der Tod an jeder Ecke, hinter jedem Fenster, auf jedem Motorino konnte ein Killer sitzen. Aber in diesem dunklen Waldstück? Hier lauerte höchstens ein Ameisenhaufen hinter dem nächsten Baum.

Geradeaus, weiter. Die tausend Schritte mussten längst bewältigt sein, Saltapepe überlegte umzudrehen, diese lächerliche Idee aufzugeben, das Gekritzel hatte wohl doch nichts zu bedeuten gehabt, aber einen Versuch war es wert gewesen. Dreimal hatte er sich den Kopf an herabhängenden Ästen gestoßen. Er fragte sich, ob er je wieder aus dem Wald hinausfinden würde, da machte er weit vorne einen hellen Schimmer aus.

Der Schimmer blendete. Der Ispettore kniff die Augen zusammen. Erst als er die Lichtung erreichte, zerstreute sich das Weiß, und ein neues farbenprächtiges Bild offenbarte sich. Vögel zwitscherten, der Wind blies von links, er ließ die dicht an dicht stehenden Hanfpflanzen wie ein Wellenmeer wogen. Unzählig viele. Meterhoch.

Saltapepe trat an das Feld heran, er fuhr mit dem Arm durch die Blätter, schnupperte daran. Das war zweifellos Rohware im Wert von mehreren Tausend Euro. Das war ein wichtiger Ermittlungsschritt. Und er hatte ihn gemacht. Er allein. Während Grauner und die anderen wie blöd unter der Autobahn herumstanden und warteten, bis ein Urlauber seinen Müll auf sie herunterregnen ließ.

Der Ispettore spürte ein warmes Glühen in der Brust. Er hatte dieses Glühen in Neapel schon einmal erlebt. Damals, als *er* es gewesen war, der den Mafiaboss Giorgio Garebani, den alle nur U Lunatico nannten, eigenhändig überwältigt hatte. Dieses Glühen, das war der Stolz. Er hatte eine Spur. *Seine* Spur.

Vielleicht war der Tote ein Drogendealer. Vielleicht waren beide Toten im Drogengeschäft gewesen. Vielleicht waren sie im Kampf um einen Deal gestorben. Saltapepe kannte Drogendelikte aus Neapel. Er wusste, wie wenig ein Menschenleben zählte, wenn es um Tonnen von Kokain, Heroin und damit auch um Tonnen von Geld ging.

Vielleicht waren die Toten aber auch den Dealern auf der Spur gewesen und deshalb umgebracht worden. Egal. Die Spur war da. Und er war es, der sie gefunden hatte. Er lief zurück in die Richtung, in der er den Autobahnpfeiler vermutete. In den dunklen Wald hinein, immer geradeaus, die Äste klatschten ihm gegen die Wangen, es brannte. In seinem Kopf suchten lose Gedankenenden nach passenden Anschlüssen, und eine Sache, er hatte sie in den letzten Stunden verdrängt, rückte nun wieder in den Vordergrund.

Was war das für eine Karte, die Grauner gestern eingesteckt hatte? Was hatte er zu verheimlichen? Was wusste der Commissario, was *er* nicht wusste? Er musste ihn noch einmal darauf ansprechen. So bald wie möglich.

5

Sie standen am Brenner. Erste Regentropfen platschten auf den heißen Teer und verdampften zischend. Matschiger Schnee mischte sich in den Regen. Grauner hielt die Hand auf, eine der Flocken fiel darauf. Er betrachtete sie. Er erkannte die fein geschliffenen Kristallkanten, wie von einer Maschine geformt. Ein Regenpfützchen bildete sich in der Hand, die feinen Kristalle schmolzen dahin. Im Augenwinkel bemerkte der Commissario Saltapepe, der ungläubig gen Himmel schaute.

»Das dauert nicht lange«, sagte Grauner und hielt seine Lederjacke über den Kopf.

Sie liefen die paar Schritte zu Saltapepes Alfa und setzten sich hinein. Der Schneeregen auf der Windschutzscheibe klang wie ein Schlagzeugorchester. Der Commissario schwieg.

Zum Glück bin ich kein Spurensicherer, dachte Grauner. Das Wetter ärgerte ihn. Es machte bei Leichen, die unter freiem Himmel lagen, alle Spuren zunichte. Es verwischte Fingerabdrücke, es spülte Blut weg, es weichte den Schlamm auf, in den möglicherweise Sohlenabdrücke und Reifenprofile gezeichnet waren.

Noch am Autobahnpfeiler war er über die Neuigkeiten aus der Gerichtsmedizin informiert worden. Erst die brutal misshandelte Leiche, dann das Gift in ihrem Blut. Nun ein zweiter Toter und ein Drogenfeld im Wald. Der Commissario konnte sich keinen Reim auf all diese Ereignisse und Entdeckungen machen. Und doch musste alles irgendwie zusammenhängen. »Wir müssen herausfinden, wer das Hanffeld angelegt hat«, murmelte er.

Die Bürgermeisterin hatte überrascht geschaut, als Saltapepe aus dem Wald zum Tatort zurückgekommen war, mit einem Pflanzenbüschel in der Hand. Der Ispettore hatte schnell alle um sich geschart, ihnen das Zeichen am Betonpfeiler gezeigt, sie zurück zu der Lichtung geführt. Grauner war sich sicher: Wiesers überraschter Blick war ein Bluff. Sie war Jägerin. Sie streifte durch den Wald. Sie hatte den Toten gefunden. Sie brauchte ihm nicht vorzumachen, noch niemals an der Lichtung vorbeigekommen zu sein.

»Wir müssen Katharina Wieser noch einmal in die Mangel nehmen«, sagte er nun deutlich lauter.

Saltapepe hatte im Auto noch kein Wort gesprochen. Grauner schaute zu ihm hinüber. Der Ispettore erwiderte den Blick. Sein Gesichtsausdruck sagte alles. Grauner musste mit der Sprache rausrücken. Er steckte die Hand in die Hosentasche, fasste nach Geislers Visitenkarte und warf sie Saltapepe in den Schoß.

»Du weißt, wie meine Eltern umgekommen sind?«

Eine rhetorische Frage. Grauner selbst war es gewesen, der dem Ispettore vor über einem Jahr davon erzählt hatte. Mehr erzählt, als Saltapepe im Polizeiarchiv gefunden hätte. Er hatte ihm alles gesagt. Alles, was er wusste. Darüber, was damals, 1991, geschehen war. Dass der Hund erschossen, die Kühe vergiftet worden waren. Grauners Vater war in der Stube gefunden worden. Sein Kopf auf der Tischplatte, ein Schuss in die Schläfe hatte ihn getötet. Grauners Mutter hatte in der Stubenkammer gelegen. Erwürgt. Geknebelt. Die Fingerspitzen blutig, die Fingernägel eingerissen. Auf der Innenseite der Tür ihr Blut, Kratzer im Holz, Hautfetzen ihrer Fingerkuppen.

Saltapepe blickte auf die Visitenkarte.

»Peter Geisler«, sagte Grauner. »Das ist der Name des

Nachbarknechts, der angeblich in der Nacht gesehen worden war, was nicht stimmen kann, 1991 war er bereits einige Jahre tot.«

Grauner öffnete die Tür des Alfa, sofort trieb der Wind den Schnee ins Innere. Saltapepe runzelte die Stirn.

»Komm mit rüber zu meinem Auto.«

Die beiden liefen über den Parkplatz und setzten sich in Grauners neuen Panda. Der Commissario hob den Koffer von der Rückbank nach vorne, er bedeutete Saltapepe, ihn zu öffnen.

Eine Weile starrten sie gemeinsam den Inhalt an, Grauner erzählte, was er in den frühen Morgenstunden gemacht hatte. Er wusste, was Saltapepe nun eigentlich sagen müsste: Das ist nicht mehr dein Fall, Grauner. Wir gehen zu Belli, du schilderst ihm alles. Belli wird toben, aber er wird sich auch wieder beruhigen. Wir werden diese Visitenkarte und den Koffer der Spurensicherung geben. Dann wird Belli dir den Fall entziehen. Vielleicht, dachte Grauner, würde Saltapepe sich insgeheim freuen, weil Belli die Ermittlungen ihm übergeben würde. Es wäre sein erster Fall. Eine Bestätigung.

»Va bene«, sagte Saltapepe, so als ob nichts gewesen wäre. »Wir haben die Drogenspur. Diese verfolgen wir. Offiziell.«

Grauner machte ein verdutztes Gesicht. Es kam ihm eigenartig vor, dass sein Ispettore nun den Takt vorgab, aber er sagte nichts. Noch eigenartiger fand er, dass der Kollege ihm keine Standpauke hielt.

»Und wir folgen der Spur der Visitenkarte. Und des in Brixen gefundenen Koffers. Wir versuchen, diese Astrid ausfindig zu machen. Inoffiziell.«

Grauner atmete tief aus. Er spürte, wie gut es tat, mit den Fundstücken nicht mehr alleine dazustehen. Er schaute zur Frontscheibe hinaus. Der Wind hatte die Wolken nach Österreich zurückgedrängt. Auf der Südtiroler Seite war der Himmel wieder blau. Die Sonne machte sich daran, den Asphalt zu trocknen, der Sommerschnee schmolz, er hatte keine hohe Lebenserwartung, die Tropfen flossen wie Quecksilber ineinander, um im Straßengraben Bächlein zu bilden und in kleinen Flüsschen über den Teer hinunterzufließen – entweder nach Innsbruck oder nach Sterzing.

6

Am Brenner war wieder der alltägliche Wahnsinn eingekehrt. Die Ansagen aus den Lautsprechern am Bahnhof hallten durch die Felsenklamm: »Attenzione al binario uno. Treno in arrivo da Verona Porta Nuova. Attenzione al binario tre. Treno in transito. Preghiamo i gentili passeggeri di non attraversare i binari«.

Bahnbeamte schlenderten über die Gleise. Weil es den Reisenden verboten war, wirkte es doppelt lässig. Zugtouristen streckten die Köpfe aus den Fenstern, Alpenluft einatmen wollend, den Zigarettenqualm wieder aushustend, den ihnen der Capostazione ins Gesicht blies.

Auf dem Grill des mobilen Würstelstands brutzelte das Fleisch, Katzen mit nassem Fell schlichen um Häuserecken. Eine asiatische Touristengruppe drängte aus einem Bus, sie machten Selfies vor dem alten Haus, in dem schon Johann Wolfgang von Goethe zu Beginn seiner Italienreise genächtigt hatte. Sie versuchten mit ihren Selfie-Sticks, sich und die Goethe-Plakette aufs Bild zu bekommen. *Giovanni Volfango Goethe* hatten die Faschisten einst in die Marmorplatte gemeißelt.

Die Händler auf der alten Brennerstraße priesen wieder ihre Waren an. Früchte aus Süditalien, Stofffetzen aus der Toskana, Plastikspielzeug: Feuerwehrautos, Wasserpistolen, Sandförmchen für vier statt acht Euro. Südtirol-Erinnerungen: ausgeblichene Ansichtskärtchen, luftdicht verpackte Speckhammen, warmer Wein, schwitzender Käse. Wandernadeln, Tirolerhüte aus billigem Filz.

Es galt noch mal alles rauszupressen, dem abreisenden Urlauber die letzten Münzen abzuluchsen, dem ankommenden in seiner Anfangseuphorie den ersten großen Schein zu entlocken. Die Händler am Brenner waren gewitzt, seit Jahrhunderten wurde diese Geschäftstüchtigkeit vom Vater an den Sohn vererbt.

Es war ein Schauspiel sondergleichen und Grauner beobachtete es argwöhnisch. Eine Bibelstelle kam ihm in den Sinn. Er war nicht besonders bibelfest und seitdem der liebe Gott es zugelassen hatte, dass seine Eltern elendig ums Leben gekommen waren, herrschte sowieso Funkstille zwischen dem Commissario und dem Allmächtigen. Aber ein Bild aus der wunderschön bemalten Kinderbibel, die Grauners Vater ihm geschenkt hatte, war im Gedächtnis geblieben. Es zeigte, wie Jesus die Händler aus dem Tempel vertrieb.

In der *Brennerbar* war wenig los. Die meisten Tische waren blank poliert. Die Bürgermeisterin saß bereits an der Theke, als die beiden Ermittler zur Tür hereinkamen. Neben ihr stand eine leer getrunkene Espressotasse.

Der Commissario blickte sich um. An einem Tisch saßen vier Bahnbeamte. Sie tranken stumm ihren Kaffee. In einer Ecke schwatzten zwei ältere Damen, verstohlen um sich schauend. In einer anderen Ecke, halb im Dunkeln, war das Gesicht eines schwarzen Mannes zu erkennen. Er trug kurzes, graues Haar. Der weiße Priesterkragen leuchtete. Er starrte in Richtung des Budls, sagte aber nichts.

»Zwei Kaffee«, sagte Grauner. Der Wirt drehte sich zur Maschine und brachte sie zum Blubbern und Zischen. Dann stellte er den beiden Ermittlern zwei heiße Espressotassen hin. Grauner leerte seine in einem Schluck. Saltapepe zögerte, nippte und trank den Kaffee schließlich ebenfalls in einem Zug aus. Seine Augen strahlten.

Grauner grinste. Ihm war bekannt, wie kritisch sein neapolitanischer Kollege beim Kaffeekonsum war. Saltapepe konnte sich stundenlang darüber auslassen, dass so mancher Südtiroler Kollege mit einer Thermoskanne Filterkaffee zur Arbeit kam oder nachmittags Cappuccino bestellte. Grauner verstand ihn. Sie waren sich in vielen kulinarischen Fragen uneins, beim Kaffee nicht. Kurz musste er sein, kurz und brühend heiß.

»Ja, in der *Brennerbar* kann man den Espresso trinken, nicht wahr?«, sagte die Bürgermeisterin. »In Deutschland mag die Donau die Weißwurst-Grenze sein, der Brenner ist und bleibt die Espresso-Grenze, auch wenn die Schlagbäume sich nicht mehr senken. Hundert Meter weiter drüben«, sie zeigte in Richtung Österreich, »schmeckt der Kaffee nach verdünntem Kuhmist. In Wien, hat man mir gesagt, soll er besser schmecken. Aber in Wien war ich noch nie.«

Grauner stellte seine Tasse auf den Tisch.

»Frau Wieser, wir haben Sie nicht hierher bestellt, um mit Ihnen über die Qualität des Espressos zu sprechen. Auch nicht darüber, wo Sie schon mal waren und wo nicht.« Er hatte bewusst diesen provozierenden Ton angeschlagen.

»Warum haben Sie mich dann an den Brenner geholt? Ich habe genug zu tun. Das ganze Dorf ist in Aufruhr. Mord. Ein Drogenfeld. Das sind wir unten in Gossensass nicht gewohnt. Am Brenner herrscht das Chaos – seit Jahrhunderten schon. Der ganze Wahnsinn findet hier oben statt und rauscht an uns auf der Autobahn gen Süden vorbei.«

Grauner hatte sie da, wo er sie haben wollte. In Verteidigungsposition.

»Sie sind die Bürgermeisterin. Von Gossensass und auch vom Brenner. Wie kommen Sie auf die Idee, Sie hätten mit alldem hier oben nichts zu tun?«

Katharina Wieser lachte. Es war ein kehliges Gasthauslachen. Es klang nach leer gerauchten Zigarettenschachteln und schwarzgebranntem Schnaps. Nichts Weibliches lag darin. Tags zuvor und vorhin am Fundort der zweiten Leiche hatte ihre Stimme nicht so geklungen.

»Ich? Am Brenner? Etwas zu sagen? Commissario, der war gut! Das glauben Sie doch selbst nicht. Hier reichten sich in dunklen Zeiten zwei Diktatoren die Hände, später belauschten sich die Geheimdienstler, hier schossen sich die Carabinieri und die Südtiroler Widerständler die Kugeln um die Ohren, hier herrschten die Händler und die Schmuggler, die Finanzpolizei kniff beide Augen zu und hielt dabei die Hände auf. Der Kapitalismus regiert! Der legale und der illegale. Am Brenner, Commissario, hat sogar der Capostazione mehr zu sagen als ich. Ich gehöre nur zur Kulisse.«

Die Bürgermeisterin wischte sich die Lachtränen aus den Augenwinkeln. Grauner wollte dazwischengehen, aber er verpasste den Einsatz.

»Ich darf das Bändchen durchschneiden, wenn ein neuer Outlet-Laden aufmacht, ich darf danebenstehen, wenn der österreichische und der italienische Präsident mit dem Südtiroler Landeshauptmann in ausgestellter Trauer Händchen halten und der Opfer der dunklen Zeiten gedenken. Ich darf etwas in die Mikrofone der Fernsehstationen stammeln, wenn die Flüchtlinge aus Afrika mit dem Zug aus Kalabrien kommen, zuerst nach Bozen, dann an den Brenner. Von den Österreichern werden sie nicht rübergelassen. Zurück kommen sie auch nicht mehr. Als ob ich daran etwas ändern könnte.«

Irgendwie fand Grauner das Schauspiel dieser Frau verständlich. Trotzdem hielt er dagegen. »Man kann vor der bösen Welt, die einen umgibt, nicht die Augen verschließen.«

Die Frau warf ihm einen Blick der Verachtung zu. »Da kennen Sie uns Wipptaler aber schlecht. Leben und leben lassen. Wir sind Tiroler Anarchisten. Am Brenner soll jeder machen, was er will. Solange er uns unten in Gossensass in Ruh' lässt.«

Sie winkte dem Wirt zu. Dieser griff nach der halb vollen Weißweinflasche und schenkte ihr ein Glas Silvaner ein. Sie deutete in Richtung der beiden Kommissare. Fast synchron hoben beide ablehnend die Hand.

»Aber das Böse kommt näher, ein Toter hier oben, einer unten, am Brückenpfeiler. Eine Hanfplantage …« Grauner beendete den Satz nicht.

Nun sagte Wieser erst mal nichts. Sie nahm einen Schluck. Grauner fuhr fort.

»Die da draußen, wir da drinnen. So funktioniert die Welt nicht mehr. Sie können noch so sehr die Augen verschließen. Sie bekommen dennoch alles mit. Und Sie werden reden. Sie werden mir sagen, wem diese Plantage an der Waldlichtung gehört. Dass Sie von der nichts gewusst haben, glaube ich Ihnen nicht. Sie können gerne Theater spielen, aber für blöd halten sollten Sie mich nicht.«

Ihre Augen zuckten. Sie suchten nach Halt. Wenn das Hirn nach Auswegen sucht, muss sich der Blick festklammern. Irgendwo. An der Tischkante, an der Kaffeetasse. Am Blumensträußchen, das auf dem Tisch der Tratschweiber stand, die so taten, als würden sie nicht zuhören, aber in Wirklichkeit angestrengt lauschten.

»Ich habe mit diesen Dingen nichts zu tun«, schimpfte die Bürgermeisterin nun. Hastig schaute sie sich um, erschrocken über die Lautstärke, mit der sie gesprochen hatte. Flüsternd fuhr sie fort: »Ich kann nicht den ganzen Wald überwachen. Wozu sind denn Ihre Kollegen da? Die Polizisten, die Carabinieri, die Finanzer?«

Sie hatte recht, die verbliebenen Exemplare der heiligen Dreifaltigkeit der italienischen Polizei am Brenner trugen lieber untereinander ihre Scharmützel aus, als ihrer eigentlichen Aufgabe nachzugehen. Der Polizei passte nicht, wann und wo die Carabinieri ihre Kontrollen abhielten, die Finanzer trieben sowieso, was sie wollten.

»Wer sagt Ihnen eigentlich, dass das alles mit dem bisschen Haschisch zu tun hat, das irgendein Bauer für sich und seine Freunde angebaut hat?«

Die Bürgermeisterin untertrieb zwar, aber Grauner war ganz recht, dass sie wieder das Wort ergriffen hatte.

»Fragen Sie mal beim Herrn Bertoldo nach, dem Capostazione, der Voltingers Leichenteile scheinbar ganz zufällig gefunden hat. Wissen Sie eigentlich, dass der Witwer ist?« Sie wartete die Antwort der Ermittler nicht ab. »Nein? Fragen Sie den mal, wie er zum Witwer wurde.« Wieder ließ sie keine Zeit für eine Reaktion. »Am Berg umgekommen ist die nämlich, die Frau Susanne Bertoldo. Und nun ermitteln Sie mal, mit wem sie damals unterwegs war. Mit ihrem Gatten jedenfalls nicht.«

Sie stand auf und legte einen zerknitterten Fünf-Euro-Schein auf den Tisch. »Pfiati«, rief sie dem Wirt hinter dem Tresen zu. Dann neigte sie den Kopf in Richtung der Ecke, in der der Geistliche saß, dieser nickte zurück. Sie warf den

Tratschweibern einen bösen Blick zu. Deren Getuschel verstummte und setzte erst wieder ein, als ein Windzug die Kneipentür zuschlug. Grauner und Saltapepe hatte Katharina Wieser keines Blickes mehr gewürdigt.

Der Commissario hatte noch nicht entschieden, ob er von diesem Temperament angetan war oder ob er es fürchtete. Saltapepe rieb sich den Schweiß aus dem Nacken.

7

Das Unwetter war vorübergezogen, die Luft war klar und kalt, die Strahlen der Sonne hatten sie noch nicht wieder aufgewärmt.

Alles still. Kein Wind. Kein Rauschen der Wälder. Nur das Rauschen der Autobahn. Eine zweite Chance. Neuer Atem.

Wer beim tödlichen Unfall von Bertoldos Frau Susanne dabei gewesen war, war schnell herausgefunden. Manche Geheimnisse lagen tief in den hintersten Erinnerungswinkeln der Dorfbewohner verborgen, kein Verhör, keine noch so penetrante Befragung konnte sie den Wissenden entlocken. Andere Dorfgeheimnisse waren so oft von Ohr zu Ohr weitergeflüstert worden, dass sie jeder kannte, sie waren längst keine Geheimnisse mehr, hießen nur noch so, *Geheimnis*, ein Wort wie Schall und Rauch.

Grauner war zurück zum Parkplatz gelaufen, wo Marché und Tappeiner in einem der Einsatzwagen saßen und die Ermittlungen zwischen Bozen, Brenner und Gossensass koordinierten. Er hatte seine Assistentin zu sich herangewinkt, ihr vom Gespräch in der *Brennerbar* erzählt, ihr erklärt, wo sich die Bar befand, und dass davor, zur Beobachtung recht günstig gelegen, eine hölzerne Rastbank stand. Dann hatte er sie losgeschickt.

Silvia Tappeiner hatte auf der Bank nicht lange warten müssen. Nach knapp zehn Minuten erschienen die Ratschweiber vom Nebentisch, wackelten die drei Stufen zur Straße hinab, steckten noch einmal die Köpfe zusammen, schauten verstohlen um sich, bemerkten die fremde, junge Dame, tuschelten wieder. Wer das wohl war? Eine Touristin! Eine Deutsche! Oder eine Italienerin! Die wartete wohl, bis das Outlet ihren Mann mit der Rabattware wieder ausspuckte, das vermaledeite! Dann verschwanden die Damen in verschiedene Richtungen. Langsam trottend, schwere Einkaufsbeutel schleppend, aus denen Lauchstangen, Karottengrün und der *Südtirol Kurier* ragten.

Tappeiner entschied sich, der ältesten zu folgen. Reines Bauchgefühl. Denn je mehr Lebensjahre zwei Menschen trennten, desto weniger Konkurrenz, Misstrauen und Missgunst lagen meist in den entscheidenden ersten Sekunden ihrer Begegnung. Desto weniger wurde verglichen.

Das Mütterlein ging gebückt den Weg entlang, die Dorfstraße in Richtung Süden. Ihre lange, schwarze Strickjacke streifte den Boden, Staub verfing sich darin. Ihre silberblauen, zu einem Dutt gesteckten und mit einem dünnen, schwarzen Netz zusammengehaltenen Haare glitzerten.

Als Silvia Tappeiner sah, dass die Frau auf einen Metzgerladen zusteuerte, atmete sie erleichtert auf. Sie hatte befürchtet, sie würde direkt nach Hause gehen. Grauners Assistentin überholte die Dame geschwind, murmelte ein freundliches »Grüß Gott, darf ich …«, und hielt die Ladentür auf.

Die Alte schaute auf, musterte Tappeiner hinter beigefarbenen Hornbrillenrändern, die Falten strafften sich zu einem freundlichen Großmutterlächeln, die dunkelrot beschichteten Lippen offenbarten die perlweißen Dritten.

»Dankeschön, junges Fräulein. Das ist ja heutzutage … heutzutage erlebt man das ja nur noch selten.«

»Griaßdi Maria«, rief der Metzger über die Glastheke hinweg, in der sich Speck, Hühnerkeulen, grobe und feine Salami-, Peperoni- und Artischockenwürste, Schweinsleber, Rindsschnitzeln, Hirschgulasch, G'selchtes, Ossobuco, Schweinshaxe und Kaninchenragout stapelten.

Ein Schweinskopf war in der linken Ecke der Theke platziert. Mit seinen schwarzen Augenlöchern schien er die Kundschaft anzuglotzen. In der rechten Ecke standen Gläser mit eingelegten Zucchini, Melanzane und selbst gemachtem Meerrettich, der in Südtirol Kren genannt wurde. Hinter der Theke hingen schwere Schweinshälften an spitzen Eisenhaken.

Tappeiner fragte sich kurz, ob es Zufall war, dass die Wangen von Metzgern immer prall und rosarot waren wie die Borstenhaut von Ferkelchen.

»Ja, die Zeiten ändern sich, nicht wahr? Früher hatten die Leute noch Manieren, heute kann man keinem mehr trauen.« Sie tippte mit dem Zeigefinger auf die Zeitung, die aus der Jutetasche ragte. Der zweite Teil der Titelschlagzeile war zu entziffern.

…ord am Brenner
…sass zu Tode geschleift

Die alte Dame nickte zustimmend. Der Metzger ebenso. Gleichzeitig schärfte er eins seiner überdimensional großen Messer.

»Ich habe gehört, ein Bahnbeamter soll die Leiche gefunden haben …«, fuhr Tappeiner so unbedarft wie möglich fort.

Die alte Dame nickte wieder, der Metzger auch.

»Was darf's sein, Maria?«, fragte er dann.

»Zwei Rinderschnitzel, gut durchgeklopft. Ein Schüsselchen Erdäpfelsalat und den Kren aus dem Vinschgau«, antwortete sie, wandte sich Tappeiner zu, zog sie am Ärmel ihres Mantels zu sich heran. Grauners Assistentin bückte sich und vernahm die geflüsterten Worte. Geflüstert, aber doch so laut, dass der Metzger, der mit einem Holzhammer auf das Fleisch einschlug, sie gewiss hören konnte.

»Der Bahnbeamte, ja, der Bertoldo. Aber wenn Sie mich fragen …«

Nun nickte Tappeiner und bückte sich noch ein wenig weiter hinab.

»Der hat den Jakob nicht nur gefunden, der hat ihn selber …« Sie fuhr mit der flachen, faltigen Hand über ihre Gurgel.

Dann hielt sie inne. Kniff die Äuglein zusammen, Tappeiner entdeckte zarte Äderchen auf den Lidern der Dame. Die Alte erhob die Stimme, die plötzlich ein Knurren beinhaltete.

»Sagen Sie, junge Frau, Sie sind aber nicht von hier.«

Das war keine Frage, es war eine Feststellung. Das Klopfen des Metzgers verstummte. Tappeiner schüttelte den Kopf. Ihr gespieltes Hochdeutsch war also nicht enttarnt worden. Wie so vielen Südtirolern fiel es ihr schwer, die Worte ohne das Grollen und Krachen des heimischen Akzents über die Lippen zu bringen. Aber zu ihrem Glück fiel es den meisten Südtirolern ebenso schwer, ein grolliges und krachendes Hochdeutsch vom Tagesschau-Klang zu unterscheiden. Sie log weiter.

»Ich bin mit meinem Mann und unseren Kindern zu Besuch hier. Das heißt ... wir machen am Brenner nur einen Zwischenstopp, wir brauchen neue Windjacken, neue Rucksäcke, neue Wanderstöcke, Schlafsäcke, für alle Fälle, schließlich wollen wir es dieses Jahr schaffen, unseren ersten Dreitausender zu erklimmen ...«

Der Metzger konzentrierte sich wieder auf die Schnitzel. Das gleichmäßige Klopfen ertönte von Neuem. Die Gesichtszüge der alten Frau hellten sich auf.

»Wir kommen aus dem Ruhrgebiet«, schwindelte Tappeiner. Sie hatte Gefallen daran gefunden. »Essen. Waren Sie schon mal dort?«

Maria schüttelte den Kopf.

»Macht nichts«, fuhr Tappeiner fort. »Haben Sie nichts versäumt. Keine Berge. Keine Gipfel. Keine Kühe. Keine Almwiesen. Deshalb kommen wir hierher. Seit über zehn Jahren schon.« Sie überlegte, wie oft sie selbst schon von deutschen Urlaubern zugetextet worden war, wie schön Südtirol doch sei, wie oft sie schon da gewesen seien, ob man denn den Soundso aus Soundso kenne. Unzählige Male. Sie hatte es immer mit stoischer Gelassenheit über sich ergehen lassen. »Und vorhin hab ich's dann gelesen. Im *Südtirol Kurier.* Dass es gestern am Brenner einen Toten ...«

»Zwei! Zwei Tote!«, unterbrach sie die Alte laut.

»Die Zeitung ist ja nicht auf dem aktuellsten Stand. Vorhin im Radio hab ich's gehört – und unten in Gossensass hat sich's auch längst herumgesprochen. Zwei Tote gibt's. Den Voltinger Jakob und den Sulzbacher Luis.«

Nun galt es, das Gespräch geschickt und unauffällig in die richtige Richtung zu lenken. »Und Sie glauben, dass dieser Bahnbeamte, dieser Bertino ...«

»Bertoldo! Bertoldo heißt der. Und ich glaube nichts,

ich bin mir sicher. Und nicht nur ich. Meine Freundinnen auch.«

»Der Bertoldo ist Witwer, stand in der Zeitung …«

»Eben«, sagte die Alte. »Und wissen Sie warum?« Eine rhetorische Frage. »Weil der alte Luis was mit seiner Frau hatte. Der Luis, der Weiberer vom Dienst. Ein schöner Mann war der immer schon gewesen. Und auch in späten Jahren noch. Mit jeder hatte der schon angebandelt. Auch mit einer meiner Freundinnen, früher. Und mit der Tochter einer anderen Freundin, Jahre später …« Die Dame bekreuzigte sich und schaute kurz zum Gottessohn, der in der linken Ecke neben den Schweinshälften hing. »Der Luis war mit Bertoldos Frau in den Bergen unterwegs, am Hochfeiler, der Luis hat sie angeseilt, als sie unter dem Gipfel eine steile Passage meistern mussten, der Luis ging voran, als das Seil riss und die Frau vom Bertoldo in die Tiefe stürzte. Hunderte Meter tief! Sie und ihr ungeborenes Kind, das – und das sollten's mir auch glauben – sicher nicht vom Bertoldo war. Aufgeschlagen auf einem großen Felsen ist sie, die Frau vom Bertoldo, die Luis' Kind im Bauch trug. Über fünfzig Meter verteilt haben die Männer von der Bergrettung ihre Stücke zusammensuchen müssen. So hat es damals im *Kurier* gestanden.«

Das Klopfen des Metzgers war erneut verstummt. Tappeiner schaute zu ihm hin. Er nickte zustimmend. Sie spürte wieder ein Zupfen an ihrem Ärmel. Die alte Frau zog sie ein zweites Mal zu sich heran und flüsterte nun wieder.

»Was der Luis dann aber im Gasthaus erzählt hat, im Nachhinein, als die Tote schon längst begraben war, als er betrunken am Budl stand, unten in Gossensass im *Rössl*, das stand in keiner Zeitung. Das Seil sei nicht gerissen, hat er gesagt. Die Carabinieri hätten es nie kontrolliert, die Carabinieri seien davon ausgegangen, dass es am Fels gescharrt habe, ein Unglück – Pech! – hätten sie in ihrem Bericht geschrieben. Der Luis aber hat gesagt, er habe das Seil danach noch einmal untersucht. Schnittstellen habe er gefunden, da, wo es gerissen sei. Schnittstellen von einem Messer. Er habe geschrien, damals im *Rössl*, so haben es die erzählt, die dabei gewesen sind, geschrien und geweint, vor Trauer und Wut. Und er habe geschworen, bei seinem Leben, dass er diesen Mord dem Bertoldo irgendwann nachweisen werde. Davon war er überzeugt – und ich bin es auch –, der Bertoldo hat seine Frau, die ihn betrogen hat, die ihm ein Kuckuckskind hatte unterschieben wollen, auf dem Gewissen. Und jetzt hat der Luis dran glauben müssen. Und auch sein Kartenspielfreund, der Voltinger Jakob. Wahrscheinlich sind die anderen zwei Kartenfreunde als Nächste dran. Vielleicht weil sie einen Beweis für das angeschnittene Seil gefunden haben. Vielleicht. Wer weiß. Wer weiß das schon? Nur der Herrgott da oben.« Wieder schaute sie zum gekreuzigten Jesus im Eck. »Und der Teufel da unten.« Sie stampfte mit dem Fuß auf den Boden.

Der Metzger reichte ihr eine Tüte mit den Schnitzeln darin. Sie legte einen Zehn-Euro-Schein auf die Theke, ließ die Restgeldmünzen in ihre Geldbörse plumpsen, und hob grüßend die Hand.

»Ich wünsche Ihnen noch einen schönen Urlaub, junge Frau. Kaufen Sie schnell Ihre Bergsachen, und dann nichts wie weg vom Brenner. Fahren Sie die Autobahn runter, weg von diesem schrecklichen Ort. Südtirol mag das Paradies sein, aber das Tor zum Paradies ist die Hölle.«

Tappeiner schaute verwirrt ob dieser Warnung. »Und Sie?«, fragte sie. »Warum sind Sie hier? Wenn es hier so schrecklich ist?« Doch da war die Frau schon durch die Tür verschwunden.

»Weil er uns nicht loslässt, der Brenner«, murmelte der Metzger.

Er hatte den Holzhammer beiseitegelegt und hielt nun eine silbrig strahlende Axt in der Rechten, ein halbes Hühnchen in der Linken.

»Viele sind gegangen, vor allem die Jungen. Die alten Frauen, eine Handvoll Bahnbeamte, ein paar Polizisten, ein paar Händler sind geblieben. Wir sind die letzten Bewohner hier. Alle anderen kommen nur tagsüber. Nachts sind sie weg. Weil es hier nachts keiner aushält. Nur wir. Weil wir es gewohnt sind, seit unserer Kindheit. Weil wir ohne den Brenner nicht können, weil er unser Zuhause ist, unsere Heimat, weil er ohne uns stirbt, der echte Brenner. Und wir ohne ihn. Weil es dann nur noch die Autobahn, das Outlet, die Tankstellen gibt.«

Als sie schon draußen stand, hallte noch immer das Knacksen in den Ohren nach. Der Metzger hatte begonnen, mit dem Beil die Hühnerknochen zu zerteilen. Doch Tappeiner hatte nicht die Bilder von zweigeteilten Hühnern im Kopf. Sie sah das verschwommene Gesicht einer Frau. Ein Seil um die Hüfte. Einen Felsen voller Blut. Verstreute Leichenteile, zerbrochene Menschenknochen. Oberschenkel, Unterschenkel, Arme, Kopf.

8

Da war nun eine Verbindung. Nicht zwischen den beiden Toten, die zwar miteinander Karten gespielt hatten, aber auf unterschiedliche Art und Weise getötet worden waren. Aber immerhin eine Verbindung zwischen einem der Toten und einem der wichtigsten Zeugen. Bertoldo und Sulzbacher. Dass Bertoldo den toten Voltinger im Morgengrauen gefunden hatte, konnte Zufall sein. Aber Zufällen, das hatte Grauner schon auf der Polizeischule gelernt, galt es nachzugehen.

Die improvisierte Fallzentrale war am frühen Nachmittag vom Parkplatz in die Polizeikaserne im Süden des Passdorfes verlegt worden. Ein überdimensionaler Steinbunker. Nach dem Krieg hatte die Grenze weiter bewacht werden müssen. Damals hatte die Station Hunderten Polizisten Unterschlupf geboten, dann waren die Truppen nach und nach abgezogen worden, eine Zeit lang hatte das Ungetüm leer gestanden, nun war ein Großteil davon zu einer polizeilichen Ausbildungsstätte umfunktioniert worden. Mehrmals im Jahr verbrachten Polizeischüler aus ganz Italien ein paar Wochen am Brenner, um an der fiktiven Grenze Manöver zu üben. Dann fuhren gepanzerte Polizeiautos die Dorfstraßen auf und ab, Kommandantenbefehle ertönten, milchgesichtige, junge Männer sprangen heraus, Sirenen heulten, Blaulichter drehten sich, die jungen Männer liefen mit gezogenen Pistolen von Häuserwand zu Häuserwand und warfen sich in Straßengräben.

Die wenigen verbliebenen Dorfbewohner schauten dem

Treiben gelangweilt zu, sie waren durch nichts mehr zu überraschen, hatten sie das alles doch schon erlebt, allerdings nicht als Übung. Diese Wochen waren für sie ein kurzer Ausflug in die Vergangenheit, ein Spuk, der bald wieder vorübergehen würde. Wenn es eine Gewissheit gab am Brenner, dann jene, dass aller Spuk vorüberging. Und eine zweite: dass schon der nächste Spuk hinter den Gipfeln lauerte.

Ceccanti, der örtliche Polizeikommandant, hatte sie durch die Flure geführt, über ausgetretene Teppichböden, an kalten, muffig riechenden Wänden entlang. Nun saß Staatsanwalt Belli am Kopf des zerkratzten Holztisches, links von ihm Marché und Saltapepe, rechts von ihm Tappeiner, auf einem alten Laptop fleißig mitschreibend, daneben Grauner. Er fuhr mit den Fingern die eingeritzten Buchstaben auf der Tischplatte nach. *Napule, volesse torná!* Daneben ein Herz. Ceccanti und der lange Polizist, der schon tags zuvor am Brenner mit dem Kommandanten auf die Polizeikolonne aus Bozen gewartet hatte, saßen etwas abseits.

Bellis Stimme polterte im Hintergrund. Grauner nahm die Tonlage wahr, aber nicht die einzelnen Wörter. Er war in Gedanken ganz woanders. Gefangen im Durcheinander dieses Falls, die Spuren verloren sich in einem dichten, dunklen Wald. Er kannte das. Man musste in diesen Wildwuchs hineingehen, und wenn das Schwarz einen umschlang, dann musste man nach dem Licht suchen. Und irgendwann, daran hatte er bislang nie gezweifelt, würde man es als kleinen, flackernden Kerzenschein irgendwo erblicken, ihm folgen, es größer werden sehen.

Bislang. Doch diesmal war es anders. Der Wald war dichter als sonst, das Dunkel finsterer. Zu viele Stränge, zu viel Durcheinander. Zwei Tote. Eine Marihuanaplantage. Ein

Zeuge, der angeblich vor vielen Jahren seine untreue Frau beseitigt haben soll. Tappeiner war beauftragt worden, nach den Akten des damaligen Bergunfalles zu suchen.

Dann war da noch Geisler. Der Koffer. Die Fotos darin. Der Name einer unbekannten Frau. Astrid. Und eine weitere Sache ließ Grauner keine Ruhe, die Wattrunde. Die vier alten Männer. Zwei waren tot. Waren die anderen beiden in Gefahr?

Bellis Stimme aus der Ferne war verstummt. Grauner war sich nicht sicher, ob eine Frage oder eine Aufforderung im Raum stand. Er sah den fragenden Blick des Staatsanwalts. Saltapepe und Marché schauten zu Boden. Tappeiner hatte aufgehört zu tippen. Sie starrte Grauner an.

»Belli, wir müssen Simon Moser und Peter Burgstaller unter Polizeischutz stellen.«

Das Gesicht des Staatsanwalts lief rot an. Grauner kannte dieses Rot sonst nur von weindurchtränkten Nächten, wenn er sich am nächsten Morgen die blauburgundergeschwängerte Zunge im Spiegel entgegenstreckte.

»Grauner, haben Sie mir nicht zugehört? Ich habe Sie gefragt, wie Sie den bisherigen Tag vertrödelt haben? Ich habe gehört, Sie sind erst spät an den Brenner gekommen und haben dann erst mal mit der Bürgermeisterin geplaudert, die mit der ganzen Geschichte nichts am Hut hat, und dann haben Sie auch noch Ihre Mitarbeiter harmlosen älteren Damen hinterherspionieren lassen.«

Tappeiner warf ihrem Chef einen entschuldigenden Blick zu.

»Und jetzt wollen Sie … was? Polizeischutz … für wen? Für zwei Kartenspieler?« Belli brüllte.

Grauner kochte innerlich. Immer wieder trieb ihn die explosive, unüberlegte Herangehensweise seines Vorgesetzten zur Weißglut. Einatmen. Tief. Ausatmen, auch tief, innerlich bis zehn zählen. Der Puls beruhigte sich.

»Ja, Belli, es kann sein, dass die beiden mit der Sache nichts zu tun haben und auch nicht gefährdet sind. Andererseits wurden zwei ihrer Spielpartner grausam ermordet. Ich möchte nicht warten, bis eine dritte Leiche gefunden wird, um dann erst den vierten unter Polizeischutz zu stellen.«

Er hatte ganz ruhig, langsam und sachlich geantwortet. Belli schien keine Lust zu haben, sich auf diese Gesprächsebene zu begeben. Er schrie weiter.

»Cazzate, Grauner! Balle! Ihre Fantasie geht mal wieder mit Ihnen durch. Wie viele Südtiroler gibt es? Wie viele davon sitzen regelmäßig im Gasthaus und spielen Karten? Wenn wir immer alle Mitglieder dieser Wattrunden unter Polizeischutz stellen, sobald einem oder zweien aus der Runde etwas passiert, dann gute Nacht. Buona notte! Glauben Sie, ein Serienmörder treibt sein Unwesen? Bei uns in Südtirol? Schauen Sie weniger fern! Weniger Krimis! Kommen Sie in die Realität zurück. Wühlen Sie in den Familien- und Beziehungsgeflechten der beiden Opfer. Die allermeisten Mordfälle sind Beziehungstaten. Liebe. Geld. Erbe. Die Opfer sind alt. Gebrechliche Greise. Da wollte jemand vorzeitig an das Ersparte. Wetten?«

Es war zwecklos. Grauner gab auf. Er tat nun das, was Saltapepe und Marché schon die ganze Zeit praktizierten. Er schaute zu Boden. Wartete darauf, dass Belli sich beruhigte.

Sekunden vergingen. Tappeiners Getippe war erneut verstummt. Nur der Atem des Staatsanwalts war noch zu hören. Brachial. Wie das Atmen einer Kuh, die vom Hirtenbub einen steilen, steinigen Weg zum Sattel hochgetrieben worden war, wo sie nun graskauend verschnaufen konnte.

Ein Quietschen ertönte, ein kalter Luftzug zog durchs

Zimmer. Grauner schaute auf, sah, dass sich alle Gesichter zur Tür gedreht hatten.

»Weiherer!« Belli schien nur auf ein neues Opfer gewartet zu haben. »Wo haben Sie gesteckt?«

»Ich, äh …« Weiherer trat an den Tisch heran. Der Polizist, der ihn durch das Haus hergeführt hatte, schloss die Tür lautlos von außen. »Ich … es gibt Neuigkeiten.«

Belli straffte die Schultern. Grauner konnte ein Lächeln erkennen. Er wusste, was es ausgelöst hatte. Neuigkeiten! Egal ob gute oder schlechte, Neuigkeiten, das bedeutete Futter für die Presse. Interviews, Fotos auf den ersten Seiten, Statements in den Acht-Uhr-Nachrichten. Vielleicht internationale Erwähnungen. In Deutschland, in Österreich. *ZDF. ARD. ORF.* Oder sogar *CNN*.

Manchmal erschreckte es ihn, wie sehr er Belli verachtete.

»Wir haben nun die Wohnungen der beiden Toten bis in den letzten Winkel inspiziert«, legte Weiherer los. »Auch die Ställe und Heustadel. Wir haben Fingerabdrücke sichergestellt, fotografiert, Spuren und DNA gesichert. Das alles muss noch ausgewertet werden. Das dauert.« Weiherer sprach sachlich.

Belli rieb sich die Hände.

»Bei Luis Sulzbacher konnten wir nichts finden. Ein stinknormaler Bauernhof. Stinknormale Einrichtung. Etwas vernachlässigt, etwas schmutzig. Ein altes Handy. Unverdächtige Telefonate. Keine SMS. Das war's.«

Belli hatte sich nach vorne gebeugt. Der Staatsanwalt lechzte nach Informationen.

Tappeiner tippte wieder wild. Grauner fragte sich, wie sie das machte. Sie tippte mit zehn Fingern. Sie beherrschte die Tastatur wie ein Pianist seinen Flügel. Er selbst tippte im Zeigefinger-System. Nur wenn es absolut nötig war, nahm er den

Daumen der zweiten Hand zu Hilfe. Sie musste ein Naturtalent sein. Vielleicht kam das vom Klettern. Sie kletterte für ihr Leben gern. Das musste es sein. Mit dem Klettern hielt sie die Finger fit.

»Bei Jakob Voltinger war es ähnlich. Aber karger und verwüsteter. Ein Handy scheint der Greis nicht gehabt zu haben.

Schmutz in allen Ecken, die Wände schimmelig, die Ställe nicht ausgeräumt. Überall Mist. Es stinkt da fürchterlich. Er war wohl ein Sammler. Alle Schubladen, alle Regale im Haus sind überfüllt. Mit altem Zeug, das man sonst nur noch auf Flohmärkten findet. Antikes Geschirr, Gläser, Landkarten, Kerzenhalter, Füllfedern, Schwarz-Weiß-Fotografien, Münzen von Währungen, die es längst nicht mehr gibt, Knöpfe, Jagdmesser, Briefmarken … Wir haben das alles durchgesehen. Aber nichts Verdächtiges gefunden.«

Im Leben alter Männer sammelt sich viel an, dachte Grauner. Der Mensch ist ein Jäger und Sammler. Je älter man wird, desto weniger möchte man wegschmeißen, weil man immer auch ein Stück Erinnerung fortwirft, ein Stück des immer kürzer werdenden Lebens. Wegschmeißen ist ein bisschen wie Sterben.

Grauner kannte das von sich selbst. Es gab Regale im Keller des Graunerhofs, die sich seine Frau seit Jahren weigerte anzurühren. Darin standen Kisten voller Erinnerungsstücke. Die ersten Kinderschuhe. Eine Korkstöpsel-Sammlung. Videokassetten mit *Derrick*-Folgen. Schulzeugnisse. Universitätszertifikate. Fotos. Vom Vater. Der Mutter. Auf den Kisten lag der Staub vieler Jahre.

»Nichts Auffälliges, bis auf das hier!«, triumphierte Weiherer. »Es lag unter der Eckbank. Es muss vom Tisch heruntergefallen sein.«

Er legte eine Folie in die Mitte. Darin ein weißes, zerknittertes Blatt Papier. Mit zarten, blauen Linien versehen. Wie aus einem Schulbuch. Weiherer streifte sich dünne Handschuhe über, zog das Papier heraus und entfaltete es. Die Versammelten beugten sich darüber.

Nur ein Satz stand darauf. In zittriger Schrift.

Ich habe mit unserer Schuld gelebt,
ich will nicht damit sterben.

9

Die Abendsonne brannte so erbarmungslos auf den Domplatz von Brixen herunter, wie es nur an wenigen Tagen im Jahr geschah.

Der Asphalt glühte. Nur langsam kehrte das Leben auf den Platz zurück. Am Nachmittag war alles in den Schatten geflüchtet, in die Wohnungen hinter Altstadtgemäuern, hinter geschlossenen Holzfensterläden. Selbst die Marmorheiligen, der Kassian, der Ingenuin und der Albuin schienen sich ermattet an ihren Bischofsstäben festzuhalten, um nicht vom Domdach zu fallen.

Grauner überquerte den Platz, er spürte, wie Wasserfälle aus Schweiß an seinem Körper hinabflossen, die Socken durchtränkten, zwischen den Füßen und Schuhsohlen warme Höhlenseen bildeten. Er flüchtete in den schattigen Kreuzgang, der sich neben dem Dom befand, lehnte sich an eine der kühlen Säulen und versuchte, seine Gedanken zu sammeln.

Nachdem Belli zurück nach Bozen geeilt war, um eine Pressekonferenz einzuberufen, hatte sich Grauner mit Saltapepe auf einen Espresso in die *Brennerbar* zurückgezogen, um die Aufgaben für den Rest des Tages zu verteilen. Grauner hatte zwar Belli zu überreden versucht, die gefundene Notiz vorerst zurückzuhalten, war aber, wie erwartet, auf Granit gestoßen. Ganz Südtirol, vielleicht auch Österreich, würde morgen darüber diskutieren, was der Satz wohl bedeutete.

Den Nachmittag über hatten sie Berichte geschrieben. Saltapepe sollte später, so hatten sie vereinbart, erneut Bertoldo treffen. Vernünftig wäre eine andere Aufteilung gewesen. Saltapepe hätte der Spur folgen müssen, die Grauner persönlich betraf, in die er familiär verwickelt war, die ihn mehr mit dem Bauch als mit dem Verstand ermitteln ließ.

Aber der Ispettore hatte geschwiegen, als Grauner sagte, er solle mit Bertoldo sprechen, da er ihn als Süditaliener vielleicht eher packen könne. Saltapepe hätte den Commissario leicht eines Besseren belehren können. Ihm sagen, dass ein Pugliese und ein Neapolitaner so viel gemeinsam hatten wie ein Pusterer Bergbauer und ein Unterlandler Kellermeister. Anderer Dialekt. Aus anderem Holz geschnitzt. Andere Weltanschauung. Anderes Leben. Aber Saltapepe hatte bloß genickt.

Grauner wollte sich auf die Spuren dieser Astrid begeben, die auf den Fotos in Geislers Koffer abgebildet war. Vielleicht lebte sie noch in Brixen, falls sie überhaupt noch lebte. Brixen zählte etwa zwanzigtausend Einwohner, groß genug, um sich Stadt zu nennen, klein genug, dass jeder jeden über drei, vier Ecken kannte. Gläubig genug, dass sich bei den Kirchenmännern all dieses Wissen ballte. Einer dieser Kirchenmänner war Pater Matthias, den Grauner schon gekannt hatte, bevor dieser sich die braune Kutte mit der cremefarbenen Kordel übergestreift hatte.

Sie hatten gemeinsam studiert. Ein Jahr lang in Verona. Dann hatte sich Pater Matthias, der damals noch einen bürgerlichen Namen trug, umentschieden. Schluss mit weltlicher Juristerei. Hin zu Gott. Er ging zuerst nach Venezuela, half auf Reisfeldern, dann zog es ihn nach Kalkutta, zu den Ärmsten der Armen. Als er nach Jahren zurückkam, nahm er ein neues Studium auf – Theologie, in Innsbruck – und wurde Novize der Kapuziner in Brixen.

Gemächlich ging der Commissario die Kreuzigungsstationen Christi ab, er war früh dran, Pater Matthias hatte ihm vorgeschlagen, sich um neunzehn Uhr zu treffen. Grauner wusste, dass sein Freund nie zu früh erschien, weil er keine Uhr besaß, sondern sich stets nach dem Schlagen der Kirchturmuhr richtete.

»Ich habe mit unserer Schuld gelebt, ich will nicht damit sterben«, murmelte Grauner vor sich hin, während er an der fünften Arkade angelangt war, wo David Goliath enthauptete, Samson mit dem Löwen kämpfte und Christus die Toten in der Unterwelt besuchte. Die Malereien waren zum Teil restauriert, zum Teil endeten sie bröckelig auf Augenhöhe. Nun kniete Jesus am Boden, ein römischer Soldat schlug mit der Geißel auf seinen blutigen Rücken ein.

Grauner ging weiter. Seine Schritte hallten tausendfach unter den alten Steinbögen. In der hintersten und dunkelsten Ecke des Kreuzgangs entdeckte er ein eigenartiges Fabelwesen. Eine Art Pferd mit einem Elefantenrüssel, das Ritter auf seinem Rücken trug.

»Was ist die Wirklichkeit?«

Der Commissario erschrak. Ein Schauder überkam ihn, trotz der Hitze fröstelte er. Der Geistliche hatte sich von hinten an ihn herangeschlichen. Wie konnte er die Schritte überhört haben? Grauner drehte sich um, sah in Pater Matthias' freundliches Lächeln, dann blickte er zu Boden. Das Schuhwerk seines Freundes versteckte sich unter der Kutte.

»Die Wirklichkeit«, sprach der Pater weiter. »Sie ist niemals das, was wir sehen, was wir hören.« Er streckte eines seiner Beine nach vorne. Er war barfuß.

Grauner schmunzelte. Sein ehemaliger Weggefährte zeigte auf die Abbildung des Fabelwesens und fuhr fort. »Die Wirklichkeit ist das, was uns erzählt wird. Das, was wir nachts träumen. Lange bevor Mitte des 16. Jahrhunderts tatsächlich erstmals ein Elefant mit Gefolge in Brixen haltmachte, waren schon die ersten Gerüchte und Munkeleien über die grauen Riesen in diese Stadt zwischen den Bergen gelangt. Die Brixner hörten davon, sie träumten davon, und sie verewigten das Gehörte, das Geträumte in den Fresken. So galt dieses Mischwesen als Elefant. Als Wirklichkeit. Als Wahrheit.«

Grauner kannte Pater Matthias' Neigung, in philosophischen Rätseln zu sprechen.

»Ich suche nach einer Astrid. Ich habe Fotos von ihr gefunden. Alte Fotos. Aufgenommen von einem Peter Geisler. Geisler ist tot. Aber er hat in den Fünfzigerjahren in Brixen gelebt, eine Konditorei in der Goethe-Straße betrieben. Vielleicht hast du von ihm gehört. Vielleicht kennst du diese Astrid.«

Der Geistliche sagte lange nichts. Er legte Grauner einen Arm um die Hüfte, zum Zeichen, den Kreuzgang zu verlassen. Grauner warf einen letzten Blick auf die Fresken. Christus wurde mit Dornen gekrönt. Eva kostete vom Apfel. Jesus fiel zum dritten Mal. Der Mob zerrte an seinen Kleidern, zerriss sie, schlug um sich. Nun lag er nackt da. Ein römischer Soldat schlug Eisennägel in seine Hand. Grauner schmerzte der Handballen bei dem Anblick. Jesus starb, die Jünger nahmen ihn vom Kreuz. Mutter Maria verbarg das weinende Gesicht hinter den Händen.

Die beiden Männer waren wieder ins Licht hinausgetreten, Pater Matthias ging voraus, der Commissario folgte ihm. Sie gingen an den mattbunt bemalten Wänden der Altstadt entlang. In Richtung Süden. Sie liefen an den hohen Mauern des Kapuzinerklosters vorbei, die Grauner bereits am Morgen abgeschritten hatte. Das Holztor des Klosters war einen Spaltbreit geöffnet. Grauner konnte einen Blick in den Innenhof werfen. Er war so groß wie ein Fußballfeld. Reife Äpfel bogen die Äste der Bäume dem Boden entgegen. Spatzen und Rotkehlchen zwitscherten. Der Commissario musste an das Paradies denken. Er erinnerte sich an die Gespräche über Gott und die Welt, die er mit Pater Matthias durch Verona schlendernd geführt hatte.

Ob er an Gott glaube, hatte er seinen Freund damals oft gefragt, richtig glaube, ohne Zweifel. Wie das denn gehen solle, hatte er weitergefragt. Wie der liebe Gott das alles schaffen könne? Es könne doch keinen Plan geben, keinen Plan für jeden einzelnen Menschen auf Erden, diese Pläne würden sich doch durchkreuzen, gegenseitig widersprechen.

Pater Matthias hatte jedes Mal geschmunzelt am Ende langer Diskussionen.

Ob er denn ernsthaft an ein Leben nach dem Tod glaube, hatte Grauner ihn gefragt, als sie sich nach einigen Jahren zufällig in Bozen über den Weg gelaufen waren, sich abends zu einer Pizza verabredet hatten und aus einer Flasche Wein drei werden ließen. Wie er das könne, nach allen Erkenntnissen der Forschung?

Er solle die Sachen nicht durcheinanderbringen, hatte Pater Matthias geantwortet. Er wusste von Grauners schwerem Schicksalsschlag. Er konnte wohl verstehen, wie sehr der Glaube an Gott nach solch einem Ereignis ins Wanken geriet. »Du hast deinen Glauben verloren«, hatte Matthias damals gesagt, und ihm noch ein Glas St. Magdalener eingeschenkt, »vielleicht aus gutem Grund. Aber verwechsle Glauben nicht mit Wissenschaft. Ich weiß nicht, Johann, was nach dem Leben kommt, ob etwas kommt, aber das Nichts, das wäre doch eine große Enttäuschung, nicht? Es gibt unzählige schöne Möglichkeiten, was nach dem Tod alles möglich wäre, warum sollte ausgerechnet das Nichts eintreffen? Das ist doch sehr fantasielos. Die Wissenschaft ist fantasielos. Ausgerechnet das Nichts.«

Diese Worte hatten sich in Grauners Gedächtnis festgesetzt und ihn bis heute nicht losgelassen.

Sie liefen weiter in Richtung der Konditorei, in der Grauner schon am frühen Morgen nach Geisler gefragt hatte. An der Kreuzung blieb Pater Matthias stehen. Sie hatten die ganze Zeit geschwiegen. Sie waren keinem Menschen begegnet.

»Ja, ich kenne … kannte eine Astrid. Vom Hörensagen«, sagte Pater Matthias nun. »Früher arbeitete sie in der alten Konditorei, sie hatte sich in den Besitzer verliebt. Gott schenkte ihnen eine Tochter. Sie heißt … hieß … Chloë. Die Liebe zwischen Astrid und Chloës Vater hielt nicht, Astrid zog weg. Soweit ich weiß, lebte sie danach in Venedig.« Er zeigte auf das Haus, in dessen Keller Grauner die Fotos und Geislers Pass gefunden hatte. »Meine Brüder haben mir von dieser Konditorei erzählt. Weißt du, Johann, wir sind ja mehr oder weniger Selbstversorger im Kloster, wir beten ein halbes Dutzend Mal am Tag, wir kochen, studieren, pflegen den Garten, wir backen Hostien, Brot, Süßwaren … aber die

Himbeertörtchen, das erzählten mir meine älteren Ordensbrüder, haben wir nie so gut hinbekommen wie diese Astrid – Gott schütze sie! Jeden Tag sei einer rübergegangen, um für alle welche zu holen. Sie sagten, ihr Geschmack sei himmlisch gewesen. Sie sagten, allein schon diese Törtchen seien ein Gottesbeweis.«

Grauner musste grinsen.

»Und Chloë, die Tochter, was ist mit ihr? Du sprachst auch von ihr in der Vergangenheitsform. Ist sie tot?«

Pater Matthias schüttelte den Kopf und lächelte. »Auch sie kenne ich nur vom Hörensagen. Ich habe sie noch nie gesehen. Sie ist aber nicht tot, Grauner. Sie ist da drin.«

Der Geistliche drehte sich um und zeigte auf die gegenüberliegende Kirche. Sie war schlicht und aus einfachem Stein. Kein Prunk. Grauner war verwirrt.

»Das hier, diese Straße, ist der Boulevard der Orden, wenn man so will«, fuhr Pater Matthias fort. »Am Straßenbeginn leben wir, die Kapuziner, in der Mitte sind die Franziskaner – und das hier«, nun zeigte er auf das Gotteshaus und die Mauern um sie herum, »ist die Kirche St. Elisabeth mit dem Klarissenkloster. Die Mauern sind höher als unsere, die Fenster kleiner, das Tor geschlossen. Man weiß nicht viel über die Klarissen, die dahinter wohnen. Sie leben zurückgezogen, in strengster päpstlicher Klausur. Man sagt, es seien sieben oder acht.«

»Und Chloë ist eine von ihnen?«

»Chloë ist zu Schwester Margitta geworden.«

Grauner schaute ungläubig, die Worte des Paters erschienen ihm wie aus einer anderen, weit entfernten Welt.

Der Geistliche sprach weiter. »Die Schwestern hinter den Mauern müssen sehr alt sein. Mindestens achtzig. Nur eine ist … nun ja … äh … jung. Jünger. Knapp sechzig müsste

Schwester Margitta nun wohl sein. Sie ist mit Mitte dreißig in den Orden eingetreten. Das hat damals schon für Aufsehen gesorgt. Du musst wissen, Johann, Klarissin zu werden, ist nicht mehr so en vogue, wie es vielleicht im Mittelalter gewesen sein mochte. Eine neue Schwester, das ist ein Ereignis, eine so junge, das ist eine Sensation! Es ist viel spekuliert worden, darüber, warum sie wohl ins Kloster gegangen ist. Die einen sagten, bei einer Wanderung auf der Plose sei ihr die Jungfrau Maria erschienen. Andere mutmaßten, sie wolle Abbitte leisten für ein allzu freizügiges Leben. Die meisten aber munkelten, der Grund sei ihr Vater gewesen, der Besitzer der ehemaligen Konditorei …«

»Geisler«, murmelte Grauner leise vor sich hin.

»Ich weiß nicht, wie der Mann hieß. Aber die Leute sagen, dieser Mann habe schreckliche Dinge getan.«

»Wie kann ich zu ihr? Ich muss sie sprechen!«

»Du kannst sie vielleicht sprechen, Johann, aber du wirst sie nicht sehen.«

Grauner runzelte die Stirn.

»Komm mit«, sagte Pater Matthias.

10

Es gab so vieles, was Saltapepe vermisste, hier oben, in dieser nördlichsten, völlig anderen Provinz. So manche Sehnsucht legte sich mit der Zeit. Zum Beispiel die nach der perfekten Pizza. Er hatte einen Pizzaiolo kennengelernt, der in einem jener Viertel Bozens ein Restaurant betrieb, in denen die Straßen die Namen italienischer Städte, ehemaliger Ländereien, Väter der Einheit oder Opernhelden trugen und in die sich selten mal ein nach Knödel und Vernatsch suchender Tourist verirrte. Die Pizza dort schmeckte fast wie in der Heimat.

Immer nachdem sie ihre Margheritas mit Mozzarella di Bufala verschlungen hatten, lehnten sich der Ispettore und der Pizzaiolo bei einem Limoncello fatto dalla nonna zurück und diskutierten darüber, was es wohl war, das die Pizza hier zwar sehr gut, aber nicht perfekt alla napolitana schmecken ließ. Es sei das Salz des Meeres, das in Neapel in der Luft liege, das der Ofen miterhitze, das sich auf den Teig lege, war der Pizzaiolo überzeugt.

Dort, in der Pizzeria in Bozens Via Dalmazia, spürte Saltapepe ein Stück Heimat, an den Nebentischen hörte er den vertrauten Klang des Neapolitanischen, über dem Pizzaofen hing das Konterfei von Maradona neben dem von San Gennaro, aus den Boxen erklang die helle, stimmbruchlose Stimme Pino Danieles. Der Fernseher lief. Ununterbrochen.

Je besser Saltapepe Bozen und Südtirol kennenlernte, desto mehr kleine Oasen entdeckte er, die ihn an Neapel erinnerten. Ein Regal im Supermarkt in der Nähe seiner Wohnung, auf welchem Produkte aus seiner Heimat gestapelt waren. Oliven. Zwiebeln aus Tropea. Eine kleine Badestelle am Kalterer See, die, wenn man sich die Berge im Hintergrund wegdachte, an eine versteckte Bucht bei Vico Equense erinnerte.

Doch so sehr ihn diese Erinnerungen auch beglückten, so sehr beschworen sie zugleich den Schmerz herauf, darüber, dass es noch so viel mehr zu vermissen gab: den Geruch des nassen Grases im Stadio San Paolo. Nirgendwo sonst, auf keiner Bergwiese, auf keiner Alm, in keinem anderen Stadion der Welt roch das Gras genau so. Vor allem aber vermisste Saltapepe Neapels verrückten, wilden, wohltuenden Lärm. Das Zischen, das Schreien, das der Autofahrer, das der Kinder. Das Hupen, das Klappern, das Knattern der Motorini. Das Grundrauschen. Das des Verkehrs. Das des Meeres, das der Wellen, die gegen Schiffsplanken und den Hafenbeton klatschten. Das Kreischen der Möwen.

Und da war er nun wieder, einer dieser Momente, in denen Saltapepe das Gefühl der Heimat ins Hirn schoss. Eine kurze, zufällige Zusammenfügung mehrerer Geräusche. Nein, an diesem Ort hatte Saltapepe diese realitätsnahe Imitation des Klangteppichs von Neapel wahrlich nicht erwartet.

Das Rauschen der Autobahn, das Pfeifen des Windes, die Ansage der Lautsprecher, »Treno in arrivo sul binario tre«, ein süditalienischer Vater, der seinen Kindern hinterherschrie, die Kinder, die noch lauter schreiend vor dem kleinen Zeitungsladen standen, der auch Wassereis verkaufte. Das dumpfe Hupen eines Lkw, das wie das Horn einer Fähre klang, die nach Ischia übersetzte.

Drei, vielleicht vier Sekunden dauerte es, dann löste sich der Traum in Luft auf.

Brenner. Grenze zwischen Italien und Österreich. 1370 Meter über dem Meer. Südtirol. Neapel, über 900 Kilometer entfernt.

Die Kinder kamen mit Wassereis in den Händen zu ihrem Vater zurückgelaufen – gerade noch rechtzeitig. Er hob sie in den Waggon, dann schlossen sich die Türen, laut, schnaubend. Der Zug rollte an, nahm schnell Fahrt auf, runter nach Innsbruck.

Saltapepe lief durch die Besucherhalle. In der Ecke hatten sich einige Afrikaner Decken ausgelegt, sie saßen darauf. Einer versuchte die letzten Krümel Zwieback aus der Verpackung zu zupfen. Der andere drückte auf einem Walkman herum. Saltapepe schaute fasziniert auf das Teil. Er hatte als Kind auch so ein Gerät besessen. Sein großer Bruder hatte es ihm geschenkt, nachdem er sich selbst von seinem ersten Geld von der Baustelle einen CD-Player gekauft hatte. Die Kassette *In ogni senso* von Eros Ramazzotti hatte Saltapepe wohl tausend Mal gehört, mehrmals das gerissene Band geflickt. Irgendwo in ihrem gemeinsamen Kinderzimmer, das ihre Mutter bis heute so belassen hatte, musste die Kassette noch liegen.

Saltapepe vernahm Musik. Sie kam nicht aus dem Walkman des jungen Afrikaners. Der Ispettore versuchte, den Klängen zu folgen, trat wieder auf den Bahnsteig hinaus, ging nach rechts, die Musik wurde lauter, Klassik. Klassik interessierte Saltapepe nicht. Zu kompliziert, keine Gitarrensoli, kein Schlagzeugbeat.

Die Musik drang hinter einer kleinen Tür neben der Besucherhalle hervor. Der Ispettore klopfte an und trat ein, ohne auf Antwort zu warten. Die Musik dröhnte nun so ohrenbetäubend laut, dass ohnehin niemand das Klopfen gehört haben konnte.

Hinter einem großen Tisch mit blinkenden Knöpfen saß Giuseppe Bertoldo. Es roch nach kaltem Rauch. Von der Decke hingen Bildschirme, sie zeigten sämtliche Ecken des Bahnhofs. Die Bahnsteige, den Vorplatz, die Unterführung, den Wartesaal. Der eine Afrikaner spielte immer noch an seinem Walkman herum, der andere hatte die leere Zwiebackpackung beiseitegelegt.

»Können Sie das mal abstellen?«, schrie Saltapepe dem Bahnbeamten entgegen.

Bertoldo schrie zurück. Doch der Ispettore hörte nur die kräftige Stimme eines Sängers. Er machte eine unmissverständliche Handbewegung. Der Bahnbeamte zog am Kabel, das neben seinem Stuhl auf dem Boden lag. Die Stereoanlage verstummte.

»Was sind Sie denn für einer?«, raunte Bertoldo, holte eine Zigarettenschachtel aus dem Innenfutter der Uniform hervor und zündete sich eine an. »Woher kommen Sie?«

»Neapel«, formulierte Saltapepes Mund, noch bevor sein Gehirn entscheiden konnte, sich von diesem Bahnbeamten keine Fragen stellen zu lassen.

»Das glaube ich nicht.«

»Warum?« Wieder waren die Lippen schneller gewesen als das Gehirn.

»Haben Sie nicht zugehört? Kennen Sie *Pagliacci* von Leoncavallo nicht? Gesungen von Ihrem Landsmann Enrico Caruso.«

Saltapepe verkniff es sich, den Kopf zu schütteln. Aber sein Gesichtsausdruck musste wohl Antwort genug gewesen sein.

»Canio, der Bajazzo, der auf der Bühne wutentbrannt vor Eifersucht seine Frau Nedda und ihren Liebhaber ersticht. Das Publikum jubelt, es denkt, alles sei nur ein Spiel. Große Gefühle, großes Drama. Wie kann man da nur mittendrin reinquatschen, ausmachen wollen? Sie leben wohl schon zu lange in den Bergen. Die Berge haben Ihren südländischen Sinn für die großen Gefühle erdrückt, Napolitano, pfff …«

Saltapepe hatte sich gefasst.

»Ich bin nicht hier, um über meine Gefühle zu reden, Bertoldo. Auch nicht über die Gefühle dieses Bajazzo. Lassen Sie uns über Ihre Gefühle reden! Über Ihre Eifersucht!«

Der Bahnbeamte verstummte. Saltapepe beschloss, eher

ein südtirolerisches als neapolitanisches Vorgehen, direkt zum Thema zu kommen.

»Wir haben einiges über Sie erfahren, Bertoldo.«

»Ach so, was denn?« Die Worte des Bahnbeamten waren frech, aber der Ton war es nicht mehr. Saltapepe mochte zwar kein Kenner der klassischen Musik sein, keine Alt-Stimme von einem Sopran unterscheiden können, aber das ängstliche Timbre Bertoldos hatte er klar und deutlich herausgehört.

»Wir wissen, mit wem Ihre Frau in den Bergen unterwegs war, als sie starb. Und wir wissen, was geredet wird. Hier am Brenner. Unten in Gossensass. Über das ungeborene Kind, das im Bauch Ihrer Frau an den Felsen zerschellte.«

Er hatte bewusst dramatische Worte gewählt und die Reaktion heraufbeschworen, die er haben wollte.

Bertoldo sprang auf, mit zwei Schritten war er beim Ispettore, packte ihn am Kragen, drückte ihn zurück, wieder drei Schritte, vier, dann knallte Saltapepe mit dem Rücken gegen die Wand.

Staub fiel von den dunklen Rahmen der Bilder, die da hingen. Sie zeigten Kreidezeichnungen vom Brenner, früher, als hier noch Pferdekutschen haltmachten, als die Gleise der Eisenbahn erst noch verlegt werden mussten. Als noch keine Autobahn, keine Tankstellen zum Pass gehörten.

»Schwein! Sporco maiale!«, schrie Bertoldo. »Erwähne noch einmal meine Frau und …«

»Und was? Bringst du mich dann um? So wie du den alten Luis umgebracht hast? Und wahrscheinlich auch diesen Voltinger? Warum musste auch Voltinger sterben? Sag es mir!«

In der Rage hatte das *Du* das *Sie* abgelöst. Saltapepe sah in Bertoldos zornige Augen. Doch er spürte, wie die Kraft in dessen Fingern bereits nachließ. Hatten sie eben noch an seinem Hemd gezogen, so hingen sie nun nur noch lose daran. Der Zorn war der Trauer gewichen. Wieder hatte er den Mann da, wo er ihn haben wollte.

»Ich verstehe deinen Schmerz, Bertoldo. Ich kenne ihn.«

»Wie willst du …«

Er ließ den Kragen los.

»Mein Bruder.«

Bertoldo wischte sich den Schweiß von der Stirn, wankte ein paar Schritte zurück und ließ sich in den Sessel fallen. Saltapepe lehnte weiter an der Wand, zwischen den Bildern der Vergangenheit. Im Schatten.

Der Bahnbeamte drehte sich zum Mikrofon, drückte auf einen Knopf, der rot zu leuchten begann. Doppelt vernahm Saltapepe die Stimme, einmal direkt vor ihm, einmal von draußen, krächzend, scheppernd über die Lautsprecher.

»Attenzione al binario due. Treno in transito. Vorsicht auf Gleis zwei.«

Das rote Licht erlosch. Bertoldo drehte sich ihm wieder zu.

»Ein Unfall?«, fragte er.

Saltapepe schüttelte den Kopf.

»Die Camorra?«

Saltapepe nickte leicht. Bertoldo nahm die glühende Zigarette aus dem Aschenbecher und zog daran. Der aufsteigende Rauch verschleierte das Rauchen-verboten-Schild, das über seinem Schreibtisch hing.

»Mein Vater wurde von der Santa Corona Unita ermordet. Da war ich noch ein kleiner Junge. Sie haben ihn an die Schweine verfüttert. Es konnte nie etwas nachgewiesen werden. Meine Mutter musste einen leeren Sarg begraben. Porci maledetti …«

Saltapepe verstand nicht, wen Bertoldo mit den verdammten Schweinen meinte, die apulische Mafia oder die Tiere, denen sie seinen Vater zum Fraß vorgeworfen hatten. Er wusste nur, dass die Viecher alles tilgten, so lange die Knochen zernagten, bis sie nur noch Mehl waren. Besser konnte eine Leiche nicht verschwinden, konnten Spuren nicht verwischt werden.

Bertoldo schwieg. Saltapepe auch. Er sah, wie der Güterzug langsam durch den Bahnhof rollte. Er hatte deutsche Autos geladen. Volkswagen. Porsche. BMW.

Dann kehrte wieder Ruhe ein.

»Wenn du liebst, dann verdrängst du. Sie hat mich betrogen, mit diesem älteren Mann, sie hat mich verraten.«

Bertoldos Stimme klang ernst, verbittert. Auch nach all den Jahren noch.

»Luis Sulzbacher war ein Arschloch. Bis zuletzt. Warum fallen Frauen immer auf die Arschlöcher rein?«

Saltapepe hob die Schultern. Er hatte keine Antwort auf diese Frage. Er kannte niemanden, der eine Antwort darauf hatte. »Vielleicht, weil auch sie verdrängen, Fehler nicht wahrhaben wollen. An das Gute glauben. Glauben wollen«, improvisierte er.

»Ja«, flüsterte Bertoldo zustimmend. Er griff nach der Zigarettenschachtel von MS. Erneut zündete er sich eine an und bemerkte dann erst, dass noch eine Zigarette im Aschenbecher glühte.

»Ich weiß nicht, ob sie von ihm oder von mir schwanger war. Ich will es auch nicht wissen.«

»Die Leute erzählen, das Seil, mit dem Luis und deine Frau unterwegs waren, sei angeschnitten gewesen. Sie sagen, du hättest es angeschnitten.«

Der Bahnbeamte winkte ab. Es klopfte an der Tür. Ein älterer Herr steckte den Kopf herein, hustete, schaute auf das Rauchen-verboten-Schild, dann böse zu Bertoldo.

»Grüß Gott, meine Herren, ich hätte gerne eine Auskunft. Ich warte auf den Zug von Innsbruck nach Verona. Er müsste, nach dem zu urteilen, was ich mir aus dem Internet ausgedruckt habe, in wenigen Minuten eintreffen, aber am Gleis ist noch nichts angeschlagen ...«

Der Mann trug einen prall gefüllten Rucksack, eine neongrüne Windjacke und schwere Bergsteigerschuhe. An seinem Stock, mit dem er herumfuchtelte, klebten Wanderembleme.

»Calmo, vecchietto!«, sagte Bertoldo. »Ganz ruhig, mein Herr. Keine Panik. Der Zug kommt schon. Il treno arriva. Schöne Weiterreise wünsche ich Ihnen, und nicht vergessen: Urlaubsmodus anschalten. Immer schön entspannen. Dolce Vita.«

Der Mann hustete erneut, sein Gesichtsausdruck wechselte von verärgert zu verdutzt, dann schloss er von außen die Tür. Bertoldo zog wieder an der Zigarette. Er blies dicke Ringe gegen die Decke, kleinere Ringe durchstießen die größeren.

»Sulzbacher war ein Weiberer. Jeder Frau hinterher. Und er konnte sie alle haben. Als er sechzig war, sah er aus wie vierzig. Mit achtzig sah er aus wie sechzig. Nur in den letzten Jahren, da hat er sie nicht mehr gekriegt. Da ist sein Gesicht faltig geworden, seine Haut fleckig, seine Gliedmaßen gebrechlich. Alle Gliedmaßen.« Bertoldo griff sich in den Schritt. »Da musste er andere Wege finden, seine Gelüste zu befriedigen. Warst du schon drüben, auf der österreichischen Seite?«

Der Bahnbeamte deutete mit dem Kopf in Richtung Norden.

»Nein«, sagte Saltapepe.

»Da drüben ist nicht viel. Zwei Tankstellen, noch ein paar Läden. Und dann gibt es da noch den *Siebten Himmel.*«

»Il settimo cielo?«

»Sì«, antwortete Bertoldo. »Ein Sehnsuchtsort für einsame Seelen. Der alte Luis war Stammgast. Den kannten sie da alle. Ich weiß, alle glauben, ich hätte etwas mit Luis' Tod zu tun, wegen der Geschichte mit meiner Frau, aber sie liegen falsch. Wenn ihr Gründe für Luis' Tod sucht, dann müsst ihr in den *Siebten Himmel*, in sein zweites Wohnzimmer.«

Saltapepe war der Mann nicht unsympathisch, dem er da gegenübersaß. Obwohl er Pugliese war, erkannte er Gemeinsamkeiten. Die Melancholie. Den bedingungslosen Anarchismus. Gleichzeitig den Stolz, mit dem die Dienstuniform getragen wurde. Und natürlich das wilde Fuchteln der Arme und der Hände bei jedem Wort.

Er kannte aber auch die Unberechenbarkeit seiner Landsleute aus dem Mezzogiorno. Die Eifersucht, die Wut, den Zorn, die in Sekundenschnelle aufkamen, einen überrumpelten, einen Dinge tun ließen, die man im Nachhinein bereute.

»Erzähle mir nichts von Luis«, forderte Saltapepe. »Erzähle mir von dir, wie um Gottes willen hat es dich an diesen Ort verschlagen?«

Obwohl es noch nicht dämmerte, waren draußen am Bahnsteig bereits die Lichter angegangen. Das matte Gelb erhellte das Trottoir. Vereinzelt knatterten Rollkoffer über die Pflastersteine. Saltapepe schaute auf die Bilder der Videokameras. Die Afrikaner waren aus der Wartehalle verschwunden.

Im Raum des Bahnbeamten war es dunkel. Einzig die Bildschirme spendeten kaltes Licht. Bertoldo erzählte von seinem Leben, wie es ihn von Süditalien hier hoch verschlagen hatte, von der großen Liebe, vom Verlust, vom Schicksalsschlag und der Entscheidung, vom Leben nicht mehr viel zu verlangen. Hier oben leben zu wollen, wo sonst niemand hinwollte, wo sogar die Flüchtlinge aus Afrika – die Extracomunitari, wie sie im Italienischen genannt wurden – schnell das Weite suchten. Es sprudelte nur so aus ihm heraus, in den Pausen leuchtete die Glut der Zigarette auf.

»Zwei Männer sind tot«, sagte Saltapepe, als der Bahnbeamte geendet hatte. »Bislang führt eine Spur zu dir, Bertoldo. Und eine andere Spur führt in den Wald, zu einem Hanffeld. Weitere Spuren haben wir nicht«, log er.

»Pfff«, sagte der Bahnbeamte und fuchtelte wieder mit den Händen. Saltapepe verstand das Fuchteln. Es sagte: Was soll denn das für eine Spur sein? Das ist ein Verdacht, mehr ist das nicht!

Er hatte recht. Saltapepe stand auf, er trat zum Pult, nahm den Aschenbecher in die Hand, steckte den Zeigefinger hinein, rührte damit in der Asche, nahm mit zwei Fingerspitzen einen weißen Zigarettenstummel heraus.

»Das sind keine MS, das sind Selbstgedrehte«, er zerbröselte den Rest der Zigarette, schnupperte daran.

»Nur Tabak?«, fragte der Ispettore, hob eine Augenbraue und schüttelte langsam den Kopf.

Er sah, wie der Bahnbeamte schluckte, wie sich Schweißtropfen auf der Stirn sammelten.

»Ich ... weiß nicht. Ich ... die hab nicht ich geraucht. Die müssen von einem Kollegen ...«

Saltapepe beachtete das Gestotter nicht. »Da ist die Geschichte mit Luis und deiner Frau. Da ist das ...« Er kippte den Aschenbecher um, die Stummel fielen zu Boden, die Asche rieselte hinterher. »Verkauf mich nicht für blöd, Bertoldo. Ich erkenne diesen Geruch, auch wenn der Rauch schon erkaltet ist.«

Der Bahnbeamte schaute zu Boden. Dann hob er die

Schultern. »Was ist schon dabei? Sonst hältst du's ja nicht aus hier oben. Aber ich deale mit dem Zeug nicht, das musst du mir glauben!«

»Wer dealt damit?«

Wieder schaute Bertoldo zu Boden.

»Oder sollte ich fragen, wer dealte damit?«

Ein vorsichtiges Kopfnicken.

»Luis Sulzbacher?«

Das Nicken wurde heftiger.

»Gemeinsam mit Voltinger?« Saltapepe konnte es nicht glauben. Fast neunzigjährige Drogendealer, das war ihm bislang noch nicht untergekommen. In Neapel gab es keine neunzigjährigen Verbrecher, Verbrecher wurden keine neunzig, bis dahin fing sich jeder eine tödliche Kugel.

»Also, Bertoldo, sag, sind ... waren die beiden wirklich Drogendealer? Gehörte den beiden das Marihuanafeld im Wald? Waren auch die anderen beiden Kartenspieler mit im Team? Moser und der Einarmige?«

Nun schaute Bertoldo auf und schüttelte den Kopf. »Ich weiß es nicht. Ich habe keinen Schimmer. Ich habe mein Zeug vom Sulzbacher bekommen, kleine Mengen, Eigengebrauch, ja, mehr nicht. Ich weiß nichts von Drogenfeldern im Wald. Ich will gar nichts davon wissen. Ich weiß nur, dass am Brenner jeder einen Batzen Dreck am Stecken hat. Das geht hier gar nicht anders. Du machst einen Fehler, wenn du dich nur auf mich konzentrierst. Der alte Luis konnte vielen in die Quere gekommen sein. Vielleicht der Drogenmafia, vielleicht einem der Afrikaner, denen er was verkauft hat.« Das Fuchteln der Hände erreichte einen neuen Höhenpunkt. Bertoldos Stimme offenbarte eine Mischung aus Schluchzen und Flehen. »Wenn du mich verdächtigen willst, dann sperr mich ein, da drüben in euren grauen Betonkoloss, verhör mich, mach mich fertig, vielleicht gestehe ich irgendwann, was ihr hören wollt, obwohl ich es nicht getan habe. Ich habe längst aufgegeben, ich habe nichts mehr zu verlieren! Vielleicht spekuliert der wahre Mörder genau darauf, ganz sicher tut er das, und lenkt den Verdacht deshalb auf mich. Denkt mal darüber nach! Wer hat euch von meiner Vergangenheit erzählt? Ich kann es mir schon denken. Wenn ich dir noch einen Rat geben darf, Napolitano, von Süditaliener zu Süditaliener, dann schau dir das Leben dieser Wieser an, unserer Bürgermeisterin, und du wirst so einiges finden. Das verspreche ich dir. Und danach sag mir, ob ich immer noch der einzige Verdächtige bin.«

Ohne den Redefluss zu unterbrechen, drückte der Bahnbeamte wieder auf die Taste, die das rote Lämpchen zum Leuchten brachte. Wieder hörte Saltapepe die Stimme doppelt.

»Ich bin kein Mörder. Ich habe keinen Menschen getötet. Der Mörder sitzt da draußen, irgendwo, in einer dunklen Ecke des Brenners hält er sich versteckt. Komm raus, Mörder, Mörderin, Feigling! Vigliacco!«

Saltapepe beobachtete über die Bildschirme, wie die Wartenden auf den Bahngleisen innehielten und verwirrt hoch zu den Lautsprechern sahen. Bertoldo drückte auf den Knopf der Stereoanlage und das Wehklagen der sterbenden Nedda beschallte den Raum, die Bahnsteige und den Bahnhofsvorplatz. Die Felsen warfen die Töne hin und her.

Die Geigen wimmerten. Über die Videokameras sah Saltapepe nun auch den deutschen Touristen mit seinem Wanderstock am Gleis stehen, von links kamen die Lichter der Lok ins Bild, der Zug hielt, die Türen öffneten sich, und der alte Mann verschwand darin. Der Krach des Zuges übertönte die letzten Akkorde des *Pagliacci*. An der Tür drehte sich der Ispettore noch einmal um. Bertoldos Gesicht war nur noch ein schluchzender Schatten.

Als er über den Bahnhofsvorplatz lief, lag der Pass im Dämmerlicht. Saltapepe holte das Handy aus der Tasche, rief Marché an und beauftragte ihn, das Umfeld und die Vergangenheit von Bürgermeisterin Wieser genauestens unter die Lupe zu nehmen, dann lief er in Richtung des Outlet-Centers, das bereits geschlossen hatte. Am Ende des Einkaufstempels lag die ehemals gut bewachte Grenze.

Saltapepe winkte den beiden Carabinieri zu, die in einem Fiat Uno saßen, und grüßte die Grenzbeamten der Gendarmerie, die gelangweilt an der Mauer des Outlets lehnten. Dann betrat der Ispettore österreichischen Boden.

11

Eine Steintreppe führte in den kleinen Raum hinunter. Drei Stufen. Rutschig. Von Millionen Schuhsohlen glatt getreten. Es war angenehm kühl in dem Raum. Feuchte Luft. Die massiven Steinmauern ließen die Augusthitze nicht ins Innere. In einer Ecke befand sich ein etwa fünfzig Zentimeter hohes Holzdrehfenster. Pater Matthias klopfte dagegen. Das Geräusch hallte im Raum wider.

Draußen im Innenhof, der das Klarissenkloster vom Franziskanerkloster trennte, hatten sie den Gärtner getroffen, der

Unkraut zwischen Steinen entfernte. Es dämmerte bereits. Pater Matthias war auf ihn zugegangen, hatte ihm die Hand geschüttelt und Grauner vorgestellt.

Der Gärtner, so hatte Pater Matthias erklärt, sei die Verbindung zu den Frauen. Er spreche mit ihnen durch das Fenster, er bringe ihnen Medikamente von der Apotheke, ihre Briefe zur Post, er hole eine Ärztin, wenn es sich nicht vermeiden ließ. Er entscheide, wer den kleinen Raum betreten, wer an das Fenster klopfen durfte, in der Hoffnung, dahinter eine Stimme zu hören. Nur wenigen Freunden und engen Familienangehörigen war es erlaubt, ein anliegendes Zimmer zu betreten, wo sie ihre Schwester, Freundin oder Tochter sehen und durch ein Gitter auch deren Hände berühren konnten.

Auch einige der Franziskanerbrüder kümmerten sich um die Klausurschwestern. Sie brachten Kuchen zum Fenster. Neue Bibeln, wenn bei den alten, zerlesenen sich bereits die Blätter lösten. Bei der Liveübertragung des Begräbnisses von Papst Johannes Paul II. ließen sie den Klarissinnen einen alten Fernseher in den Speisesaal stellen, und mussten ihn sogleich wieder abholen lassen, weil einigen Schwestern vom Fernsehschauen schwindelig wurde.

Jeder musste ans Holzdrehfenster klopfen. Selbst der Bürgermeister von Brixen, wenn er ein Anliegen hatte, das die geheimnisvollen Schwestern betraf. Die großen Entscheidungen der Stadt wurden mit den Ordensleitern besprochen. So war das immer schon gewesen in Brixen. Ob es eine neue Umfahrung geben sollte, ob auf dem Weihnachtsmarkt auch Stände erlaubt sein sollten, die keinen Weihnachtsbezug hatten, ob die Dom-Messe des Papstes, der ab und an zu Besuch war, auch mit Leinwänden auf den Vorplatz übertragen werden sollte. Das mussten Bürgermeister und Gemeinderäte mit den Kapuzinern, Franziskanern, Klarissen aushandeln.

Ein Rascheln, das lauter wurde. Ein Räuspern. Dann eine Stimme. Zart. Ein wenig krächzend, es musste die Stimme einer älteren Frau sein.

»Ja, bitte.«

Grauner spürte tatsächlich eine leichte Enttäuschung in sich hochkriechen. Die Stimme einer alten Frau hinter einer Holzwand. Das war's. Nur eine Stimme, eine ganz normale Stimme. Der Zauber war verflogen.

»Äbtissin«, sagte Pater Matthias. Er musste die Frau an der Stimme erkannt haben. »Wie geht es Ihnen? Sagen Sie, wäre denn Schwester Margitta zu sprechen? Bei mir sitzt jemand, ein Kommissar von der Polizei, ein Freund von mir, er möchte ihr einige Fragen stellen.«

Die Äbtissin sagte nichts. Minutenlang war von der anderen Seite des Fensters nichts zu hören. Grauner und Pater Matthias schwiegen ebenfalls. Der Commissario versuchte, sich auf das Gespräch vorzubereiten, das er gleich führen würde. Er überlegte, welche Fragen er stellen sollte, wie er das Vertrauen der Schwester gewinnen könnte.

Wieder ein Rascheln, dann erneut eine Stimme. Heller als die der Äbtissin. Vorsichtiger.

»Ja … ja, bitte?«

Grauner schaute zu Pater Matthias. Der nickte zustimmend, stand auf und verließ den Raum.

»Äh, Chl… Margitta, Schwester Margitta?«

Sekunden der Stille.

»Ja.« Das Wort klang mehr geflüstert, denn gesprochen.

»Mein Name ist Johann Grauner, ich bin Kommissar der Polizia di Stato in Bozen. Schwester Margitta, wir ermitteln in einer Mordsache am Brenner. Zwei Männer wurden getötet.«

»Ja?« Diesmal klang die Stimme etwas kräftiger. »Ja, und warum wollen Sie mit mir sprechen?«

Grauner kam es eigenartig vor, eine solche Unterhaltung mit jemandem zu führen, den er nicht sah. Auch ärgerte es ihn, dass nicht er die Bedingungen des Gesprächs diktierte. Normalerweise war es so. Er entschied, wo, unter welchen Umständen jemand verhört wurde. Weil das Wie, das Wo immer auch Teil der Strategie waren. Hier nun war es für ihn ein Auswärtsspiel. Terra incognita.

»Herr Kommissar«, wiederholte Schwester Margitta, »warum kommen Sie zu mir? Ich verstehe nicht …«

Grauner wusste nicht, ob er einen Fehler beging, aber er entschied sich, offen zu sprechen.

»Schwester Margitta, einiges weist darauf hin, dass die beiden Morde etwas mit Ihrem verstorbenen Vater Peter Geisler zu tun haben könnten. An einem der Tatorte lag eine Visitenkarte Ihres Vaters. Aus der Zeit, als er noch die Konditorei hier gegenüber des Klosters betrieb. Wir haben dort im Keller alte Fotos gefunden. Sie zeigen Ihre Mutter Astrid. Manche auch Ihren Vater. Deshalb bin ich hier. Kennen Sie einen gewissen Jakob Voltinger? Oder einen Luis Sulzbacher? Die beiden sind die Mordopfer. Haben Sie jemals von diesen Namen gehört?«

Wieder dauerte es einige Sekunden, bis die Stimme hinter dem Holzfenster erklang.

»Ja, Peter Geisler war mein Vater, Herr Kommissar. Ich bin seine uneheliche Tochter. Doch mein Vater ist tot. Meine Mutter Astrid ebenfalls …« Weitere Sekunden verstrichen. »Sie starb vor vielen Jahren in Venedig … Da hatte ich mich bereits für das Klosterleben entschieden. Ich habe mein Leben Gott gewidmet. Seit nun einem Vierteljahrhundert. Das Draußen interessiert mich nicht. Was soll ich mit den Morden zu tun haben? Die Namen, die Sie nannten, kenne ich nicht. Ich habe diese Namen nie gehört. Herr Kommissar, was wollen Sie hier? Was wollen Sie von mir?«

Was sollte er darauf antworten? Er kniff die Augen zusammen, zählte in Gedanken bis drei.

»Es wird gesagt, dass Sie ins Kloster gegangen seien, weil Sie von schlimmen Dingen erfahren haben. Dingen, die Ihr Vater getan habe.«

Er biss sich auf die Lippen. Er hätte das nicht sagen sollen. Nicht so. Er schwieg, schaute sich um, er fühlte sich beobachtet. Erst jetzt bemerkte er, dass Pater Matthias die Tür zum Innenhof geschlossen hatte. Die schmutzigen weißen Wände schienen näher zu kommen, wie in einer Müllpresse, von allen vier Seiten.

Er hörte ein Scharren hinter dem Fenster, die Stimme schwieg.

»Schwester Margitta«, Grauner wusste nicht, ob er flüsterte oder schrie. »Chloë!« Ihm war, als klopfte er gegen das Holz, ihm war, als berührten ihn die Wände bereits. Die Luft blieb ihm weg. Er sah Gesichter. Sie tanzten vor seinem inneren Auge. Seine Eltern. Die Toten aller Fälle seines bisherigen Polizistenlebens. Tote Bauern, tote Mägde, tote Drogendealer, Verkehrstote, Selbstmörder, ein Toter am Gletscher, ein totes Mädchen am Stamme einer Lärche, eine Wassermumie, wieder Vater, wieder Mutter, Voltinger, Sulzbacher … Er riss sich das Hemd auf, spürte, weg, weit weg, eine Berührung an der Schulter.

»Johann, Johann, was ist mit dir?«

12

In Italien galt schon seit Jahren das Rauchverbot. Und, das hatte Saltapepe bis heute nicht verstanden, es hielt sich jeder daran. Es hatte kaum Proteste gegeben. Österreich dagegen rang noch mit dem Nichtraucherschutz. Aber am Brenner, direkt an der Grenze, war das einerlei. Hier, nur einen Katzensprung vom Grenzstein entfernt, schienen alle Verbote aufgehoben. Hier war Niemandsland.

Die Augen des Ispettore brannten, Nebelschwaden zogen an seinem Gesicht vorbei, der beißende Geruch von Tabak kitzelte ihn in der Nase. Er sah nichts außer Grau und Weiß und tastete sich mit den Händen voran.

Schon wenige Schritte nach dem Übertreten der stillgelegten Grenzanlage hatte er ein blinkendes Schild entdeckt. Rechts, jenseits der langgezogenen Scheinwerferlichter auf der Autobahn hatten die Lichter der Tankstellen in grellen Neonfarben gebrannt, links aber war es dunkel gewesen. Dunkler Wald. Dunkle Felsen. Nur diese eine Neonschrift. Drei Symbole. Eine 7. Eine Wolke. Ein Herz. Pinkfarben. Damit war alles gesagt.

Auf seinem Smartphone-Bildschirm hatte nur ein kleiner Balken das letzte bisschen Akku angezeigt. Das Gerät hatte nach österreichischem Netz gesucht. Er hätte zurück zur Polizeistation laufen können. In der *Brennerbar* einen Espresso trinken. Im Alfa warten. Auf die anderen. Aber er hatte keine Lust gehabt zu warten, er wollte die Ermittlungen vorantreiben.

Während die Augen noch damit kämpften, den Durchblick zu erlangen, während Tränen versuchten, den brennenden Schmerz zu lindern, waren die Ohren bereits aufnahmefähig. Aus den Boxen erklang Achtzigerjahre-Sound, der Saltapepe warm ums Herz werden ließ. Strammer Bass, verführerische Stimme.

Er spürte, wie sich die Sohlen seiner Sneakers bei jedem Schritt mit dem klebrigen Plastikboden des Ladens vermählten und wieder losrissen. Es stank nach Schweiß. Männerschweiß, Achselschweiß. Testosteron.

Links und rechts von ihm tauchten Tische auf. Männer in Lederjacken und karierten Hemden saßen dort. Lkw-Fahrer. Harte Jungs. Die Ärmel abgeschnitten oder hochgekrempelt. Tätowierte Unterarme, die so muskulös waren wie Saltapepes Oberarme. Herzen darauf, Drachen. Schlangen, die sich um Schwerter wanden. An einem Tisch saßen Bahnbeamte. Die Knöpfe der Hemden geöffnet, Brusthaare und Feinrippunterhemden offenbarend, die Mützen schräg auf dem Kopf, das lichte Haar verdeckend.

Auf einigen Tischen tanzten Frauen. Sie trugen weißes durchscheinendes Nichts. Die Hüften waren üppig, die Lippen voll, sie hatten entweder pechschwarze Haut oder schneeweiße. Sie blickten lustlos über die Männer hinweg. Die Männer blickten sehnsüchtig zu ihnen. Auch die Frauen trugen Tätowierungen. Arschgeweihe über den Steißbeinen. Arschgeweihe, die mal Adlerflügel gewesen sein mussten. Nun waren sie in sich zusammengesackt wie verwelkte Blumensträuße.

Auch an der Theke saßen Männer, sie tranken klaren Schnaps aus Biergläsern. Die Frauen, die nicht tanzten, schmiegten sich an sie. Flüsterten ihnen ins Ohr, nahmen sie an der Hand, zogen sie vom Barhocker und durch einen schwarzen Vorhang nach hinten.

Saltapepe spürte die schmerzende Sehnsucht der Männer, er spürte den Schmerz der Frauen, den Schmerz ihrer Erfahrungen, ihres kaputten Lebens. Er spürte seine eigene Einsamkeit mit ungekannter Wucht.

»Einen Espresso, bitte«, rief er der Barfrau hinter dem Tresen entgegen. Er hörte seine eigene Stimme kaum. Marvin Gayes *Sexual Healing* dröhnte lauter. Die Frau hatte wasserstoffblonde Haare, orange Wangen, knallrote Lippen, einen goldenen Ring im rechten Nasenflügel. Man sah sofort, dass sie nicht eine der Damen war, die man sich für Geld schnappen konnte. Sie war die, bei der das Geld am Ende landete. Sie drehte sich zur Kaffeemaschine um, die Saltapepe erst jetzt erblickte.

Die Maschine war verrostet und mit verbrühtem Kaffee verklebt. Die Barfrau ließ eine Tasse volllaufen, goss kalte Milch dazu, riss zwei Packungen Zucker auf, schüttete den Inhalt in den Kaffee, von dem nun ein Schwall in die Untertasse lief. Sie schnappte einen Löffel, an dem verkrusteter Schaum klebte, rührte und stellte dem Inspektor das Gebräu hin.

»Willkommen im *Siebten Himmel*«, schrie sie ihm entgegen, dann verschwand sie zur hintersten Ecke des Tresens, wo weitere Kundschaft wartete.

Der Ispettore spürte eine schwere Hand auf der Schulter. Der Lkw-Fahrer neben ihm drückte ihn an sich.

»Willkommen in Österreich!«, brummte er und grinste. Das Grinsen offenbarte gelbbraune Zahnstummel. Er schnappte sich Saltapepes Kaffee, schlürfte ihn zur Hälfte aus, nahm sein mit Schnaps gefülltes Bierglas und schüttete etwas dazu.

»So«, sagte er. »So schmeckt er einigermaßen.« Das Grinsen wurde noch breiter. »Neu hier?« Mit fleischigen Fingern massierte er freundschaftlich Saltapepes Schulter. »Meiner ist der weinrote Scania da draußen. 420 PS. Genua–Hamburg, zweimal die Woche. Mache alles. Autoanhänger oder auch Kühlanhänger mit Obst oder Schweinehälften. Ab und an ein paar Flüchtlinge, die ich in Verona auflade. Das gibt gutes Geld unter der Hand dazu – und denen hilft's. Nur lebendiges Schlachtvieh, das mache ich nicht mehr. Das packe ich nicht mehr. Das Blöken der Kälber, wenn sie da hinten halb tot am Verdursten, am Ersticken sind, das verfolgt mich heute noch im Schlaf.«

Saltapepe schob den Kaffee von sich weg. Er schnappte gierig nach frischer Luft. Vergeblich.

»Also, mein Freund. Wo kommst du her? Wohin fährst du?«

Jetzt blieb ihm nur die Lüge. »Bin kein Lkw-Fahrer. Komme aus Neapel, fahre nach Bochum. Habe Verwandte in Deutschland. Ich war vor ein paar Jahren schon mal hier. Kennst du den alten Luis? Mit dem habe ich hier gesoffen, der Luis war beliebt – bei den Mädchen.«

Eine der Frauen schmiegte sich an Saltapepe, sie streichelte ihm den Arm.

»Einsam?«, flüsterte sie ihm ins Ohr.

Saltapepe hob den Arm, die Barfrau kam aus der Ecke heraus, stellte ein Fläschchen Piccolo auf den Tresen und verschwand wieder. Saltapepe besah sich das Fläschchen. Der Drehverschluss knackste beim Öffnen, er schenkte ein.

»Klar kenne ich den Luis, mich wundert's eh, dass er heute nicht hier ist. Der ist sonst immer hier«, sagte der Scania-Fahrer und nahm einen tiefen Schluck aus seinem Glas.

Die Frau an Saltapepes Seite schaute zu Boden. »Der Luis ist tot«, sagte sie.

Der Lkw-Fahrer machte große Augen. »Wie tot?«

»Den haben's umgebracht. Ihn und einen seiner Freunde.« Sie sprach Tirolerisch, mit tschechischem Einschlag.

»Wer?«, fragte der Lkw-Fahrer. Er ballte eine Hand zur Faust und schlug auf den Tresen.

Saltapepe war es ganz recht, dass das Gespräch an ihm vorbeilief, dass ein anderer die Fragen stellte. Das dämpfte das Misstrauen.

»Was weiß ich«, sagte die Dame und schlürfte den Prosecco. »Vielleicht war's ein eifersüchtiger Ehemann. Vielleicht hat es was mit dem Outlet zu tun …«

»Wie, was ist mit dem Outlet?«, fragte der Fahrer.

Saltapepe hatte die gleiche Frage auf der Zunge gelegen.

»Die Bürgermeisterin vom Brenner, drüben auf italienischer Seite, die soll früher mal was mit dem Luis gehabt haben. Die soll heimlich hinter seinem Rücken in das Projekt eingestiegen sein, als er das herausgefunden hat, hat er sie sitzen lassen …«, sie trank die Piccoloflasche leer, »… so wie er alle hat sitzen lassen, die sich in ihn verliebt haben. Früher, als er sich das noch leisten konnte. Als er jeder den Kopf verdrehte. Als er noch ein Hecht war. Als er noch nicht hierherkommen musste, noch nicht bezahlen musste für ein bisschen Liebe, ein bisschen Zärtlichkeit. Die Bürgermeisterin war verliebt in den Luis, richtig verliebt. Die Liebe ist in Hass umgeschlagen, richtigen Hass. Sie hat sich mit einem Mailänder Investor zusammengetan. Geschäftlich – und privat. Und das passt drüben auf der italienischen Seite, in Gossensass, nicht jedem. Da herrscht jetzt Krieg. Erste Opfer sind gefallen.«

»Ach, Blödsinn!«, brummte der Scania-Fahrer. »Das klingt mir alles zu sehr nach Fernsehen …«

Er klopfte mit dem leeren Glas auf das Thekenholz. Die Barfrau kam erneut herbeigeeilt und stellte ihm die Schnapsflasche daneben. Sie warf der Tänzerin an Saltapepes Seite einen harschen Blick zu.

»Nicht quatschen. Tanzen oder anschaffen«, zischte sie und verschwand wieder.

Die Angesprochene schaute bedrückt zu Boden und streichelte Saltapepes Wange. Der Lkw-Fahrer schenkte sich ein.

»Sag', woher willst du das überhaupt alles wissen?«

Die Frau schaute wieder auf, zeigte ein verführerisches Lächeln. Ihre Hand wanderte von Saltapepes Arm zum prallen Bauch des Lkw-Fahrers und streichelte ihn.

»Das eine weiß ich vom Mailänder. Und das andere weiß ich von Luis. Sie waren beide, nun ja, gute Freunde von mir. Weißt du, starker Mann …« Sie saß nun auf den Schenkeln des Scania-Fahrers, schnappte sich sein Glas und führte es an seinen Mund. »Wer einmal zu meinen Freunden zählt, der will mit niemand anderem mehr befreundet sein. Komm!«

Sie zog ihn an der Hand, ganz sanft, er hopste vom Stuhl, der Boden erzitterte. Noch einmal schmiegte sie sich kurz an Saltapepe. Wieder flüsterte sie ihm ins Ohr, noch leiser als vorhin.

»Und du, verschwinde! Polizist! Hau ab, schnell.«

Dann zog sie den Scania-Fahrer hinter den schwarzen Vorhang.

13

Grauner fragte sich, wie Belli sich die Energie einteilte. Er hatte einen Verdacht. Die Hälfte der Ressourcen steckte der Staatsanwalt wohl in das Bemühen, sich vor der Arbeit zu drücken. Die andere Hälfte kanalisierte er in Wutausbrüchen wie diesen, den der Commissario soeben über sich ergehen lassen musste.

Es war kurz nach zweiundzwanzig Uhr. Die Tür zur Gerichtsmedizin war abgeschlossen gewesen. Von Filippis Krankheitsvertretung keine Spur. Also hatten sie beschlossen, Filippi einen Besuch abzustatten. Nun saßen sie um ihr Krankenbett. Grauner, Belli, Weiherer, Marché und Tappeiner. Saltapepe fehlte. Grauners Assistentin hatte ihn mehrmals angerufen. Sein Handy war aus. Kein Rückruf.

»Glaubt hier jeder, einfach abhauen zu können, so wie es ihm passt? Wo waren Sie am Nachmittag, Grauner? Und wo ist Saltapepe jetzt?« Bellis Mund schäumte.

Der Commissario musste an Voltingers Hofhund denken. Nur war der Hund durch eine Kette zurückgehalten worden, Bellis Wut war frei. Zügellos. Der Hund konnte durch eine Schale Wasser besänftigt werden, bei Belli würden nur ein Drei-Gänge-Menü und eine halbe Flasche Sauvignon im *Laurin* helfen.

»Ich habe mich mit einem Zeugen getroffen«, log der Commissario. »In Brixen. Mit einem Freund von einem Freund, der kennt die Toten, er hatte früher mal mit ihnen zu tun.«

Lüge immer irgendwo am Rande der Wahrheit entlang, das hatte Grauner schon auf der Polizeischule gelernt. Lüge unkonkret. Schwammig. Das beherrschte er mühelos.

»Wo! ist! Inspektor! Saltapepe?«, brüllte Belli weiter.

Der Commissario hob die Schultern. Er wusste es wirklich nicht. Der Ispettore hatte sich nicht bei ihm gemeldet.

Pater Matthias und der Gärtner hatten Grauner an den Stamm einer Zypresse gelegt, Wasser und etwas Traubenzucker geholt. Der Commissario war schnell wieder auf den Beinen gewesen, ebenso schnell, wie die Dämonen auftauchten, verschwanden sie auch wieder, das war er von ihnen gewohnt.

Er hatte insbesondere Pater Matthias für die Hilfsbereitschaft gedankt und sich davongemacht. Die Hilflosigkeit, die ihn übermannte, wenn er das Bewusstsein verlor, dieses absolute Ausgeliefertsein, machte ihm Angst und beschämte ihn zugleich.

Er war nach Bozen zurückgefahren, hatte sich gewundert, dass Saltapepe noch nicht da war, so lange konnte das Gespräch mit Bertoldo doch nicht gedauert haben.

Der Arzt, der für Filippi eingesprungen war und aussah wie John Lennon, saß am Krankenbett. Auf Filippis Bettdecke lag ein Schachbrett. Es ging ihr wieder besser. Was auch das Augenrollen und Grimassenschneiden bezeugten, mit denen sie Bellis Tobsuchtsanfall kommentierte. Doch ihre Kollegen hatten ihr befohlen, zur Sicherheit noch eine Nacht im Spital zu verbringen. Dem hatte sie nur unter Protest zugestimmt.

»Wie fühlst du dich?«, fragte Tappeiner in einer Verschnaufpause Bellis.

»Bin ganz die Alte«, sagte die Gerichtsmedizinerin. »Ich muss irgendetwas mit den Medikamenten durcheinandergebracht haben. Passiert!«

Jeder im Raum wusste, dass das gelogen war. Ein Krankenhaus war schlimmer als ein Kaffeekränzchen älterer Damen. Eine Gerüchteküche par excellence.

»Du Arme, seit zwei Tagen liegst du also hier?«, fragte Tappeiner sichtlich berührt weiter.

»Nein, nein, erst seit einer halben Stunde wieder«, antwortete Filippi und richtete sich auf. »Vorhin habe ich mich weggeschlichen.«

Die Umstehenden schauten überrascht.

»Ich bin heimlich runter zu meinen Toten. Ich kann die ja nicht so lange alleine lassen. Außerdem fühlt man sich unter Toten gleich schon viel lebendiger, gesünder.«

Grauner musste lachen. Selbst Belli schmunzelte.

»Ich habe die Arbeit des Kollegen an Voltingers Leiche überprüft«, sie schaute zu John Lennon und tätschelte ihm den Unterarm, »er hat es ganz gut gemacht, muss ich zugeben.«

»Sulzbacher haben wir gemeinsam untersucht. Seine Blutwerte waren normal. Keinerlei Gift im Körper. Abgesehen vom Alkohol. Er ist erwürgt worden. Darauf lassen die Würgemale und die Stauungsblutungen in seinem Gesicht schließen.«

Filippi zeigte auf den Nachttisch neben dem Bett – dort lag eine Mappe. Belli griff danach, öffnete sie und reichte die darin liegenden Fotos herum. Nahaufnahmen der Leiche. Die Kratzer und dunklen Druckstellen am Hals.

»Aber wir haben eine sehr überraschende Entdeckung gemacht …«, fuhr die Medizinerin fort.

Alle schauten von den Fotos auf.

»Was?«, fragte Grauner.

Filippi langte nach der Schublade neben dem Bett, erreichte sie aber nicht. Wieder war Belli ihr behilflich, öffnete sie und holte ein Plastiktütchen heraus. Er hielt es in die Höhe, eine Münze lag darin.

»Als wir Sulzbacher umdrehten, rutschte meinem Kollegen die Leiche aus der Hand. Ich konnte den Corpus gerade noch festhalten, aber irgendetwas kullerte zu Boden. Erst dachte ich, es sei ein Zahn, dann sahen wir, dass es eine Münze war. Sie musste im Rachen des Toten gesteckt haben. Wir haben sofort das erste Opfer, Voltinger, noch einmal aus der Kühlkammer geholt. In seinen Mund geschaut. Wir haben ihn noch einmal aufgemacht, im Inneren gesucht. Aber da war nichts.«

Alle scharten sich um Belli. Es war kein Euro- oder Centstück, sondern eine alte, dünne, abgegriffene Silbermünze. Ein Adler darauf. Mit gespreizten Flügeln. Der Reichsadler, in seinen Krallen hielt er ein Hakenkreuz. Es war eine Fünf-Reichsmark-Münze.

»Nach dem Fund kam mir ein Verdacht«, fuhr Filippi strahlend fort. »Es besteht keine Möglichkeit, dies mit Sicherheit nachzuweisen, aber es könnte durchaus sein, dass die Cyanide in Voltingers Blut von KCN stammen.«

»Was ist das?«, unterbrach Belli sie. »Gibt es das in der Apotheke zu kaufen? Braucht man dafür ein Rezept? Ist das bei eBay zu finden oder muss man dafür ins Darknet?«

»Nein, das gibt es nicht in Apotheken. KCN ist Kaliumcyanid. Besser bekannt als Zyankali.«

Kurz herrschte gespenstische Stille im Raum.

»Ist das nicht … das ist doch …«, stammelte Marché.

Weiherer räusperte sich. »Das ist das Gift, das die obere Naziriege im Zweiten Weltkrieg in Form von Kapseln bei sich trug. Um sich im Falle einer Festnahme durch den Feind ruckzuck selbst zu liquidieren. Dieses Gift wirkt innerhalb von Sekunden. Magda Goebbels ermordete damit zu Kriegsende im Führerbunker ihre Kinder. Dann nahmen sie und Joseph Goebbels je eine Kapsel. Hermann Göring suizidierte sich damit während der Nürnberger Prozesse.«

Schweigend hatte die Runde Weiherers Ausführungen gelauscht.

»Vielleicht ist unser Toter ja auch so ein Obernazi gewesen …«, mischte Marché sich erneut ein.

Weiherer schaute wie ein Lehrer, der seinen Schüler ermutigt, seine voreilige Antwort noch einmal zu überdenken. »Voltinger war siebenundachtzig Jahre alt. Das heißt, er war 1945, zu Kriegsende, gerade mal fünfzehn. Da war der, höchstens und wenn überhaupt, Kanonenfutter an der Ostfront.«

Grauner ging Weiherers besserwisserischer Ton auf die Nerven. »Vielleicht hat der alte Mann so zumindest nicht leiden müssen«, brummte er. »Vielleicht hat er das Gift geschluckt, bevor ihn jemand qualvoll ermorden konnte.«

»Ja«, warf Belli ein. »Aber tot ist er trotzdem.«

»Eine Nazimünze im Rachen eines der Opfer. Womöglich Zyankali im Blut des anderen, je eine Spur, die in die Nazizeit führt«, fasste Grauner zusammen. »Da ist sie endlich, eine klare Verbindung zwischen den beiden Toten. Endlich mehr als nur der Fakt, dass sie miteinander Karten spielten.«

»Sollte Voltinger tatsächlich eine Zyankali-Kapsel geschluckt haben, muss er innerhalb von Sekunden tot gewesen sein. Warum hat ihn der Mörder dann noch durch die Straßen geschleift?«, murmelte Belli.

»Um ihn zu schänden«, mutmaßte Tappeiner.

»Weil er ein Monster ist«, vermutete Belli.

Filippi räusperte sich, sie hob das Schachbrett hoch, einige der Bauern plumpsten aufs Federbett, John Lennon nahm das Brett entgegen und legte es auf den Nachttisch.

»Ob der sofort tot war, konnten wir nicht einwandfrei klären. Es ist nicht unwahrscheinlich, dass sich das Kohlendioxid aus der Umgebungsluft im Laufe der Jahre ins Kaliumcyanid gemischt hat. Das hätte dann die langsame Umwandlung des Giftgemisches in Kaliumhydrogencarbonat zum Ergebnis – und wäre völlig wirkungslos.«

Grauner verstand kaum ein Wort und doch die Bedeutung von Filippis Aussage. Es konnte sein, dass die Zyankali-Kapsel dem Greis keinen schnellen Tod mehr beschert hatte.

14

Männer, die Etablissements wie den *Siebten Himmel* betraten, klappten die Mantelkrägen hoch und zogen die Hüte tief ins Gesicht, wenn sie denn welche trugen. Dies schützte zwar vor fremden Blicken, trübte aber auch den eigenen.

Saltapepe wollte gerade die Tür hinter sich schließen, da rannte ihm ein Mann gegen die Brust.

»Vorsicht!«, sagte der Ispettore.

Der Mann blickte auf. Es war Charly Weinreich. Der Reporter des *Südtirol Kurier,* den Grauner abgrundtief hasste, seitdem er den Tod seiner Eltern journalistisch ausgeschlachtet hatte. Der Ispettore packte ihn am Arm.

»Du, hier?«, fuhr er ihn an.

Der Reporter wedelte wild mit den Händen. »Ähhh … nur zu Recherchezwecken, Claudio.«

Saltapepe zog ihn auf den Parkplatz. »Komm, Charly. Komm mit. Hier gibt es heute nichts mehr zu recherchieren. Wo steht dein Auto?«

Weinreich zeigte auf einen schwarzen Lancia Y, der in der letzten Ecke des Parkplatzes stand.

Die beiden gingen in die Richtung. »Tu mir einen Gefallen, Charly«, sagte Saltapepe. »Fahr mich rüber nach Italien. Mein Wagen steht noch vor der Polizeistation.«

»Na gut, weil du es bist«, antwortete der Reporter. »Kannst mir ja in der Zwischenzeit etwas über die neuen Ermittlungsergebnisse verraten.«

Er grinste.

Saltapepe grinste zurück.

»Du weißt, dass das sinnlos ist, Charly.«

»Da bin ich mir nicht so sicher«, antwortete der Reporter.

Die beiden blieben stehen. Die Sterne funkelten über ihren Köpfen.

»Was hat Grauner heute Vormittag in Brixen gemacht?«

Saltapepe versuchte so überrascht wie möglich zu blicken, doch er spürte, wie ihm die Farbe aus dem Gesicht wich.

»Du hast ihn …«

»Ich war auf dem Weg zum Brenner, da habe ich auf der Autobahn vor mir seinen neuen Panda entdeckt. Kurz vor Brixen, er fuhr raus, ich auch.«

Das Grinsen wurde breiter.

»Schäbiger Hund.«

Nun machte Weinreich ein beleidigtes Gesicht.

»Er ist zu einer Bäckerei gelaufen, Claudio. Ich kenne diese Bäckerei und ich weiß auch, wer in dem Haus früher eine Konditorei führte. Grauners Vergangenheit ist mir bekannt, wie du weißt, und vielleicht kann ich euch helfen, Licht in das Dunkel von damals zu bringen.« Er schaute Saltapepe tief in die Augen. »Und in das Dunkel von heute.«

Der Ispettore erwiderte den Blick. Einige Sekunden. Dann nickte er. Charly holte den Autoschlüssel aus der Tasche, streckte den Arm in Richtung des Lancia. Die Lichter blinkten auf.

Als Saltapepe die Beifahrertür öffnen wollte, stieß er versehentlich gegen den daneben geparkten Wagen. Ein weißer Caddy. Er prüfte den Lack, suchte nach einem Kratzer, den er verursacht haben könnte.

Auf die Tür des Caddys war ein Werbebanner geklebt:

Mayerhofers
Bäckerei und Konditorei
gegründet 2011

15

Belli war längst nach Hause gegangen, als Saltapepe vorsichtig den Kopf ins Büro steckte. Es war bereits nach Mitternacht. In den meisten Zimmern des langen Flures in der Questura war das Licht erloschen. Nur bei Grauner, Tappeiner und Marché brannte es noch.

Der Commissario schaute auf. »Claudio, verdammt, wo hast du gesteckt?«

Die folgenden Sekunden waren entscheidend für den weiteren Verlauf des Falles. Den weiteren Verlauf der Zusammenarbeit mit seinem kauzigen Vorgesetzten, mit dem er sich dieses Büro teilte.

»Grauner, sei mir nicht böse, ja? Ich …«

»Ich bin dir nicht böse, ich will wissen, wo du gesteckt hast!«

»Das meine ich nicht«, gab Saltapepe zurück. »Ich meine … bitte hör mir … uns … zu, bevor du in die Luft gehst. Es gibt einiges zu besprechen.«

Den zweiten Satz hatte er in doppelter Geschwindigkeit hinterhergeschoben, während er die Bürotür vollends geöffnet hatte.

Viel hing nun von Charly Weinreichs Gesichtsausdruck ab. Ob er grinste. Ob er ernst blickte. Ernster Blick. Saltapepe atmete auf. Er schaute zu Grauner. Der Commissario sprang nicht auf. Er schrie nicht. Er sagte nichts. Seine Gesichtszüge waren wie erstarrt. Vielleicht begriff er in diesem Moment, so dachte Saltapepe, so hoffte er, dass er diesen Schritt nun gehen musste, dass das Zugehen auf Weinreich der Preis dafür war, der Lösung des Falles näher zu kommen.

Grauner stand auf. Er ging zwei Schritte auf den Reporter zu. Es war nicht abzusehen, was er tun würde. Ihn verprügeln. Ihm die Hand reichen. Er stand nun vor ihm, er schaute auf ihn herunter. Weinreich war fast einen Kopf kleiner als der Commissario. Auch Saltapepe blickte auf den Reporter, er dachte an all die Dinge, die ihm dieser Mann vor gut einer Stunde am Brenner und während der Fahrt über die Autobahn zurück nach Bozen erzählt hatte. Weinreichs Blick war starr.

»Kaffee?«, fragte Grauner. Mit einem einzigen Wort löste sich die angespannte Stimmung.

Der Reporter nickte stumm. Grauner ging auf den Flur hinaus, warf zwei Eurostücke in den Kaffeeautomaten und drückte auf die Espresso-Taste.

Weinreich wartete vor der Tür. Grauner und Saltapepe verabschiedeten sich von Marché und Tappeiner. Die beiden hatten nichts von der Anwesenheit des Reporters mitbekommen – und sollten es auch nicht. Weinreich schlug vor, sich in sein Büro in den Redaktionsräumen unter den Altstadtlauben zu setzen. Aber Grauner lehnte ab. Er verlangte nach neutralem Boden.

Sie liefen zuerst die Via Dante hoch, dann die Via Leonardo Da Vinci entlang, zum Obstmarkt. Die Rollläden der Geschäfte waren heruntergelassen. Aus den Bars ertönte leise Musik, die Gasthäuser, aus denen am Abend noch der Duft von geschmolzener Butter und gekochtem Fleisch, von Pizza, Schlutzkrapfen und Knödeln gedrungen war, lagen im Dunkeln. Einige Studenten saßen auf den grünen Holzständen der Obsthändler, tranken Weißwein und genossen das kühle Lüftchen, das die Nacht mit sich gebracht hatte.

Hinter einigen Fenstern der herrschaftlichen Altstadtfassaden brannte noch Licht. Schuhe klapperten auf dem Trottoir. Die beiden Ermittler und der Journalist verschwanden hinter den grünen Ständen, wo sich Grauners Lieblingsbar versteckte. Die Barfrau stand alleine hinter der Theke. Sie putzte die Kaffeemaschine, die Stühle waren bereits auf die Tische gestellt.

»Grauner?« Sie machte ein überraschtes Gesicht.

Normalerweise kam der Commissario immer nur morgens auf einen Schwarzen vorbei, höchstens mittags noch mal.

»Ihr wollt doch nicht noch einen Espresso, ich hab grad die Maschine ...«

Grauner schüttelte den Kopf. »Nein, keinen Kaffee mehr um die Uhrzeit. Aber tu uns den Gefallen und lass uns hier in der Ecke noch ein bisschen sitzen, bring uns noch ein Fläschchen St. Magdalener – und lass dich nicht stören beim Aufräumen. In einer halben Stunde sind wir wieder weg.«

Er drehte sich zu Weinreich um und sah ihn prüfend an. Er war zwar überrascht gewesen, als er vorhin in der Questura das Gesicht des Reporters erblickt hatte, ihm war aber die ganze Zeit schon klar gewesen, dass er um ein Gespräch mit Charly nicht herumkommen würde. Wenn dieser Fall irgendetwas mit dem Tod seiner Eltern zu tun hatte, dann konnte auch das Wissen des Reporters helfen, sich in diesem Kosmos der Unklarheit zurechtzufinden.

Grauner war nicht verärgert gewesen. Kein Zorn war in ihm hochgestiegen, wie sonst immer, wenn er den Reporter mit Kugelschreiber und Block bewaffnet an Tatorten herumschnüffeln sah. Nein, diesmal war es anders gewesen. Diesmal hatte er Erleichterung verspürt.

Er wusste, dass all der Hass auf Weinreich auch eine Form

der Projektion war. Jemanden musste er hassen, er brauchte ein Konterfei, weil er den Mörder nicht fassen konnte, weil er dessen Gesicht nicht kannte.

Er würde das Spiel mitspielen. Er würde Weinreich in sein Wissen einweihen, um wiederum an dessen Wissen zu gelangen. Vorab aber galt es zu klären, dass alles, was an diesem Tisch nun herauskommen würde, erst einmal nicht für die Öffentlichkeit bestimmt war.

Weinreich ging es nicht darum, neue Erkenntnisse möglichst schnell zu veröffentlichen. Es ging ihm nur um eins: Der Erste zu sein. Egal wann. Vor den Radioleuten. Vor der internationalen Presse. Vor der *Repubblica.* Der *Tiroler Tageszeitung.* Der *Süddeutschen.* Dem *ZDF,* dem *ORF, Canale Cinque.* Der *BBC.*

Er wollte, dass sein Name bei den anderen als Quelle auftauchte.

Wie der Lokal-Reporter Karl Weinreich berichtete …

Er wollte seine fünf Minuten Ruhm. Alle paar Jahre wieder. Das reichte ihm. Dafür lebte er. Neue Bilderrahmen kaufen. Für die Zeitungsausschnitte. An der Heldenwand.

»Was wir nun besprechen, bleibt unter uns.« Grauner machte eine taktische Pause.

Weinreich hob eine Augenbraue.

»Vorerst«, schob der Commissario nach einigen Sekunden hinterher. »Sobald der Fall geklärt ist, wirst du alles erfahren. Als Erster. Exklusiv.« Exklusiv. Grauner hatte gewusst, dass er mit diesem lächerlichen Wörtchen Weinreichs Augen zum Leuchten bringen würde.

Die Barfrau hatte die Weinflasche gebracht, die Gläser hingestellt. Eingeschenkt. Auch ein paar belegte Brötchen hatte sie zubereitet. Mit Lachs und Kren. Mit Speck und Essiggurken.

»Gut«, sagte der Reporter. »Abgemacht.« Dann nahm er einen tiefen Schluck.

Der Commissario griff in die Tasche und legte eine Fotokopie von Geislers Visitenkarte auf den Tisch. Die Augen des Reporters leuchteten noch heller. Grauner berichtete. Von den Ermittlungen am Brenner und in Gossensass. Von seinem Besuch in der Brixner Konditorei. Vom Koffer. Er erzählte vom Holzfenster des Klarissenklosters. Er erzählte von den neuesten Autopsie-Ergebnissen. Vom Zyankali-Verdacht. Von der Münze. Auch Saltapepe schaute nun überrascht.

»Es scheint zwischen alldem eine Verbindung zu geben«, fuhr Grauner fort. »Vielleicht sind das alles Zeichen. Zeichen des Mörders. Aber was will er uns sagen?«

Er biss in eins der Brötchen. Der Kren stieg ihm in die Nase und trieb ihm Tränen in die Augen. Ein Schluck Wein linderte den brennenden Schmerz.

»Das Zyankali, die Münze«, murmelte der Reporter.

Kurz herrschte Stille in der kleinen Bar. Von draußen drangen die Stimmen der Studenten herein. Sie lachten. Sie schrien. Glas klirrte.

»Grauner, du weißt, dass ich gewühlt habe, damals, als deine Eltern …«, Charly stockte.

Grauner nickte. Er schnappte nach einem zweiten Brötchen. Diesmal ohne Kren.

»Vielleicht zu viel gewühlt. Ich war ein junger Reporter. Ich hatte gerade erst angefangen beim *Kurier.* Ich wollte meinen ersten großen Scoop. Ich bin dir sicher zu nahegetreten …«

Grauner brummte. Er nahm noch einen Schluck. Er spürte das samtige Traubenblau auf der Zunge.

»Ich habe mich damals tief, viel zu tief in diesen Fall hineingefressen«, sprach der Reporter weiter. »Ich habe dir nie davon erzählt, Grauner. Ich habe niemandem davon erzählt. Ich … ich hatte Angst.«

»Angst wovor? Vor mir?« Grauner schaute ungläubig.

Weinreich lachte kurz auf. »Nein. Nein. Einige Wochen bevor das mit deinen Eltern passierte, meldete sich ein junger deutscher Historiker bei mir. Trontheimer. Den Vornamen habe ich vergessen. Er kam zu mir in die Redaktion. Er sagte mir, er beschäftige sich mit der Flucht hochrangiger Nationalsozialisten nach dem Zweiten Weltkrieg. Zahlreiche Kriegsverbrecher hätten versucht, von Österreich über Südtirol und Italien aus Europa abzuhauen. Ich interviewte den jungen Historiker. Gute Geschichte im Sommerloch, dachte ich mir.«

Er trank sein Weinglas aus. Gierig. Grauner schenkte ihm nach. Ein roter Tropfen lief aus Charlys Mundwinkel, verfing sich in den Bartstoppeln des Kinns. Seine Hände zitterten.

»Ich hätte es nicht tun sollen. Verdammt, hätte ich das bloß nicht gemacht. Ich bin bedroht worden. Es fing mit einem Fax an. Ganz freundlich. *Es schreibt Ihnen ein unbekannter Freund*, stand da, *ich meine es gut mit Ihnen, das ist eine Warnung. Lassen Sie die Finger davon!* Dem Fax hing eine Kopie des Interviews mit dem Historiker an. Ich tat die Nachricht als Blödsinn ab.«

Wieder nahm der Reporter einen tiefen Schluck. Grauner zog ihm das Glas weg. Er brauchte klare Gedanken, klare Worte, keine Verschleierung, kein Verdrängen.

»Ich telefonierte danach noch einmal mit Trontheimer, wir trafen uns ein zweites Mal in Bozen. Am selben Abend bekam ich Besuch. Ich wohnte damals noch in einer kleinen Zwei-Zimmer-Wohnung in der Hörtenbergstraße.

Zweite Etage. Es klingelte gegen elf. Ein Mann mit langem Mantel und Hut stand vor der Tür. Er zwängte sich an mir vorbei, ehe ich mich's versah, stapfte er schon durch mein Wohnzimmer. Ich war völlig perplex, ich hatte noch nicht einmal Angst, er wirkte wie ... wie eine Figur aus einem klischeehaften Agenten-Comic. Der Mann war mir unbekannt. Hageres Gesicht, eingefallene Wangen. Er musste so um die vierzig gewesen sein. Fünfzig höchstens. *Raus aus meiner Wohnung oder ...* Ich sprach den Satz nicht zu Ende. Er schritt durchs Wohnzimmer, streifte mit seinen Lederhandschuhen über die Möbel, über die Notizblöcke auf meinem Schreibtisch, über die Bilder an der Wand. Er ging zum Fenster, schaute raus, drehte sich zu mir um, mit dem Zeigefinger lockte er mich heran. Als ich neben ihm stand, zeigte er auf die Straße hinunter. Da stand ein Auto. Im Lichte einer Laterne. Ein weißer Ford Escort. Getönte Scheiben. Zweimal blinkten kurz die Scheinwerfer auf. Dann reichte der Mann mir einen Zettel. Die Sätze darauf waren mit einer Schreibmaschine verfasst. *Sie werden nicht die Polizei verständigen. Sie werden niemanden verständigen. Sie werden alles vergessen. Schweigen. Sie werden kollaborieren, Karl Weinreich. Ich denke, wir verstehen uns.*«

Charly schaute auf das Weinglas. Grauner schob es ihm wieder hin. Er selbst nahm noch einen tiefen Schluck und schenkte sich nach. Er blickte zu Saltapepe rüber. Der hatte sein Glas bislang nicht angerührt.

»Der Mann legte mir seine Hand auf die Schultern. Dann drehte er sich wortlos um und ging zur Tür hinaus. Ich stand da wie versteinert. Dann schloss ich die Tür von innen ab. Ich schlief keine Sekunde in dieser Nacht. Alle halbe Stunde schaute ich zum Fenster hinaus. Gegen halb sechs Uhr morgens war der weiße Escort verschwunden. Ich schlief ein. Als ich am nächsten Vormittag gegen zehn in die Redaktion radelte, sah ich schon von Weitem Blaulichter. Es war eingebrochen worden. Doch nichts sei gestohlen worden, sagte mir der Chefredakteur. Ich solle mich in meinem Büro umsehen. Sagen, wenn etwas fehle. Ich ging zu meinem Schreibtisch, schaute mich um, sagte den Behörden, dass auch bei mir nichts gestohlen worden sei. Die Ermittlungen wurden noch am selben Tag eingestellt.«

Weinreich verstummte. Seine Stimme hatte nicht mehr gezittert. Sie war lauter, kräftiger geworden. Auch die Hände zitterten nicht mehr. Grauner wusste, warum. Weil er erleichtert war. Erleichtert, es sich nach all den Jahren von der Seele gesprochen zu haben. Fast alles.

»Was war es?«, fragte er.

Kurz versuchte der Reporter überrascht zu schauen, dann senkte er die Lider.

»Was hat gefehlt?«, setzte Grauner nach.

»Die Festplatte meines Computers, mein Notizbuch und mein Aufnahmegerät. Alles, was auf meinen Kontakt mit Trontheimer hinwies.«

»Das verstehe ich nicht«, mischte sich nun erstmals Saltapepe ein, beugte sich vor und stemmte die Unterarme auf den Tisch. »Das Interview war doch schon veröffentlicht …«

Weinreich blickte zum Ispettore, dann zu Grauner. Kurz drehte er sich zum Budl um. Die Barfrau räumte die Spülmaschine aus. Ein letztes Brötchen lag auf dem Teller. Keiner hatte es nehmen wollen.

»Dieses erste Interview war harmlos. Keine konkreten Hinweise darauf, wie weit der Professor mit den Nachforschungen vorgedrungen war. Aber ich hatte noch mehr, viel mehr. Vom zweiten Gespräch. Ich hatte vor, das alles in den darauffolgenden Wochen als Serie rauszubringen. Es war weg. Und ich war erleichtert, dass es weg war.«

Grauner schaute den Reporter skeptisch an.

»Das klingt alles unglaublich spannend. Mehr unglaublich als spannend, Charly. Und auch wenn das alles stimmen sollte, was um Himmels willen hat es mit dem Tod meiner Eltern zu tun?«

Weinreich griff nun doch nach dem letzten Brötchen und spülte den Bissen mit einem weiteren Schluck Wein hinunter.

»Der Mord an deinen Eltern passierte, wie gesagt, ein paar Wochen später. Ich wollte diese andere Sache vergessen, verdrängen. Da tauchte der Name des Nachbarknechts auf, in den Ermittlungsunterlagen, die ich vorliegen hatte. Geisler. Peter Geisler. Der angeblich in der Mordnacht auf eurem Hof gesehen wurde, was nicht sein konnte, weil er nicht mehr lebte. Ich hatte das Gefühl, diesen Namen schon einmal gehört zu haben. Einen halben Tag lang grübelte ich nach, dann fiel es mir ein. Ich war mir zu hundert Prozent sicher. Der junge Historiker hatte den Namen genannt. Peter Geisler und noch einige andere Namen, die ich in der Zwischenzeit vergessen hatte. Ich wusste nicht mehr, in welchem Zusammenhang. Aber da war plötzlich eine Brücke zwischen dem Tod deiner Elten und den Ereignissen nach dem Interview mit Trontheimer über die geflüchteten Nazis. Ich nahm allen Mut zusammen und rief den Historiker noch einmal an. Ich hatte Angst. Zweimal legte ich nach dem ersten Tuten des Telefons auf. Beim dritten Mal ließ ich es länger klingeln. Er hob ab. Ich sagte meinen Namen. Er legte auf. Ich versuchte es noch einige Male an den darauffolgenden Tagen. Er ging nicht mehr ran. Eine Woche später war die Nummer nicht mehr vergeben. Ich recherchierte heimlich, ohne es irgendjemandem zu sagen, rund um das Leben des Nachbarknechts. In der Zeitung schrieb ich nur, was offiziell von der Polizei bekannt gegeben worden war. Ich fand heraus, dass Geisler als junger Bub am Brenner gearbeitet hatte. Später zurückkehrte in seinen Heimatort, um dort als Knecht auf einem Hof Geld zu verdienen. Bald aber nach Brixen zog. Die Konditorei eröffnete, ein uneheliches Kind mit einer Mitarbeiterin zeugte, Drogen konsumierte, die Konditorei schließen musste, nach Auer übersiedelte, mit dem Gesetz in Konflikt kam, mehrmals im Gefängnis landete, nach einer Überdosis in die Irrenanstalt von Pergine geschickt wurde – und dann dort verstarb. Damit endete seine Geschichte. Das alles fügte sich logisch ineinander. Nur ein Baustein nicht. Eines hat mich immer gewundert. Er war nur Knecht am Hof gewesen. Wie konnte ein Knecht sich plötzlich eine Konditorei leisten? Von welchem Geld? Dieses Rätsel habe ich nie gelöst.«

Grauner räusperte sich.

»Dieselben Recherchen habe auch ich hinter mir. Auch ich war in Pergine. In der Irrenanstalt. In der Gemeinde, dort wurde mir versichert, dass er tot sei. Ich habe es dabei belassen. Bis … bis diese Visitenkarte neben dem Bett eines Toten lag. Neben dem Bett eines Ermordeten, der am Brenner von einem Pferd über die Straße geschleift worden war …«

»Vermutlich mit Zyankali im Blut …«, gab Saltapepe dazu.

»Mit Zyankali im Blut«, wiederholte Weinreich. »Dem Nazigift.«

»Und dazu kommt die Reichsmarkmünze im Rachen eines zweiten Toten …«, komplettierte Grauner.

Er schaute auf die Fotokopie der Visitenkarte, die auf dem Tisch lag. Weintropfen darauf. Er hatte das Geheimnis preisgegeben. Doch ein anderes hatte sich in diesen Sekunden, während Weinreich erzählte, in seinen Gedanken breitgemacht. Er presste die Lippen aufeinander, die Backenzähne knirschten. Tausend Gedanken schossen ihm durchs Hirn. Der Kopf riet ihm zu schweigen, dieses zweite Geheimnis für sich zu behalten. Der Bauch widersprach.

Sie hatten vereinbart, hier, jetzt, alles auf den Tisch zu legen, zusammenzuarbeiten. Grauner öffnete den Mund, schloss ihn wieder, biss nun mit den Schneidezähnen auf den Lippen herum. Der Schmerz tat gut. Er schluckte. Seine Kehle war trocken.

»Ich … äh … ich muss … mein Vater. Ich … er … auch er hat in jungen Jahren am Brenner gearbeitet. Gemeinsam mit Geisler. Sie waren Schulkollegen. Vielleicht Freunde, ich weiß es nicht. Sie haben da oben in den Sommermonaten Bauern bei der Heuernte und mit dem Viech geholfen.«

Es war raus. Seine Zunge leckte das Blut, von der Unterlippe.

»Wir sollten die Finger von dieser Sache lassen«, sagte Weinreich. »Solange wir noch können. Habt ihr schon mal etwas von *Odessa* gehört? Ich habe das im Internet recherchiert. Bücher dazu gelesen. Das war eine Geheimorganisation von Altnazis, die nach dem Krieg in alle Himmelsrichtungen verschwanden und im Verborgenen operierten. Ich denke, Geisler gehörte zu ihnen. Vielleicht auch …«, er stockte, »… vielleicht auch dein Vater.«

Er sah den Commissario an. Kurz wirkte die Ecke in der Bar, als hätte jemand die Stopptaste gedrückt. Ein Stillleben.

»Mein Vater war kein Nazi«, sagte Grauner nach ein paar Sekunden entrüstet. Ihm waren die Informationen der vergangenen halben Stunde zu viel geworden. Einerseits. Andererseits hatte er all die Jahre darauf gewartet. Auf all das. Auf Türen, die sich öffneten, auf Räume, in denen sich neue Erkenntnisse verbargen, neue Türen, neue Räume, neue Flure im Labyrinth, in dem ihm Ein- und Ausgang längst egal waren. Er suchte das Herz des Irrgartens.

Im Herz wartete die Wahrheit. Doch was brachte sie ihm? Sie konnte ganz anderer Gestalt sein, als er es sich erhoffte. Es bestand die Möglichkeit, dass seine Eltern Verbrechen begangen hatten. Er glaubte es nicht. Aber er musste sich diese Möglichkeit eingestehen. Sich auf diese Eventualität vorbereiten.

Aber Nazis? Und dann auch noch Mitglieder in einer Geheimorganisation, von der Grauner bislang noch nie etwas gehört hatte? *Odessa*. Der Commissario interessierte sich nicht für Geheimorganisationen. Für Nazis. Er interessierte sich für Kühe. Er schaute keine Agententhriller, keine James-Bond-Blockbuster. Er schaute *Derrick*. Ein Toter, ein Ermittler, Eifersucht, Geld, sexuelle Triebe, das waren die Motive, die ihn faszinierten, mit denen er es auch in seinem Ermittlerleben zu tun hatte. Kleine Morde, kleine Motive. Menschliche Abgründe. Keine internationalen Verschwörungstheorien.

Er schaute zum Reporter, erkannte jetzt erst, wie betrunken Weinreich war. Vielleicht hatte er sich Mut angesoffen, um seinen Verdacht endlich loszuwerden. Vielleicht hatte der Alkohol sein Hirn verrücktspielen lassen. Erneut hätte Grauner gerne die Zeit zurückgedreht, dieses Gespräch nie geführt. Die Visitenkarte nie eingesteckt. Dann hätte ihn Saltapepe dabei auch nicht beobachtet. Dann hätten die Spurensicherer die Visitenkarte wohl als unwichtig erachtet und archiviert.

Dann hätte dieser Fall vielleicht eine andere Wendung genommen. Vielleicht wäre er gelöst worden, vielleicht nicht. Egal. Seine Familiengeschichte wäre im Dunkeln geblieben. Auch egal. Er lebte damit. Seit Jahren schon. Er hatte sich damit arrangiert. Selbst mit den Dämonen, der Platzangst.

Doch nun war es ohnehin zu spät. Es gab kein Zurück mehr. Dieses Spiel musste zu Ende gespielt werden.

»Es gibt meiner Meinung nach zwei Möglichkeiten, wie meine Eltern umgekommen sein könnten.« Es war gespenstisch ruhig, während Grauner diese Worte sprach.

Die Studenten draußen vor den Fenstern der kleinen Bar waren verschwunden. Keine Schatten flitzten mehr über das Trottoir. Es war zu spät für Nachteulen, zu früh für Frühaufsteher. Die Barfrau putzte nicht mehr. Sie stand hinter der Theke, zählte Geld. Sie tat, als würde sie weghören.

»Entweder ist mein Vater verrückt geworden, aus welchem Grund auch immer. Dann hat er erweiterten Suizid begangen, meine Mutter erdrosselt, die Kühe vergiftet, den Hund getötet, sich selbst erschossen. Aber so ein Mensch war mein Vater eigentlich nicht. Das halte ich für unwahrscheinlich. Ich habe diese Möglichkeit jedoch immer mit im Blick gehabt. Nicht als Sohn. Sondern als Polizist. Oder – zweite Möglichkeit – mein Vater könnte irgendetwas gewusst, einen Unbekannten mit dem Wissen erpresst haben oder selbst erpresst worden sein. Vielleicht sollte sein Wissen ausgelöscht werden, vielleicht hatte er irgendwo irgendwelche Beweise versteckt. Dieser Unbekannte vergiftete zuerst die Kühe, tötete den Hund, mein Vater schwieg, dann sperrte der Unbekannte meine Mutter ein, in die Abstellkammer, sie kratzte an der Tür, Vater schwieg weiter, dann wurde Mutter erdrosselt und Vater erschossen. Alles sollte nach Selbstmord und Familiendrama aussehen. Ja, so kann es auch gewesen sein. Nur, um welches Wissen könnte es sich gehandelt haben?«

Er spielte mit dem Glas, schwenkte den letzten Schluck Wein, der sich darin befand.

»Ich habe da einen Verdacht, eine weitere Erinnerung«, sagte Weinreich. »Ich habe, nachdem die Festplatte aus meinem Büro gestohlen worden war, alle Erinnerungen an das Gespräch mit dem Historiker auf einem Stück Papier niedergeschrieben. Wenige Zeilen. Ich habe diese Zeilen gelesen, immer und immer wieder an jenem Abend. So lange bis sie in meinem Hirn unlöschbar gespeichert waren. Dann habe ich das Papier verbrannt. Der Historiker hatte zu jemandem Kontakt, der aussagen wollte, der ihm sein Tagebuch geben wollte … er hatte vor, diesen Jemand zu treffen. Ob das Treffen jemals stattgefunden hat, weiß ich nicht.«

Grauner schluckte. Weinreich fuhr fort.

»Vielleicht kannte dieser Jemand Hintermänner von *Odessa*. Vielleicht wollte er dem Historiker Namen nennen.«

Grauner spürte, wie ihm alle Farbe aus dem Gesicht wich. Er sprach aus, was alle am Tisch dachten. »Vielleicht war mein Vater dieser Jemand.« Er spürte, wie es ihm die Kehle zuschnürte.

Erneut herrschte Stille. Noch drückender als zuvor. Alle am Tisch hatten begriffen. Wenn dem so war, dann war es das Todesurteil für Grauners Eltern gewesen.

»Dieser Historiker, dieser … äh …«, sagte Grauner schließlich.

»Trontheimer«, half ihm Weinreich weiter.

»Lebt der noch?«

Der Reporter hob die Schultern. »Ich weiß es nicht. Wenn er noch lebt, dann muss er heute …« Er schloss die Augen, runzelte die Stirn. »… Mitte fünfzig sein, sechzig vielleicht. Damals war er Doktorand an der Freien Universität Berlin.«

Saltapepe zog sein Smartphone heraus. Er tippte darauf herum. Die Barfrau wischte inzwischen den Boden.

»*Schön und Clean*. Ein Reinigungsunternehmen. Inhaber: Klaus Trontheimer und Söhne. Ein DJ: Felix Trontheimer. Ein … Professor! Prof. Dr. Hans-Joachim Trontheimer. Er lehrt an der Freien Universität. Spezialgebiet …« Er schaute auf, runzelte die Stirn, » … Japanische Kulturgeschichte.«

»Japanische?«, fragte Grauner verwirrt.

»Japanische«, wiederholte Saltapepe.

Er legte das Handy auf den Tisch, spreizte Daumen und Zeigefinger auf dem Display. Ein Bild vergrößerte sich. Es zeigte einen älteren Herren. Lichtes weißes Haar, dünne randlose Brille. Saltapepe schob dem Reporter das Smartphone hin. Weinreich nahm es in die Hand und hielt es sich nahe ans Gesicht.

»Das ist er. Ganz sicher. Das ist der Historiker, den ich 1991 interviewt habe.«

16

Er war keinem einzigen Auto begegnet – auf dem Weg von Bozen ins Eisacktal und auf den Serpentinen hoch zu seinem Hof. Nur auf der Autobahn, unter der sich die Staatsstraße durchschlang, rauschten einige Lkw nach Süden. Er hatte Saltapepe aufgetragen, Marché und Tappeiner aus den Betten zu holen, sie sollten die private Telefonnummer des Historikers herausfinden, irgendwie. Ihn anrufen. Auch wenn es mitten in der Nacht war. Ihm die Sachlage erklären. Ihn bitten, morgen früh für ein Telefongespräch bereitzustehen.

Er lenkte den Panda auf den Hof. Der Hund bellte kurz, dann schien er sich an das neue Auto zu erinnern, verstummte und schleppte sich in seine Ecke zurück. Grauner stieg aus, ging zum Haus, die Treppe hinauf.

Alles war dunkel, der Geruch von geschmolzener Butter und gekochtem Spinat lag in der Luft. Er lief durch die dunkle Stube, es war ihm lieber so, er würde die Tür zur Abstellkammer nicht sehen, er machte das Licht in der Küche an, schaute in den Kochtopf, ein paar wenige Spinatspatzlen lagen darin, Schinkenscheibchen, Parmesankäse, er nahm einen Löffel, kostete, es war kalt. Doch er war hungrig. Nach wenigen Minuten hatte er den letzten Rest verschlungen.

Er versuchte seine Gedanken zu ordnen. Zu viel war an diesem Tag auf ihn eingeprasselt. Wer war sein Vater? Wer war seine Mutter? Er war ein junger Student gewesen, als sie starben. Kennt man jemanden nach dieser Zeit? Es waren zunächst die Kinderjahre gewesen. Die Jahre, in denen man aufblickte, alles glaubte, von den Eltern lernte, an ihren Lippen hing. Sie erzählten einem vom Christkind, das an einem Abend in alle Wohnzimmer dieser Welt flog, Millionen Päckchen auslieferte, die Wünsche eines jeden einzelnen Kindes kannte – und man glaubte es. Dann kamen die Jahre der Pubertät, man wendete sich ab, beschäftigte sich mit sich selbst, verdrängte.

Konnte es sein, dass sein Vater und seine Mutter in Verbrechen verwickelt waren? Nazis? Er wusste es nicht. Er wusste nichts. Je mehr er darüber nachdachte, über diesen Fall nachdachte, desto verwirrender schien ihm alles. Die bestialische Art des ersten Mordes. Die Nazi-Spuren. Das Marihuanafeld.

Grauner war schon einige Jahre im Dienst, hatte aber noch nie mit Drogen im großen Stil zu tun gehabt. Mal musste ein Junkie in der Zelle der Questura übernachten. Bei Straßenkontrollen hatte er manchmal Haschisch, Pillen oder Kokain beschlagnahmt. Mal konnte an der Autobahnausfahrt Bozen Süd ein Drogenkurier hopsgenommen werden. Die Drogenbarone, so schien es ihm stets, saßen irgendwo im Süden, südlich von Verona, im Nebel der Pianura Padana. Von dort, so dachte er immer, würde der Stoff nach Südtirol gebracht.

Saltapepe hatte ihm vom Besuch beim Bahnbeamten erzählt, von der lauten Opernmusik. Grauner stellte sich das schön vor. Laute Musik. Im Bahnhof. Der Widerhall. Auch wenn er natürlich Mahlers Sinfonien dem *Pagliacci* vorgezogen hätte. Der Ispettore hatte ihm auch von Bertoldos Verdacht gegen die Bürgermeisterin und vom Besuch im *Siebten Himmel* berichtet. Von den Andeutungen der Tänzerin und dem Auto des Bäckers auf dem Parkplatz. War das alles Zufall? Sicher schien nur, dass jemand versuchte, manche Indizien zu verschleiern, andere offenzulegen. Aber wer wollte was? Wer war gegen wen? Aus welchen Gründen?

Das Handy brummte, er griff danach, bevor es von der Küchentischkante auf den Boden fiel. Eine SMS von Saltapepe. Grauner sah, dass der Ispettore bereits dreimal angerufen hatte. Er hatte das Handy wieder mal auf stumm geschaltet gehabt.

Ciao, wir haben Trontheimers Nummer.

Grauner nahm sich eine Serviette und einen Stift. Er notierte die Zahlen.

Haben ihn angerufen. Klang verschlafen. Haben versucht, ihm Sachlage zu erklären. Als Geislers Name fiel, hat er aufgelegt. Noch mehrmals angerufen. Ging nicht mehr ran. Habe Privatadresse u. Büroadresse. Auch ein Vorlesungsregister. Buona notte.

Wieder kritzelte Grauner einige Zeilen auf die Serviette und steckte sie in die Jackentasche. Dann legte er das Handy weg.

Er öffnete die Spülmaschine, stellte den leeren Kochtopf hinein, dann schlich er über den Flur. Unter Saras Tür sah er einen Lichtstreifen. Er fragte sich, wie sie all die Jahre das Gemunkel über den Tod der Großeltern verkraftet hatte. Er schämte sich dafür, ihr nicht früher alles erzählt zu haben. Er hörte Geflüster, ein beißender Geruch stieg ihm in die Nase. Irgendwoher kannte er diesen Geruch. Er dachte nach. War es die Würze von Kuhmist? Nein, so hatte es in Pater Matthias' Zimmer immer gerochen. Im ersten Jahr in Verona, als sie noch beide dort studierten. Micky war wohl da. Sie rauchten anscheinend. Er überlegte kurz, das Zimmer zu stürmen, entschied sich aber für die sanftere Variante. Er klopfte vorsichtig.

»Sara«, flüsterte er. »Sara, ich bin's, der Tatta. Sara, ich …«

»Was ist?« Er hörte die dumpfe Stimme seiner Tochter hinter der Tür. Er kam sich dämlich vor. Aber das musste jetzt sein. Die Spinatspatzlen hatten ihm neue Kraft gegeben. Er wusste, er würde ohnehin nicht schlafen können. Er war zu aufgewühlt.

»Sara«, flüsterte er noch einmal. Nun etwas lauter.

Sie riss die Tür auf, sah ihn an, als würde sie ihm am liebsten gleich an die Gurgel gehen. Er wich einen Schritt zurück.

»Ich brauche deinen Computer, Sara, und deine Hilfe«, murmelte er.

Eine halbe Stunde später drückte der Commissario langsam die Klinke der Schlafzimmertür nach unten, sie ächzte, aber dieses Ächzen gehörte so selbstverständlich zu den Geräuschen eines alten Bauernhauses, dass es von den Schlafenden gar nicht mehr wahrgenommen wurde. Davon wachte man nicht auf. Er tastete sich blind zu Albas Bettseite vor, drückte seiner Frau einen Kuss auf die Wange. In der Hand hielt er ein ausgedrucktes Flugticket.

»Johann, was … was … wie spät«, sagte Alba schlaftrunken.

»Nichts, Alba, nichts, schlaf weiter. Ich muss …«, er schaute auf die Uhr. Es war Viertel vor vier. »Ich muss noch einmal los.«

»Was … wie?«

»Ich muss nur kurz weg. Bin bald wieder zurück.«

17

»Claudio?«

»Ja, Grauner?«

»Habe ich dich geweckt?«

»Nein. Nein, überhaupt nicht. Ich konnte nicht schlafen. Und du?«

»Ich konnte auch nicht schlafen. Ich bin unterwegs.«

Es war kaum Verkehr auf der Autobahn. Hinter Sterzing stieg die Fahrbahn in Richtung Brenner an. Ab und an scherte er aus, um einen Lkw zu überholen. Er blickte in den Rückspiegel. Er wurde das komische Gefühl nicht los, verfolgt zu werden. Das Gefühl war ihm nicht neu. Es überkam ihn manchmal, gemeinsam mit der Müdigkeit, die ihm in den Gliedern steckte.

»Unterwegs? Jetzt, mitten in der Nacht, warum?«

Weit vorne im Schwarz tauchten die ersten Lichter des Brenners auf. Das Neongrün der Tankstellen, das Gelb der Laternen. Das Rot der Autobahnbeleuchtung.

»Saltapepe, ich kann das alles nicht auf sich beruhen lassen. Die Stunden vorbeiziehen lassen. Ich weiß, Belli wird mir den Kopf abreißen, aber ich muss …«

Stille am anderen Ende der Leitung. Die Lichter des

Brenners zogen an ihm vorbei. Es fühlte sich eigenartig an, den Tatort einfach nur zu passieren, hinter sich zu lassen. Aber manchmal war das besser so. Im Tal war die Sicht versperrt. Deshalb musste man manchmal auf den Gipfel klettern, um über das Tal hinwegzuschauen.

»Saltapepe, ich bin auf dem Weg nach Innsbruck. Um sieben geht ein Flieger nach Berlin.«

»Du kannst nicht einfach nach Berlin fliegen«, Saltapepes Stimme klang wütend. »Ohne Genehmigung. Ohne Belli Bescheid zu geben. Du bringst dich in große Schwierigkeiten.«

Grauner bremste hart, sein Fuß lag viel zu schwer auf dem Gas, sein Hirn hatte gerade noch rechtzeitig begriffen, dass die Autobahn nun steil und kurvenreich bergab führte. Er überquerte die Europabrücke, links und rechts ging es knapp zweihundert Meter in die Tiefe. Er war nicht oft in seinem Leben über diese Brücke gefahren. Mal auf dem Weg zu einem Viechmarkt in Telfs. Mal zu einem Treffen mit österreichischen, schweizer und deutschen Ermittlern in Kufstein.

Immer war ihm bei dieser Überfahrt mulmig zumute gewesen – so auch heute. Diese vom Menschen geschaffene Abkürzung, die in Beton gemauerte Überlistung des von der Natur geformten Tales, nein, die war ihm nicht geheuer. Er hatte Angst davor, in schwindelerregender Höhe die Kontrolle über den Wagen zu verlieren, die Fahrbahnbegrenzung zu durchstoßen, in die Tiefe zu stürzen. Zu fallen. Sich zu drehen, mitsamt dem Auto. Das Schwinden der Sinne. Letzte Blicke. Brückenbeton. Hellblauer Himmel. Grüner Wald. Dann Schluss. Für immer. In Tausend Stücke zerschlagen.

Er unterbrach Saltapepe, der noch immer versuchte, ihn von seinem Plan abzubringen. »Ich muss diesen Trонtheimer treffen. Er muss mit mir reden. Ich muss ihn dazu bringen, irgendwie. Hol Tappeiner aus den Federn. Sie soll nach Rückflügen schauen.«

»Grauner … Tappeiner ist bei mir. Ich habe das Telefon auf laut gestellt. Sie kann mithören. Wir sind immer noch in der Questura … Wir haben die Vergangenheit aller Beteiligten durchleuchtet. Der Fall damals mit Sulzbacher und Bertoldos Frau lag bei den Carabinieri. Sie haben nichts mehr dazu im Archiv – oder sie wollen nichts herausrücken. Sie sagen, der Fall sei eingestellt worden, kein Beweismaterial mehr vorhanden. Es habe sich um einen Unfall gehandelt, das sei eindeutig festgestellt worden. Zum neuen Bäcker in Brixen haben wir nichts gefunden. Vielleicht ist es einfach nur ein Zufall, dass sein Auto vor dem *Siebten Himmel* stand. Vielleicht ist er einfach nur ein Mann … ein Mann mit Sehnsüchten. Aber zwei andere Entdeckungen dürften dich interessieren …«

Auf dem Bergisel leuchtete die Sprungschanze von Innsbruck. Darunter wies das orangefarbene Zeichen den Weg in den Tunnel. Grauner schaute auf die Uhr. Bald würde er am Flughafen sein.

»Was habt ihr rausgefunden?«

Er fuhr in den Tunnel. Die Verbindung brach ab.

»Cla… Claudio, hört ihr mich?«

Die Dächer von Innsbruck tauchten auf. Saltapepes Stimme kehrte zurück.

»Marché und Tappeiner haben im Polizeiarchiv gewühlt und sind dabei auf Dokumente über die Bürgermeisterin Wieser gestoßen. Auf einen Streit mit den Männern vom Kartentisch. Sulzbacher, Moser und Burgstaller haben Wieser vor dem Bau des Outlet-Centers mehrmals angezeigt. Über zwanzig Anzeigen gingen bei den Behörden ein. Alles Mögliche. Bestechung. Fehlerhafte Ausschreibung. Verstoß gegen Umweltbestimmungen. Wenige Wochen später zogen sie die Anzeigen zurück. Das war ein Machtspiel, Grauner. Nur Voltinger hat sich aus der Sache rausgehalten. Sein Name taucht in den Anzeigen nicht auf. Wir haben aber auch noch etwas anderes. Es betrifft Bertoldo. Der Bahnbeamte ist tatsächlich bereits zweimal mit Drogen erwischt worden. Einmal am Flughafen von Bangkok. Vor sechs Jahren. Er hatte Haschisch dabei. Er kam mit einer Geldstrafe davon. Einmal am Brenner. Vor zwei Jahren. Gemeinsam mit zwei Afrikanern ohne Aufenthaltsgenehmigung. Er wurde in der Kaserne der Polizei verhört. Von einem gewissen Sovrintendente Capo Manfredo Petro. Silvia hat nachgeschaut, wer das ist. Wir kennen ihn, Petro ist der Mann, den wir bei der Ankunft am Brenner mit Commandante Ceccanti angetroffen haben. Der hochgewachsene Polizist, der bei unserer Besprechung in der Polizeistation mit am Tisch saß. Petro hat Bertoldo nach dem Verhör laufen lassen. Nur Eigengebrauch, steht in den Akten. Die beiden Flüchtlinge aber kamen vor Gericht. Silvia hat weiter nachgeforscht, und ist auf ein interessantes Detail gestoßen. Bertoldo und Petro schieben gemeinsam Dienst. Am Bahnhof. Seit zwei Jahren. Seit der damaligen Festnahme. Jeden Donnerstag, frühmorgens.«

»Ja, und?«

»Jeden Donnerstag fährt morgens ein Güterzug von Verona nach Innsbruck. Er hält um halb sieben am Brenner – für eine halbe Stunde. Da wird nichts abgeladen oder aufgeladen. Zumindest nicht offiziell. Trotzdem muss der Zug halten, weil die Lok von Gleich- auf Wechselstrom umgestellt werden muss.«

»Du glaubst …«

»Ich glaube gar nichts, Grauner. Aber …«

Grauner musste sich konzentrieren. In Innsbruck fuhren selbst um diese Zeit schon Autos. Er hasste es, sich in einer fremden Stadt zurechtfinden zu müssen, und er fürchtete, dass es heute noch schlimmer kommen würde.

Schon der Brenner war ihm viel zu konfus. Wenn in den vergangenen Jahren in Bozen, Meran oder Brixen gemordet worden war, war er immer froh gewesen, wenn Belli einen anderen Kommissar mit dem Fall betraut hatte. So viel Instinkt hatte der Staatsanwalt zumindest; zu kapieren, worin Grauners Stärke lag. Nicht im Durchqueren des Großstadtdschungels. Sondern im Gasthausverhör.

Der Commissario schaute auf die Uhr. Er hatte noch genug Zeit.

»Tappeiner und Marché sollen noch mal die Bürgermeisterin befragen. Und du, Claudio, fahr zum Bahnhof. Schau dich um. Pass den Petro ab. Verfolge ihn!«

»Okay«, antwortete Saltapepe. »Und was sage ich Belli? Wie erkläre ich ihm, wo du schon wieder bist?«

»Keine Ahnung«, antwortete Grauner. »Lass dir etwas einfallen.«

Nachdem er zum dritten Mal im Kreisverkehr herumgefahren war, das Hupen hinter ihm ignorierend, entdeckte er ganz oben im Schilderwald den Pfeil zum Flughafen und bog ab.

»Guten Flug«, sagte Saltapepe, dann legte er auf.

Hinter den Bergen, die Innsbruck umzingelten, schimmerte der Himmel bereits weiß. Die Stadt lag noch im Schatten.

18

Im Dunkeln gibt es keine Schatten. Was im Dunkeln liegt, soll dort bleiben. Für immer unentdeckt. Bis hierher, zwischen den Stämmen der Tannen, dringt der weiße Mond nicht durch. Auch nicht das Funkeln der Sterne. Hier ist alles schwarz.

Nur wenige Schritte weiter schauen sie einander in die blassen Gesichter. Blass, im schwachen Licht der Laterne. Blass, weil ihnen das Blut aus den Wangen gewichen ist, aus der Stirn, aus den Lippen, aus den Fingern, aus den Zehen, zurück zum Herzen. Die Herzen, sie pumpen. Der Atem keucht. Aus den Mündern dringen weiße Wölkchen.

Nur dort im Dunkeln, da atmet nichts mehr, pumpt nichts mehr. Da liegt der Tod.

Aus den Gesichtern ist auch alle Wut gewichen. Aller Zorn. Alle Gier. In den Gesichtern ist nur noch eines: Angst.

Ekel vor dem Geschehenen. Vor dem, was sie getan haben. Einer übergibt sich. Warmes, dampfendes, halb verdautes Hirschgulasch auf dem kalten Waldboden. Gefroren, in einer Augustnacht.

»Was, was …«, die blauen Lippen bibbern. »Was haben wir getan?«

Sekunden der Stille.

»Was … was sollen … was tun wir jetzt?«

Die Stimmen werden fester.

»Er hat es … er wollte … er hat es nicht anders verdient.«

Nun sprechen alle gleichzeitig.

»Er war ein böser Mensch« – »Ja, das war er.« – »Er war ganz sicher ein böser Mensch.« – »Ganz sicher war er das.« – »Woher hätte er sonst …«

Einer nimmt den alten Rucksack in die Hand. Er hebt ihn hoch, lockert die Lederschnur. Zieht. Erst zitternd. Dann kräftiger. Der Mond scheint nun heller. Zögernd schauen sie einander in die Augen. Die Angst weicht. Die Zuversicht kehrt zurück. Die Wut. Die Gier.

Sie fassen mit beiden Händen hinein. Sie greifen nach den Scheinen, den Münzen. Sie stopfen sich die Taschen voll.

»Das ist … das sind …« – »Das ist dreckiges Geld. Blutiges Geld.« – »Woher willst du das wissen … was willst du machen? Nimm's! Und halt's Maul.« – »Du musst es nehmen. Wir teilen es auf. Wir müssen es aufteilen. Jeder … jeder muss einen Teil nehmen! Wenn alle was nehmen, dann redet keiner.« – »Jeder kriegt seinen Teil.« – »Und was machen wir mit ihm?«

Sie schauen hinüber, zum Stamm der Tanne.

»Er muss verschwinden. Für immer. Er wird verschwinden im Dunkeln.«

15. August

1

So schlimm war es noch nie gewesen. So lange hatte es noch nie angehalten. Er sehnte sich nach der Ohnmacht, doch sie kam nicht. Die Wände wackelten. Der Boden brummte. Der Spiegel zog sein Gesicht lang, die Gesichter im Hintergrund kamen näher und näher, sie formten sich zu Fratzen, das Gesicht des Vaters, das Gesicht der Mutter, das Gesicht des toten Sulzbacher, das schwarze Loch im Kopf des toten Voltinger.

Als Grauner in der Wartehalle des Innsbrucker Flughafens auf den Bildschirm mit den Informationen zu Abflügen und Ankünften geschaut hatte, war ihm eine Frage in den Kopf geschossen, mit der er sich bislang noch nie beschäftigt hatte. Er fragte sich, ob er eigentlich Flugangst hatte. Er hatte noch nie in seinem Leben ein Flugzeug bestiegen. Wozu auch? Wohin auch? Grauner war kein Reisemensch. Vor Jahren hatte er sich einmal ausgerechnet, wie viele Tage er bräuchte, um jeden Gipfel in und um Südtirol zu besteigen. Ein ganzes

Leben bräuchte er dafür. Mindestens. Und solange er noch nicht von jedem Gipfel ins Tal geschaut hatte, weil jeder Blick von jedem Gipfel ein anderer war, weigerte er sich, in klapprigen Blechbüchsen um die halbe Welt zu fliegen, nach Australien, in die USA, nach Südafrika, nach Brasilien, um sich dort Berge, Strände und Städte anzuschauen.

Grauner war kein Entdecker. Er war ein Festhalter. Er suchte nicht das Risiko. Er freute sich, im Leben nach und nach gefunden zu haben, was ihm gefiel. Und daran festzuhalten. An der Heimat. An der Liebe. Er war kein Frauenheld, nie gewesen. Er hatte Alba gefunden, als Schüler schon, sie passten zusammen. Er wollte niemand anderen suchen müssen. Er mochte Knödel, Schluzer, Speck, Rindsgulasch, Spinatspatzlen. Warum nach Thailand reisen, um sich an Curry, Koriander und Reis zu versuchen? Um rundum alles zu entdecken, so sagte er sich, war ohnehin keine Zeit im Leben. Das Gefühl, etwas zu verpassen, wenn er zu Hause in der Stube saß oder im Stall die Kühe melkte, hatte Grauner nie gehabt.

Schweißgebadet drückte der Commissario die Klinke des Flugzeugklos nach unten, stürzte hinaus, kniete hechelnd am Boden. Zwei Stewardessen eilten zu ihm. Sie halfen ihm hoch, und brachten ihn zu seinem Platz. Sie schenkten ihm Wasser ein und beruhigten ihn. Sie erklärten ihm, dass er keine Angst zu haben brauche. Sie erklärten ihm die Motorengeräusche, das Wackeln, sie gingen noch einmal mit ihm die Sicherheitsvorkehrungen durch.

Er hörte nicht zu. Er sah die Bewegungen der Münder, doch er vernahm keine Wörter. Er versuchte, an ihren dunkelblauen Uniformen vorbeizuschauen. Nach vorne. In Richtung Cockpit, dorthin, wo die Toilette war. Zur Klotür. Sie war verschlossen. Die Dämonen waren darin eingesperrt. Er schaute auf die Klinke. Sie rührte sich nicht. Nur langsam beruhigte sich der Puls. Langsam trocknete der Schweiß. Er blickte zum Fenster hinaus. Noch waren da die Alpen zu sehen. Er wurde sich gewahr, wie klein die mächtigen Gipfel von hier oben wirkten. Wie klein er selbst war, wie unwichtig.

Die Landung, das Irren durch den Flughafen Tegel, das Einsteigen ins Taxi, das alles nahm er wie aus weiter Ferne, wie durch einen Schleier wahr. Noch hatte er seine nächtliche Kurzschlussreaktion nicht so richtig realisiert. Vor wenigen Stunden war er noch zu Hause gewesen. Nun saß er in einem Taxi, das durch eine fremde große Stadt raste. Er versuchte, nicht darüber nachzudenken, wie irrsinnig das alles war. Wie sehr das alles seinen gewohnten Rhythmus durcheinanderbrachte. Sein ganzes menschliches Dasein. Seinen Ordnungssinn. Seinen Tagesablauf, der ihm eigentlich heilig war.

Plötzlich war er hineinkatapultiert worden in eine andere, nervöse Welt. Orientalische Klänge dudelten aus dem Radio. Regen prasselte gegen die Windschutzscheibe. Menschen, so viele Menschen liefen die Straßen entlang. Leuchtreklamen zischten vorbei. Unbekannte Straßen, unbekannte Kreuzungen, unbekannte Ampeln, Blaulicht, Sirenen. Graffiti an grauen Häuserwänden. Ausgebrannte Autowracks. Überquellende Mülleimer. Löcher im Straßenbelag. Blumenläden, Friseursalons, Gemüsestände. Menschen mit Einkaufswagen voller leerer Bierflaschen. Menschen in Lederkluft. Frauen mit Kopftüchern. Junge Männer mit Piercings im Gesicht. Radfahrer in Neonwesten. Kinder, Alte, Schöne,

Hässliche. Schnelle, Langsame, Große, Kleine, Dicke, Dünne. Cafés, Restaurants, Bäckereien, Restaurants, Cafés. Über den Dächern glitzerte die Discokugel des Fernsehturms. Diese vielen Menschen, wie ein Ameisenhaufen. Jeder war auf dem Weg irgendwohin, jeder hatte seine klitzekleine Aufgabe in diesem großen Durcheinander. Grauner war es unbegreiflich, wie so eine Stadt überhaupt funktionieren konnte. Er fand es bereits faszinierend und an ein Wunder grenzend, dass Bozen funktionierte. Verona. Aber dieser nimmer enden wollende Moloch namens Berlin?

Er überlegte, was er zu Hause jetzt wohl machen würde. Sara würde schon in der Schule sein, Alba … Ihm stockte der Atem.

Er holte sein Handy heraus. Er musste sie anrufen. Ihr sagen, wo er war. Er erinnerte sich daran, ihr nachts nur beruhigende Worte ins Ohr geflüstert zu haben. Der Akku war leer.

Er fluchte. »Porca Madonniga, Zio Flittn. Zio Zoschtia, Madonniga, Puttinziga, Teggn, Teggn, Oschpralattn.«

Kurz blickte er zum Taxidach, er wollte sich beim lieben Gott dafür entschuldigen, gegen seine sich selbst auferlegte Regel verstoßen zu haben, nur einmal am Tag zu fluchen, morgens auf dem Klo, dann fiel ihm ein, dass er morgens im Klo des Fliegers gar nicht geflucht hatte, dass er damit beschäftigt gewesen war, gegen die Dämonen zu kämpfen.

»Oschpralattn, Puttega, Puttega, Puttinziga.«

Er bemerkte den Blick des Fahrers im Rückspiegel und verstummte. Der Mann drehte das Radio leiser, in dem ein Nachrichtensprecher gerade von einer Drogenrazzia am Hermannplatz berichtete. Grauner stellte sich kurz vor, er wäre Kommissar in Deutschland, in Berlin. Er stellte sich vor, wie er mit einer Streife zu diesem Hermannplatz rasen würde. Wo auch immer der war. Was für ein Mensch wäre aus ihm geworden, wäre er hier geboren, hier aufgewachsen, hier geblieben? Großstadtkommissar. Langer Trenchcoat. Hutkrempe tief ins Gesicht gezogen, Regen tropft auf die weiße Zigarette. In einer Eckkneipe brennt noch Licht. Die Pistole an die Brust gedrückt, ein Auto biegt um die Ecke, das Pfützenwasser spritzt, das hintere schwarz getönte Fenster ist eine Handbreit geöffnet, Zigarettenrauch flüchtet durch den Fensterspalt ins kalte, dunkle Draußen. In der Ferne Sirenengeheul.

»Was für ein Landsmann bist du denn?«

Die Stimme des Taxifahrers drang in Grauners Träumerei.

»Ich … äh …« Grauner musste nachdenken. Diese Frage war ihm tatsächlich noch nie gestellt worden. Als Südtiroler passierte es einem höchstens mal, dass neugierige Wandertouristen oder unwissende Süditaliener danach fragten, als was man sich denn fühle. Als Deutscher? Als Italiener?

»Südtiroler«, sagte Grauner.

»Tirol … ah … Österreich«, sagte der Taxifahrer.

»Äh, nein. Also doch, früher … Nein, nicht Tirol. Südtirol.«

»Ah, Südtirol«, sagte der Taxifahrer wieder. Hupte, hob die Faust, kurbelte das Fenster herunter und verfluchte zwei Kinder, die einen Fußball auf die Straße geballert hatten.

Er fluchte nicht auf Deutsch. Türkisch, vermutete Grauner. Er hatte kein Wort verstanden, aber vom Klang her, von der Intonation, dem Gemisch aus bösen und erzürnt klingenden Konsonanten, war die Flucharie durchaus imponierend. Er zollte dem Mann für seine Einlage Respekt. Eins zu eins. Mindestens.

»Südtirol. Schon mal gehört«, sagte der Taxifahrer wieder mit ruhiger Stimme und konzentrierte sich auf den Verkehr. »Das ist doch zwischen der Schweiz und Mailand. Bei Slowenien. Wo die Leute so eine Mischung aus Italienisch und Französisch sprechen.«

Grauner musste schmunzeln und gab auf.

»Ja, stimmt«, sagte er. »Und du, wo kommst du her?«

»Icke? Kreuzberg, Alter!«, schoss es voller Stolz aus dem Mann heraus.

»Ja, aber … äh … ich meine eigentlich?«, fragte Grauner weiter.

Nun war es an dem Mann zu schmunzeln. Es war das exakt gleiche Schmunzeln wie bei Grauner zuvor.

»Du willst wissen, wo meine Eltern herkommen, Südtiroler?« Wieder der Blick in den Rückspiegel. »Die kommen auch aus Kreuzberg. Und meine Großeltern, die kommen aus Antalya. Dem schönsten Ort der Welt.«

Nun lachten sie beide. Sie waren inzwischen knapp eine halbe Stunde gefahren und in einer völlig anderen Gegend angelangt. Grauner rechnete die Dauer der Fahrt auf Südtirol um. Wären sie in Bozen gestartet, hätten sie nun den Brenner oder Trient erreicht – mindestens. Die Fassaden der Häuser hier waren weiß oder in unauffälligen Farben gestrichen, Stuck verzierte die Balkone, Linden säumten die Trottoirs, eine ältere Dame mit Lockenwicklern führte ihre Dogge Gassi. In einem Café stierten junge Menschen auf ihre tragbaren Computer, die Wand war unverputzt, über ihren Köpfen hing ein Rennrad anstelle eines Bildes.

»Da sind wir«, sagte der Taxifahrer, »Mommsenstraße 17.«

»Warte bitte«, antwortete Grauner und stieg aus.

Er blieb stehen, ließ die alte Frau passieren.

»Grüß Gott!«, sagte er.

Die Frau schaute grimmig auf. Die Dogge knurrte.

Grauner ging die Treppen zur Haustür hoch. Er suchte

nach dem Namen, fand ihn, klingelte, wartete vergeblich. Er klingelte noch einmal. Wartete erneut, wieder nichts. Er ging zum Taxi zurück. Schaute hoch zu den Fenstern. Keine Bewegung, nirgends. Keine Gardine, die wackelte, kein Gesicht, das auftauchte. Er stieg wieder ein und nannte dem Fahrer eine zweite Adresse.

»Freie Universität. Institut für Japanologie. Hittorfstraße 18.«

2

Saltapepe hatte den Alfa am Ortseingang des Brenners geparkt und war von dort fröstelnd zur Polizeistation gelaufen. Sie lag im Nebel. Zwei Polizisten hielten Wache. Er ging ein paar Schritte weiter, an einer Hausecke blieb er stehen. Von hier aus war das Tor der Kaserne gut zu sehen.

Er betrachtete das Gebäude. Es sah nicht aus wie eine Ausbildungsstätte. Es sah aus wie ein Gefängnis. Saltapepe erinnerte sich an seine eigene Schulzeit. La Scuola elementare, la Media, il Liceo, dann die Polizeischule. Er war immer ein guter Schüler gewesen. Zumindest gut genug, um mit wenig Aufwand das Mindesterforderliche zu erreichen. Und dennoch handelte einer seiner immer wiederkehrenden Albträume von der Schule. Schweißgebadet wachte er davon auf. Nach Luft schnappend. Weil ihn im Traum Jahre nach dem Abschluss ein Brief des Direktors erreichte. Es sei ein Fehler unterlaufen, der nun entdeckt worden sei, man entschuldige sich, aber nach erneutem Nachrechnen habe er die erforderliche Punktzahl doch nicht erreicht. Er habe die Matura nicht bestanden. Es tue ihnen leid. Das war's mit seiner Polizistenkarriere.

Kalter Schweiß. Pochendes Herz. Was aus ihm wohl geworden wäre? Einfacher Bauarbeiter wie sein Bruder? Mafioso? Fischer?

Er musste nicht lange warten. Schon nach wenigen Minuten passierte ein hochgewachsener Polizist in Uniform und Mantel den Eingang, die Mütze hatte er tief ins Gesicht gezogen. Manfredo Petro hob grüßend die Hand in Richtung der Wachpolizisten, ging die Straße entlang, an den noch geschlossenen Bars und Läden vorbei, runter zum Bahnhof. Der Ispettore folgte ihm.

Die Uhr über dem Bahnhofseingang funktionierte nicht. Die beiden Zeiger wiesen stramm nach oben. Zwölf Uhr mittags. Oder Mitternacht. Dabei war es zwei Minuten vor halb sieben Uhr in der Früh. Der Polizist war im Dunkeln des Bahnhofs verschwunden, Saltapepe schlich zum ersten Gleis, der Blick reichte bis zum hintersten. Darauf stand eine Lok mit rostbraunen Waggons. Aus dem Eingang einer Unterführung schräg vor ihm hörte Saltapepe das widerhallende Klappern von Schritten. Sie entfernten sich, Petro schien zu einem der weiter entfernten Gleise zu gehen.

Er schlich die Treppen hinab, sah am Ende des Ganges gerade noch Hosenbeine und Schuhe die Stufen hinauf verschwinden. Vorsichtig ging er bis zur Mitte des Tunnels. Die Plastiksohlen der Turnschuhe dämpften jedes Geräusch. Als er plötzlich erneut Schritte auf den Stufen hinter sich vernahm, sprang er zu Gleis vier, lehnte sich eng an die Marmorwand, hielt den Atem an und wartete. Die Schritte wurden lauter, Giuseppe Bertoldo eilte am Ispettore vorbei und bog ebenso wie Petro am Ende des Ganges rechts ab, um über die Stufen die hintersten beiden Bahnsteige zu erreichen.

Kurz überlegte der Ispettore, was zu tun war. Sollte er den beiden folgen? Was, wenn er entdeckt wurde? Was sollte er sagen? Es wäre offensichtlich, dass er die beiden verfolgte. Was, wenn sich die Situation als gefährlich entpuppte? Der Sovrintendente Capo trug bestimmt eine Waffe. Sollte er Verstärkung holen?

Er schüttelte den Kopf. Das war Unsinn. Vielleicht taten Bertoldo und Petro einfach nur, was sie tun mussten. Ihren Dienst. Wer sagte denn, dass unrechte Dinge vor sich gingen? Vielleicht wünschte er sich das einfach nur zu sehr. Damit dieser Fall vorankam. Damit *er* es war, der die entscheidende Spur entdeckt hatte, die Drogenspur, die zur Aufklärung der Morde führte, während Grauner tausend Kilometer entfernt irgendeinen unbekannten Historiker ausfindig machte und seinem eigenen Familienschicksal hinterherschnüffelte.

Saltapepe konnte sich seinen Kollegen nur schwer inmitten einer Großstadt wie Berlin vorstellen. Wie er aus dem Flugzeug stieg, ein Taxi heranpfiff, durch überfüllte Straßen flanierte. Das war nicht Grauner. Das passte nicht zusammen. Das war wie im Film. Nur in Slapstick-Komödien wurden Dorfmenschen in eine städtische Umgebung versetzt, von Drehbuchautoren erdacht, von Regisseuren inszeniert, von Kameras gefilmt …

Saltapepe stockte. Gefilmt. Von Kameras gefilmt.

Er ging die paar Schritte in die Unterführung zurück, blickte hoch, drehte sich um die eigene Achse und entdeckte die dunkle Glaskugel am vordersten Ende des Ganges. Sie schien ihn anzustarren. Er starrte zurück und überlegte. Es bestand die Möglichkeit, Gleis sechs in Augenschein zu nehmen, ohne selbst entdeckt zu werden. Leise lief der Ispettore zurück und die Treppen hoch. An der Wand entlang schlich er am Eingang des Bahnhofs vorbei. Er erhaschte einen Blick in den Wartesaal, leer, dann stand er vor der Tür des Überwachungsraums.

Die milchigen Scheiben erlaubten keinen Blick ins Innere. Der Ispettore zählte in Gedanken bis drei und öffnete die Tür mit einem Ruck. Ein Hauch warmer, staubgesättigter Luft kam ihm entgegen. Dann erst roch er, wie tags zuvor, den kalten Rauch. Niemand war da. Er zog die Tür hinter sich zu. In einer Ecke brannte eine Stehlampe. Die Monitore waren schwarz. Saltapepe drückte wahllos auf einige der Knöpfe, bald begannen die ersten Monitore zu flackern, dann zeigten sie die Bilder der Überwachungskameras. Leicht verschwommen, mit einem Blaustich.

Saltapepes Augen wanderten von Bildschirm zu Bildschirm, von Einstellung zu Einstellung. Der leere Bahnhofsvorplatz. Der leere Wartesaal. Die leere Unterführung. Die nackten Gleise. Die verwaisten Bahnsteige. Nur auf einem nahm er eine Bewegung wahr. Es war der letzte ganz hinten, wo der Güterzug stand.

Die Ladeluke einer der Waggons war geöffnet. Davor stand Bertoldo, neben ihm ein kleiner Gabelstapler mit vier Apfelkisten darauf. Doch in den Kisten lagen keine Golden Delicious, Pink Lady oder Granny Smith. Dort lagen in Plastik gewickelte Pakete. Bertoldo hievte eine der Kisten hoch, aus dem Inneren des Waggons stachen ein paar Hände hervor und nahmen die Kiste entgegen.

Wieder überlegte Saltapepe. Dann holte er sein Smartphone aus der Jackentasche und drückte darauf herum. Sobald die Kamera lief, hielt er das Gerät vor den Bildschirm. Der Bahnhofsvorsteher nahm nun Kiste um Kiste und reichte sie den Händen im Waggon. Als die letzte Kiste verschwunden war, tauchten erneut die Hände, dann ein Gesicht aus dem Inneren auf. Petro. Er sprang auf den Bahnsteig hinab und drehte sich zu Bertoldo. Sie wechselten einige Worte miteinander, doch Saltapepe konnte nichts von ihren Lippen ablesen. Dafür war das Bild zu unscharf.

Nach wenigen Sekunden drehte sich der Polizist wieder zum offenen Waggon. Erst verstand Saltapepe nicht ganz, was er da machte. Er schien zu sprechen, ins Dunkel hinein, er gestikulierte wild mit den Händen. Aber mit wem redete er? Wem gab er Zeichen? Als sich die beiden Männer schließlich daranmachten, das schwere Tor des Waggons zu schließen, war es dem Inspektor, als blitzte im Inneren etwas auf. Irgendetwas war da gewesen, eine Regung. Eine Bewegung.

Saltapepe stoppte das Video auf seinem Handy. Drückte auf Play, um es noch einmal anzusehen. Er sah erneut das Aufblitzen, konnte es auch diesmal nicht zuordnen. Dann schaute er wieder auf den Bildschirm. Der Zug rollte an, die beiden Männer waren verschwunden. Er musste raus, bevor sie den ersten Bahnsteig erreichten. Er öffnete die Tür einen Spalt, draußen war nichts zu sehen. Kaum war er im Freien, fiel ihm ein, dass er vergessen hatte, die Bildschirme auszumachen. Er machte kehrt, ging wieder hinein, drückte erneut einige der Knöpfe, die Bildschirme erloschen, gleichzeitig begannen die Lautsprecher zu knacksen.

»Merda!«, entfuhr es dem Ispettore. Er spürte, wie ihm augenblicklich der Schweiß aus allen Poren schoss.

»… è vietato attraversare i binari. Wir machen die Zugreisenden darauf aufmerksam …«

Wieder stürmte er aus dem Zimmer, lief am Wartesaal vorbei in Richtung Ausgang, der Güterzug war bereits aus dem Bahnhof verschwunden, es war still, bis auf das ferne Rauschen der Autobahn und die Ansage aus dem Lautsprecher. Saltapepe warf einen schnellen Blick über die Schulter zu der Treppe, an der in jeder Millisekunde die Köpfe der beiden Männer erscheinen konnten. Er lief durch das Eingangsportal auf den Vorplatz hinaus, über die Brennerstraße in die Gassen des Dorfes hinein. Immer noch hörte er die Stimme des Computers.

»Informiamo i gentili passeggeri …«

Er drückte sich hinter einer Mülltonne an eine Häuserwand und spähte vorsichtig zum Bahnhofsplatz hinüber.

Lange nichts. Dann ein Schatten.

»… dass das Betreten der Gleise verboten ist!«

Petro. Der Sovrintendente Capo schaute nach links und nach rechts. Misstrauisch lief er im Kreis. Nervös. Wie eine Raubkatze. Er hielt seine Beretta in der Hand.

»Informiamo i…« Der Lautsprecher verstummte. Bertoldo musste ihn ausgemacht haben.

Petro steckte die Waffe zurück und trottete wieder in den Bahnhof hinein. Noch zweimal drehte er sich um, schaute nach links und rechts, dann war er nicht mehr zu sehen. Saltapepe atmete auf. Sein Puls beruhigte sich, doch seine Gedanken rasten. Er holte erneut sein Handy heraus, drückte darauf herum, spulte die letzten Sekunden des Films mehrmals vor und zurück. Da war etwas, vielleicht eine Person, aber es war zu dunkel, um Genaueres zu erkennen. Saltapepe suchte nach Weiherers Kontakt und schickte ihm das Video. Dazu ein paar Zeilen.

Kannst du dir das bitte anschauen? Was blitzt da in den letzten Sekunden im Wageninneren auf? Kannst du das auf-

hellen? Melde dich, sobald du was hast. Dringend. A presto, Claudio.

Dann ging er die alte Dorfstraße entlang. Die Parkplätze waren noch leer, erste Händler bauten ihre Stände auf. Im Outlet-Center gingen die Lichter an. Die Putzfrauen rauchten vor den Eingängen. Am Brenner brach ein neuer Tag an.

3

Dieser Geruch, er war wohl auf der ganzen Welt der gleiche. Eine Mischung aus säuerlichem Automatenkaffee, trockenem Schweiß und muffigen Büchern. Genauso hatten die Vorlesungsräume zu Grauners Studentenzeit in Verona gerochen. Sie hatten auch ähnlich ausgesehen. Graugrüner Plastikboden, weiße dünne Spanplattenpulte, so manche Verewigung hineingeritzt. Ein Herz von einem Pfeil durchstochen. Ein Anarchie-A. Ein durchgestrichenes Hakenkreuz. Sprüche. Politische. *Kein Mensch ist illegal.* Witzige. *Scheiß Mensa, scheiß Uni, scheiß Staat!* Schmutzig-weiße Wände mit Hunderten von Schuhsohlenabdrücken bis zu einer Höhe von knapp einem Meter.

Eins aber war völlig anders als in Verona. Dort hatten sich zahlreiche Vorlesungssäle inmitten der Stadt befunden. In alten Palazzi, die Arena und die Piazza, Giuliettas Balkon gleich um die Ecke. Das Gebäude des Japanischen Instituts befand sich am Stadtrand im Südwesten Berlins. Inmitten eines Villenviertels. Hatte Grauner in Verona seinerzeit aus dem Fenster der Fakultät geschaut, blieb der Blick an alten Gemäuern haften. Hier nun schaute man ins Grüne. Das war ihm sofort sympathisch. Wollte man wegdösen während einer Vorlesung, und man döste unweigerlich weg als Student währenddessen, so lud das Grün viel mehr zum Träumen ein als Mauern. Auch wenn sie antik waren und von brennenden Liebschaften erzählten.

Es hatte einige Zeit gedauert, bis der Commissario den richtigen Vorlesungsraum gefunden hatte, er befand sich am Ende eines Flurs, in der zweiten Etage. Das Universitätsgebäude war verwaist. Nur am Eingang hatten drei Studenten gestanden. Sie hatten geraucht. Der Geruch, der dem Commissario in die Nase gestiegen war, hatte ihn plötzlich an seine Tochter denken lassen.

Grauner bezweifelte, den Professor hier tatsächlich anzutreffen. Auch wenn im Vorlesungsregister eine Veranstaltungsreihe vermerkt war. In Zusammenarbeit mit der Deutsch-Japanischen Gesellschaft wurden in den Semesterferien verschiedene Vorlesungen und Podiumsdiskussionen abgehalten. Eine davon wurde von Trontheimer geleitet: *Die Metamorphosen japanischer Literatur in der Taishō-Demokratie zu Beginn des 20. Jahrhunderts.* Aber heute musste die Vorlesung doch ausfallen. Schließlich war heute der fünfzehnte August. Manch übereifriger Student besuchte auch im August freiwillig Vorlesungsreihen. Das war Grauner zwar unverständlich, das hatte es aber auch schon zu seiner Zeit gegeben. Aber am fünfzehnten? Zu Ferragosto? Zu Maria Himmelfahrt? Da lag ganz Italien von Trient südwärts am Strand. Absoluter Stillstand.

Selbst als ihm der Taxifahrer versicherte, dass dieses Datum im gottlosen Berlin ein stinknormaler Tag sei, und er realisiert hatte, dass um ihn herum tatsächlich alle Geschäfte geöffnet waren, blieb Grauner skeptisch.

Vor dem Vorlesungsraum angelangt, legte der Commissario ein Ohr an die Tür und horchte. Er vernahm den dumpfen Klang einer Stimme und öffnete leise die Tür.

Am Ende des Raumes stand ein älterer Mann. Er trug einen grauschwarzen Rauschebart, der sein Gesicht bis zu den Wangenknochen versteckte, das Haar stand zerzaust ab, als ob aus allen Richtungen Magneten an ihm zerrten. Obwohl es schwül war hier drinnen, trug der Mann ein dickes Cordsakko, das an den Enden der Ärmel abgewetzt war. Das Hemd war kariert und bis obenhin zugeknöpft. Die Jeans des Mannes streifte bei jedem seiner Schritte den Boden, das Leder seiner Schuhe glänzte speckig.

Prof. Dr. Hans-Joachim Trontheimer schwenkte das Mikrofon so ungelenk, mal links, mal rechts an seinem Kopf vorbei, dass die Sätze nur in krächzenden Fetzen zu hören waren. Die wenigen Zuhörer, vielleicht zwei Dutzend, hatten sich in den vordersten Reihen um den Professor geschart.

Grauner hatte vorab überlegt, wie er dem Mann gegenübertreten sollte. Er hielt sich nun strikt an seinen Plan, schritt seitlich der Stuhlreihen nach vorne und gab sich Mühe, mit jedem Schritt auf sich aufmerksam zu machen. Als er die erste Reihe erreichte, hatte sich bereits jeder der zwei Dutzend Studenten mindestens zweimal zu ihm umgedreht und ihm mit verärgertem Blick zu verstehen gegeben, dass er störte.

Streber! Grauner ignorierte die Blicke. Er fixierte den Professor, den seine Lärmorgie nicht zu irritieren schien. Er sprach einfach weiter. Der Commissario setzte sich auf einen freien Stuhl. Soweit er folgen konnte, ging es um irgendeine Literaturzeitschrift in Tokio Mitte der Zwanzigerjahre.

Grauner starrte weiter, doch Trontheimer reagierte nicht. Der Mann war wie in Trance, in Gedanken wahrscheinlich weit weg, am anderen Ende der Welt, in einer längst vergangenen Zeit. Der Commissario änderte seinen Plan. Er stand auf, trat auf den Professor zu, der nun erst erschrocken aufblickte, dann verwundert die Augenbrauen hob, schließlich den Arm mit dem Mikrofon hängen ließ.

Der Commissario führte den Mund an des Professors Ohr heran, das sich hinter der grauen Mähne versteckte. Dann flüsterte er.

»Mein Name ist Johann Grauner, ich bin Commissario der Polizia di Stato in Bozen. Ich möchte mit Ihnen über den Reporter Karl Weinreich sprechen. Über Peter Geisler. Über das Jahr 1991. Über Albert Grauner. Meinen Vater. Entweder Sie gehen mit mir spazieren, ich lade Sie auf einen Kaffee ein und wir sprechen dabei – oder wir klären es hier. Jetzt. Vor den Zuhörern. Ich erzähle alles, was ich weiß.«

Der Mann sagte kein Wort. Die Lider seiner kleinen eisigen Äuglein verengten sich. Er musterte sein Gegenüber. Er schien zu überlegen, ob der Mann, der vor ihm stand, seine Drohung ernst meinte. Er antwortete. Ebenfalls flüsternd.

»In Ordnung, Herr Grauner. Ich habe Ihren Besuch erwartet. Ich bin darauf vorbereitet. Wir treffen uns in einer halben Stunde. U-Bahn-Station *Dahlem-Dorf*. Das ist nicht weit von hier. Warten Sie auf mich. Bei den Pferden.«

Grauner schaute dem Mann tief in die Augen. Zwei Sekunden, drei. Er beschloss, ihm zu vertrauen.

4

Tappeiner wunderte sich, dass Marché schon da war. Sie hatte ihm noch in der Nacht per SMS vorgeschlagen, gemeinsam hochzufahren. Aber er hatte abgelehnt. Er hatte geschrieben, er habe noch Besorgungen zu machen. Mehr nicht. Marché war kein pünktlicher Mensch. Tappeiner schon. Überpünktlich. Besonders bei wichtigen Terminen wie diesem. Noch nie hatte Grauner sie mit einer Einzelaktion beauftragt. Und nun schon zum zweiten Mal. Zuerst die Ratschdamen am Brenner. Dann, sie konnte es kaum glauben, Katharina Wieser, die Bürgermeisterin von Gossensass.

Eigentlich durfte sie das nicht. Sie durfte höchstens als Protokollantin dabeisitzen, mitschreiben. Deshalb war auch Marché dabei. Er war, wenn man so wollte, ihr Vorgesetzter. Aber sie hatte das nie so empfunden. Die beiden kannten sich seit Jahren. In ihrer Anfangszeit hatte Marché sie einmal zum Essen eingeladen. Nicht zum Mittagessen unter Kollegen. Nur sie zwei. Abends. Sie hatte Ja gesagt, nachdem sie seine gestotterten Einladungsversuche richtig interpretiert hatte. Es blieb bei dem einen Essen. Sie mochte Marché, sehr sogar. Aber mehr – auch wenn er einige Jahre älter war –, wie einen kleinen Bruder, für den man sich verantwortlich fühlte. Für den man auf dem Spielplatz im Zweifel nach der Schaufel griff, um ihn vor den großen Jungs zu verteidigen.

Tappeiner war ein Schaufel-Mädchen. Kein Kuchenform-Mädchen. Sie hatte als Kind nie mit Puppen gespielt, sie hatte sich zu Weihnachten Spielzeugbagger gewünscht. Sie hatte im Sandkasten keine Märchenschlösser, sondern Ritterburgen gebaut. Sie war nie zum Ballett gegangen und schon mit vier

Jahren Bäume hochgeklettert, später Sprossenwände, dann spiegelglatte Felswände. Zahlreiche Dolomiten-Klassiker.

Marché, da war sie sich sicher, besaß noch nicht einmal Wanderschuhe. Auch keine Skier. Tappeiner konnte Menschen nicht verstehen, die in Südtirol lebten und nicht Ski fuhren. Das war wie am Meer zu leben, ohne schwimmen zu können. Das war kein Leben. Das war sinnbefreites Vor-sich-hin-Vegetieren.

Marché saß nervös am Budl. Er schaute sich um. Das *Goldene Rössl* war mäßig gefüllt. Einige Gossensasser waren noch auf dem Weg von der Kirche zum Lokal. Die bereits Eingetroffenen hatten sich an den Tischen platziert, ihre halb vollen Weißweingläser vor sich. Manche spielten Karten. Manche flüsterten.

Moser und Burgstaller saßen ganz hinten. In ihrer Ecke. Tappeiner erkannte sie sofort, als sie das Gasthaus betrat. Ihre Gesichter hingen vergrößert im Versammlungsraum der Questura. Sie hatte sie sich eingeprägt. Die Brille des einen, das Gamsbärtchen und den fehlenden Arm des anderen. Grauners Assistentin ging zum Sovrintendente und setzte sich so hin, dass sie die Ecke mit den beiden Kartenspielern beobachten konnte.

Marché hatte ein Mineralwasser bestellt. Allem Anschein nach waren einige Jahrzehnte vergangen, seit in diesen Räumen das letzte Mal jemand Mineralwasser bestellt hatte. Der Wirt hatte das Wasser in ein Bierglas eingeschenkt und die Flasche danebengestellt. Sie trug ein Design aus den Achtzigerjahren, der Deckel war verklebt und staubig.

Grauners Assistentin bestellte einen Espresso. Sie hatte tags zuvor tief in Wiesers Vergangenheit gewühlt. Die Bürgermeisterin war an Erfolge gewöhnt, gerader Lebensweg, steile Karriere. Aufgewachsen in Gossensass, Studium der Juristerei in Innsbruck, erst arbeitete sie einige Jahre in einem Rechtsanwaltsbüro in Sterzing, engagierte sich in der Kommunalpolitik, wurde Gemeinderatsmitglied, vor zehn Jahren schließlich zur Bürgermeisterin gewählt.

Privat schien sie weniger Glück gehabt zu haben. Einige Liebschaften, darunter auch Sulzbacher. Es war eine Affäre, sie hatte ihn wohl mehr geliebt als er sie. Nun aber schien sie glücklich zu sein. Der Mailänder Investor hieß Dr. Antonino Griffi. Erst hatten sie die Liebe verheimlicht, doch bald hatte es sich herumgesprochen.

Über seine Vergangenheit war wenig herauszufinden, die Befragungen im Dorf hatten nichts ergeben. Man wusste, wer er war, wie er aussah, aber abgesehen von seiner Beteiligung am Outlet schien er in Gossensass und am Brenner keine Rolle zu spielen. Sie hatte seinen Namen gegoogelt. Dieser tauchte als Geschäftsführer einer Firma auf. *A. G. Investments,* Sitz in Imola. Sonst nichts. Ein wohlhabender, erfolgreicher Geschäftsmann, der Wert darauf legte, wenig Aufsehen zu erregen und keine Spuren zu hinterlassen.

Wieser hatte sich im *Rössl* treffen wollen. Die ganze Fahrt über hatte Grauners Assistentin darüber nachgegrübelt, warum. Sie war nicht darauf gekommen. Sie hatte sich vorgenommen, die Bürgermeisterin ohne Umwege danach zu fragen. In Gedanken laborierte sie an der Gesprächseröffnung. Marché würde nicht auf die Idee kommen, das Verhör an sich zu reißen. Tappeiner war voller Zuversicht und Vorfreude, doch als sich die Tür des Gasthauses öffnete, Wieser und ein unbekannter Mann hereintraten und mit den beiden ein frischer Luftzug ins Innere drang, spürte sie, wie der Windhauch ihren Mut wegblies. Sie stand mit zitternden Knien auf.

Die Bürgermeisterin und der unbekannte Mann gaben ihr die Hand. Der Händedruck des Mannes war lasch, der der Bürgermeisterin voller Muskelkraft. Die kletterte auch, das merkte Tappeiner sofort. Der Händedruck von Kletterern war anders, da spürte man jeden kleinen Muskel.

»Mein … Partner … äh … und Geschäftspartner«, sagte Wieser. »Dr. Antonino Griffi. Er hält die Mehrheit am Outlet. Sie wollten uns sprechen?«

Tappeiner bejahte. Sie schätzte den Investor auf Mitte sechzig, Anfang siebzig. Marché nahm einen tiefen Schluck aus dem Wasserglas, wofür er einen verächtlichen Blick der Bürgermeisterin erntete. Sie bestellte. Für alle.

»Eine Halbe Weißburgunder. Vier Gläser.«

Dann setzte sie sich auf den Hocker an der Bar. Der Mailänder blieb stehen. Beide entledigten sich nicht ihrer Jacken. Sie trug eine dünne Lodenjacke, waldgrün mit Hirschgeweihknöpfen. Er einen dunklen Ledermantel, der ihm bis zu den schwarzen Cowboystiefeln reichte. Langsam füllte sich das *Goldene Rössl,* an der Kegelbahn warteten schon die Buben, die Kegler polierten die Kugeln, das Getöse der Kirchenglocken schallte in das Gasthaus hinein.

»Ja, wir wollten Sie sprechen, Frau Bürgermeisterin. Und auch Sie, Herr Dr. Griffi. Wir hätten uns dazu auch in Ihrem Büro treffen können …« Tappeiner sprach den Satz nicht zu Ende.

Wieser nahm eins der gefüllten Gläser und hob es hoch. Dann nippte sie daran.

»Nein. Das passt schon. Ich habe nichts zu verbergen. Wer nichts zu verbergen hat, der muss sich auch nicht im Büro treffen, hinter verschlossenen Türen. Wer sich heimlich trifft, hat auch Heimlichkeiten auszutauschen. Ich nicht. Ich bin eine moderne Bürgermeisterin. Transparent und volksnah.«

Sie hatte nicht zu Tappeiner und Marché gesprochen. Sie hatte sich leicht dem Gastraum zugewandt, in dem inzwischen alle Tische besetzt waren. Kellnerinnen in Dirndln stellten Weinkrüge und Speckplatten auf die Tische, an denen eifrig Spielkarten gemischt wurden. Die Dorfbewohner schauten nicht auf, und doch war es unnatürlich still im Gasthaus.

Tappeiner hatte verstanden. Deshalb also. Die Bürgermeisterin wollte den Angriff. Keine Verteidigung. Sie wollte jedes Gemunkel, jedes tückische Gerücht im Keim ersticken. Sie wollte nicht, dass gesehen wurde, wie Polizeibeamte im Rathaus verschwanden. Sie wollte keine Spekulationen darüber, was zwischen ihnen besprochen wurde.

»Frau Wieser. Sie sind Jägerin. Sie streifen viel in den Wäldern rund um Gossensass umher. Sie kennen jeden Stein, jeden Baum. Wir möchten von Ihnen wissen, ob Sie nicht doch schon mal an dem Marihuanafeld vorbeigekommen sein könnten …« Tappeiner versuchte, ihre Worte so allgemein, so vorsichtig, so indirekt wie möglich zu formulieren. »Vielleicht haben Sie nicht erkannt, dass es sich um eine Drogenplantage handelt, es könnte ja auch Mais, Hopfen …« Tappeiner wollte ihr Auswege lassen, sie nicht zu früh in die Ecke drängen.

In der Bar war es nun mucksmäuschenstill. Selbst das Rascheln der Karten war nicht mehr zu hören. Keine Kugel rollte. Alle Augenpaare schauten zum Budl, wo sich niemand getraut hatte, neben den Polizisten, Wieser und dem Mailänder Platz zu nehmen.

Die Bürgermeisterin grinste. »Frau Ermittlerin, was denken Sie nur? Dass wir hier am Brenner, hier in Gossensass, unter der Autobahn, irgendwo im Nirgendwo zwischen Bozen und Innsbruck, fernab der Welt, nichts mitkriegen, im achtzehnten Jahrhundert leben?« Abscheu lag in ihrem Blick. Sie nahm einen tiefen Schluck, schenkte sich nach, knallte den Krug auf die Theke, schaute verärgert auf die Gläser der anderen, die noch unberührt dastanden. »Sie glauben wirklich, wir seien so hinterwäldlerisch, dass wir ein Marihuanafeld nicht von einem Maisfeld unterscheiden können? Glauben Sie mir, Frau Ermittlerin, das können wir. Und was wissen Sie schon davon, wo ich auf die Jagd gehe? Waren Sie jemals auf der Jagd?«

Obwohl die Frage rhetorisch war, schüttelte Tappeiner den Kopf und ärgerte sich sogleich über diesen Reflex, den die Bürgermeisterin genau notiert hatte.

»Natürlich nicht! Sie Stadtfrau! Mit Ihrem blassen Stadtgesicht. Ihrer dünnen Stadtfigur. Ihren dürren Stadtbeinchen.«

Tappeiner schwieg. Jetzt anzufügen, welche Gipfel sie schon im Alleingang erklommen hatte, jetzt zu fragen, ob die Frau Bürgermeisterin je eine Wand jenseits des vierten Schwierigkeitsgrads … es hätte die Sache nicht besser gemacht.

»Vor Luis Sulzbachers Hof steht ein Jägerstand am Waldrand …«, warf sie stattdessen ein.

Wiesers Grinsen wurde breiter. »Wissen Sie, Stadtfrau, wie viele Jägerstände es rund um Gossensass gibt? In ganz Südtirol? Hunderte. Tausend vielleicht. Glauben Sie, wir sind Waldmenschen? Affen? Glauben Sie, wir leben auf Hochständen? Glauben Sie, nur weil ich Jägerin bin, einen Jagdschein besitze, habe ich den ganzen Tag lang nichts Besseres zu tun, als auf so einem Hochstand herumzusitzen? Ich bin Bürgermeisterin! Ich trage Verantwortung! Ich muss schauen, dass im Dorf alles seinen Gang geht. Kommen Sie mir nicht mit irgendwelchen romantisierten städtischen Alpendorfvorstellungen. Damit belästigen uns schon die von uns geliebten und geschätzten Touristen. Wenn Sie konkrete Fragen haben, stellen Sie sie! Sonst schweigen Sie und trinken Sie Ihren Wein.«

Im Gasthaus ging Gemurmel los. Tappeiner erkannte die Art des Gemurmels sofort. Es war anerkennend. Mit einer großen Portion Zustimmung. Mit einem Schuss Ehrfurcht. Unsere Bürgermeisterin!

»Sie hatten ein Verhältnis mit Luis Sulzbacher.« Tappeiner schaute der Bürgermeisterin fest in die Augen, dann blickte sie zu Dr. Griffi, der bislang ebenso unbeweglich wie Marché dagestanden hatte. Wieser sagte nichts. Das Gemurmel im Gasthaus war verstummt. Sie sah, wie das Gesicht der Bürgermeisterin rot anlief. Der Mailänder Geschäftsmann zeigte noch immer keine Regung. »Sie haben ins Outlet investiert. Aber Ihre große Liebe, Sulzbacher, und seine Freunde vom Kartentisch haben alles versucht, um das Projekt zu verhindern.«

Da Tappeiner nun der Bürgermeisterin zugewandt war, konnte sie Moser und Burgstaller nicht mehr sehen, aber sie wusste, dass alle Köpfe im Gasthaus sich in deren Richtung drehten – auch Wieser blickte kurz zur Seite.

»... und Sulzbacher hat sie fallen gelassen. Sie haben ihn mehr geliebt als er sie. Wer mehr liebt, verliert.«

Aus der Ecke der Kartenspieler kam kein Laut. Doch im Gesicht der Bürgermeisterin bemerkte Tappeiner eine Veränderung. Nur für den Bruchteil einer Sekunde. Ein Zucken um die Augen. Ihr war sofort klar, was es bedeutete. Angst.

»Schluss jetzt, Frau Ermittlerin! Was Sie sich zusammenreimen, ist abstrus. Ja ...«

Die Dorfbewohner an den Tischen schauten sich verstohlen an.

»Ja ... ich bin auf den Luis hereingefallen. Wie so viele

Frauen. Als er noch jünger war. Fescher, potenter. Ja, er hat mir schöne Augen gemacht, ich dachte, er sei der Richtige. Ich habe mich geirrt. Wie sich so viele in ihm geirrt haben. Ich hoffe für Sie, Frau Ermittlerin, dass Sie den Richtigen gefunden haben.«

Ein kurzer, verächtlicher Blick ging zu Marché. Tappeiner blickte zu Boden. Wieder reflexartig. Sie musste noch so viel lernen. Das wurde ihr in diesem Gespräch bewusst.

»Ja, es gab Meinungsverschiedenheiten im Dorf. Bezüglich des Brenners. Luis war anderer Meinung als ich. Seine Freunde auch.« Sie schaute nicht in die Ecke. Sie starrte Tappeiner unverwandt an. »Aber bringe ich den Luis deshalb um? Und seinen Freund, den alten Voltinger, noch dazu? Diese alten, gebrechlichen Männer, die eh nicht mehr lange zu leben haben?«

Nun hatte sie sich wieder zur großen Runde umgedreht, so als ob sie ein Ja oder ein Nein vom Volke hören wollte. Doch sie antwortete selbst.

»Nein. Nein. Nein. Die Liebe vergeht. Der Schmerz auch. Neue Liebe kommt.« Sie fasste nach der Hand ihres Liebhabers. Ein Lächeln zeigte sich auf dessen Gesicht. Kein liebevolles. Ein höhnisches.

Dr. Griffi ließ Wiesers Hand los und trat einen Schritt nach vorne. Er führte den Kopf ganz nah an den der Ermittlerin heran, wie bei einer Echse verlängerte sich der Hals, bis ihre Nasenspitzen sich fast berührten. Seine Stimme klang rauchig und tief.

»Die einen sind für etwas, die anderen gegen etwas. Die einen gewinnen, die anderen verlieren. Das ist Demokratie, verehrte Frau.«

Marché stellte sich schützend vor Tappeiner, was ein komisches Bild abgab, weil sie einen Kopf größer war als er.

»Genug geredet«, sagte sie. »Niemand streitet im Dorf. Niemand. Es sind zwei Morde passiert. Mein Gott! Die Welt ist schlecht. Nicht erst seit gestern. Klären Sie Ihre Morde auf! Tun Sie, was Sie tun müssen, aber lassen Sie die Dorfbevölkerung in Ruhe. Lassen Sie mich in Ruhe! Wenn Sie noch etwas wissen wollen, dann melden Sie sich bei meinem Anwalt, ja?«

Die Bürgermeisterin griff in ihre Jackentasche, holte ein Kärtchen heraus und drückte es Tappeiner in die Hand.

Dr. Griffi senkte kurz den Kopf zum Gruß, dann folgte er seiner Geliebten. Tappeiner drehte sich nun erstmals wieder zum Gasthausgeschehen um. Erste Karten wurden ausgespielt, Gläser zum Mund geführt, eine Kugel rollte in Richtung der Kegel, krachte in sie hinein, das Gemurmel wurde lauter.

Tappeiner und Marché verabschiedeten sich draußen vor dem Gasthaus. Sie hatte direkt vor der Tür geparkt, er etwa hundert Meter entfernt. Als sie den Autoschlüssel aus der Jackentasche ziehen wollte, ertastete sie mit den Fingern das Kärtchen mit der Telefonnummer des Anwalts, das die Bürgermeisterin ihr zugesteckt hatte. Sie zog es heraus, entfaltete es. Da stand kein Name. Auch keine Nummer. Da stand ein handgeschriebener Internetlink.

Sie setzte sich in den Wagen und holte ihr Handy heraus. Kein Netz. Sie verließ Gossensass und fuhr bei Sterzing auf die Autobahn, hielt an der Raststätte Plose West, bestellte sich in der Cafeteria einen Espresso und holte das Smartphone wieder heraus. Voller Empfang. Sie tippte den Link in die Adressleiste ein. Langsam lud die Seite, sie wurde zu einer Cloud weitergeleitet. Ein PDF-Dokument befand sich darin. Sie klickte darauf, wartete wieder. Die Sekunden zogen sich zu Minuten. Sie bestellte einen zweiten Espresso, ihren insgesamt vierten an diesem Tag, obwohl sie normalerweise höchstens einen trank, um sich nachts nicht schlaflos zu wälzen. Aber im August schlief sie dank der Hitze sowieso nicht, da war es egal, wie viel Koffein sie im Blut hatte.

Das PDF-Dokument offenbarte ein Foto, langsam entpixelte es sich, auf den ersten Blick schien es eine Schwarz-Weiß-Aufnahme zu sein, aber das täuschte, da das Foto im Dunkeln aufgenommen worden war. Nachts, wenn alle Farben schwanden. Die Aufnahme zeigte ein Haus, daneben eine Scheune. Tappeiner erkannte die Gebäude sofort. Es war Sulzbachers Hof. Das Foto musste vom Jägerstand am Waldrand aus aufgenommen worden sein. Grauners Assistentin vergrößerte die linke untere Ecke des PDFs. Dort waren Datum und Uhrzeit notiert.

13. August 2017

01.32 Uhr

Wieser musste das Foto mit ihrem Handy aufgenommen haben. Erneut spreizte Tappeiner Daumen und Zeigefinger auf dem Display, diesmal, um die Mitte des Fotos zu vergrößern. Doch die Silhouette, die dort zu sehen war, wurde nicht klarer. Es musste der Schatten eines Menschen sein, der Sulzbacher einen nächtlichen Besuch abstattete. In der Nacht, in der Luis und Voltinger getötet worden waren.

5

Der Ispettore versuchte seine Gedanken zu ordnen. Grauners Spur dabei außen vor zu lassen, so gut es ging. Was, wenn die beiden, der Bahnvorsteher Bertoldo und der Polizist Petro, hinter den Morden steckten? Hatten sie zusammen mit Sulzbacher die Drogen aus dem Wald vertickt? Hatten sie ihn beseitigt, weil es zu einem Streit gekommen war? Streit um Beteiligungen? Und Voltinger? Hatte auch er mit Drogen zu tun? Hatte er das Drogenkartell seines Freundes aufgedeckt?

Saltapepe musste über das Wort schmunzeln: Kartell. Das konnte doch alles nicht wahr sein. Ein Marihuanafeld im Wald. Dafür morden? Die Camorra mordete für Drogen. Die Cosa Nostra, die ’Ndrangheta, die Sacra Corona Unita, die Drogenbarone aus Mexiko, die Tausende Köpfe abhackten, Frauen und Kinder töteten, gegen die sogar die Mafiosi aus Süditalien anmuteten wie Taschentrickspieler. Saltapepe kannte die weltweiten Drogenhandelszahlen, ihm war bekannt, wie viele Tonnen Kokain und Heroin in den Häfen Süditaliens, in Neapel und Gioia Tauro eingeschifft wurden.

Zwei Tote wegen eines kleinen Drogenfeldes im Wald? Am Brenner? Nein, irgendwie war er von dieser Spur nicht überzeugt. Zumindest nicht davon, dass es *nur* um die Drogen ging. Da war noch die Bürgermeisterin und ihre Verbindung zu Luis – sowie ihre neue Liebelei mit dem Mailänder Outlet-Investor. Und unweigerlich landeten die Gedanken des Ispettore immer dort, wo Grauner gerade ermittelte. Tief in der Vergangenheit. Bei Grauners Vater. Geisler. Weinreich. Dem Historiker. Dem Zyankali. Den Fotos von dieser Astrid. Bei der Münze.

Nun stand er wieder vor den Geschäften, von denen die meisten in der Zwischenzeit die Rollläden hochgezogen hatten. Saltapepe beobachtete, wie ein Schwarm von Rennradfahrern die Grenze passierte, er schlenderte gedankenverloren durch eine der Drehtüren des Outlet-Centers. Irgendwo war das Brummen eines Staubsaugers zu hören. Er sah sein Spiegelbild in den Vitrinen, zwischen den *Sale*-Schildern. Zwanzig Prozent auf alles. Bergschuhe, Wanderstöcke, Tourenskier, Windjacken, Kochtöpfe, Bratpfannen, XXL-Nussschokoladentafeln, XXL-Spaghetti-Packungen, XXL-Rigatoni-Packungen, Speckhammen, Mountainbikes, Fahrradhelme, Duftkerzen, Teigroller, Weingläser, Parmesan-Reiben, Alpaka-Pullover, Sonnenbrillen, Sonnencreme, Rucksäcke, Steigeisen, Schlitten, Wollmützen, Energie-Riegel, Holzschnitzereien, Lodenmäntel, Lederhosen, Tirolerhüte, Volksmusik-CDs, Südtirol-Gipfelpanorama-DVDs, Knödel-Kochbücher, Weinführer, Apfel-Bilderbücher, blaue Schürzen, bunte Trachten, bestickte Dirndln, Schlafsäcke, Zelte, Taschenlampen, Ölbrenner, Isomatten, Wärmeunterwäsche, Stoff-Ötzis, Plastikhirschgeweihe, Glitzer-Drei-Zinnen-Miniaturen.

Er verdrängte, wie sehr sie sich in den vergangenen Stunden und Tagen von ordnungsgemäßen Ermittlungsvorgängen entfernt hatten. Sie hätten längst Staatsanwalt Belli Bescheid geben müssen, längst den Inhalt des Koffers untersuchen lassen müssen. Je tiefer sie heimlich in das alles eindrangen, je länger sie schwiegen und verdeckten, desto schwieriger würde es sein, irgendwann alles offenzulegen, eine logisch klingende Erklärung für die Heimlichtuerei herbeizuzaubern.

Es würde einen Knall geben. Einen Riesenknall. Vielleicht so groß wie damals, in Neapel, als er ebenso entschieden hatte, die Initiative zu ergreifen, ohne Erlaubnis, ohne das Wissen der anderen.

Er war weiter umhergeirrt, er hatte in der *Brennerbar* einen Espresso getrunken, den Ratschweibern dabei zugesehen, wie sie ihn tuschelnd beobachteten. Die Beine hatten ihn, ohne dass er ihnen bewusst den Befehl dazu erteilt hatte, in den Wald getragen. Er ging den Weg, den er schon vor zwei Tagen gegangen war. Es zog ihn zum Fundort von Voltingers Leiche. Er schaute aufs Handy, das Netz war schwach. Nur der kleinste Balken erschien. Ab und an.

Saltapepe brauchte eine Weile, bis er die Stelle fand, an welcher der alte Mann gelegen hatte. An den Stämmen rundherum hingen noch Fetzen des rotweißen Absperrbandes.

Wieder blickte der Ispettore hinunter auf den Brenner. Eine graue Nebelglocke lag über dem Pass. Das Bild, das Grau, es passte nicht zur frischen Luft im Wald, wo es nach Harz und Tannenzapfen roch. Der Boden am Tatort war zertrampelt, Zeichen der Arbeit von Weiherers Spurensicherern. Saltapepe überlegte, warum es ihn hierhergezogen hatte. Die Sonne stach durch die Äste hindurch, am Boden glänzte etwas. Saltapepe kniete sich hin, wischte mit den Händen in den spitzen grünen Nadeln der Tannen herum. Er bekam etwas Metallenes, Festes zu fassen. Da lag eine Münze. Er hielt sie sich vor die Augen. Ein Reichsmarkstück. Wie in Sulzbachers Rachen. Schon wollte er wieder aufstehen, da wanderte sein Blick zu einem der Baumstämme.

Das helle, frische, holzige Gelb stach ins Auge, alles andere verschwamm im Hintergrund. In den Stamm war ein

Pfeil geritzt. Lang und dick. Genau auf Augenhöhe. Er zeigte ins Dickicht hinein.

Saltapepe sprang auf, ging ungläubig an den Stamm heran, fuhr mit dem Zeigefinger den Pfeil entlang. Dieser Pfeil war neu. Den konnte niemand übersehen haben. Jemand musste ihn nach dem Auffinden des Toten in den Stamm geritzt haben. Auch die Münze musste jemand im Nachhinein hingelegt haben. Niemals hätten Weiherers Leute sie übersehen. Warum hatte dieser Jemand das gemacht? War es ein blöder Streich? Ein Verwirrungsversuch? Oder ein weiteres Zeichen? Wozu? Der erste Hinweis am Betonpfeiler der Autobahn, an dem Sulzbachers Leiche gelehnt hatte, hatte ihn zu einem Drogenfeld geführt. War hier im Wald ein weiteres Feld versteckt?

Saltapepe zog seine Beretta, entsicherte sie. Doch schon nach wenigen Sekunden kam er sich lächerlich vor und steckte die Waffe wieder weg. Was wollte er damit? Auf Bäume schießen? Wenn ihm einer folgte, wenn ihn jemand beobachtete, war er selbst längst die Zielscheibe. Nichts war ihm fremder als der Wald. Das galt es zu akzeptieren. Daran war nicht zu rütteln.

Er schaute ein letztes Mal auf den Pfeil, dann ging er los. Geradeaus, komme was wolle. Er stieg übers Gebüsch hinweg, riss sich an Dornen die Hose auf, kletterte über umgestürzte Baumstämme, ließ sich auf der anderen Seite zu Boden rutschen, klopfte sich Erde und Moos von der Jacke, ging weiter, knickte um. Er fluchte, schrie, humpelte voran, dann, er war mindestens eine Viertelstunde gewandert, gelangte er an eine Felswand.

Kein Drogenfeld weit und breit. Nur Gebüsch, Erde, Wurzeln, Schatten. Das Klopfen eines Spechts, das Rascheln, bei dem er sich anfangs stets umgewandt hatte, das ihn nun nicht mehr erschrecken konnte. Und dieser Felsen. Teils kahl. Teils mit Moos bewachsen.

Und jetzt? Er trat einige Meter zurück. Der Knöchel des umgeknickten Fußes brannte immer stärker. Er suchte nach einem weiteren Pfeil. Fand keinen. Saltapepe schaute sich um, er griff nach einem kleinen Stein, hielt ihn an den Felsen, ritzte ein *X* hinein. Man sah es klar und deutlich. Es wäre ein Leichtes gewesen, eine weitere Richtungsvorgabe zu hinterlassen. Nichts.

Wo sollte er hin? Den Felsen hoch? Setzten diese Bergleute wie selbstverständlich voraus, dass er hier hochkletterte? Riskierte er sein Leben, wenn er es versuchte? Würde ihn ein Südtiroler Bergführer dafür schelten, ohne Kletterkenntnisse und in Turnschuhen mit rutschigen Sohlen so eine Wand zu besteigen? Er holte das Smartphone hervor, er wollte Silvia Tappeiner um Rat fragen – kein Netz.

Er beschloss, es zu wagen. Die Wand war etwa zehn Meter hoch. Die ersten Meter waren recht leicht. Mal hielt er sich an einer Wurzel fest, mal bot ihm der Fels regelrecht Stufen an. Bald war er bereits zu weit oben, um wieder umzukehren, noch zwei Handgriffe, zwei Schritte, er spürte, wie es in seinem Magen rumorte. Er war nun in der Mitte angelangt, wunderte sich, wie weit er schon gekommen war, gleichzeitig machte ihm die Höhe Angst.

Kurz schaute er nach unten, er kam sich vor wie damals, als sie vom Bug der Schiffe ins schmutzige Hafenwasser sprangen. Wer sich nicht traute, wurde für den Rest des Sommers ausgelacht.

Er hatte sich getraut. Er war einer der Kleinsten gewesen, der Schmächtigsten, aber er war der Erste gewesen, der gesprungen war. Er hatte keine Angst vor dem Wasser gehabt. Aber hier war kein Wasser. Langsam drehte sich alles. Hatte er Höhenangst? Ihm war, als schaute er nach oben und unten gleichzeitig. Er sah nur noch Grün und Braun, Bäume und Erde, Licht und Schatten.

Die Ohren spielten verrückt, er hörte tausend Vögel zwitschern, und er hörte ein Wiehern, da war das Wiehern eines Pferdes, er drehte den Kopf, da war es, ein hellbrauner Gaul zwischen Baumstämmen, ganz ruhig stand er da. Es war wie in einem Traum, einem Märchen. Der Gaul wieherte erneut und schien ihn zu beobachten.

Der ruhige Blick des Pferdes beruhigte auch Saltapepes Puls. Er drückte die Wange an den nackten Felsen. Dann die Stirn. Der Stein kühlte. Mit zitternden Händen fasste er nach dem nächsten Felsvorsprung, der linke Fuß suchte nach einer Kerbe, fand sie, rutschte ab. Saltapepe hörte seinen eigenen Schrei durch den Wald hallen. Mit letzter Kraft zog er sich hoch, nahm allen Mut zusammen, löste die rechte Hand, fasste nach oben, spürte Gras zwischen den Fingern, die Felskante.

Nun schien alles in Zeitlupe abzulaufen. Er spürte, wie das Gras riss, wie sich die Wurzeln aus der Erde lösten. Er sah Bilder seines Lebens, sie rasten nicht, wie immer erzählt wurde, sie wurden langsam vor seinem inneren Auge durchgeblättert wie ein Daumenkino. Fußball im Hinterhof mit seinem Bruder, zwei alte Wäscheleinen markierten die Außenlinien, zwei Weinkisten die Torpfosten. Das Gemüseschleppen im Hafen, zweihundert Lire pro Kartoffelsack. Der tote Nachbarsjunge, der in einer Blutlache auf den Treppen der Quartieri Spagnoli lag, der erste Tote, den er gesehen hatte. Das Gesicht des Jungen, das ihn so lange verfolgt hatte. Das Gesicht seines Bruders, das lebendige und das tote.

Der erste Tag an der Polizeischule, strammgestanden, *l'Inno di Mameli, Fratelli d'Italia, l'Italia s'è desta …* der

Schwur, dem Staate treu zu dienen, Auswendiggelerntes herunterrasseln, in Gedanken der wahre Schwur, der Schwur, den Mörder seines Bruders zu finden, seinen Tod zu rächen. U Lunatico in der Zelle, das blutunterlaufene Gesicht, das schwarze Auge, die aufgeplatzte Lippe.

Die Bilder verschwanden, schemenhaft nahm er die Umgebung wieder wahr. Der Boden tief unter ihm, kein Pferd mehr zu sehen. Es musste eine Einbildung gewesen sein.

»Aiuto!«, schrie er. »Aiuto, Hilfe!« Er schluchzte, spürte, wie die letzte Kraft aus den Fingern und Armen wich, er spürte, wie die Fingerkuppen abrutschten, dann packte ihn eine Hand kräftig am Unterarm. Die Hand zog ihn hoch. Saltapepe warf den Kopf in den Nacken, das Licht der Sonne blendete ihn. Er blinzelte, es war ihm, als sähe er das Himmelstor, dann schob sich ein Kopf dazwischen, er schien wie von hinten beleuchtet. Große weiße Zähne, aufeinandergebissen, große Augen, krauses Haar, schwarze Haut, ein Priesterkragen.

Der Geistliche packte den zweiten Unterarm des Ispettore und zog ihn vollends hoch. Beide sanken zu Boden, drehten sich auf den Rücken. Ihre Brustkörbe hoben und senkten sich. Ihr lauter, gieriger Atem vermischte sich mit dem Rauschen der Baumwipfel und dem Zwitschern der Vögel.

»Grazie«, keuchte Saltapepe. Nach wenigen Sekunden fiel ihm ein, wo er seinen Retter schon einmal gesehen hatte. Es war der Priester, der in der *Brennerbar* im Halbschatten in der Ecke gesessen hatte, während sie mit Bürgermeisterin Wieser sprachen. »Grazie!«, keuchte er noch einmal. Der Mann schwieg.

6

Pferde. Grauner hatte sich auf vieles gefasst gemacht. Schmutz. Taschendiebe. Unendliche Autoschlangen. U-Bahn-Chaos. Erdrückende Wolkenkratzer. Lärm. Menschenmassen. Aber Pferde? Überhaupt, wo war er hier? Berlin, war das nicht die Stadt des Brandenburger Tors, der goldenen Siegessäule, der Gedächtniskirche? Ein schimmernder, sich drehender Mercedes-Stern über den Dächern. So kannte er die deutsche Metropole. Aus Filmen. Von Bildern. Aus den Fernsehnachrichten.

Und jetzt? Jetzt stand er einem Gaul gegenüber, der ihm sein gieriges Maul entgegenstreckte und die gelben Zähne fletschte. Er war auf einem Bauernhof – inmitten der Stadt. Weiter hinten weideten Schafe und Ziegen. Auf einer eingezäunten Fläche schrien Gänse, eidottergelbe Küken liefen zwischen ihnen umher, ein Bauer kippte Mist auf einen Haufen, drüben am Stall winselte ein Hund, eine Bäuerin striegelte ein weiteres Pferd.

Berlin? Diese Stadt hatte sich Grauner ganz anders vorgestellt. In Verona jedenfalls, während seiner Studentenzeit, war er niemals Ziegen oder Schafen begegnet. Der Commissario fragte sich, ob er in so einer Stadt leben könnte, in der es auch Bauernhöfe gab. Doch irgendetwas störte ihn. Es dauerte nicht lange, bis er bemerkte, was es war. Die Berge. Natürlich. Diese Unendlichkeit, der flache Horizont, das machte ihm Angst. Wenn es so etwas wie Höhenangst gab, so müsste es doch auch so etwas wie Flächenangst geben. Das war es wahrscheinlich. Grauner hatte Flächenangst. Angst vor der Weite, dass er loslaufen und das Ende nie erreichen würde. Nie die Wand, die erleichternde Begrenzung, an der man hochklettern konnte. Um runterzuschauen. Um einen neuen Blickwinkel einzunehmen, um Dinge anders zu sehen. Um durch diesen anderen Blickwinkel Lösungen zu finden.

Noch etwas fehlte im Bild. Er wollte zum Stall gehen, irgendwo mussten sie doch sein, es konnte doch nicht sein, nein, ein Bauernhof ohne Kühe, das gab es nicht. Nicht einmal ein Stadtbauernhof konnte ohne Kühe auskommen. Doch die Ohren vernahmen kein altvertrautes Muhen, die Nase nicht den dazugehörigen Geruch.

Vielmehr stieg ihm ein anderes Aroma in die Nase. Verbrannter Kaffee. Als er sich umdrehte, stand der Professor hinter ihm. Eine Aktentasche über die Schulter gehängt. Zwei Pappbecher in den Händen. Einen reichte er dem Commissario.

»Kaffee?«

Grauner war beileibe nicht so fanatisch, orthodox, pingelig wie Saltapepe, wenn es um guten Kaffee ging, aber was zu weit ging, ging zu weit. War die Welt derart aus den Fugen geraten? Verbrannter Kaffee war ja noch zu entschuldigen. Aber in Pappbechern? Er öffnete den Plastikdeckel, um einen kritischen Blick auf den Inhalt zu wagen, und schüttete sich dabei die lauwarme Brühe über die Finger. Der Kaffee war verdünnt mit Milch, eine undefinierbare, abscheuliche braune Masse.

Der Commissario nippte daran. Das Gesöff schmeckte nach Leitungswasser mit einem Schuss Schmieröl, das im Wasserhahn seit Jahren darauf gewartet hatte, freigelassen zu werden. Er versuchte, nicht das Gesicht zu verziehen. Andere Länder, andere Sitten? Oder wollte der Mann ihn schlicht vergiften? Er bemühte sich, Haltung zu bewahren.

»Herr Kommissar, entschuldigen Sie bitte die Verspätung. Die Gasthörer und Studenten, sie hatten noch einige Fragen zum Frauenbild in den frühen literarischen Versuchen von Tanizaki Jun'ichirō …«

»Schon gut, Herr Professor.« Grauner wollte auf keinen Fall abschweifen. Er kannte das aus zahlreichen Gesprächen und Verhören. Der Einstieg definierte den Fortgang. Gewährte man seinem Gegenüber am Anfang lange, vom Thema abschweifende Antworten, so nahm dieser sich das auch für den Rest des Gesprächs heraus.

»Professor Trontheimer, ich ermittle in einem Mordfall am Brenner. Zwei Männer sind getötet worden. Eine Spur führt in die Vergangenheit – in meine eigene. Sie, Professor, haben sich mit dieser Vergangenheit auch schon beschäftigt. Vor vielen, vielen Jahren.«

Die beiden Männer liefen die Holzzäune der Weiden entlang. Das Gras war von der Sommersonne bereits gelbbraun gefärbt, sie brannte vom Himmel, doch ein leichtes Lüftchen wehte angenehm kühl.

Er erzählte Trontheimer alles. Er erzählte ihm von den Cyaniden in Josef Voltingers Blut, von der Reichsmarkmünze in Sulzbachers Rachen. Er erzählte ihm von dem Koffer mit den Fotos im Keller der Bäckerei in Brixen. Er erzählte, dass diese Bäckerei früher Peter Geisler gehört habe. Und er erzählte, dass er gemeinsam mit dem Reporter Charly Weinreich an diesem Fall arbeite.

Der Professor schwieg. Er gab keinen Mucks von sich. Er schien nicht einmal zu atmen. Grauner wusste nicht, wie lange er gesprochen hatte, der Kaffee in seiner Hand war in der Zwischenzeit kalt geworden. Er schloss mit einigen persönlichen Worten.

»Ich habe bis heute nicht erfahren, warum meine Eltern sterben mussten. Ich bin mir sicher, dass Sie mir helfen können. Ich bitte Sie, mir alles zu erzählen, was Sie wissen.«

Die beiden lehnten sich gegen den Zaun. Die Ziegen kamen nah heran. Grauner hielt ihnen eine Hand hin, sie schleckten an seinen Fingern. Er hielt ihnen den Pappbecher hin. Sie schnupperten daran, meckerten und wichen zurück.

»Ich war ein junger Mann, damals, Herr Kommissar«, sagte Trontheimer und nahm einen tiefen Schluck aus seinem Pappbecher. »Ich studierte hier, an der Freien Universität. Ich schrieb an meiner Dissertation über die Geschehnisse in den Jahren nach Kriegsende. Ich beschäftigte mich mit der Frage, was mit geflüchteten Naziverbrechern nach dem Krieg passierte, wohin sie verschwanden. Das war damals noch ein weißer Fleck auf der Landkarte der NS-Forschung. Eine gute Möglichkeit für einen jungen Historiker, sich zu profilieren. Viele Nazis hatten versucht unterzutauchen. Oder zu fliehen. Vielen ist es geglückt. Die Fluchtwelle begann um 1946 und erreichte gegen Ende der Vierzigerjahre ihren Höhepunkt. Dreihundert bis achthundert höhere NS-Vertreter, rund fünfzig schwer belastete Kriegsverbrecher, mehrere Tausend Kollaborateure. Eine beliebte Route führte über Österreich und den Brenner nach Italien. Dieser Weg wurde *Rattenlinie* genannt. Südtirol war Dreh- und Angelpunkt. Von Sterzing und Brixen, Meran oder Bozen ging es weiter nach Genua oder Rom. Von dort in alle Welt. Maghreb. Südamerika. USA.«

Grauner hatte von alldem schon gehört, kannte aber kaum Details. Er lauschte gespannt.

»Die bekanntesten Flüchtlinge waren Adolf Eichmann, Hitlers Mann für die organisierte Judenvernichtung, und

Josef Mengele, die Arztbestie aus Auschwitz. Eichmann beschaffte sich in Südtirol einen neuen Pass und floh als Ricardo Klement von Genua nach Argentinien, wo er zehn Jahre später vom israelischen Geheimdienst Mossad geschnappt und nach Jerusalem gebracht wurde. Mengele wurde in Südtirol zu Helmut Gregor, bestieg ebenfalls in Genua ein Schiff nach Buenos Aires und starb 1979 in Brasilien.«

»Warum war Südtirol Dreh- und Angelpunkt?«, ging Grauner dazwischen.

Der Professor nahm noch einen Schluck, fuhr sich durch den Bart. »In den Nachkriegsjahren herrschte Chaos. Millionen Flüchtlinge waren in Europa unterwegs, noch Jahre nach Kriegsende. Der Brenner war, wie so oft schon in seiner Geschichte, ein Nadelöhr. Manche wollten nach Norden, viele nach Süden. Südtirol lag geografisch günstig, außerdem war das ehemals österreichische Gebiet nach 1945 eine Art Niemandsland, territorial sowie staatenrechtlich. Kontrollen und genaue Überprüfungen waren unmöglich. Es ergaben sich absurde Situationen. Die Amerikaner hielten die Provinz besetzt, doch die Deutschen weigerten sich, die Waffen abzugeben. Pragmatismus regierte, GIs und Wehrmachtssoldaten patrouillierten sogar gemeinsam durch Bozens Gassen. Über Fälscherbanden konnte man gefälschte Pässe beziehen, auch Gemeindeämter stellten sie aus. Das traditionelle Schmugglerwesen am Brenner erlebte eine weitere Blütezeit. So gelang vielen Naziverbrechern die Flucht.«

»Wer half diesen Menschen? Und warum?«, fragte Grauner.

Der Professor führte den Kaffeebecher zum Mund, dann drehte er sich um, stützte sich mit den Unterarmen auf den obersten Balken des Zauns und schaute auf die Wiesen. Friedlich grasten die Schafe. Die Ziegen wetzten die Hörner am Holz. In der Ferne jaulte eine Polizeisirene.

»Es gab ganz unterschiedliche Beweggründe. Manche wollten sich einfach Geld dazuverdienen. Fünfhundert österreichische Schilling pro Person, das war der Standardtarif. Die Passsohle selbst wurde seit 1918 zwar streng bewacht, aber das machte erfahrenen Bergsteigern und Schmugglern nichts aus. Sie kannten Wege, die sonst niemand kannte. Es gab Menschen, die aus Nächstenliebe halfen, Flüchtlinge in der Stube übernachten ließen. Es gab Menschen, die von jedem Geld nahmen, egal, wer er war, was er getan hatte. Egal, was ihm angetan worden war. Da wurde nicht nachgefragt. Es klingt zynisch und unfassbar, doch in so mancher Nacht übernachteten in Bauernhäusern im oberen Stock jüdische KZ-Überlebende und im unteren Nazi-Schergen. Mit den Jahren wurde die Hilfe für die Nazis professionalisiert. Von treuen Kameraden. Mancher sah in den Deutschen immer noch die Befreier, die Verbündeten gegen Mussolini, unter dessen Faschismus Südtirol stark gelitten hatte. Viele Südtiroler hatten in der Wehrmacht gedient, manche in der Waffen-SS. Auch hinter Klostermauern fanden flüchtende Nazis Schutz. Ein Sterzinger Pfarrer organisierte Eichmanns Flucht über den Brenner, in Bozen versteckte er sich im Franziskanerkloster. Der österreichische Titularbischof Alois Hudal organisierte im Vatikan Eichmanns Überfahrt und die vieler anderer. Auch das Internationale Rote Kreuz stellte eifrig Flüchtlingspässe aus. Die argentinische Regierung freute sich über deutsche Arbeitskräfte, Ingenieure. Selbst die Amerikaner versuchten ehemalige Nazis für ihre Geheimdienste zu gewinnen. Längst war ein neuer, gemeinsamer Feind gefunden. Der Kommunismus.«

Trontheimer hatte den Kaffeebecher erneut an die Lippen geführt und den Kopf nach hinten geneigt. Er saugte gierig nach den letzten Tropfen.

»Ich war in meiner Dissertation einem SS-General auf der Spur. Lutz …«

Plötzlich zitterte seine Stimme. Grauner ahnte, dass er nun von etwas sprechen würde, was er im hintersten Winkel des Gedächtnisses versteckt hatte und jetzt, vielleicht seit Jahrzehnten, zum ersten Mal wieder hervorholte.

»Lutz von Gerkow. Er hatte als SS-General an der Ostfront gewütet. Hunderte Zivilisten erschießen lassen. Frauen und Kinder. Gegen Ende des Krieges war er nach Frankreich versetzt und bei einem Luftangriff in der Nähe von Royan leicht verletzt worden. In den letzten Kriegstagen nahm er eine andere Identität an. Er schnappte sich die Uniform eines toten Wehrmachtssoldaten. Als er in Gefangenschaft geriet, gab er sich als dieser aus. Die Narbe an der Innenseite seines Oberarms, wo er wie fast alle SS-Soldaten die Blutgruppe eintätowiert hatte, musste übersehen worden sein. 1946 flüchtete er gemeinsam mit anderen Soldaten aus einem Gefangenenlager nahe Koblenz. Er schlug sich bis nach Österreich durch, wo er bei Salzburg Verwandtschaft hatte. In einem Waldstück soll er während des Krieges Geld gebunkert haben. Viel Geld. Reichsmark. Sowjetische Rubel. Österreichische Schilling. Außerdem wohl etwas Schmuck, etwas Silber, vielleicht etwas Gold. Er musste sich das alles für die Flucht über den Brenner geholt haben. Das konnte ich rekonstruieren. Tag für Tag. Am Brenner aber verlor sich seine Spur. Er übernachtete in einem Gasthaus auf österreichischer Seite des Wipptals, oberhalb von Innsbruck. Dann verschwand er von der Bildfläche. Irgendetwas musste passiert sein. Er kam nie an seinem Ziel an.«

Grauner versuchte, die Informationen zu sortieren. Die vielen Fragen zu ordnen, die sich ihm stellten.

»Woher wissen Sie, dass er nie ankam? Vielleicht hat er es

ja doch geschafft. Vielleicht ist auch er bis nach Südamerika geflohen«, warf der Commissario ein.

»Unwahrscheinlich. Eigentlich unmöglich. Da wären wir auf Spuren gestoßen. In Bozen, Genua und Rom wurde heimlich und akribisch Buch geführt, die ausgestellten Dokumente konnten bis heute fast lückenlos den Geflüchteten zugeordnet werden. Von Gerkow hat in Südtirol seine Identität nicht gewechselt. Er ist nie ausgeschifft worden. Weder in Genua noch in Rom. Sie fragen sich sicher, warum ich damals meine Forschungen abgebrochen habe?«, sagte der Professor.

Grauner nickte.

»Ich war am Brenner. Auf österreichischer Seite. Im Gasthaus, in dem sich von Gerkows Spur verlor. Ich war auch in Gossensass. Ich habe nach Leuten gefragt, die damals vor Ort waren. Ich habe Fotos herumgezeigt … Ich konnte nicht wissen, dass …« Wieder stockte er. »Ja, ich habe diesem jungen Journalisten … Charly, sagten Sie?«

Grauner bejahte. »Charly … Karl Weinreich. Vom *Südtirol Kurier.*«

»Ja, ich erinnere mich. So hieß der Mann. Ich habe ihm ein Interview gegeben. Weitere Interviews sollten folgen. Ich war jung, ehrgeizig und eitel. Und ich erhoffte mir, dadurch jemanden zu erreichen, der sich an irgendetwas erinnerte und sich bei mir melden würde …«

Die Miene des Mannes verfinsterte sich. Grauner verstand, warum.

»Das passierte auch. Jemand meldete sich. Aber anders, als Sie es sich erhofft hatten.«

Die Augen des Professors wurden schmal.

»Zuerst gab es diesen … äh … Zwischenfall auf der Autobahn. Erst dachte ich, das sei ein Verrückter. Es war Nacht.

Niemand sonst außer uns beiden war unterwegs. Er überholte, drängte mich gegen die Leitplanke. Mein Wagen kam zum Stehen. Auch er hielt. Nichts passierte. Die Scheiben des anderen Fahrzeugs waren getönt. Das Nummernschild verdreckt. Nichts zu erkennen. Wir standen da, fast eine Minute lang, dann ließ er die Reifen durchdrehen und raste davon.«

»Was … was für ein Auto war das?«

»Ein weißer Ford Escort.«

Grauner erinnerte sich an das Gespräch mit Charly. An den nächtlichen Besuch. Unter dem Fenster, im Licht einer Laterne, das war ebenfalls ein Ford gewesen. Ein Ford Escort mit getönten Scheiben. Trontheimer sprach weiter.

»Wenige Tage später lag ein Brief im Briefkasten meiner Berliner Studenten-WG. Ein Umschlag, nicht beschriftet, darin ein Foto des Ford. Auf die Rückseite waren drei Worte gekritzelt. *Tod oder Leben.* Sonst nichts.« Der Historiker öffnete den obersten Knopf seines Hemdes und zerrte am Kragen. »Ich habe mich davon nicht beirren lassen, nicht vom Zwischenfall auf der Autobahn, auch nicht von dem Brief. Ich habe erst mal heimlich weitergeforscht. In Erfahrung gebracht, dass sich von Gerkow von österreichischen Schleppern über die Berge nahe des Passes hatte bringen lassen. Bis zu einem Gasthaus auf Südtiroler Seite. Auf dem Gemeindegebiet von Gossensass …«

»Wie hieß das Gasthaus? *Goldenes Rössl?*«, fuhr Grauner dazwischen.

Der Professor schüttelte den Kopf. »Nein. Aber so ähnlich. *Zum alten Rösslwirt.* Meinen Untersuchungen zufolge saßen damals einige Bauern im Gasthaus. Auch Knechte, Tagelöhner, Kriegsheimkehrer …«

»Haben Sie deren Namen erfahren?«, Grauner schrie beinahe, blickte sich erschrocken um, und dämpfte sogleich die Stimme.

»Voltinger. Sulzbacher. Burgstaller. Moser …«

Grauners Gedanken rasten. Der Professor stockte kurz.

»Geisler«, fuhr er schließlich fort.

Wie in Trance führte Grauner den Pappbecher zum Mund, nahm einen tiefen Schluck kalten Kaffee. Sein Rachen brauchte Flüssigkeit, egal, wonach sie schmeckte.

Trontheimer sprach weiter. »Von einer ehemaligen Kellnerin erfuhr ich, dass sich einige der Gasthausbesucher bereit erklärt hatten, von Gerkow nach Sterzing zu bringen, sie brachen auf …«

»Herr Professor, mein Vater, was wissen Sie über ihn?«, unterbrach ihn Grauner.

Trontheimer legte seine Hand auf die des Commissarios. »Ich weiß, dass auch Ihr Vater damals in dem Gasthaus war.«

Grauner schaute dem Mann prüfend in die Augen.

»Mehr weiß ich nicht.«

Kurz herrschte Stille. Nur der Wind rauschte. Und in der Ferne der Verkehr der Großstadt. Warum liebte man das Rauschen des Windes? Warum störte man sich am Rauschen des Verkehrs? Grauner wunderte sich, warum ihm in diesem Moment solch banale Fragen in den Kopf schossen. Wahrscheinlich, weil das Unterbewusstsein ihn ablenken wollte. Weg vom tiefen Abgrund. Das Schreien der Gänse holte ihn zurück. Der Professor hatte seine Hand wieder losgelassen.

»Wenige Wochen nach dem Zwischenfall auf der Autobahn, nach der Drohpost, war ich wieder auf dem Weg nach Südtirol. Ich hatte diesen Voltinger, diesen Sulzbacher, diesen Burgstaller und diesen Moser kontaktiert, aber sie weigerten sich, mit mir zu sprechen. Geisler, so hatte ich erfahren, war in der Zwischenzeit verstorben. Ich war mit Ihrem Vater verabredet. Er hatte am Telefon überrascht geklungen, sich eine Nacht Bedenkzeit erbeten, sich dann aber bereit erklärt, mit mir zu sprechen. Ich übernachtete in Bozen. Im *Stadthotel.* Am Morgen vor dem Treffen erfuhr ich es aus den Radionachrichten. Mord am Graunerhof. Sie berichteten von zwei Toten. Ihrer Mutter. Ihrem Vater. Von den vergifteten Kühen. An erweiterten Suizid glaubte ich keine Sekunde. Ich schloss mich in meinem Hotelzimmer ein. Versuchte nachzudenken. Am Nachmittag brachte mir der Concierge einen Brief aufs Zimmer. Wieder ein unbeschrifteter Umschlag. Darin ein Foto … vom Hof. Dem Graunerhof. Und ein zweites Foto. Ein Bild meines WG-Zimmers in Berlin. Keine handgeschriebenen Zeilen auf den Rückseiten. Ich verstand es auch so. Ich verließ das Zimmer drei Tage nicht, dann reiste ich ab. Ich hatte den Beschluss gefasst, meine Karriere als Historiker mit diesem Schwerpunkt zu beenden, bevor sie richtig angefangen hatte. Ich habe die Dissertation nie abgegeben, meine Forschungsunterlagen nie weitergereicht. Ich habe mich anderen geschichtlichen Ereignissen zugewandt. Einem anderen Kulturkreis, einem anderen Land, einer anderen Epoche.«

Der Blick des Mannes veränderte sich. Grauner glaubte, eine Spur Scham darin zu erkennen.

»Sie hatten Angst. Todesangst«, sagte er.

Die Mimik des Mannes war erstarrt, die Augen bejahten Grauners Aussage.

»Der Journalist Charly Weinreich sprach von einer Geheimorganisation, *Odessa* …«

»Mumpitz!«, brach es aus dem Historiker heraus. Grauner kannte das Wort nicht, aber er übersetzte es mit *Schmarrn* ins Südtirolerische.

»*Odessa!*« Trontheimer spuckte das Wort förmlich aus – wie ein ungenießbares Stück Gemüse. »Die *Odessa* gibt es nicht. Das ist eine Erfindung. Ein Hirngespinst überdrehter Verschwörungstheoretiker. Eine Fantasie zweitklassiger Thriller-Autoren. Bei meiner Historikerehre! Ich weiß nicht, was mit Lutz von Gerkow damals am Brenner passiert ist, aber die *Odessa* hatte sicher nichts damit zu tun.«

Nun war es Grauner, der die Hand auf die des Professors legte. Der Mann beruhigte sich, atmete wieder gleichmäßig.

»Warum erzählen Sie mir all das? Jetzt? Wo ist die Angst geblieben?«, fragte er.

Der Mann lächelte. Grauner schaute überrascht. Mit dieser Reaktion hatte er nicht gerechnet.

»Sie ist noch da, die Angst, Herr Kommissar. Aber ich will nicht mehr, dass sie mich beherrscht. Vielleicht habe ich tatsächlich auf jemanden wie Sie gewartet. Auf jemanden, dem ich alles anvertrauen kann. Ich bin älter geworden. Ich habe keine Kinder. Keine Frau. Ich will der Angst trotzen. Der Tod ist da, er ist schon längst an meiner Seite, er hat schon längst entschieden, wann er mich packt. Ich sterbe irgendwann, so oder so. Noch aber lebe ich. Ob der oder die Mörder Ihrer Eltern noch leben, wer weiß? Wahrscheinlich sind sie längst tot.«

Abermals versuchte Grauner die neu erlangten Informationen zu ordnen. Alles drehte sich nun um eine Sommernacht im Jahr 1946. Die vier Gossensasser Kartenspieler wollten den flüchtigen SS-General von Gerkow von einem Gasthaus am Brenner namens *Zum alten Rösslwirt* nach Sterzing bringen. Seitdem ward der Nazi nicht mehr gesehen. Sein eigener Vater war in besagter Nacht ebenfalls in dem Gasthaus gewesen.

Jahrzehnte später hatten Charly und Trontheimer wohl in ein Dunkel hineingeleuchtet, das nicht erhellt werden sollte.

Beide wurden bedroht, angehalten, ihre Nachforschungen einzustellen. Sein Vater hatte Trontheimer in sein Wissen einweihen wollen. Daraufhin waren Grauners Eltern getötet worden. Dann passierte erneut jahrzehntelang nichts. Nun gab es wieder zwei Tote. Den alten Voltinger. Und den alten Sulzbacher. Warum?

Und vor allem Geisler, immer wieder Geisler. 1946, als dieser Nazi verschwand, war er angeblich mit den Kartenspielern im selben Gasthaus wie von Gerkow. 1991, als Grauners Eltern starben, wurde er angeblich gesehen, obwohl er zu diesem Zeitpunkt längst tot war. Nun lag im Schlafzimmer des toten Voltingers eine alte Visitenkarte Geislers. Konnte das Zufall sein?

»Hier!« Der Professor hatte seine Aktentasche geöffnet und eine Tüte herausgeholt. Darin steckten zwei Ordner.

»Das habe ich damals alles versteckt. Auf dem Dachboden der Studenten-WG. Später habe ich alles in einen Spind in der Uni verfrachtet. Den habe ich vorhin seit Jahren zum ersten Mal wieder geöffnet.«

Der Mann drückte Grauner die Tüte in die Hand. »Da fühlt man sich gleich viel leichter«, sagte er und lächelte.

Der Commissario gab dem Mann die Hand. »Danke, Professor, ich werde Sie auf dem Laufenden halten.«

Trontheimer hob beide Arme. »Nein, danke, nein, wirklich nicht, Herr Kommissar. Ich will von alldem nichts mehr wissen. Mein Leben ist ein anderes. Seit Jahrzehnten schon. Und so soll es bleiben.«

Nun faltete er die Hände, machte die Andeutung einer japanischen Verbeugung und schaute Grauner ein letztes Mal in die Augen. Dann drehte er sich um und ging die Wiese entlang in Richtung der U-Bahn-Station. Dort gab es bestimmt eine Telefonzelle. Er musste dringend Tappeiner anrufen.

Grauner wandte sich noch einmal zum Bauernhof um. Die Pferde galoppierten die Weide entlang. Die Gänse wanderten schön aufgereiht zum Wassertrog. Die Küken versuchten, ihnen zu folgen. Zwei Ziegenböcke schlugen die Hörner aneinander.

7

Der Mann sprach kein Wort. Er ging fünf Schritte voran. Nicht schnell. Gleichmäßig gemächlich. Und doch schaffte Saltapepe es kaum, ihm zu folgen. Der Ispettore keuchte, er stolperte, wankte. Der Knöchel brannte. Der Geistliche ging, als wäre er von einer fernen Kraft geleitet. Sie hatten einen weiten Bogen um den Felsen geschlagen, waren zwischen dicken Baumstämmen hinabgestiegen.

Noch spielten Saltapepes Sinne verrückt, er konnte nicht so recht begreifen, dass er vorhin fast gestorben wäre. Oder kam ihm das alles im Nachhinein viel gefährlicher vor, als es gewesen war? Hätte er sich vielleicht nur alle Knochen gebrochen – aber überlebt? Wie auch immer. Wenn dieser Mann nicht zur Stelle gewesen wäre, hätte ihn inmitten des Waldes wohl niemand um Hilfe schreien gehört.

Was hatte der Geistliche im Wald zu suchen gehabt? War er zufällig oberhalb des Felsens entlangspaziert? Und das Pferd? War es nur Einbildung gewesen? Hatte er es wirklich gesehen? Saltapepe wusste nicht, wie er den Mann ansprechen sollte, dieser hatte sich ihm nicht vorgestellt. Der Ispettore tat, was in Neapel immer funktionierte. Den höchstmöglichen Titel verwenden.

»Eccellenza!«

Der Angesprochene drehte sich um, beendete sein Schweigen jedoch nicht. Er winkte nur mit der Hand und lief weiter. Sie hatten den Waldrand erreicht. Saltapepe hätte dem Geistlichen nun die Hand geben, sich für die Rettung bedanken und seines Weges gehen können, aber er hatte nicht das Gefühl, dass diese Begegnung schon zu Ende war. Er schaute auf das Smartphone, das Netz war zurück. Der Akku fast leer. Eine Nachricht tauchte auf dem Bildschirm auf. Es war Weiherer. Saltapepe überflog die Zeilen.

Hallo Claudio. Ich habe das Video so weit wie nur möglich aufgehellt. Im Schwarz ist tatsächlich etwas aufgetaucht, aber schau selbst. Gruß, Max

Die Nachricht hatte einen Anhang. Saltapepe tippte darauf. Er betete, der Akku möge noch durchhalten. Langsam lud ein Standbild. Er erkannte den Waggon, und im Inneren die Silhouetten zweier Köpfe. Er erkannte Augen, Nasen, Jacken, Hände. Schwarze Haut. Da waren Menschen im Waggon. Zwei. Mindestens.

Anstatt den Weg hinunter ins Dorfzentrum zu wählen, ging der Priester einem Trampelpfad folgend weiter am Waldrand entlang in Richtung Süden. Saltapepe folgte ihm. Sie passierten die Rückseite der Valentinskapelle, Totenkreuze übersäten die Wiese hinter der Kirchenmauer. Sie sahen die Polizeistation. Sie ließen den Pass hinter sich. Der Weg führte sie am Hang oberhalb der alten Brennerstraße und der Autobahn entlang.

Sie waren bestimmt schon eine Viertelstunde schweigend hintereinander herspaziert, die Autobahn war auf der anderen Talseite längst im Wald verschwunden, auch der Brenner war bereits außer Sichtweite, als links der Straße ein Gasthaus auftauchte. Verfallen. Der Verputz der Mauern war an mancher Stelle abgebröckelt. Die Fensterläden morsch. Dem Dach fehlten Ziegel. Neben dem Haus parkte ein verrosteter Cinquecento. Dunkelrot. Sie gingen auf das Haus zu.

In der Tür standen zwei Männer. Ihre Haut war schwarz, wie die des Priesters. Sie trugen ausgewaschene Jeans, der eine ein orangefarbenes T-Shirt, der andere ein Trikot des *AC Milan.* Vor dem Haus stand ein hölzernes Schild. Die Farbe war verblichen, teils abgeblättert. Trotzdem konnte Saltapepe die Worte entziffern:

Gasthaus zum alten Rösslwirt

8

Tappeiner wartete am Gate, sie winkte ihm zu, doch er lief an ihr vorbei – auf die Toilette. Kaum war im Flugzeug das Anschnallzeichen an, hatte er den Blasendruck gespürt. Auch als es erloschen und der Druck in der Blase immer dringlicher geworden war, hatte er sich nicht von seinem Sitz erhoben. Nur ab und an hatte er einen ängstlichen Blick in Richtung Toilette gewagt, aufgeatmet, wenn die Tür geschlossen war, bei jedem Passagier, der sie geöffnet hatte, gehofft, dass die Dämonen nicht entweichen würden.

Er hatte während des Flugs in den Ordnern mit den Forschungsergebnissen des Professors geblättert. Vieles war klarer geworden, einige grundsätzliche Erkenntnisse hatten sich herauskristallisiert, aber viele Fragen waren noch offen. Was passierte in jener Sommernacht kurz nach Kriegsende mit Lutz von Gerkow? Lag der Grund für die Ermordung seiner Eltern im Geheimnis jener Stunden?

Tappeiner hatte nach Rückflügen für den Commissario gesucht, es gab einen nach Innsbruck, aber er wollte nicht dorthin. Es gab eine weitere Verbindung. Vom Flughafen Schönefeld aus. Nach Orio al Serio. Bergamo. Er hatte Tappeiner gesagt, sie solle ihn da abholen. Innsbruck war zwar näher am Brenner, aber erst galt es, etwas anderes zu klären. Die verloren gegangene Spur des Nazis konnte, musste warten. Er musste noch einmal an den Ort, an dem vor vielen, vielen Jahren, als er noch ein junger Student gewesen war, seine Recherche über den Mord an seinen Eltern geendet hatte. Er musste an den Ort, an dem Geisler gestorben war.

Bei Rezzato bogen sie links ab, um den Gardasee westlich zu umfahren; der Stau am Verkehrsknoten bei Verona konnte Stunden kosten. Grauner begutachtete das Foto der Bürgermeisterin auf Tappeiners Smartphone. Sie hatte es in der Zwischenzeit auch an Weiherer geschickt, der es untersuchen sollte. Der Chef der Spurensicherung hatte schon geantwortet. Nichts. Der Schatten vor Sulzbachers Haus in der Mordnacht blieb ein Schatten. Die Person unerkannt.

Der Commissario weihte seine Assistentin ein. Es blieb ihm keine andere Wahl, sie musste wissen, warum sie nach Pergine fuhren. Er erzählte ihr von Geislers Visitenkarte, vom Koffer und auch vom Mord an seinen Eltern, wovon sie natürlich wusste, worüber er aber noch nie mit ihr gesprochen hatte.

Tappeiner schwieg. Nur einmal, als sie an einer roten Ampel halten mussten, sahen sie einander kurz in die Augen, sie fasste den Commissario für den Bruchteil einer Sekunde am Oberarm. Dann fuhr sie weiter.

Sie lenkte das Polizeiauto um die Kurven der in den Stein geschlagenen Straße entlang des Seeufers. Über Riva del Garda, Arco und Sarche erreichten sie Trient, umfuhren die Provinzhauptstadt, ein langer Tunnel verschlang sie und spuckte sie in Pergine wieder aus. Am Eingang jener Valsugana, die schon zu Römerzeiten den Weg nach Venedig gewiesen hatte. Östlich von Trient, am Lago di Caldonazzo. Ein Städtchen, das Südtiroler, wenn sie Glück hatten, nur vom Hörensagen kannten. Von Gasthausratschereien, als Warnung von Müttern und Vätern an ihren Nachwuchs.

Benimm dich, pass auf, sonst schicken sie dich nach Pergine!

Ende des 19. Jahrhunderts war in Pergine eine von Tirols größten kaiserlich-königlichen Irrenanstalten eröffnet worden. Il Manicomio di Pergine. Dorthin wurden die Südtiroler gebracht, die nicht mehr richtig tickten, die Dorftrottel, die zu jedem Ort dazugehörten, die im Gasthaus zu oft einen über den Durst tranken, noch öfter, noch heftiger als andere. Die sich prügelten, die ihre Frauen schlugen, wirres Zeug redeten. Manche kamen zurück. Verändert. Ruhiger. Mit Narben. Verbrennungen. Manche sah man nie wieder. 1700 Betten beherbergte das Haus zwischenzeitlich. Seit 1978 waren keine Patienten mehr aufgenommen und die Anstalt Schritt für Schritt geschlossen worden. All das hatte Grauner in Erfahrung gebracht, als er nach dem Tod seiner Eltern dem Weg Geislers gefolgt war.

Sie kurvten verloren durch die Stadt. Grauner war zuletzt vor über zwanzig Jahren hier gewesen. Es faszinierte ihn immer wieder aufs Neue, dass im Trentino, nur wenige Kilometer südlich von Südtirol, die Häuser ganz anders aussahen.

Schlichter, bunter, italienischer. Er war müde. So viele Kilometer hatte er noch nie in seinem Leben an einem einzigen Tag hinter sich gebracht. Er sehnte sich nach Ruhe, nach seinen Kühen, danach, ihre warmen Bäuche zu streicheln, nach den Klängen Mahlers, nach einer Umarmung seiner Frau, nach einem Kuss auf die Stirn seiner Tochter und nach einem guten Espresso, der ihn aufwecken und aufmuntern würde.

Sie hielten an einer kleinen Bar. Im Halteverbot. Für die Dauer eines Espressos durfte man in Italien überall parken. Das war ein ungeschriebenes Gesetz. Sie stellten sich an die Theke, schütteten sich den kurzen Schwarzen brühend heiß in den Rachen. Grauner war verwirrt. War es, weil Saltapepe nicht dabei war? War es, weil er gerade aus Deutschland zurückgekommen war? Normalerweise fühlte er sich nicht als Italiener. Kaum ein deutschsprachiger Südtiroler fühlte sich so. Und doch merkte er in diesem Moment, wie sehr ihm das alles gefehlt hatte, der schnelle, kurze Espresso, das Parken im Halteverbot, die Barbesucher, die sich um sie scharten, wild gestikulierend, nachdem Tappeiner sie nach dem Weg zur ehemaligen Irrenanstalt gefragt hatte. Grauner wusste lediglich, dass sie sich in einem Park am Fuße der Burg von Pergine befand, die über der Stadt und dem nahe gelegenen Lago di Caldonazzo thronte.

Eine halbe Stunde später waren sie da. Es war alles so anders, als Grauner es in Erinnerung hatte. Er erinnerte sich an renovierungsbedürftige Gemäuer.

Sie passierten das schwarz verzinkte Eisentor. Tannen, mammutdick, versperrten den Blick hoch zur Burg. Dazwischen gingen Menschen in Bademänteln spazieren, die Hand am Tropf; Ärzte saßen in weißen Kitteln auf Parkbänken neben Rentnern, in die *Gazzetta dello Sport* oder den *Corriere della Sera* vertieft, Stethoskope um die Hälse gelegt. Ein Eichhörnchen erklomm den Stamm einer Tanne.

Tappeiner ließ die Fensterscheibe runter und rief einen Arzt herbei, der gerade aus einem der frisch gestrichenen Häuserkomplexe trat.

»Wir … wir suchen nach dem … äh … ehemaligen Irrenhaus«, sagte sie.

Der Mann bückte sich zum Fenster hinunter, begrüßte sie und auch Grauner mit einem Nicken und schmunzelte. »Il Manicomio. Da sind Sie vierzig Jahre zu spät.«

Grauner lehnte sich zur Fahrerseite hinüber. »Als ich das letzte Mal hier war, war alles heruntergekommen …«

»Das muss aber lange her sein«, antwortete der Arzt. »Inzwischen wurde alles saniert. Das ehemalige Irrenhaus ist jetzt ein Poliambulatorio. Kardiologie, Chirurgie, Neurologie, Sportmedizin, Orthopädie, hier finden Sie alles. Und Verrückte finden Sie auch noch genug. Ist ja Ansichtssache, wenn Sie mich fragen.«

Wieder schmunzelte der Mann.

»Sagen Sie, wir interessieren uns für einen Patienten, der Ende der Siebzigerjahre in der Irrenanstalt gestorben ist. Gibt es jemanden, der uns weiterhelfen könnte?«

Der Arzt hob die Schultern. »Ich weiß von nichts, ich bin erst seit zwei Jahren hier. Aber …« Er richtete sich auf, schaute übers Auto hinweg, in den Park hinein, nach links, nach rechts. Dann zeigte er mit der Hand auf eine der weiß gestrichenen Bänke. »Da, Gigi, gehen Sie zu Gigi! Er sitzt dort drüben. Er war früher Pfleger im Irrenhaus. Er kennt die Geschichten, die Bewohner, wenn Ihnen jemand davon erzählen kann, dann er.«

9

Der Geistliche war im Inneren verschwunden. Saltapepe stellte sich zu den beiden Männern, die sie am Eingang empfangen hatten. Er musterte den einen mit dem *Milan*-Trikot. Saltapepe hasste den *AC Milan.* Er hasste alle Vereine aus dem Norden, die mit den Industrie-Geldern der Clubbesitzer die teuersten Spieler holten, Schiedsrichtern Geldbündel zusteckten, und die, wenn ihnen das Geld ausging und sie das Interesse an ihrem menschlichen Spielzeug verloren, die Mannschaften, die in maroden, halb leeren Stadien spielten, an chinesische und indonesische Investoren verscherbelten.

Bei seinem *SSC* war auch nicht alles in bester Ordnung. Ganz sicher nicht. Aber, wenn er im ebenfalls baufälligen Stadio San Paolo in der Kurve stand, die Spieler noch im Tunnel warteten und der ganze ausverkaufte Fußballtempel Pino Danieles *Napule è* anstimmte, dann überkam ihn eine Gänsehaut, wie er sie sonst nie erlebte.

»Milanista?« Er schaute den Mann im Trikot verächtlich an.

Der Mann nickte. Saltapepe rollte mit den Augen.

»Woher kommt ihr beide?«, fragte der Ispettore weiter.

»Sudan«, antwortete der Mann im orangefarbenen T-Shirt.

»Nigeria«, antwortete der Milanista. »Dorther, wo ihr eure gebrauchten Fußball-Trikots hinschickt. Eigentlich wollte ich ein Trikot von *Real Madrid* ergattern, die Sieben, Cristiano Ronaldo. Ich habe mir drei Faustschläge eingefangen. Für Ronaldo. Dann habe ich mich mit Filippo Inzaghi zufriedengegeben.« Er drehte sich um. Auf dem Rücken prangte die Neun. Darüber stand der Name des ehemaligen italienischen Mittelstürmers.

Saltapepe schmunzelte. »Seid ihr … wer … was seid …«

Der Mann im orangefarbenen T-Shirt beendete Saltapepes Stotterei. »Refugees. Clandestini. Extracomunitari. Flüchtlinge. Geflüchtete. Nenn' uns, wie du willst. Mein Name ist Amaniel. Mein Freund heißt Cielo. Und du?«

»Claudio«, sagte Saltapepe und fügte gleich eine weitere Frage an. »Wie viele seid ihr?«

»Mal mehr, mal weniger. Sie schicken uns von Bozen hier herauf. Mal lassen uns die Österreicher rüber. Mal hört man Gerüchte, dass ein Zaun geplant sei. Dass sie Panzer auffahren wollen. Manche schaffen es über die Berge, aber die Wege sind gefährlich. Manche geben auf, fahren mit dem Zug nach Bozen zurück. Versuchen, über Ventimiglia nach Frankreich zu kommen. Hier oben hält es niemand lange aus. Auch wir beide werden es wieder versuchen, zweimal haben wir es bereits probiert. Aber die Berge sind nicht unser Terrain. Cielo ist beim letzten Mal an einem steilen Felsen ausgerutscht und hat sich eine tiefe Fleischwunde am Oberschenkel zugezogen.«

Cielo hob die Hose hoch, eine lange, wulstige Narbe zog sich von der Hüfte bis zum Knie. Am Unterschenkel fehlte ein Teil des Muskelgewebes, so als hätte jemand ein Stück ausradiert. Er hatte Saltapepes Blick verfolgt.

»Das ist nicht hier passiert«, sagte er. »Das war in Libyen. An der Küste. Es gab Streit, die Boote waren überfüllt, einer der Schlepper zog die Waffe, mich hat es getroffen. Aufgegeben habe ich nicht. Ich habe es nach Europa geschafft. Ich bleibe. Mich erschreckt nichts mehr. Und wenn es der Brenner sein soll – für immer. Meinetwegen. Immer noch besser als Nigeria. Da wütet die Boko Haram. Meinen Vater haben sie abgeschlachtet. Meine Mutter vergewaltigt, meine Schwester verschleppt. Dorthin kann ich nicht zurück.«

Saltapepe wunderte sich, wie offen sie mit ihm sprachen. Es wimmelte hier seit Tagen von Polizisten. Sie mussten von den Morden erfahren haben, sie konnten sich denken, dass er ein Ermittler war. Es schien ihnen egal zu sein. Er verstand, warum. Sie hatten nichts zu verlieren. Die Polizisten und Grenzbeamten duldeten sie. Was sollten sie sonst auch machen?

»Dieses Haus …« Wieder musste Saltapepe den Satz nicht zu Ende sprechen.

»Es stand leer. Einige von uns haben es vor Beginn des Winters provisorisch eingerichtet. Don Uba hatte bei der Bürgermeisterin angefragt. Kein Ja erhalten. Aber auch kein Nein. Einige Dorfbewohner haben uns alte Möbel vorbeigebracht. Sofas. Tische, Stühle. Ein Bauer gab uns Holz, so haben wir uns im Winter am Herd gewärmt. Ein Pater aus dem Kapuzinerkloster aus Brixen brachte uns im vergangenen Herbst eine Kiste Äpfel aus dem Klostergarten. Ein netter Mann. Er setzte sich zu uns. Rauchte mit uns ein, zwei … äh … Zigaretten. Zwei Bäuerinnen kommen manchmal vorbei und kochen mit uns. Wir backen Fladenbrot, bereiten Falafel zu und braten Ziegenspießchen. Sie haben uns gezeigt, wie man Spinatknödel und Schlutzkrapfen macht. Ein Händler oben vom Pass bringt uns abends das Gemüse vorbei, das er tagsüber nicht verkaufen konnte. Don Uba leitet alles. Er ist ein guter Mensch, ich bete jeden Tag für ihn.«

Der Mann hob die Hände zum Himmel.

»Ich würde gerne mit Don Uba sprechen«, sagte Saltapepe und zeigte ins Dunkel des Hauses hinein.

Die beiden Männer machten eine einladende Armbewegung, Cielo ging voran, Amaniel und Saltapepe folgten ihm.

10

Tappeiner stellte den Wagen vor einem der Eingänge ab. Hinter den Fenstern bewegten sich Schatten. Kurz musste Grauner an Filippi denken, er fragte sich, ob sie wohl wieder vollends auf der Höhe war, dann ging er mit seiner Assistentin auf den Mann zu, der auf der Parkbank saß, vor sich hin starrte, als er sie bemerkte, überrascht aufblickte, aufstand und ihnen die Hand reichte.

»Guten Tag Herr … Herr?«

»Mein Name ist Tolderini. Giuseppe Tolderini, aber nennen Sie mich gerne Gigi. Alle tun das.«

»Piacere, Gigi«, antwortete Grauner und erwiderte den starken Händedruck. Überraschend stark für einen so kleinen, runden Mann, dessen Alter schwer einzuschätzen war. Sein Gesicht war nicht von Falten durchzogen. Um den Mund hatte sich der Pfleger einen Stoppelbart wachsen lassen, auf dem Kopf glänzte eine runde Glatze, die wenigen grauschwarzen Haare umzingelten die kahle Stelle und hingen zottelig über die Ohren.

Der Mann musste Grauners Verwunderung über den kräftigen Händedruck bemerkt haben. Er ließ locker, fuhr sich an den Oberarm, dessen Muskeln er unter dem weißen Hemd anspannte. »Kommt vom Job. Ich habe jahrelang Verrückte betreut. Da heißt es zupacken. Festhalten. Auch mal zurückschlagen. Das geht auf die Muskulatur. Seit Jahrzehnten mache ich den Job in der Irrenanstalt nun nicht mehr. Trotzdem gehe ich noch jeden Tag im Park spazieren, laufe morgens hoch zur Burg und wieder runter, mache unter den Bäumen Liegestütze, an der Bank Sit-ups. Hundert Liegestütze, hundert Sit-ups pro Tag. Deshalb sehe ich auch noch aus wie vierzig, obwohl ich siebenundsiebzig bin.«

Grauner musterte sein Gegenüber. Wieder ein alter Mann. In diesem Fall wimmelte es von alten Männern. Aber was hieß schon alt? Grauner war sechsundvierzig und sah definitiv älter, verlebter aus als der Irrenpfleger. Die Furchen in Grauners Gesicht, der Bauchansatz, dessen Wölbung von Jahr zu Jahr zunahm, die Haut, die an den Wangen, am Hals, an den Oberarmen schon etwas hing.

Kraft hatte auch er noch. Reichlich. Die kam aber nicht von Liegestützen und Sit-ups. Diesen Schmarrn hatte er nie praktiziert. Seine Kraft in den Händen kam vom Melken, vom Rauspressen der Milch aus den Eutern, diese Mischung aus Kraft und Feingefühl stärkte jeden einzelnen Muskel der Arme.

»Wir interessieren uns für einen ehemaligen Patienten. Sein Name ist Peter Geisler. Haben Sie ihn gekannt?«

Der Pfleger verzog das Gesicht und ließ die Mundwinkel trotzig nach unten hängen.

»Warum fragen Sie? Wissen Sie, solange es das Manicomio gegeben hat, hat sich niemand für die Insassen interessiert. Die Leute waren froh, dass sie die Irren los waren. Was mit ihnen geschah, wie es ihnen ging, darum kümmerte sich niemand.«

Grauner schaute sich um. Die ehemaligen Anstaltsgebäude waren in einem cremigen Weiß gestrichen, die Wände schimmerten in der Sonne. Vögel sprangen in den Ästen der alten Bäume umher, zwitschernd. Der Park machte einen freundlichen Eindruck.

Das war nicht immer so gewesen. Er wusste, dass dieser Mann recht hatte. Die Irrenanstalt von Pergine musste ein Horrorhaus gewesen sein. Die wenigsten, die von dort zurückgekommen waren, hatten davon erzählt. Höchstens betrunken, nachts in den Bars, hatten sie von kalten, feuchten Kellerzimmern, Experimenten und Schlägen berichtet. Von Elektroschocktherapien. Davon, dass sie absichtlich mit dem Malariaerreger infiziert wurden. Weil man glaubte, mit dem Fieber würden sie den Wahn ausschwitzen. Weil das Fieber sie ruhigstellte. Man hatte ihnen nicht geglaubt. Hatte ihnen nicht glauben wollen. Man hatte verdrängt.

»Wir ermitteln in einem doppelten Mordfall.« Grauner zeigte auf das Polizeiauto, mit dem sie gekommen waren, gleichzeitig zog er das Tesserino, das ihn als Commissario auswies, aus der Jackentasche, und hielt es dem Mann vor das Gesicht. »Im Zuge dieser Ermittlungen sind wir auf den Namen des Patienten gestoßen. Er hat hier gelebt und ist hier auch gestorben. So wurde es mir in dem Gemeindehaus von Pergine mitgeteilt.«

Der Pfleger schaute von Grauner zu Tappeiner und wieder zurück. Er formte die Augen zu Schlitzen und wartete einige Sekunden ab, bevor er antwortete.

»Als Ende der Siebzigerjahre in ganz Italien die geschlossenen Anstalten aufgelöst wurden, gab es ein Problem.« Er machte eine Pause, seine Augen wanderten erneut zwischen den beiden Ermittlern hin und her. »Wohin mit den Irren?«

Grauner spürte die Anspannung in sich hochkriechen. Dieser Ort kam ihm immer unheimlicher vor. Neu gestrichen. Neues Antlitz, ein wunderschönes, neues Krankenhaus. Wenn krank, dann gerne hier, dachte sich der Commissario und schaute noch einmal rundum ins Parkidyll. Lieber hier als im zubetonierten Spitalkomplex am Rande von Bozen. Trotzdem traute er der schönen Oberfläche nicht. Er spürte, dass sich hinter der neuen Fassade der Schrecken der Vergangenheit verbarg.

»Hier in Pergine ist der blutjunge Anstaltsleiter in den Tagen vor der Schließung einfach abgehauen. Spurlos verschwunden. Ich habe die letzten Tage ausgeharrt. Wenn ich Verwandte ermitteln konnte, habe ich diese verständigt. Manche Insassen wurden abgeholt, manche habe ich in den Zug nach Trient gesetzt. Viele aber sind einfach geblieben. Manche wurden in anderen, weiterbestehenden oder neuen Abteilungen betreut. Manche wurden von hilfsbereiten Familien aufgenommen, manche haben auf der Straße gelebt. Manche haben eine Siedlung in den Wäldern gegründet, in verlassenen Häusern gelebt. Sie klauten Obst von den Ständen, grillten streunende Katzen, begannen plötzlich mitten auf dem Marktplatz zu schreien. Sie gehörten zum Straßenbild. Pergine wurde zur Stadt der Verrückten. Manches davon ist ein Mythos, manches ist wahr. Einige leben heute noch. Schauen Sie sich um.«

Grauner und Tappeiner folgten seiner Anweisung. Ihre Blicke wanderten von Baumstamm zu Baumstamm. Sie sahen Ärzte, sie sahen Rentner, die auf Parkbänken saßen. Sie sahen Klinikpatienten in Bademänteln, am Tropf. Wie vorhin.

»Ist das nicht herrlich? Ärzte und vermeintliche Ärzte, Patienten und vermeintliche Patienten. Rentner. Wache, Senile, Irre. Wer ist irr, wer nicht? Chi è matto, chi no?« Nun schmunzelte er wieder. »Niemand weiß es. Nur ich erkenne meine ehemaligen Patienten. Sie haben mich längst vergessen. Wer ist irr, wer nicht? Es macht keinen Unterschied. Irr ist, wer dazu gemacht wird. Einige meiner Patienten waren es nicht. Und sind trotzdem hier gelandet. Weil es keinen Grund gab, sie ins Gefängnis zu sperren, dafür aber die Unterschrift eines korrupten Arztes, der sie für verrückt erklärt hatte. Ich vermute auch, dass mancher nicht irr war, sondern so tat als ob, um bleiben zu können. Weil es ihm draußen zu gefährlich wurde.«

Der Mann fixierte Tappeiners Gesicht. Sie hielt seinem Blick stand.

»Der von Ihnen gesuchte Peter Geisler war so einer. Er verheimlichte es nicht einmal. Er bot mir Geld. Er sagte, er habe reichlich davon. Er bot es mir für kleine Besorgungen. Ich lehnte ab. Daraufhin zog er sich zurück. Manchmal saß er im Park mit dem jungen Anstaltsleiter. Sie schienen sich gut zu verstehen. Ich habe den Direttore gehasst, er war ein Schwein. Ein Sadist. Tausendmal habe ich überlegt, ihn anzuzeigen. Aber wer hätte mir geglaubt? Ich war nur ein unbedeutender Pfleger. Es war schwierig, einen guten Klinikleiter zu finden. Niemand wollte noch in Irrenhäusern arbeiten. Nicht einmal in leitender Position. Der Mann war gerade mal Ende zwanzig, als er die Stelle antrat. Ein junger, karrieregeiler Emporkömmling. Widerlich. Tausendmal habe ich mir geschworen, zu gehen, eine andere Stelle zu suchen. Aber ich konnte meine Patienten nicht im Stich lassen. In den letzten Tagen, als der Direttore längst weg war, habe ich einen Haken gesetzt hinter all die Patientennamen, von denen ich mich verabschiedet hatte, denen ich viel Glück gewünscht hatte. Einer fehlte. Geisler. Ich ging in das verwaiste Büro des Anstaltsleiters. Der Tresor stand offen, ich wusste, dass der Direttore dort viel Geld gebunkert hatte. Ich ging ins Gemeindehaus. Fragte nach dem vermissten Insassen.«

Grauner spürte, wie ihm das Herz kurz stehen blieb.

»Dort wurde mir gesagt, der Direttore habe ihn als verstorben gemeldet. Doch eine Leiche gab es nicht. Ich ließ es auf sich beruhen. Ich war froh, dass beide weg waren. Ich fand drüben auf der anderen Seite des Sees in Levico Terme eine Anstellung in einem Wellness-Hotel. Vor einigen Jahren ging ich in Rente. Ich wohne in einer kleinen Wohnung unten in der Stadt. Ich lebe bescheiden. Jeden Tag komme ich hierher. Ich habe beobachtet, wie das Irrenhaus in sich zusammengefallen ist, dann die Bauarbeiten am neuen Krankenhaus. Hier möchte ich eines Tages sterben, hier auf dieser Bank. Einfach einnicken. Das wäre schön.«

Grauner hatte die letzten Sätze des Mannes nur noch mit einem Ohr vernommen. Seine Gedanken überschlugen sich. Wenn der Pfleger nicht log, und warum sollte er, dann war Geisler gar nicht in Pergine gestorben. Dann, Grauner schluckte, dann hatte er 1991 vielleicht noch gelebt. Dann hatte der greise betrunkene Zeuge, der angegeben hatte, ihn in der Mordnacht seiner Eltern gesehen zu haben, vielleicht doch die Wahrheit gesprochen. Dann war Geisler vielleicht der Mörder seines Vaters und seiner Mutter.

Der Commissario spürte, wie ihm die Farbe aus dem Gesicht wich, wie alles in ihm bebte. Jahrelang hatte er sich nach diesem Moment gesehnt, nach dem Tag, der ihn der Aufklärung des Mordes an seinen Eltern näherbrächte. Der Commissario verabschiedete sich hastig von Tolderini. Gemeinsam mit Tappeiner lief er zum Auto hinunter, noch einmal drehte er sich um, schaute auf den Park, die umliegenden Gebäude, die Menschen, die auf den Schotterwegen zwischen den Wiesen umherspazierten. Die Ärzte, die Irren, die Rentner. Vielleicht war er der Aufklärung des Mordes an seinen Eltern näher gekommen. Aber die aktuellen Morde lagen immer noch im tiefsten Dunkeln.

Sie ließen Pergine hinter sich. Sie schwiegen. Die Sonne war hinter den Bergen verschwunden, das Schwarz fraß sich in das Dunkelblau des Himmels. Bei Trient fuhren sie auf die Autostrada del Brennero in Richtung Bozen. Die Straßenlichter leuchteten buttergelb. Grauner spürte immer noch ein Beben in sich. Es war die Aufregung. Aber nicht nur. Er wusste, dass da mehr war. Da war auch Angst. Die Angst zu erfahren, wer seine Eltern wirklich gewesen waren.

Grauner spürte, wie diese Angst in ihm wuchs. Größer und größer wurde. Und wie noch eine andere Angst keimte. Die Angst vor Belli. Nun führte kein Weg mehr am Staatsanwalt vorbei. Das Versteckspiel musste ein Ende haben. Grauner musste ihn einweihen. Es war ohnehin schon viel zu spät, um noch irgendwie heil aus dieser Sache herauszukommen. Es konnte alles passieren. Es konnte sein, dass dies seine letzten Tage als Commissario waren. Er hatte sich immer eingeredet, dass dieser Job, sein Leben als Ermittler, etwas war, das er jederzeit ohne Wehmut beenden könnte.

Nur noch Bauernhof. Nur noch Stall. Davon träumte er schon lange. Aber in diesem Moment wurde ihm gewahr, dass der Gedanke nur schön war, solange er ein Traum blieb. In Wahrheit liebte Grauner seinen Job, mehr als er sich jemals eingestanden hätte.

Seine Hand zitterte, als er auf den Knopf an der Autotür drückte, um das Seitenfenster einen Spalt zu öffnen. Gierig sog er die kalte Fahrtluft ein. Er spürte, wie sein Puls sich beruhigte. Er ließ in Gedanken die Stationen der vergangenen Tage und Stunden Revue passieren. Die Ermittlungen hatten ihn an eigenartige Orte verschlagen. Die Irrenanstalt, ein Bauernhof in Berlin, den Brenner, ans Fenster eines Klosters. Er dachte an die zurückliegenden Gespräche. Mit dem Pfleger, dem Professor, mit Charly, der Bürgermeisterin, Schwester Margitta, deren Gesicht er nicht kannte, deren Stimme ihm aber noch im Ohr lag. Auch sie hatte ihm bestätigt, dass ihr Vater gestorben war. Hatte sie ihn angelogen? Oder wusste sie auch nicht mehr? War auch sie im Unklaren darüber, dass ihr Vater länger gelebt hatte?

Er versuchte, sich das Leben der Klausurschwestern vorzustellen. Ihm wurde bewusst, wie wenig er von ihrem Alltag wusste. Frauen, die hinter hohen Mauern lebten. Die kaum jemand zu Gesicht bekam. Wie war so ein Leben? Erleichternd? Einsam? Was war mit den Liebsten? Mit Eltern, Geschwistern, besten Freunden? Wurden all diese Verbindungen abgebrochen? War das wirklich möglich? Warum? Warum tat man das? Warum verlangte Gott das von einem? Bekam man vom Leben, von den Geschehnissen außerhalb der Klostermauern etwas mit?

All die erfreulichen Ereignisse, welche die Liebsten erlebten. Schulerfolge. Abgeschlossene Studien. Neue Jobs. Liebe. Hochzeiten. Kinder. All die schlechten. Unfälle, Krankheit, Tod.

Tod. Grauner schreckte aus seinen Gedanken hoch. Tod. Er zog sein Notizbuch aus der Jackentasche, machte das Licht im Auto an, blätterte wild in seinen Aufzeichnungen. Tod. Kontakt zur Außenwelt. Während Schwester Margittas Zeit im Kloster war ihre Mutter gestorben. Auch das hatte sie ihm mitgeteilt. Er dachte noch einmal an das Gespräch. An ihre Worte. Ja, ganz sicher. Er durchforstete die Blätter, fand die entscheidende Stelle. Tippte darauf. Schaute zu Tappeiner.

»Wie hat Schwester Margitta vom Tod ihrer Mutter erfahren? Und von wem?«, flüsterte er.

»Was?«, fragte die Assistentin, schaute mit verwirrtem Blick kurz zu ihm rüber und konzentrierte sich sogleich wieder auf den Verkehr.

»Belli kann warten«, erwiderte Grauner, nun nicht mehr flüsternd, sondern mit fester, entschlossener Stimme. »Wir müssen noch einmal nach Brixen. Zum Klarissenkloster.«

11

Der abgedunkelte Raum wirkte wie eine unaufgeräumte Studenten-WG. Unterschiedliche Stühle umzingelten die Tische. Auf dem Boden lagen ausgetretene Teppiche. Das Sofa war mit Flecken übersät. Das Bild des kleinen Röhrenfernsehers war gestört, graue Streifen liefen von oben nach unten. Es lief *RAI 2.* Eine Wiederholung der Förster-Serie *Un passo dal cielo* mit Terence Hill. Südtirol-Idylle. Südtirol-Klischee. Der Ton war aus. Aus einem alten Ghettoblaster erklangen Reggae-Rhythmen.

Rauch vernebelte die Sicht. Die Aschenbecher quollen über. Saltapepe schnupperte unauffällig. Der Geruch von Marihuana hatte sich in die beißende Tabaknote gemischt. Er setzte sich auf einen Stuhl und nickte den Männern zu, die auf dem Sofa saßen. Auch Don Uba saß dort. Die Gespräche waren verstummt, als der Ispettore den Raum betreten hatte. Jemand reichte ihm ein Glas. Der Tee darin dampfte.

Amaniel setzte sich neben Saltapepe und deutete mit der Hand von Mann zu Mann. Er stellte jeden Einzelnen vor. Die Männer nickten ihm jeweils leicht zu. Der Ispettore verspürte eine plötzliche Wärme, ein Gefühl von Vertrauen. Er konnte sich täuschen, aber es fühlte sich richtig, ehrlich an.

»Mein Name ist Claudio Saltapepe«, brach es aus ihm heraus. Es war, als ob er sich selbst beim Sprechen zuhörte. »Ich bin Polizist.«

Kein Zucken, kein überraschter Augenaufschlag. Kein böser Blick. Nichts. Keine Angst, kein Hass.

»Warum sprechen Sie nicht?« Saltapepe schaute dem Geistlichen tief in die Augen. Don Ubas Blick war sanftmütig.

»Er spricht nur, wenn es sein muss«, antwortete Cielo. »Don Uba kommt aus Nigeria wie ich. Er hat dort vor vielen Jahren als junger Mann die Priesterlaufbahn eingeschlagen. Er lebte einige Jahre in Rom, wurde zum Priester geweiht, dann kehrte er in seine … unsere Heimat zurück. Bis auch er vor vier Jahren der Boko Haram in die Hände fiel. Sie misshandelten ihn, versuchten, ihn mundtot zu machen. Sie schnitten ihm ein Stück der Zunge ab. Sie wollten ihn töten, doch er konnte fliehen und machte sich erneut auf die Reise nach Europa. Er begleitete eine Gruppe Flüchtlinge von Lampedusa bis zum Brenner. Hier traf er auf andere Flüchtlinge, er erfuhr, dass am Pass kein Pfarrer mehr tätig war, da der alte Seelsorger aus Gossensass zu schwach war, um hochzukommen. Einmal in der Woche hält er in der Valentinskapelle eine Messe ab. Kurze Predigten, weil ihm das Reden so schwerfällt.«

Saltapepe schaute zu Don Uba. Der Geistliche schloss kurz die Augen.

Dann drehte der Ispettore sich zu Amaniel und Cielo. »Ich habe heute Morgen etwas gesehen. Ich war am Bahnhof. Ich möchte mit Ihnen und Don Uba darüber sprechen. Nicht vor allen. Ich weiß nicht, ob …«

Amaniel drehte sich zur Runde. Er sagte etwas auf Französisch. Cielo und die anderen Männer standen auf und verließen den Raum. Saltapepe holte sein Smartphone hervor. Noch war es nicht ausgegangen. Der Ispettore klickte erneut auf den Anhang, das Foto des Waggons lud, er legte das Handy auf den Tisch, auf dem runtergebrannte Kerzen, Feuerzeuge und Tabak lagen.

Don Uba und Amaniel beugten sich über das Display und musterten das Foto. Sekundenlang. Dann erlosch das Bild. Der Akku war leer. Amaniel schaute verstohlen zu Boden. Saltapepe versuchte, sein Alter zu schätzen. Er tat sich schwer. Vielleicht war er fünfundzwanzig. Vielleicht siebzehn, vielleicht dreißig. Der Ispettore betrachtete seine Hände, sie waren mit Narben übersät, die schwarze Gesichtshaut wirkte zart, plötzlich schaute sein Gegenüber auf. Die Augen waren voller Leben, voll Erlebtem. Er schien ein Junge zu sein, mit der Vergangenheit eines Mannes.

Amaniel schaute zum Geistlichen. Don Uba senkte erneut kurz die Lider.

»Manche von uns sind stark. Manche sind schwach. Manche haben so viel Kraft verloren, auf der Odyssee nach Europa. Sie glauben nicht mehr an das Gute. Sie lassen sich verführen vom Bösen. Der Traum ist zu groß, um ihn aufgeben zu können. Das Scheitern muss verhindert werden, irgendwie.«

Der Mann sprach zunehmend leiser. Wieder sah er zum Priester. Wieder das Senken der Lider.

»Manche arbeiten mit kriminellen Männern zusammen. Sie brauchen Geld. Für sich. Für ihre Familien zu Hause.«

»Wohin werden sie gebracht?«

»Innsbruck.«

»Sie dealen dort?«

»Nein, sie packen Ware um, von Paketen in kleinere Plastikbeutel.«

»Was für Stoff?«

»Alles Mögliche. Alles, was Geld bringt.«

»Wer weiß davon?«

Keine Reaktion. Der junge Mann schaute wieder stumm zu Boden.

»Sie haben Angst davor, mir mehr zu sagen, weil … weil ein Kollege von mir beteiligt ist?«

Er schaute wieder auf. Der Kopf rührte sich nicht, aber die Augen zitterten.

»Ein Polizist und ein Bahnbeamter?«

Amaniel hob und senkte langsam die Schultern. Vielleicht war die Angst zu groß, vielleicht wusste er es wirklich nicht. Saltapepe kramte in seiner Jackentasche, holte zwei Fotos hervor und legte sie auf den Tisch.

Sie zeigten die beiden Toten. Voltinger und Sulzbacher.

Amaniel und Don Uba schauten darauf. Saltapepe legte den Zeigefinger auf Voltingers Gesicht. Der Flüchtling schaute kurz zu Don Uba, dann schüttelte er den Kopf. Dann wanderte der Finger rüber zu Sulzbacher. Wieder das Kopfschütteln. Saltapepe überlegte kurz.

»Die Flüchtlinge, die nach Innsbruck gebracht werden, werden sie hier abgeholt, nachts?«

Wieder ein kurzer Blick Amaniels zu Don Uba, dann ein Nicken. Ein zart gehauchtes: »Ja.«

»Wer holt sie ab?«

»Ich … wir … wir haben den Mann nie zu Gesicht bekommen. Er steigt nie aus dem Auto aus …«

»Was für ein Auto fährt er?«

»Ich … äh … normalerweise schlafe ich. Er kommt immer mitten in der Nacht. Um vier oder so. Aber letztens war ich wach. Ich schaute zum Fenster hinaus, als sich zwei Männer zurechtmachten, um mitzugehen. Das Auto kam, der Fahrer blinkte zweimal mit dem Fernlicht auf. Es war ein weißer Caddy, der draußen wartete. Er war an den Türen beschriftet, die Schrift aber konnte ich nicht entziffern.«

12

Im Dunkeln wirkten die hohen Mauern noch mächtiger als tagsüber. Stille lag über der Domstadt. Nur der Sommerwind raschelte in den Apfelbäumen der Klostergärten. Ein Uhu rief. Die Sterne glitzerten, und der weiße Mond ließ tief in seine dunkelblauen Täler blicken.

Das Tor zum Innenhof des Klosters war nicht verschlossen, trotzdem schien es sich gegen den Eindringling zu wehren. Tappeiner war im Auto sitzen geblieben. Grauner drückte mit seinem ganzen Körper gegen das Holz, es war, als kämpften die Kräfte miteinander, wie beim Armdrücken, der Commissario zwängte sich durch den schmalen Spalt, krachend schloss sich das Tor hinter ihm. Das Geräusch hallte zwischen den Mauern nach. Dann war es wieder still.

War er ein Einbrecher? Ein bisschen fühlte er sich so. Andererseits, was hatte er Ungesetzliches getan? Er war durch ein unverschlossenes Tor getreten. Er befand sich in einem Innenhof zwischen zwei Klöstern. Dem Franziskanerkloster und dem Klarissenkloster. Er überquerte den Innenhof. Der Sandboden dämpfte die Schritte. Auch die Tür zu dem kleinen Kellerraum, in dem sich das Drehfenster aus Holz befand, war nicht abgesperrt.

Die Tür leistete keinen Widerstand, sie fiepste nur zaghaft, als er sie öffnete. Der Commissario ging zum Fenster. Kurz zögerte er, bevor er die Hand hob und den gekrümmten Zeigefinger gegen das Holz knallen ließ.

Wieder hallte ein Echo durch den dunklen Bogenbau. Grauner wartete. Klopfte noch mal. Er schloss die Augen. Er hörte nichts. Er zählte in Gedanken bis hundert. Betete zwei

Vaterunser. Er wusste nicht, wie er darauf kam, wahrscheinlich weil er einfach keine Lust hatte, ein weiteres Mal bis hundert zu zählen.

Immer noch nichts. Ob sie schon schliefen? Ob sie ihn gehört hatten und ignorierten? Er schritt wieder in den Innenhof hinaus. Der Wind rauschte durch die Bäume, der Uhu war verstummt. Der Commissario ging zu der kleinen Holztür, hinter welcher der Gärtner verschwunden war, um ihm ein Glas Wasser zu holen, als er aus der Ohnmacht erwacht war.

Er klopfte. Nach wenigen Sekunden ging hinter dem kleinen Fenster über der Tür ein Licht an. Schatten bewegten sich. Er hoffte, dass es sich bei den Räumen hinter der Tür um die Gärtnerwohnung handelte. Die Tür öffnete sich. Knarzend. Der Gärtner stand da im Morgenmantel, seine Füße steckten in Pantoffeln.

»Herr Kommissar, Sie … was?«

»Entschuldigen Sie bitte vielmals die Störung um diese Uhrzeit, ich muss …« Grauner fixierte den Mann. Er sprach mit fester, ernster Stimme. Er führte sich vor Augen, was von der Beantwortung der folgenden Fragen abhing. »Wie lange sind Sie hier schon als Gärtner angestellt?«

Der Mann schaute überrascht. »Erst seit zwei Jahren.«

Grauner atmete aus. Es war, als hätte die Enttäuschung seine Lunge zum Überschäumen gebracht. Erst nach Sekunden bemerkte er, dass der Mann noch etwas hinzuzufügen hatte.

»Seit zwei Jahren bin ich für die Gärten der Franziskaner und der Klarissen zuständig. In den Klarissengarten darf ich natürlich nur, wenn dafür gesorgt wurde, dass keine der Schwestern sich darin aufhält. Das wird im Vorhinein am Drehfenster abgeklärt …«

Grauner hörte die Stimme des Gärtners nur aus weiter Ferne. Kopf leer. Lunge leer. Die Fahrt hierhin umsonst. Morgen würde er bei aller Erschöpfung wieder von vorne, von ganz vorne, beginnen müssen. Er spürte eine große, nie da gewesene Müdigkeit.

»Ist gut, danke. Ich danke Ihnen. Ich dachte … ich hoffte …«

»Vorher war ich Hausmeister. Auch hier in den Klöstern …«, sprach der Gärtner weiter, ohne auf den Unterbrechungsversuch des Commissarios zu achten.

Grauners Inneres, der Kopf, alles füllte sich urplötzlich wieder mit Energie. Angespannt lauschte er den weiteren Worten des Gärtners.

»… dreißig Jahre lang. Ich war immer hier. Tag und Nacht. Die Hausmeisterarbeiten hat inzwischen mein Sohn übernommen. Ich kann das nicht mehr alles machen, das Alter …«

Grauner packte ihn bei den Schultern. Schüttelte ihn.

»Hören Sie, Schwester Margitta erzählte mir gestern Nachmittag, ihre Mutter sei gestorben. Wie …« Er überlegte kurz. »Sagen Sie mir, wie erfahren die Schwestern vom Tod ihrer Liebsten? Wer hat Schwester Margitta die traurige Nachricht übermittelt?«

Der Gärtner zögerte. Er fragte sich wohl, was an dieser Information so wichtig war. »Ich. Ich habe ihr den Tod ihrer Mutter mitgeteilt«, sagte er schließlich.

»Ihre Mutter lebte in Venedig. Wie haben Sie davon erfahren?«

Der Mann lachte auf. »Tja, es war genau wie heute. Jemand hat nach Einbruch der Dunkelheit an meine Tür geklopft. Ich kann mich noch genau daran erinnern. Der Mann fragte nach Chloë. Wir gingen gemeinsam zum Fenster. Klopften. Doch Schwester Margitta wollte niemanden sprechen. Der Mann fragte mich, ob ich der Schwester eine Botschaft übermitteln könne. Ich bejahte. Er sagte mir, er komme gerade aus Venedig, er sei hier, um Chloë mitzuteilen, dass ihre Mutter verstorben sei. Ich fragte ihn, von wem ich die Nachricht denn übermitteln solle. Er sagte, von jemandem, von dem sie sich vor Jahren im Hass abgewandt habe. Der für sie vor Jahren gestorben sei. Der sie aber immer noch liebe. Mir war sofort klar, dass es ihr Vater sein musste.«

13

Grauner betrachtete die geschlossene Tür. Sie war mit dunklem Nussholz verkleidet. Sie war groß, er schätzte die Höhe auf etwa drei Meter. Fast wurde ihm schwindelig. Warum hatte man bloß so große Türen angebracht? Hier arbeiteten doch keine Riesen. Auch wenn sich die Menschen, die hinter diesen Türen saßen, meistens wie Riesen fühlten. Strotzend vor Selbstvertrauen. Überstrotzend. Gewohnt, dass sich alles nach ihnen richtete. Gewohnt, Befehle zu erteilen, gewohnt, dass ihre Befehle unmittelbar ausgeführt wurden. Gewohnt, dass die Leute Angst vor ihnen hatten.

Sie waren es außerdem gewohnt, angelogen zu werden. Von Verdächtigen, Verbrechern, Mördern, die von ihnen verhört wurden. Sie waren es nicht gewohnt, dass jemand aus den eigenen Reihen sie anlog.

Zart klopfte Grauner gegen das Nussholz. Zu zart. Er selbst hörte das Klopfen kaum. Er wartete. Nichts. Er nahm allen Mut zusammen, pochte mit aller Kraft drei Mal dagegen. Das Pochen hallte durch das Foyer. Er atmete noch einmal tief ein und aus. Er blickte zum Fenster hinaus, er sah draußen im Licht einer Laterne den Polizeiwagen. Tappeiner darin. Saltapepe und Marché würden auch gleich kommen. Sein Alleingang war zu Ende. Hier und jetzt.

Er hörte ein leises »Ja, bitte?«, er öffnete die Tür und trat ein.

Belli stand am Fenster. Mit dem Rücken zu ihm. Es war Grauner, als läge die Entfernung eines Fußballfeldes zwischen ihnen. Leise schloss er die Tür und trat bis in die Mitte des Zimmers.

»Was wollen Sie mir beichten, Grauner?« Bellis Stimme klang dunkel und ernst.

Der Commissario fuhr erschrocken zusammen. »W… wie bitte?« Mit diesem Auftakt hatte er nicht gerechnet.

»Machen Sie mir nichts vor, Grauner! Wie lange kennen wir uns schon?«

Grauner versuchte zu antworten, aber aus seiner Kehle kam kein Ton. Belli wartete nicht ab, bis die Stimme des Commissarios zurückkehrte.

»All die Jahre, Grauner«, fuhr er fort. »Sagen Sie mir, sind Sie all die Jahre ein einziges Mal freiwillig zu mir in die Staatsanwaltschaft gekommen? Einfach nur so, ohne dass ich Sie gerufen hätte? Einfach, um mich auf den Stand der Dinge zu bringen? Um Rat zu fragen? Um mich in heikle Ermittlungsdetails einzuweihen?«

Grauner versuchte nicht zu antworten. Diesmal war ihm klar, dass Belli keine Antwort einforderte. Beide kannten sie bereits.

»Und jetzt stehen Sie plötzlich vor der Tür. Spätabends. Sie sind aber nicht hier, um taktisches Vorgehen abzusprechen. Nein …«

Der Staatsanwalt drehte sich um und ging ein paar Schritte auf den Commissario zu. Grauner kam sich vor wie bei einem Verhör. Nur, dass er nicht die gewohnte Rolle spielte. Er erkannte die Schemata. Einschüchterung. Aufforderung zum Geständnis, das beim ersten Mal in der Regel verweigert wurde. Also Aufzählung der Beweislast, das Gegenüber in die Ecke drängen, auch physisch, wenn es sein musste. Dem Verhörten aufzeigen, dass man alles bereits wusste, es kein Entrinnen gab. Ihm nahelegen aufzugeben.

Dabei war er doch genau deshalb gekommen. Um alles zu erzählen. Um zu gestehen. Er hasste Belli für diesen Schachzug. Dass er hier einen auf einsamen, ausgeschlossenen Staatsanwalt machte.

»Sie können gar nicht mit neuen Ermittlungsergebnissen aufwarten, Grauner …«

Belli stand nun direkt vor ihm. Grauner roch das Parfüm, das den Staatsanwalt stets umschwebte, alle anderen Gerüche erdrückte. Schweiß, frisch gebrühten Kaffee, frisch gepflückte Blumen, die Tappeiner manchmal mit ins Büro brachte.

»… weil Sie sich ständig irgendwo in der Welt herumtreiben, anstatt am Tatort zu ermitteln. Innsbruck. Berlin. Orio al Serio. Pergine.«

Nun schaute Grauner noch erschrockener als zuvor. »Wie … wo … woher?«

Er hörte das Knarzen der Tür hinter sich. Er hörte sich nähernde Schritte. Sie klangen leiser als die Schritte des Staatsanwalts. Schüchterne Schritte, fast so, als ob sie nicht gehört werden wollten. Schritte eines Menschen, der verfolgt, beschattet.

»Es tut mir leid, Grauner.«

Auch die Stimme klang leise, schüchtern. Noch leiser als sonst. Zittriger. Schon in der ersten Silbe lag ehrliches Bedauern. Und schlechtes Gewissen. Grauner drehte sich um.

Marché schaute zu Boden. Er war zwei Meter vor ihm stehen geblieben.

»Der Sovrintendente hat exzellente Arbeit geleistet«, sagte der Staatsanwalt.

Der Commissario stand mit offenem Mund da. Aus seinem Gesicht war alle Farbe gewichen. Sogar die dünnen dunkelroten Äderchen, die seine Wangen normalerweise wie ein Blitzgeäst durchzogen, waren verschwunden.

»Ich habe Sovrintendente Marché beauftragt, Sie bei Ihren geheimen Ermittlungen zu beschatten. Er hat Sie auf der Fahrt nach Innsbruck beobachtet. Er ist Tappeiner gefolgt, auf dem Weg nach Bergamo, dann auf Ihrer gemeinsamen Fahrt nach Pergine. Sie sagen mir sofort, was Sie an all diesen Orten gemacht haben! Ich will alles wissen, ausnahmslos!« Er ging ein paar Schritte im Kreis, als wäre er ein Senator im altem Rom – mit Toga und Sandalen. Nun schrie er. »Und wehe, Sie lügen mich an! Dann hat sich das nämlich erledigt mit Ihrer Polizeikarriere. Dann bekommen Sie ein Disziplinarverfahren, das sich gewaschen hat. Dann können Sie in den Stall zurückkehren, aus dem Sie gekommen sind, um wieder mit Ihren Kühen zu leben, für den Rest Ihrer erbärmlichen Tage. Aber vorher werden Sie ein paar Jahre im Gefängnis verbringen. Sie werden sich freuen, die altbekannten Mörder, Vergewaltiger, Räuber, Drogendealer wiederzutreffen, denen Sie in den vergangenen Jahren in die Quere gekommen sind. Also Grauner, sprechen Sie!«

Staatsanwalt Belli hatte noch zwei Runden gedreht, war hinter dem Schreibtisch angelangt und hatte sich in den Sessel plumpsen lassen. Marché verharrte unbewegt. Er blickte immer noch zu Boden, als würde er die Musterung des Marmors begutachten.

Grauner ging zwei Schritte auf den Sovrintendente zu,

legte ihm den Arm auf die Schulter, packte sein Kinn, zog es hoch, schaute ihm in die Augen. Er versuchte, den Ärger zu verstecken, den Blick gutmütig wirken zu lassen.

»Geh runter zum Parkplatz«, sagte er halblaut, gerade noch hörbar für Belli. »Hol die anderen. Es gibt einiges zu besprechen.« Dann ging er zu Bellis Schreibtisch, setzte sich auf den Stuhl davor, der niedrig war wie ein Kinderstuhl, sodass man die Schreibtischkante auf Brusthöhe hatte und der Staatsanwalt auf einen herunterblickte.

»Gut«, sagte Grauner und atmete tief ein. »Also ...«

Belli faltete die Hände vor dem Bäuchlein. Sein Blick verriet eine Mischung aus Neugierde, Genuss und Genugtuung.

14

Sie standen um Bellis Schreibtisch herum. Der Staatsanwalt hatte die Tischplatte von allen Stapeln befreit, jeglichen Krimskrams auf den Boden verbannt. Alte Tageszeitungen, *Corriere, Kurier, Süddeutsche.* Stoffproben seines Lieblingsschneiders aus Mailand. Parfümfläschchen aus Paris. Eine Köstlichkeitenschachtel der kleinen Konditorei in der Leonardo-Da-Vinci-Gasse, mit Krümeln und Himbeermarmeladeflecken darin. Edle Füllfederhalter. Eine CD. *Best of Verismo.* Einen Regenschirm mit Elfenbeingriff. Selbst den Computer, auf dessen Oberfläche und Tastatur sich eine Staubschicht gebildet hatte.

Nun lagen kleine Zettelchen mit Namen und Begriffen auf der Platte. Es waren die Namen und Begriffe, welche das Labyrinth dieses Falles bildeten. Tappeiner hatte die

Zettelchen zurechtgeschnitten und beschriftet. Brenner. Der tote Voltinger. Pferd. Nazimünzen. Zyankali. Der tote Sulzbacher. Bürgermeisterin Wieser. Ihr Liebhaber, der Mailänder Geschäftsmann Dr. Griffi. Der Bahnvorsteher Bertoldo. Bertoldos verunglückte Frau Susanne. Der Sovrintendente Capo Petro. Das neue *Rössl.* Das alte *Rössl.* Die Flüchtlinge. Die Kartenrunde. Moser und Burgstaller. Geisler. Grauners Eltern. Der *Siebte Himmel.* Mayerhofer, der Brixner Bäcker. Schwester Margitta. Charly. Der Historiker Trontheimer. Der geflohene und am Brenner verschollene Nazi Lutz von Gerkow. Der dahingekritzelte Satz auf dem Stück Papier unter Voltingers Küchentisch. *Ich habe mit unserer Schuld gelebt, ich will nicht damit sterben.*

Auch der Koffer aus dem Keller der Bäckerei lag geöffnet auf dem Tisch. Belli hatte die Manschettenknöpfe kurz an sein Ärmelende, die Taschenuhr ans Ohr gehalten, dann beides zurückgelegt.

Sie hatten den Stand der jeweiligen Ermittlungen preisgegeben. Jeder einzeln, nacheinander. Es hatten sich drei Stränge herauskristallisiert.

Da gab es den Drogenstrang. Es schien so, als würden der Sovrintendente Capo Petro, der Bahnvorsteher Bertoldo und der Bäcker und Konditor Mayerhofer am Brenner einen Drogenumschlagplatz verwalten. Sulzbacher war vor Jahren mit Bertoldos schwangerer Frau am Berg unterwegs gewesen, als diese abgestürzt war. Er hatte eine Affäre mit ihr gehabt. Das Kind war vermutlich von ihm. Ihr Tod mysteriös.

Ein Pfeil wies vom Fundort von Sulzbachers Leiche auf ein Marihuanafeld im Wald. Auch beim toten Voltinger war ein Pfeil entdeckt worden. Wohin er führen sollte, war schleierhaft. Folgte man der Richtung, in die er wies, erreichte man eine Felswand. Saltapepe hatte einigen Polizisten aufgetragen, in dieser Gegend nach einem weiteren Drogenfeld zu suchen. Nichts.

Strang zwei drehte sich um den Streit rund um das Outlet-Center. Der umtriebige Frauenschwarm Sulzbacher war in späteren Jahren mit Bürgermeisterin Wieser liiert gewesen. Als sie das Outlet-Projekt geplant hatte, hatte er sie fallen gelassen. Daraufhin hatte Wieser sich privat und geschäftlich mit dem Mailänder Investor Dr. Antonino Griffi zusammengetan. Seitdem herrschte Streit am Brenner und in Gossensass. Zwischen den greisen Kartenspielern, welche die Platzhirsche am Pass waren und kein Outlet-Center wollten, und Bürgermeisterin Wieser sowie ihrem neuen Liebhaber und Geschäftspartner Dr. Griffi. Das alles hatte Saltapepe im *Siebten Himmel* erfahren, dem heruntergekommenen Rotlicht-Etablissement jenseits der Grenze, das Sulzbacher, Dr. Griffi und der Bäcker Mayerhofer wohl regelmäßig besucht hatten. Außerdem hatte die Bürgermeisterin nachts jemanden fotografiert, der zu Sulzbachers Hof geschlichen war. Aber wen?

Dann gab es noch den Grauner-Strang. In den Nachkriegsjahren hatte sich die Spur des flüchtenden SS-Generals Lutz von Gerkow am Brenner verloren. Zuletzt war er in einem Gasthaus gesehen worden, in dem mittlerweile afrikanische Flüchtlinge hausten. Zusammen mit dem General sollten sich auch die Greise aus der Kartenspielrunde in der Nacht des Jahres 1946 dort aufgehalten haben. Außerdem Grauners Vater und Peter Geisler, der ehemalige Knecht des Nachbarhofs. Der Untote. Der 1991, als Grauners Eltern ermordet wurden, tatsächlich noch lebte. Dessen Tochter in Brixen als Klausurschwester im Kloster verharrte. Keinen Steinwurf von Geislers alter Konditorei entfernt, in deren Keller Grauner dessen Erinnerungsstücke gefunden hatte. Diese Bäckerei gehörte nun Marius Mayerhofer, jenem Mann, der morgens die Flüchtlinge aus dem *Alten Rössl* abholte.

»Viele Tote, viele Halbtote«, knurrte Grauner vor sich hin. »Und viele, viele Zeichen. Die Nazimünzen bei den Toten. Zyankali. Die beiden Pfeile am Fundort der Leichen …«

Plötzlich sprang er auf und rannte aus dem Büro. Die anderen schauten ihm verdutzt hinterher. Sie sprachen kein Wort. Nach einigen Minuten kam er keuchend zurück. Er erschien mit zwei dicken Aktenordnern unterm Arm, legte sie auf den Tisch und blätterte wild darin herum. Es waren Professor Trontheimers Unterlagen. Grauner durchwühlte die mit Schreibmaschine geschriebenen Seiten. Manche Passagen waren unterstrichen, andere mit Leuchtstift markiert.

»Da«, er zeigte auf eines der Blätter.

Alle beugten sich darüber. Niemand begriff, was er meinte. Da waren einige Begriffe aufgelistet:

Alte Soldatenstiefel
Ein lederner Rucksack
Eine Erste-Hilfe-Schatulle
Reichsmark *(im Wert von ca. 10 000 DM)*
Sowjetische Rubel *(im Wert von ca. 400 000 DM)*
Österreichische Schilling *(im Wert von ca. 20 000 DM)*
Schmuck *(undefiniert)*
Gold *(unklare Menge)*
Silberbesteck

»Silberbesteck! Trontheimer hatte mir gesagt, Lutz von Gerkow habe Reichsmark und Rubel bei sich gehabt. Aber wohl auch

Silber, Gold und Schmuck. Und hier steht's. Geld. Schmuck. Gold. Und – Silberbesteck. Ich habe seine Ordner im Flugzeug durchgeblättert, nun ist mir diese Liste wieder eingefallen.«

Ohne nachzufragen, schnappte sich Grauner Bellis Telefon, das sie ebenfalls auf den Boden gestellt hatten. Er tippte eine Nummernkombination in die Tasten. Es gab wenige Kombinationen, die er auswendig kannte. Die Festnetznummer von zu Hause. Die des Büros in der Polizeistation. Und Weiherers Handynummer.

»Ja?« Weiherers Stimme klang verschlafen.

»Grauner hier …« Er erzählte dem Chef der Scientifica kurz von den Ereignissen der letzten Stunden.

Die anderen lauschten.

»Weiherer, ihr habt in den Häusern der beiden Toten keine alten Münzen gefunden, nicht wahr?«

»Nein«, hörte die ganze Runde durch den Lautsprecher des Telefons.

»Schmuck?«

»Keinen Schmuck.«

»Gold?«

»Nein.

»Und Besteck?«

Kurz rauschte nur das Telefon. Der Spurensicherer schien nachzudenken.

»Äh … ja … ich verstehe deine Frage nicht, natürlich haben wir Besteck gefunden. Ich habe bislang noch in jeder Wohnung, die ich inspiziert habe, Besteck gefunden. Ist ja schön, dass du mich um diese Uhrzeit noch anrufst, Grauner, das darfst du gerne, aber es sollte zumindest …«

»Silberbesteck?«, unterbrach ihn der Commissario.

Kurze Stille. Grauner präzisierte seine Nachfrage. »Hast du in einer der Wohnungen Silberbesteck gefunden?«

»Ja«, dröhnte es aus dem Telefon. »Ja, bei Sulzbacher, ich hatte mich noch gewundert. Weil da sonst nichts Luxuriöses zu finden war. Nicht so heruntergekommen wie bei Voltinger, aber nichts, in das sich schönes, teures Silberbesteck passend eingefügt hätte …«

Die Versammelten schauten sich an. Tappeiner stammelte.

»Die haben ihn bestohlen, den Nazi. Die haben ihm das Geld und das Besteck abgenommen. Sulzbacher, Voltinger, Geisler und … und … wer auch immer.«

Alle sahen den Commissario an. Sein Gesicht war wie versteinert. Er wühlte in den Zetteln herum, die auf dem Tisch lagen. Dann fischte er einen heraus. Darauf stand der Satz, den Weiherer in Voltingers Haus gefunden hatte.

Ich habe mit unserer Schuld gelebt,
ich will nicht damit sterben.

»Nein, die haben ihn nicht bestohlen«, sagte Grauner in die Stille hinein. »Nicht nur. Die haben ihn ausgeraubt und umgebracht.«

Aus dem Lautsprecher des Telefons war Weiherer zu hören. »Hallo, Grauner, bist du noch da? Hörst du mich? Verdammt, sag mir, was los ist …«

Die Stimme des Spurensicherers klang wie aus einer anderen Welt.

»Weiherer, kommen Sie in die Staatsanwaltschaft, sofort. Es gibt Neuigkeiten und einiges zu besprechen«, befahl Belli und legte den Hörer auf.

Grauner schaute in die Runde, jedem Einzelnen ins Gesicht. Es musste etwas passieren. So bald wie möglich, noch diese Nacht.

»Wir irren umher, alles ist da, aber wir sehen es nicht. Wir müssen noch einmal in den Keller der Bäckerei. Ihn noch einmal untersuchen. Vielleicht gibt es da unten mehr. Wir müssen auch ins Klarissenkloster. Irgendwie. Vielleicht … vielleicht …«

Er sprach den Gedanken nicht aus. Er war viel zu abwegig. Andererseits, wie viele Abwegigkeiten waren in diesem Fall schon eingetreten? Er erinnerte sich an die Worte des Professors aus Berlin. Auch Klöster hatten als Versteck auf der Flucht der Nazis nach Süden gedient. Was, wenn Geisler noch lebte? Sich im Kloster versteckte? Was, wenn der ehemalige Nachbarsknecht nicht nur Grauners Eltern, sondern im Jahr 1946 auch den Nazi Lutz von Gerkow und vor wenigen Tagen die beiden Greise ermordet hatte?

15

Grauner hatte die Aufgaben für die Nacht verteilt. Noch vor Sonnenaufgang, um vier Uhr früh, sollte die Bäckerei in Brixen gestürmt, danach das Klarissenkloster durchsucht werden.

Belli hatte versucht, den Bischof zu erreichen. Es galt, vorsichtig vorzugehen. Der Staatsanwalt kannte den obersten Südtiroler Kirchenmann recht gut, sie hatten schon einige Male gemeinsam zu Abend gegessen. Doch Hochwürden schlief schon. Das Abendgebet, so informierte sie dessen Sekretärin, die sie aus dem Bett geklingelt hatten, war um dreiundzwanzig Uhr zu Ende gegangen. Nun war es kurz vor Mitternacht. Um halb vier Uhr würde Hochwürden sich für das erste Morgengebet frisch machen, da könne ihm die Nachricht zugestellt werden.

Grauner war für die Organisation der Einsätze in Brixen verantwortlich. Tappeiner unterstützte ihn dabei. Saltapepe sollte zur selben Zeit gemeinsam mit Marché dem *Siebten Himmel* einen Besuch abstatten und die redselige Tänzerin erneut verhören. Am frühen Vormittag dann sollten der Sovrintendente Capo Petro und der Bahnvorsteher Bertoldo gleichzeitig festgenommen und verhört werden. Petros Vorgesetzter, Paolo Ceccanti, der Polizeikommandant vom Brenner, wurde in die Operationen eingeweiht. Er sollte die beiden mutmaßlichen Drogendealer in Schach halten.

Der Commissario schaute auf die Uhr. Ihm blieben wenige Stunden. Er hätte im Büro warten können – wie die anderen. Aber die Sehnsucht trieb ihn hinaus in die Nacht. Er setzte sich in den Panda, den zwei Polizisten in der Zwischenzeit vom Flughafen abgeholt hatten, und fuhr durch die menschenleere Stadt, auf die Eisackuferstraße, in die Schlucht des Eisacktals hinein, die Staatsstraße entlang, unter der Autobahn hindurch. Ein Gefühl der Einsamkeit überkam ihn. Er musste Alba sehen, sie spüren. Ihren Atem im Nacken, ihre Wärme unter der Bettdecke. Die vergangenen Tage und Stunden waren wie im Flug an ihm vorbeigerast.

Er hatte während der Fahrt Mahlers Fünfte gehört. Leise. Das Einzige, was ihm am neuen Panda gefiel, waren die gedämpften Motorengeräusche. Er summte kaum merklich, während sein altes Auto stets geschrien, gebrummt, gekrächzt hatte. Im alten Panda hatte er die Lautstärke des Kassettendecks stets voll aufdrehen müssen, damit die Geigen und Kontrabässe die Motorengeräusche übertönten.

Nun konnte er die Musik auch leise gut hören. Nur als der

wunderschöne Trauermarsch ertönte, drehte er am Lautstärkeregler, öffnete die Fenster einen Spalt und sog gierig die frische Luft ein, die, je höher die Serpentinen ihn führten, umso kühler und angenehmer wurde.

Frische Luft, der Duft der Wiesen und des Waldes, und die Musik des Todes, eine schauderhaft schöne Kombination.

Der neue Panda hatte kein Kassettendeck mehr. Er hatte ein CD-Laufwerk. Grauner hatte gewusst, dass der Tag kommen würde. Sara hatte ihn überreden wollen, einen MP3-Player anzuschließen, sie hatte ihm angeboten, einen Mahler-Ordner anzulegen, in dem Tausende Aufnahmen versammelt wären. Ein unerschöpfliches Mahler-Schlaraffenland. Ein Traum für einen Mahler-Fan. Alte Aufnahmen, neue Aufnahmen, verschiedenste Interpretationen. Grauner war bekannt, dass es Musikfans gab, welche die Klassik vor allem deshalb liebten. Weil es von jeder Note, von jeder Partitur so unzählig viele Variationen gab.

Er liebte das nicht. Hatte er sich einmal an eine Aufnahme gewöhnt, so wollte er keine zweite haben. Sich ganz der einen hingeben. Er hatte Angst, sich in der Unendlichkeit der Möglichkeiten zu verlieren. Er hielt seine Sammlung begrenzt. Er hatte Mahlers Sinfonien als Studioaufnahme aus den frühen Neunzigerjahren, dazu das *Klagende Lied*, die *Kindertotenlieder* und den *Fahrenden Gesellen* als Aufnahme von 1995.

Manchmal packte ihn die Neugierde. Dann kaufte er neue Aufnahmen, von denen er gehört oder in der Zeitung gelesen hatte. Wie die neue von Kent Nagano.

Er hörte sie an. Im Stall. Sie waren schön, keine Frage. Aber jeder Ton, jedes Pianissimo, jedes Forte, jede Geschwindigkeitsvariation, die anders klang als die Version, die er seit Jahren hörte, die er verinnerlicht hatte, störte ihn. Grauner war ein Gewohnheitsmensch – und das fand er gut so. Ihm war, als würden auch seine Kühe ihren Widerwillen kundtun, wenn er die neue anstelle der alten Aufnahme hörte, ihm war, als würden sie mehr muhen, mehr knurren, unruhiger hin und her tapsen, schlechtere Milch geben.

Da musste doch etwas dran sein, wenn nicht nur er, sondern auch die Mitzi, die Margarete, die Josefine und die Magda die alten Aufnahmen bevorzugten. So landeten neuere Einkäufe meistens nach einmaligem Hören auf einem Stapel, den er vor Saras Zimmer stellte. Sie, so erklärte sie ihm, verkaufe die CDs übers Internet – und durfte den Erlös behalten.

CD-Laufwerk ja. MP3 nein, hatte Grauner also entschieden. Er war dafür, langsamen Schrittes den Entwicklungen der Moderne zu folgen, auch wenn er um mindestens zwei Jahrzehnte hinterherhinkte. Ja, er war bereit gewesen, die Kassetten aufzugeben. Also waren jetzt die CDs dran. Er hatte sich bei *Disco Star* in Bozen die entsprechenden Exemplare gekauft, auch im Stall den Kassetten-Player ausgemistet, einen CD-Rekorder hingestellt – und war durchaus begeistert von der neuen, klaren Klangqualität.

Die Fünfte dröhnte ihm noch in den Ohren, als er den Panda bereits auf dem Hof geparkt hatte und mit der Kent-Nagano-CD in der Hand ins Haus lief. Die Stube war dunkel. Er durchschritt den Raum, ohne das Licht anzumachen. Die Hand fuhr an der rauen Wand entlang, am weißen Verputz, am Türrahmen zur Abstellkammer, seine Finger fühlten die Struktur des Holzes, er blickte in die Küche, es roch nach Spülmittel. Im Flur mischte sich eine Würze in den beißenden Geruch. Er sah den Lichtspalt unter Saras Tür, er hörte ein Kichern. Er legte die CD vor das Zimmer, öffnete die Tür zum eigenen Schlafzimmer, schlich sich zum

Bett. Zog nur die Schuhe aus, legte sich neben Alba. Sie war wach geworden. Er drückte ihr einen Kuss auf die Wange. Sie seufzte.

»Johann, wo treibst du dich herum?« Es war nicht oft, dass sie ihn Johann nannte. Nur, wenn sie sauer war. Oder besorgt.

»Ich versuche, sie zu töten«, flüsterte er ihr ins Ohr.

Alba schreckte auf. »Wen willst du töten?«

Er streichelte ihr Haar. »Die Dämonen, Alba, die Dämonen. Sie verfolgen mich nicht mehr. Jetzt verfolge ich *sie.* Ich werde sie kriegen.«

Alba knipste die Nachttischlampe an und schaute ihm ernst ins Gesicht. »Und dann?«

Grauner runzelte die Stirn. Er sah die roten Blutflecken der mit dem Polsterkissen zerquetschten Mücken an der Wand.

»Wenn du sie getötet hast, was dann?«

Er liebte ihr Haar. Es war dick und schwarz, einzelne Strähnen glänzten silbern.

»Dann komme ich wieder nach Hause.«

Sie schmiegte sich an seine Brust. »Ich brauche dich, Grauner. Sara braucht dich. Das ist alles nicht leicht für sie. In diesem Alter. Sie, sie entgleitet uns.«

»Sie ist nicht mehr unser junges Mädchen. Sie ist eine junge Frau.«

»Sie kifft, Johann.«

»Ich weiß, Alba.«

»Ich weiß nicht, was ich tun soll …«

»Nichts, Alba, nichts können wir tun. Außer sie zu lieben. Bereitzustehen, wenn sie uns braucht.«

Sie drückte ihn fester und legte den Kopf an seinen. Er spürte ihre Tränen. Er schaute ins Dunkel des Zimmers, das

Licht der Nachttischlampe warf lange gelbe Spuren. Er erinnerte sich an ferne Tage. Verona. An die Zeit nachdem er vom Tod seiner Eltern erfahren hatte. Er war von dem Begräbnis zurückgekehrt. Wie in Trance war er ins Kloster inmitten der Stadt gegangen, in dem er ein kleines Zimmer bewohnt hatte. Er hatte an die Tür der Nachbarskammer geklopft. Rauchschwaden waren ihm entgegengekommen, als die Tür geöffnet wurde.

Sie hatten nicht viel geredet. Er hatte Pater Matthias, der damals noch einen bürgerlichen Namen getragen hatte, zugeschaut, wie er Zigarettenpapier auf den Tisch gelegt hatte, den Tabak verteilt, aus einem Stück Karton einen Filter gebastelt, aus einem Plastiksäckchen etwas Marihuana untergemischt, den Joint gedreht und angezündet hatte. Ihn ihm gereicht hatte.

Grauner hatte die Kassette mit Mahlers Fünften eingelegt, etwas vorgespult, zum Trauermarsch. Dann hatte er sich zurückgelehnt. Der Nebel im Zimmer war dichter geworden, der Nebel in seinem Kopf ebenso. Er hatte den Rauch und die Musik in sich aufgesogen. Er hatte die Täler gespürt, die Berge, die Flüsse, die Wälder. Er hatte die Liebe gespürt, den Schmerz, den Tod, die Seelen, die Herzen. Er hatte gegrinst. Alles war gut gewesen. Es war das erste und letzte Mal gewesen. Er hatte Alba nie davon erzählt.

16

Die Burg lag im Dunkeln. Auch der See. Auch die Stadt. Die schweren Äste der Tannen hingen tief, als ob sie schliefen. Die Eichhörnchen hatten sich in ihre Löcher verkrochen. Die Häuser warfen keine Schatten. Die Kieselwege knirschten nicht. Der Wind streifte die Baumwipfel. Das große Eisentor zitterte.

Die anderen Gäste, selbst das Hochzeitspaar, waren längst nach Hause gegangen. Die beiden waren die Letzten an der Bar. Es war ein fabelhaftes Fest gewesen. Die Trauung in der Kirche am Marktplatz. Der Aperitif am Südufer des Lago di Caldonazzo. Das Foto am Bergfried. Das Essen in den alten Gemäuern – zwei Jahre im Voraus musste man reservieren, um dort heiraten zu dürfen. Das Tanzen. Sie hatte den Brautstrauß gefangen. Er hatte sie geküsst, während Braut und Bräutigam den Hochzeitstanz tanzten.

Auch der DJ packte nun seine Sachen zusammen. Die Kellner räumten die Tische ab. Der Barista polierte die Gläser. Die beiden leerten ihre Sektkelche. Küssten sich noch einmal. Die Nacht war lau, sie lallten, sie beschlossen, das Auto stehen zu lassen. Sie torkelten, als sie sich auf den Weg durch den Park hinunter in die Stadt machten. Wenige Lichter brannten in Pergine. Es war kurz nach vier.

Sie stolperten, sie japsten, sie kicherten. Er drückte sie an einen der Baumstämme, küsste sie. Fester, intensiver als zuvor. Sie nahm ihn an der Hand, zog ihn weiter.

Der Schrei, ihr Schrei, erklang zwei Minuten später. Er durchbrach die Nacht, die Stille, das Schwarz.

Das Kletterseil war um einen der schwarzen Äste geworfen, die Augen des Mannes, der daran baumelte, starrten leer in die Nacht.

Sie vergrub das verweinte Gesicht in den Händen, er drückte sie an die Brust, dann löste er sich. Er ging an die Leiche heran, die über ihren Köpfen baumelte. Ein Fuß war nackt, der Schuh war zu Boden gefallen. Daneben lag die Brieftasche des Toten.

Er nahm sie hoch, öffnete sie, strich durch die Geldscheine, zwei Zwanziger, ein Zehner. Er zog die Karten heraus. Eine Treuekarte des *Spar*-Supermarkts, ein Rentnerausweis. Er öffnete ihn. Er sah in ein lachendes Gesicht. Er überflog den Namen. Murmelte ihn.

»Giuseppe Tolderini.«

Er zog sein Handy aus der Tasche und tippte *112*. Die Notrufnummer der Carabinieri.

16. August

1

Im Dunkeln gibt es keine Schatten. Die Nacht macht alle Menschen gleich. Ob du gut bist oder böse, ob du stark bist oder schwach, ob Gauner oder Gottesmann, wurscht! Das Dunkel der Nacht macht keinen Unterschied, es verdeckt, es umhüllt, es macht Geschehenes ungeschehen, Gesehenes ungesehen.

Der Brenner lag im Schwarz der Nacht begraben. Die wenigen Häuser, die Läden, der Bahnhof, die St.-Valentins-Kapelle, die Polizeistation, das Outlet-Center. Nur die Tankstellen blinkten in Neonfarben. Vereinzelt zogen sich Scheinwerferlichter auf der Autobahn in die Länge, das Rauschen der Autos vermischte sich mit dem Rauschen des Waldes.

Saltapepe lenkte seinen Alfa im Schritttempo durch das Passdorf. Aus dem Radio schnurrte Eros Ramazzottis Stimme. Er sang von der Hoffnung, Lieder könnten Liebe regnen lassen. Saltapepe summte mit. Marché schwieg. Sie passierten das Grenzrondell vor dem Eingang des Outlets, keine Polizisten und Gendarme weit und breit. Auf dem Parkplatz des *Siebten Himmel* stand der Caddy des Bäckers. Saltapepe stellte den Alfa daneben. Nichts rührte sich. Der Ispettore überlegte. Er hatte geplant, sich wieder an die Theke zu setzen. Schnaps und Bier zu bestellen. Beides runterzuwürgen. Die Tänzerin auszumachen, Augenkontakt zu suchen, mit ihr aufs Zimmer zu gehen. Sie auszufragen. Sollte er diesen Plan nun ändern? Er hatte nicht damit gerechnet, den Brixner Bäcker jetzt, zu dieser Stunde, hier anzutreffen. Sollte er Mayerhofer festnehmen? Verstärkung anfordern? Durfte er das? Hier, auf österreichischem Staatsgebiet? Sollte er einen Rückzieher machen?

Er verwarf den Gedanken. Er war niemand, der im Zweifelsfall Verstärkung anforderte. Er war niemand, der auf halbem Weg kehrtmachte. Noch nie gewesen. Er schaute sich auf dem Parkplatz um. Dunkle Leere. Zwei Autos, ein Lkw. Kein Hochbetrieb im *Siebten Himmel.* Vielleicht hatte das Etablissement auch schon geschlossen. Vielleicht war für heute aller Durst und Hunger nach gekaufter Liebe gestillt. Der Schriftzug über der Tür blinkte.

Sie stiegen aus, Saltapepe ging um das Auto herum, öffnete den Kofferraum und holte zwei schusssichere Westen heraus. Eine warf er Marché zu.

»Wir gehen rein«, sagte er dann. Es musste schnell gehen. Keine Zeit zum Überlegen. Zum Abwägen. Man musste den Mut nutzen, solange er da war. Der Angst keine Chance geben, sich zu entwickeln. »Komm, Piero!«

Saltapepe und Marché schritten über den Parkplatz. Niemand stand am Eingang. Der Ispettore drückte die Klinke nach unten, die Tür sprang auf. Rauchige Luft drang durch den Spalt nach außen. Mattes Licht. Leise Musik. Donna Summer stöhnte. Der Raum schien verlassen. Die Discokugel warf rote Punkte um sich, auf die Tische, auf die samtige Polsterung, die halb leeren Gläser, die überquellenden Aschenbecher, die verklebte Theke.

In einem der hinteren Polstersessel saß ein Mann im Halbdunkeln. Der Kopf war ihm auf die Brust gefallen, die Hände hatte er auf dem Bauch verschränkt. Saltapepe erkannte ihn. Es war der Fernfahrer, mit dem er vor zwei Tagen an der Theke gesessen hatte. Konnte er schon wieder aus Hamburg zurück sein? Die anderen Tische waren verwaist. Hinter den Sofagarnituren versperrte ein Vorhang den Blick in den rückwärtigen Bereich des Lokals.

Sie traten an den Vorhang heran, Saltapepes Knöchel schmerzte noch, obwohl er in den vergangenen Stunden Eis aufgelegt hatte. Nichts bewegte sich. Er sah in Marchés Gesicht. Er schien nervös zu sein. Beide öffneten die Jacken, ließen die rechten Hände darin verschwinden, zogen die Berettas hervor. Im Augenwinkel beobachtete Saltapepe die Gemütsänderung in den Zügen des Kollegen. Die Augen wurden größer, die Lippen schmaler.

Saltapepe schob den dicken Vorhang beiseite.

Ein langer Flur. Rauchgelbe Tapeten an den Wänden. Rechts Schwarz-Weiß-Fotografien in billigen dunklen Holzrahmen. Die Ekberg in der Fontana dei Trevi. Die Loren auf dem Roten Teppich. Die Cardinale in einer Szene aus *C'era una volta il West.*

Links eine Reihe von Türen. Sie waren geschlossen. Bis auf die letzte. Warmes gelbes Licht quoll durch einen geöffneten Spalt in den Flur. Der Teppichboden dämpfte die Schritte. Saltapepe ging voran. Marché drehte sich um und ging rückwärts. Schatten tanzten im Licht des Türspalts. Der Ispettore vernahm dumpfe Stimmen. Zwei. Mindestens. Er hörte Geraschel. Er presste sich an die Wand. Der Sovrintendente presste sich neben ihn.

Nun gab es kein Zurück mehr. Saltapepe hielt den Atem an, er spürte seinen Pulsschlag. Gleiches Spiel wie immer. Jetzt mussten die Automatismen funktionieren. Tausende Male geübt, auf der Polizeischule, Dutzende Male angewandt bei Antimafia-Einsätzen in Neapel, im Hinterland. Es musste schnell gehen.

Eine Drehung um hundertachtzig Grad. Die Beretta im Anschlag, die Stiefelsohle stieß die Tür ganz auf. Der Schrei. Laut und bestimmt. »Polizia di Stato. Mani in alto!«

Wahrscheinlich würde alles vergebens sein. Wahrscheinlich würden zwei nackte Körper aufspringen. Ans Kopfende des Bettes krabbeln. Zitternde, erschrockene Gesichter, Todesangst. Saltapepe würde sich murmelnd entschuldigen, die Gesichter sich schamrot färben.

Doch der erste Blick offenbarte etwas anderes. Geldbündel. Übereinandergestapelt. Wasserstoffblonde Haare, orangerote Wangen, knallrote Lippen, goldener Ring im Nasenflügel. Der erschrockene Blick der Bardame. Ihr kurzer Aufschrei. Eine zweite Person. Ein Mann. Mit dem Rücken zur Tür. Die langsame Drehung. Das Gesicht. Saltapepes kurzes Erstarren. Vielleicht für eine Millisekunde. Eine Millisekunde zu lange. Lahme Muskulatur. Er kannte das Gesicht, aber es war nicht das des Bäckers.

Zu spät sah er die Hand der Bardame hinter dem Geldstapel hervorkommen, eine Pistole umklammernd. Ebenfalls eine Beretta. Marché kauerte immer noch an der Wand des Flurs. Saltapepe spürte zwei Schläge. Erst den festen, den der Kugel, die ihm galt. Dann den sanften, den Rückschlag seiner eigenen Pistole, deren Kugel im Schaum der Matratze verschwand.

2

Nicht die Nacht ist es, die Angst macht. Ihr Dunkel ist wohlig und warm. Nicht die Nacht ist es, die Unheil bringt, sondern ihr Verschwinden. Weil dann alles zum Vorschein kommt, was sie verdeckt hat. Weil sie eisig daherkommt, diese Höllenstund', in der das dunkle Schwarz und das helle Blau um den Himmel ringen. Am frühen Morgen, wenn die Nacht noch nicht vorüber und der Tag noch nicht da ist. Im grauen, grauen Morgengrauen.

Der Commissario drehte sich noch einmal um sich selbst. Sie hatten alles durchsucht. Mehrmals. Zentimeter für Zentimeter. Nichts. Keine doppelten Wände. Keine eingemauerten Türen. Keine verschiebbaren Regale, die Geheimgänge offenbarten. Grauner schaute zu Weiherer. Der schüttelte den Kopf. Seine Männer räumten ihre Sachen bereits wieder zusammen. Grauners Blick wanderte weiter zum Gesicht des Bäckers. Marius Mayerhofers Augen waren schreckgeweitet. Der Mund stand offen. Der Geruch von klebrigem Teig lag in der Luft, Mehl auf den Regalen. Es war kalt, hier im Keller der Bäckerei, hier, wo Grauner vor zwei Tagen Geislers Koffer entgegengenommen hatte.

Konnte er dem Mann trauen? Seinem Gesichtsausdruck? Der Verblüfftheit? Da war das Auto gewesen. Vor dem *Siebten Himmel.* Womöglich das Auto, das die Flüchtlinge abholte. Grauner sagte nichts. Mayerhofer sollte im Ungewissen bleiben, er legte ihm die Hand auf den Rücken. Schob ihn vor sich her. Sie gingen die Treppe hinauf.

»Herr Kommissar, was … was …?«

Sie traten ins Freie.

»Alles Routine, Herr Mayerhofer«, antwortete Grauner und wusste, dass der Bäcker ihm diesen Beruhigungsversuch niemals abnehmen würde.

Vor der Bäckerei wartete Staatsanwalt Belli. Sein schwarzer Lancia parkte ein paar Meter weiter, vor dem Kloster. Der Fahrer war nicht ausgestiegen. Belli hatte mit dem Bischof gesprochen. Er hatte ihn vor dem ersten Morgengebet erreicht. Er hatte nicht mit einem Durchsuchungsbefehl gedroht. Er wollte eine freiwillige Zustimmung erwirken. Er wollte Hochwürden das Gefühl geben, auch *Nein* sagen zu können. Sie hatten verhandelt, Möglichkeiten ausgelotet, der Bischof hatte in den Ordensbüchern nachgeschlagen, mit der Äbtissin telefoniert. Schließlich hatten sie einen Kompromiss gefunden, bei dem keine der Parteien, weder die Staatsmacht noch die Kirchenmacht, das Gesicht verlieren würde.

Sieben Polizistinnen durften das Kloster betreten. Die Klarissinnen sollten sich während der Durchsuchung der Räumlichkeiten in der Kirche St. Elisabeth versammeln. Eine einzige Polizistin durfte den Klosterfrauen ins Gesicht schauen. Sie abtasten. Es sollte würdevoll vonstattengehen. Das hatte der Staatsanwalt dem Bischof versprechen müssen. Die Polizistinnen mussten sich zudem dazu bereit erklären, über alles, was sie hinter den geheimnisvollen Klostermauern sahen, absolutes Stillschweigen zu bewahren. Einzig Beobachtungen, die in direkter Verbindung zum Fall standen, durften dem Ermittlungsteam mitgeteilt werden. Sie gaben ihr Wort. Im Beisein von Belli und der Äbtissin. Bei ihrer Ehre als Staatsdienerinnen und bei Gott.

»Keine Presse«, hatte Belli vor dem Einsatz verkündet. Diese Worte hatte Grauner noch nie aus seinem Mund gehört. Er war Weinreich noch etwas schuldig. Aber nicht das. Nicht jetzt.

Dumpfe Orgelklänge drangen durch die Mauern der Kirche nach draußen, Verdis Requiem, als sich im Morgengrauen das Tor zum Kloster öffnete und die Polizistinnen heraustraten. Wie von Geisterhand schloss sich das Tor hinter ihnen wieder. Tappeiner schritt voran, sie ging direkt auf Grauner und Belli zu, die nach der Durchsuchung der Bäckerei zum Kloster gekommen waren.

Sie schüttelte den Kopf. »Nichts.«

»Maledizione!«, fluchte Belli.

»Porca Oschtia!«, stimmte Grauner mit ein, unterbrach sich aber sogleich. Es war zwar die richtige Zeit für seine morgendliche Fluchtirade, aber nicht der passende Ort. »Nichts, sicher nichts?«, fragte er noch einmal nach.

»Nein, er ist nicht hier. Ganz sicher nicht.« Tappeiner schaute beleidigt. Sie zog ein Briefkuvert aus der Jackentasche und reichte es Grauner. Der Commissario schaute verdutzt und zog ein Kärtchen aus dem Kuvert. Es trug einen schlichten schwarzen Rahmen. Ein zartdünnes Kreuz war in die Mitte gesetzt. Er öffnete es, ein Gesicht starrte ihm entgegen. Ernster Blick. Traurige, müde Augen. Geisler war ein alter Mann geworden. Unter dem Foto standen sein Name sowie sein Geburtsdatum und der Todestag.

** 5. Jänner 1930 † 13. September 2006*

Auf der rechten Seite des Totenkärtchens war ein Dreizeiler geschrieben.

Das Sichtbare ist vergänglich,
das Unsichtbare ist ewig.
(2. Korinther 4,18)

»Schwester Margitta hat es mir in die Hand gedrückt«, sagte Tappeiner. »Es habe eines Morgens auf dem Steinboden hinter dem Fenster gelegen. Niemand wisse, wer es dort hindurchgeschoben hat.«

Der Commissario stampfte auf den Boden und ballte die Hände zu Fäusten, erst dann bemerkte er, dass seine Assistentin noch etwas zu sagen hatte. Ihr Blick gefiel ihm nicht. Er verriet eine Mischung aus Traurigkeit und Anspannung.

»Grauner …«, sie schluckte. »Sie … Schwester Margitta … Sie hat mir den Grund mitgeteilt, weswegen sie sich für ein Leben hinter diesen Mauern entschieden hat.« Er sah, wie sich Tränen in Tappeiners Augen sammelten. »W… weil sie … weil sie Buße tut. Nicht für sich, Grauner, sondern für die Sünden ihres Vaters. Ihre Mutter hat ihr alles über ihn erzählt. Sie … sie, Astrid, sagte, dass ihr Vater, Geisler, ein Mörder war, d… dass er der Mörder deiner Eltern war.«

Die letzten Worte gingen in Schluchzen über. Sie war an den Commissario herangetreten, hatte ihn umarmt und ihr Gesicht in seiner Jacke vergraben. Grauner erstarrte, und alles um ihn herum schien plötzlich stillzustehen. Er spürte Bellis Hände auf den Schultern, wie durch eine dicke Watteschicht, er hörte die Worte des Staatsanwalts, von ferne.

»Das … es tut mir leid, Commissario. Mi dispiace veramente, Grauner.«

»Schwester Margittas Mutter sei nie ganz von Geisler losgekommen. Er habe sie geliebt – abgöttisch. Sie ihn wohl auch, und doch habe sie Angst vor ihm gehabt. Sie habe ihn nie verraten …«

Der Commissario spürte, wie tief in einer Ecke der Zorn aufkeimte. Explosionsartig heranwuchs.

»Und auch Schwester Margitta habe nie jemandem davon erzählt. Ihn nie zur Rede gestellt. Sie habe ihn nie wiedersehen wollen. Sie habe gewollt, dass die Liebe zu ihrem Vater verschwindet. Sie habe für ihn gebetet, für sich, für ihre Mutter.«

Grauner hörte die Worte kaum noch, sein Zorn wurde größer, fester, wärmer, brennend heiß, er verdrängte die Ohnmacht. Er drehte sich wieder dem Bäcker zu. Mayerhofers Gesichtsausdruck hatte sich nicht verändert. Entweder war er tatsächlich unschuldig, dann musste ihm dieser nächtliche Überfall den Schreck seines Lebens eingejagt haben, oder … Grauner wandelte den Rest des Gedankens in einen Wutausbruch um.

»Rücken Sie endlich raus mit der Sprache, Mayerhofer!«, schrie er. »Nennen Sie Namen, die Ihrer Hintermänner, Ihrer Zwischenhändler. Packen Sie aus!«

Das Gesicht des Mannes wurde in Sekundenbruchteilen weiß wie Mehl. »Wovon sprechen Sie? Welche Hintermänner? Welche Zwischenhändler? Wollen Sie wissen, woher ich den Brotteig habe? Die Sahne? Die Früchte?«

»Kennen Sie einen Giuseppe Bertoldo, kennen Sie den?«, mischte sich nun Belli ein.

Der Mann schüttelte wild den Kopf. »Nein, ich kenne keinen Bertoldo. Ich habe diesen Namen noch nie gehört. Ich schwöre bei den heiligen Klarissinnen …«

»Sulzbacher, Luis Sulzbacher?«

»Sulzbacher? Nein! Doch! Der … der … Sulzbacher. Luis

Sulzbacher, das ist doch einer der Toten vom Brenner. Ja, diesen Namen kenne ich aus der Zeitung.«

»Kennen Sie den *Siebten Himmel?*«

»Den … äh was? Äh, nein. Äh …« Er errötete. Er schaute beschämt zu Boden. »Äh, ja … ich meine … ich, ich bin Junggeselle … ich … als Bäcker, diese Uhrzeiten, das ist … ich habe mein Glück noch nicht … ich äh … bin auch nur ein … habe Bedürfnisse … verstehen Sie?«

»Petro. Manfredo Petro. Haben Sie den Namen schon einmal gehört?«, setzte Belli nach.

»Nein … äh … ja. Den Großen. Ja, den kenne ich.«

Belli verstummte. Grauner und Tappeiner traten noch einen Schritt näher heran.

Mayerhofer schaute wieder auf. »Petro. Manfredo Petro. Ja. Den habe ich im … im *Siebten Himmel* kennengelernt. An der Bar. Wir sind ins Gespräch gekommen. Er wollte meinen alten Lieferwagen haben. Einen meiner Caddys. Ich habe ihn ihm verkauft. Cash. Bar auf die Hand. Das muss vor vier Wochen gewesen sein.«

3

Saltapepe fiel, und alles drehte sich. Der Raum, das matte Licht, die Geldbündel, die Drogenpakete, das Gesicht der Barfrau, entschlossen. Das Gesicht des Kollegen – erschrocken. Mit offenem Mund. Manfredo Petro war aufgesprungen. Aus weiter Ferne vernahm Saltapepe einen dritten Knall. Einen vierten. Verschwommen sah er, wie sich das Bettlaken rot färbte, wie Blut spritzte und auf den Teppich tropfte, wie sich der Körper der Barfrau übers Bett legte, wie einer der Arme steuerungslos herabfiel.

Ihre Augen starrten ins Leere. Blut quoll aus ihrem Mund. Er sah Geldscheine auf den Teppich rieseln. Langsam ordneten sich die Sinne wieder, die Schärfe der Sehkraft kehrte zurück, die Nase spürte das Kitzeln des Teppichbodens, die Ohren hörten die Schreie des Sovrintendente.

»Mani in alto, bastardo! Girati! Non fare il furbo – o sparo!«

Der Ispettore sah zu Marché hoch, der die Handschellen vom Hosenbund gelöst und Petro zugeworfen hatte.

»Ich … ich …«, stammelte dieser. »Sie … sie hätte nicht … meine Pistole.«

Saltapepe richtete sich auf und lehnte sich gegen die Wand. Er musterte das Gesicht der Frau. Der Gestank von Verbranntem drang ihm in die Nase. Die Kugel hatte ein Loch in das Leder seiner Jacke gefressen. Er riss die Jacke auf, das Hemd, die schusssichere Weste. Er sah einen blauen Fleck auf seinem Schlüsselbein. Der Knochen schmerzte. Der Ispettore starrte auf verformtes Gold. Es hing an der Kette seines Bruders, die er stets trug, unter dem Hemd, auf der nackten Brust. Der Engel war getroffen, die Flügel waren vom Druck der Patrone nach vorne geklappt, als hielte er sich die Augen zu. Der Ispettore flüsterte ein Gebet. Gerichtet an den heiligen San Gennaro, an die heilige Mutter Gottes und an seinen Bruder, seinen Schutzengel.

Er stand mühsam auf, ging zu den Paketen hin, riss sie auf. Er hatte erwartet, dass ihm der Geruch von Marihuana entgegenströmen würde. Doch er roch nur Plastik. Er zerrte weiter an der Verpackung, riss das Papier auf, das die Ware umhüllte.

»Wo sind die Drogenpakete? Wo?«, fuhr er Petro an.

»Dro… Drogen, welche Drogen?«, stammelte der Polizist. Dann schüttelte er weinend den Kopf. »Nein, nein …«

Saltapepe griff ins Dunkel des ersten Kartons, zog eine Jeans heraus. Armani. Er riss die weiteren Kartons auf, noch mit dem Todesadrenalin im Blut zerrte er wie ein wildes Tier daran. Bald hielt er Lederhosen in der Hand, Duftkerzen, Sonnenbrillen, eingeschweißte Plastikhirschköpfe, Wanderstockembleme, Ledergürtel von Dolce & Gabbana, Parfüms von Fendi und Prada, Hautcremes mit Alpenkräutern, Wildlederschuhe von Salvatore Ferragamo.

»Was … was? Ich dachte … Drogen.« Saltapepe schaute verblüfft.

Der Sovrintendente Capo hob die Hände samt der Handschellen. Abwehrend, panisch. »Nein, Ispettore, nein. Mit dem Drogenhandel habe ich nichts am Hut. Der Drogenhandel ist eine Nummer zu groß für mich. Für uns.« Er schaute zur Bardame, die Marché erschossen hatte. »Im Drogenhandel sind andere Mächte tätig. Da verbrennen sich zwei Kleinkriminelle wie wir nur die Finger. Das …«, er zeigte auf die Schlüsselanhänger mit Dolomiten-Panorama-Motiv in Saltapepes Händen, »… ist Ramschware, die wir in Prato und andernorts billig herstellen lassen. Die auf dem Papier für das Outlet bestimmt ist, aber dort nie ankommt. Wir packen es in Innsbruck um, dann wird es über die Niederlande nach China verschifft. Schwarz. Dort weiterverkauft. Als Spitzenware. *Made in Südtirol. Made in Italy.*«

Saltapepe schaute dem Polizisten ins Gesicht, es war weiß wie Kreide. Er schaute zur Bardame, sie starrte aus toten Augen zurück. Marché stand vor ihm, er zitterte. Sein ganzer Körper. Die Hände, die Beine, die Gesichtszüge, die Augen. Saltapepe kannte dieses Zittern, es war das Zittern des ersten Toten. Der erste Tote, der einen nie wieder losließ, der einen zu einem anderen Menschen machte, und die Welt zu einem dunkleren Ort. Das tote Gesicht dieser Frau, das wusste Saltapepe, würde Marché bis zum Ende seiner Tage nicht mehr vergessen.

»Maledizione«, knurrte der Ispettore. Dann holte er sein Handy raus.

4

Grauners Handy klingelte. Er kramte es aus der Jackentasche hervor. Ein Anruf aus der Questura. In Pergine sei eine Leiche gefunden worden. Im Klinikpark. Unter der Burg. Es handele sich um Giuseppe Tolderini, den ehemaligen Pfleger der Irrenanstalt. Dem Commissario war, als stockte ihm das Herz, er fuhr sich an die linke Brust, massierte mit der Hand den Stoff der Jacke.

»W… wie?«

»Erhängt. An einem Kletterseil.«

Grauner hörte den Atem des Polizisten am andere Ende der Leitung. »Er hing an einer der Tannen.«

»Hat er sich … selbst …«, stotterte der Commissario weiter.

»Das haben die Trentiner Kollegen noch nicht feststellen können. Er liegt in der Gerichtsmedizin.«

5

Der Bahnvorsteher Bertoldo hatte noch im Bett gelegen, als sie seine Wohnung am südlichen Ende des Brenners stürmten. Er hatte keinen Widerstand geleistet, sofort und umfassend ausgesagt. Er hatte mehr gesagt, als er sagen musste, als sie wissen wollten. Gebückt am Tisch sitzend. Weinend. Zitternd. Flehend. Es war nur so aus ihm herausgesprudelt. Wie Blut, das aus wieder aufgerissenen Wunden spritzt.

Ja, er habe Sulzbacher gehasst. Dafür, dass er sich seine Frau geschnappt hatte. Seine Susanne. Die Liebe seines Lebens. Er habe es nicht wahrhaben wollen. Er hätte ihr verzeihen können, wenn es ein Ausrutscher gewesen wäre. Aber das sei es nicht gewesen. Dass sie den Luis geliebt habe und der Luis sie – das habe sehr geschmerzt. Dass sie nicht daran verzweifelt sei, Luis' Kind in sich zu tragen. Dass sie es genau so gewollt habe.

Nein, er habe Luis nicht umgebracht. Er sei kein Mörder, nicht fähig zu morden – nicht einmal das. Er sei ein Feigling. Nein, er wisse nicht, ob Luis mit Drogen gedealt habe. Er habe den Ispettore angelogen, dem Luis posthum die Drogengeschichte andichten wollen. Weil ja dieses Marihuanafeld im Wald entdeckt worden sei. Er sei, schon als der Luis noch lebte, nie gegen ihn angekommen, da habe er es zumindest nun versuchen wollen, nun, da er tot war.

Ja, er nehme Drogen. Regelmäßig. Marihuana, illegale Tabletten. Alles. Für hundert Euro lasse sich der Arzt schmieren, der bei den Bahnbeamten regelmäßig Drogenkontrollen durchführte. Aber nein, versicherte Bertoldo, ein Mörder sei er nicht und auch nicht Teil eines Drogenrings. Er deale nicht. Zumindest nicht im großen Stil. Er verkaufe seinen Kollegen mal was. Zum Freundschaftspreis. So verdiene er sich was dazu. Eine Kleinigkeit. Auch von Petro bekomme er jeden Monat etwas zugesteckt. Einen Tausender. Aber nicht für Drogen, sondern dafür, dass er ihm donnerstags ab und an einen Waggon des Morgenzugs öffne, ihm beim Einladen irgendwelcher Waren helfe und ein paar Flüchtlinge mit dem Zug nach Innsbruck schicke.

Das alles war aus Bertoldo nur so herausgesprudelt, während er schwitzend, noch im Pyjama, am Küchentisch saß, schluchzend sprach, gierig den Kamillentee soff, den Tappeiner gekocht hatte. Die Hälfte floss ihm über das Kinn und den Hals in den Kragen.

Grauner glaubte ihm. Schließlich war er es ja gewesen, der Saltapepe auf den *Siebten Himmel* aufmerksam gemacht hatte. Das hätte er nicht getan, wäre er Teil des Schwarzmarkt-Rings um Petro gewesen. Dieser Mann war kein Verbrecher, kein Mörder. Er war ein armer, vom Leben und von der Liebe gebeutelter, einsamer Mann, der längst aufgegeben hatte, in dessen Innerem bereits alles erloschen war. Die Lebensfreude. Die Hoffnung auf neue Liebe. Selbst der Hass.

Sie hatten ihn nach dem ersten Verhör auf die Polizeistation am Brenner gebracht. Auch Petro wollten sie da hinbringen. Aber die Österreicher sperrten sich. Als die ersten beiden Autos der Polizia di Stato die Grenze in Richtung Österreich passiert hatten, waren ihnen sofort zwei Autos der Grenzgendarmerie gefolgt. Nun standen zwei Dutzend Polizeiautos vor der Rotlichtkneipe. Die hellblauen Alfas der Polizia di Stato und die graublauen Volkswagen der Gendarmerie. Mittendrin Grauners Panda. Das Blinken der Blaulichter vermischte sich mit dem fahlen Licht des Morgengrauens.

Ein österreichischer Staatsanwalt war aus Innsbruck gekommen. Auch Belli war eingetroffen, sie diskutierten auf dem Parkplatz, was nun zu tun sei. Sie rangen um die Hoheit. Grauner stand daneben. Belli hielt schlechte Karten in der Hand. Die Tote war Österreicherin. Sie lag auf österreichischem Staatsgebiet. Der Tathergang war noch ungeklärt. Sicher war nur: Drei italienische Beamte in Zivil hatten sich zum Zeitpunkt des Todes mit dem Opfer im Zimmer befunden.

Nun kam es auf das Überzeugungsgeschick des Bozner Staatsanwalts an. Grauner zog den Kragen seiner Jacke hoch. Ein kalter Wind wehte von österreichischer Seite das Wipptal herauf, als pustete der kleine kalte Krieg zwischen den beiden Nachbarländern seinen eisigen Atem nach langem Schlaf wieder über den Brenner.

»Das ist unser Fall.« Kühl und sachlich eröffnete Belli das Gefecht.

»Ach so?«, erwiderte sein österreichischer Kollege.

»Ja, wir waren zuerst hier«, legte Belli nach.

Der Österreicher lachte ihm schelmisch ins Gesicht. »Wollen Sie ernsthaft mit mir darüber diskutieren, wer hier, am Brenner, im Herzen Tirols, zuerst war?«

Belli atmete tief aus. Der Auftakt war misslungen. »Nein, ich meinte … heute Nacht. Im Rahmen dieser Ermittlungen. Das ist unser Fall. Die Morde, der illegale nächtliche Warenhandel …«

Das Lachen war aus dem Gesicht des österreichischen Staatsanwalts gewichen. Er verengte die Augen zu Schlitzen. »Die Mordsache mag vielleicht eure Angelegenheit sein. Der Rest nicht.«

Belli schaute überrascht. Sein Gegenüber zeigte zum Lkw-Fahrer, der inzwischen aus seinem volltrunkenen Tiefschlaf geweckt worden war und mit zwei Gendarmen an der Theke saß. Einer der beiden hatte ihm ein Glas Wasser und zwei Aspirin in die Hand gedrückt.

»Verdeckte Ermittlung«, sagte der österreichische Staatsanwalt und schaute zu Boden. »Nun ja, wohl nicht einer unserer besten Männer.«

Nun lachte Belli und tätschelte dem Österreicher die Schulter. Der lachte mit. Das Kriegseis war gebrochen. Grauner gefiel es, Bellis taktischen Wendungen zu folgen. Ja, auf diesem gehobenen Parkett wusste er sich durchaus zu bewegen. Das musste er ihm insgeheim zugestehen.

»Lasst uns mit unseren Polizisten sprechen. Für eine halbe Stunde, ja? Wir müssen Manfredo Petro verhören. Danach könnt ihr ihn haben. Ihn auseinandernehmen. Der illegale Warentransport gehört euch. Holt euch eure Lorbeeren. Auch unser Beamter, Sovrintendente Piero Marché, der die Dame aus Notwehr erschossen hat, wird euch Rede und Antwort stehen.« Bellis Stimme klang sanft. »Wir müssen die Morde drüben auf unserer Seite aufklären.«

»Gut«, sagte der Österreicher. »Führt eure Verhöre. Aber hier. Und in unserer Anwesenheit.«

Belli drehte sich zu Grauner: »Mach das Beste draus!«

Der Commissario wandte sich zum österreichischen Staatsanwalt. »Ich hätte bei dem Gespräch gerne alle meine Leute dabei. Außerdem den Bahnvorsteher Bertoldo, Katharina Wieser, die Bürgermeisterin von Gossensass, sowie ihren Lebensgefährten, Dr. Antonino Griffi, den Outlet-Investor.«

Wenig später saßen sie an einem der Tische im Inneren des Rotlichtlokals zusammen. Belli, Grauner, Saltapepe, Marché, Weiherer, der österreichische Staatsanwalt, drei Gendarmen, Petro, Bertoldo, Wieser und ihr Lebensgefährte Dr. Griffi. Im hinteren Bereich des *Siebten Himmel* waren die österreichischen Beamten damit beschäftigt, Spuren zu sichern und Fotos zu machen. Draußen auf dem Parkplatz wartete bereits der Leichenwagen.

Der Bäcker hatte die Wahrheit gesagt. Er war unschuldig. Er hatte mit dem illegalen Warenhandel nichts zu tun. Petro hatte ihm den Wagen tatsächlich vor einigen Wochen abgekauft. Bertoldos Aussage war in der Zwischenzeit von Commandante Ceccantis Leuten in der Polizeistation am Brenner offiziell aufgenommen und protokolliert worden.

Saltapepe hatte ausführlich und detailliert das Geschehen rund um die Schießerei geschildert. Marché hatte die Aussagen nickend bestätigt. Der Sovrintendente hatte noch kein Wort gesprochen. Der Schock saß ihm tief in den Knochen. Saltapepe drehte sich zu Petro hin, starrte auf den gesenkten Kopf und verzog angewidert das Gesicht. »Sie sind eine Schande für die italienische Polizei!«

Petro schaute nicht auf. Der Ispettore griff sich an die schmerzende Brust. Rund um das Schlüsselbein hatte sich die Haut dunkelblau gefärbt. Doch der Knochen schien nicht gebrochen.

»Warum musste Sulzbacher sterben? Warum Voltinger? Waren sie Teil dieses Geschäfts? Oder haben sie es aufgedeckt?«

Saltapepe zog sein Handy aus der Tasche, suchte nach dem Foto, das er über Wiesers Link aus dem Netz geladen hatte. Kurz schaute er der Bürgermeisterin ins Gesicht. Sie wirkte erschrocken. Dann fasste er nach Petros Kinn, zog es hoch, zwang ihn, auf das Display zu schauen.

»Das sind Sie! Auf dem Weg zu Sulzbacher, um ihn zu ermorden!« Die Sätze waren mehr als Feststellung denn als Frage formuliert.

»Ich … ich … nein … ich bin kein Mörder«, stammelte Petro.

Nun griff Saltapepe ihn am Hemdkragen und zog ihn zu sich heran. »Bugiardo! Lüg nicht!«

Ein österreichischer Gendarm legte dem Ispettore die Hand auf die Schulter und drückte ihn in seinen Sessel zurück. Petro hielt sich die Hände vors Gesicht. Tränen tropften zwischen den Fingern hindurch, er schluchzte und sah auf. Die Augen waren rot unterlaufen. Die Lippen zitterten, während er sprach.

»Ich kannte Sulzbacher, ja. Weil er hier Stammgast war. Mehr weiß ich nicht über ihn. Von Voltinger habe ich vor dem Mord noch nie gehört. Erst von den Kollegen, danach. Es gab nur mich und sie.« Nun zeigte der Sovrintendente Capo zum Vorhang hin. »Einen wie Sulzbacher brauchte ich nicht. Der war ein Schwätzer, ein Weiberer. Ich … wir …« Wieder das Nicken zum Vorhang. »Wir brauchten einen Schwachen, einen Gebrochenen. So einen wie ihn …«

Er deutete mit dem Kinn zu Bertoldo. Der Bahnvorsteher starrte auf seine Hände. Er reagierte nicht.

»Und wir brauchten solche wie die Flüchtlinge. Solche, die nichts zu verlieren haben und deshalb alles riskieren. Glauben Sie mir, wir haben mit dem Tod Sulzbachers und dieses anderen Mannes nichts zu tun …«

Wieder sprang Saltapepe auf. Sein Sessel fiel krachend nach hinten um.

»Bugiardo! Lügner! Rück raus mit der Wahrheit!«

Diesmal war Grauner es, der ihm die Hand auf die Schulter legte. Der Commissario kannte die Heißblütigkeit seines Kollegen, und er konnte verstehen, dass er, nachdem er kurz zuvor nur durch einen unglaublichen Zufall nicht getötet worden war, noch heftiger reagierte als sonst. Er nahm ihn beiseite.

»Komm, Claudio«, er drängte ihn, ein paar Schritte zu gehen. »Dicke Luft hier, lass uns ein bisschen rausgehen. Lass uns frische Luft schnappen.«

Draußen blinkten immer noch die Blaulichter. Grauner sog den kalten, frischen Sauerstoff ein. Eine Mischung aus dem Aroma des nahen Walds und des Benzins der Tankstellen. Er mochte die Mischung. Er ließ sie in die Lungen dringen. Der Commissario hatte Saltapepe das Verhör führen lassen. Er hatte ihn abgleiten lassen, in eine Richtung, in der er selbst nicht die Lösung des Falles vermutete. In dieser Runde saß kein Mörder, so Grauners Gefühl.

Er ordnete seine Gedanken. Was, wenn dieser Mann, dieser Abschaum eines Polizisten, die Wahrheit sagte? Was, wenn Sulzbacher tatsächlich nichts mit den nächtlichen Machenschaften zu tun hatte? Davon waren sie die ganze Zeit ausgegangen. Warum? Wegen des Pfeils, der zu einem Drogenfeld führte. Aber tat er das tatsächlich? Warum führte der Pfeil am Fundort von Voltingers Leiche dann nicht auch zu einer Marihuanaplantage? Die Plantage schien mit allem, mit den Morden, mit dem nächtlichen Handel nichts zu tun zu haben. Hatten sie die Zeichen die ganze Zeit falsch gedeutet? Waren sie nur durch Zufall auf den Warenschmugglerring gestoßen, dem die österreichischen Kollegen schon längere Zeit auf der Spur waren?

»Was, wenn …« Grauner wechselte automatisch vom Denken ins Sprechen.

»Was … Grauner … was, wenn?«, fragte Saltapepe.

»Was, wenn … die Pfeile etwas anderes bedeuteten? Was, wenn es nicht der Mörder war, der die Zeichen setzte? Was, wenn es genau umgekehrt war? Was, wenn die Zeichen zum Mörder führen sollten?«

Saltapepe wollte zum Gegenargument ansetzen, aber Grauner ließ sich nicht unterbrechen.

»Wir müssen weitersuchen. Auf dem Feld, unter dem Feld, vor dem Felsen, unter dem Felsen, hinter dem Felsen. Vielleicht werden wir fündig.« Er schloss die Augen. »Warte kurz«, sagte er und lief zu seinem Panda.

Keine zwei Minuten später kam Grauner zurück, mit Trontheimers Aktenordnern unter dem Arm, und wies den Ispettore an, mit ihm zu den anderen zurückzukehren. Drinnen legte er die Unterlagen auf den Tisch und schaute zum österreichischen Staatsanwalt. »Ihr könnt die beiden haben.« Er zeigte auf Petro und Bertoldo. »Ispettore Saltapepe und Sovrintendente Marché werden so bald wie möglich nach Innsbruck kommen und ihre Aussagen zu Protokoll geben. Ich möchte nun noch mit Frau Bürgermeisterin Wieser im kleinen Kreis ein paar Worte wechseln, wenn Sie erlauben.«

Der österreichische Staatsanwalt zögerte kurz, nickte dann aber. »Gut, ich denke, wir sind hier fertig.«

Er erhob sich, die Gendarmen taten es ihm gleich, sie zückten Handschellen, deuteten Petro und Bertoldo, sich nach vorne zu beugen. Dann zogen sie ab. Saltapepe schaute mit fragendem Blick zu Grauner. Auch Wieser schaute überrascht drein. Nur der Blick ihres Lebensgefährten verriet keinerlei Emotionen.

Der Commissario ließ die Stille wirken. Zehn Sekunden. Zwanzig. Eine halbe Minute. Er hörte den tropfenden Wasserhahn hinter der Theke. Er hörte Wiesers knirschende Zähne, ihre Schuhe, die unter dem Tisch über den Boden kratzten. Vor und zurück, vor und zurück. Noch zehn Sekunden. Noch fünf.

»Wovor haben Sie Angst, Frau Bürgermeisterin?«

»Was meinen Sie?« Die Antwort kam zu schnell, zu künstlich überrascht.

»Warum stecken Sie uns heimlich einen Link zu, der zu einem Foto führt? Ein Foto, dass eine Schattengestalt zeigt. In der Mordnacht. Vor Sulzbachers Hof.«

»Ich … ich … ich wollte keinen Verdacht auf mich lenken.«

»Unseren Verdacht?« Er wusste, dass sie etwas anderes meinte.

»Nein, den der Leute. Sie werden Ihren Mörder schon finden, aber die Leute … wenn man einmal im Verdacht steht, mit einem Verbrechen zu tun zu haben … das wird man nie wieder los.«

»Sie fürchten sich also vor den Leuten. Das glaube ich. Am allermeisten fürchten Sie sich vor mächtigen Hintermännern im Dorf, gell? Sie fürchten den Moser und den Burgstaller, die Kartenspieler im hintersten Eck des *Rössl.* Weil die Ihnen bei den Outlet-Plänen stets in die Quere gekommen sind. Weil die das Sagen haben und das Geld. Weil die ihre Macht nicht teilen wollen mit anderen Geschäftemachern wie Ihnen und Ihrem Lebensgefährten.«

Er fixierte Griffis Blick. Der Mailänder Geschäftsmann griff Wiesers Hand und starrte zurück, bis Grauner sich wieder an die Bürgermeisterin wandte.

»Sie kennen sich gut aus, in Gossensass, am Brenner, in der Umgebung.«

»Ja«, sagte Wieser. Ihr Gesichtsausdruck ließ nicht darauf schließen, dass sie Grauners Rochade vorausahnte.

»Sie sind Bürgermeisterin. Sie sind Jägerin.« Er zögerte das Manöver hinaus. »Sie kennen Ihr Dorf. Sie kennen den Wald. Sie kennen die Lichtungen. Sie haben die Marihuanaplantage schon einmal gesehen.« Er wartete. Er spürte, dass sie protestieren wollte. Verneinen. Kurz bevor sie den Mund öffnete, sprach er weiter. »Oder auch nicht. Es ist mir egal. Es tut nichts zur Sache.«

Er schlug einen der beiden Ordner auf. Blätterte darin herum, nahm ein zusammengefaltetes Blatt Papier heraus und klappte es auseinander. Es zeigte eine Karte. Verblichen. Alle lehnten sich auf den Tisch, musterten die Karte. *Gossensass* stand darauf. *Wipptal, Brenner, Brennerbad.* Sie zeigte das Gebiet rund um den Pass.

Die Autobahn war nicht eingezeichnet, nur die alte Straße. Auf der Höhe des ehemaligen Gasthauses war ein rotes Kreuz vermerkt, und von dort aus führte ein gestrichelter Weg in den Wald. An Gossensass vorbei, runter nach Sterzing, bis ans Ende der Karte. Ein Pfeil zeigte nach Brixen und Bozen. Grauner fuhr mit dem Zeigefinger den Weg entlang. Er griff in die Jacke, zog einen Kugelschreiber hervor und hielt ihn Wieser unter die Nase.

»Zeichnen Sie ein, wo sich das Marihuanafeld befindet, wo Sulzbacher lag und wo Voltinger gefunden wurde.«

Sie hielt den Stift, schaute ihn an, zögerte. Dann musterte sie die Karte genauer, malte einen Kreis in den Wald, setzte nordwestlich davon ein *S* für Sulzbacher aufs Papier und ein deutliches Stück weiter im Norden ein *V* für Voltinger. Der Kreis für das Drogenfeld lag auf der gestrichelten Linie.

»Frau Wieser, wenn ich vom Fundort von Voltingers Leiche aus weiter in den Wald hineingehe, dann komme ich an eine Felswand, richtig?«

Die Bürgermeisterin schien kurz zu überlegen, dann sprach sie leise, fast flüsternd. »Ja, ich weiß, welche Wand Sie meinen. Da ist vor Jahren einmal ein Hirsch über die Kante gestürzt und am Fuße des Felsens elendig verreckt.«

»Was ist da noch außer dieser Wand? Was liegt da in der Nähe?«

Die Bürgermeisterin kratzte sich am Kopf. »Äh … im Wald?«

Grauner nickte.

»Was ist da noch?«, wiederholte sie murmelnd die Frage. »Äh … Bäume, Büsche, Wild, die Felswand … ja und … ja … der Bunker.«

»Ein Bunker?«, ging Saltapepe dazwischen.

»Ja. Sie müssen wissen, zu Beginn des Zweiten Weltkriegs hatte Mussolini am Brenner zahlreiche Bunker errichten lassen. Zur Abschreckung. Hitler sollte nach dem Anschluss Österreichs nicht auch noch auf die Idee kommen, in Südtirol einzumarschieren. In den Wäldern wimmelt es nur so von Bunkeranlagen. Und eine davon befindet sich am südlichsten Ende der Felswand.«

Grauner hatte den Ausführungen nur noch mit halbem Ohr gelauscht, er hatte den zweiten Ordner in die Hand genommen und aufgeschlagen.

»Hier, hier …«, sagte er. »Hier steht etwas von einem Bunker.«

Er zog ein Blatt hervor und überflog die Zeilen. Seine Augen wurden größer und größer. Dann blickte er auf und schaute zu Belli und Saltapepe.

»Hier steht, Lutz von Gerkow habe kurz vor seinem Verschwinden in einem Gasthaus zwischen Innsbruck und dem Brenner übernachtet. Dort habe er den Tipp bekommen, einen der Bunker aufzusuchen, falls es am Brenner gefährlich würde oder falls ein Sturm aufzöge. In den Bunkern könne er sich verstecken, abwarten, bis das Unwetter oder der Feind vorüberginge.«

Er drehte sich wieder zur Bürgermeisterin. Sie schaute noch verwirrter drein als zuvor.

»Ich weiß, dass manche Flüchtlinge versuchen, durch den Wald und über die Berge nach Österreich zu gelangen. Wer zeigt ihnen diese Wege?«

Sie starrte ihn stumm an.

Er half nach. »Don Uba, der Pfarrer aus Nigeria? Der Mann, dem das Sprechen nicht leichtfällt?«

Sie nickte.

»Der Mann, dem das Sprechen nicht leichtfällt«, wiederholte Grauner murmelnd. »Wer nicht spricht, gibt Zeichen.«

Seine Gedanken rasten. Voltinger war ein gläubiger Mann. Er hatte gewusst, dass seine Tage gezählt waren. Der Commissario flüsterte noch einmal die Sätze vor sich hin, die auf dem Zettel unter dem Küchentisch des Greises gestanden hatten: *»Ich habe mit unserer Schuld gelebt, ich will nicht damit sterben.«*

Was, wenn der alte Voltinger im Angesicht des Todes seine Sünden beichten wollte? Und der alte Sulzbacher? Der schien nicht so bösartig gewesen zu sein, wie sie die ganze Zeit angenommen hatten. Kein Drogendealer. Nur ein greiser Haldodri. Was, wenn er und Voltinger gemeinsam hatten auspacken wollen? Sich von der Last hatten befreien wollen, die sie seit Jahrzehnten mit sich herumgetragen hatten?

»Danke, Frau Bürgermeisterin«, sagte Grauner und sah in ein verblüfftes Gesicht. »Es interessiert mich nicht, was Sie und Ihr Lebensgefährte am Brenner für Geschäfte machen, wer hier oben das große Geld macht, es interessiert mich auch nicht, wer wohin illegale Ware liefert, darum sollen sich nun die Österreicher kümmern. Mich interessiert nur, was in einer Nacht vor langer, langer Zeit passiert ist. Und warum bis heute dafür Menschen sterben müssen. Und jetzt weiß ich, wer mir dieses Wissen beschaffen kann.«

6

Cielo und Amaniel standen an der Tür. Grauner und Saltapepe sahen sie schon von Weitem. Auf der Wiese neben dem Haus grasten zwei Ziegen. Bienen summten, Vögel zwitscherten chaotisch durcheinander. Keiner Melodie folgend. Die Sonne stach kochend heiß auf die Berge herab. Nur im Süden hingen einige Wolken an den Gipfeln. Später, am Abend, sollte es ein Sommergewitter geben.

»Wir möchten Don Uba sprechen«, sagte Grauner, als sie an der Tür angelangt waren.

Die beiden Flüchtlinge verschwanden im Inneren des Hauses, nach einer Minute erschien der Geistliche. Cielo drückte sich an ihm vorbei und setzte sich auf die Treppenstufe. Amaniel stellte sich neben ihn. Er schaute zu Don Uba auf.

»Herr Uba, ich möchte mit Ihnen einen Spaziergang machen …«

Grauner musste den Satz nicht zu Ende sprechen. Der Gottesmann stieg die Treppe hinab, öffnete den Mund und presste ein dumpfes Wort hervor.

»Wohin?« Seine Lippen strafften sich.

»In den Wald«, antwortete Grauner. »Das erste Stück des Weges werden Sie mir folgen, dann folge ich Ihnen.«

Sie gingen dieselbe Strecke, welche am Tag zuvor Saltapepe und der Geistliche gegangen waren. Nur in umgekehrter Richtung. Die Äste der Tannen spendeten Schatten. Sie liefen hintereinander, im Gänsemarsch. Sie sprachen nicht. Das Rauschen des Windes und der Autobahn begleitete sie, auch das Rascheln des Gebüsches, das Rascheln der flüchtenden Eichhörnchen, das Klopfen eines Spechts, das Zwitschern der Vögel.

Grauner hatte Marché und Tappeiner beauftragt, gemeinsam mit dem örtlichen Polizeikommandanten Ceccanti nach den beiden Kartenspielern Burgstaller und Moser zu suchen. Sie sollten erneut verhört werden. Belli war nach Bozen zurückgekehrt, um das Kompetenzgerangel zwischen Italien und Österreich zu klären. Auch Weiherer war auf dem Weg zurück in die Questura, um sich von dort aus mit den Kollegen aus Innsbruck und aus Pergine auf den neuesten Stand zu bringen.

Grauner, Saltapepe, Don Uba, Amaniel und Cielo erreichten die Stelle, an der Voltingers Leiche etwas abseits des Weges, im Gebüsch unter den Tannen, gefunden worden war. Der Commissario drehte sich zu Don Uba um.

»Jetzt Sie!«, sagte Grauner. Seine Stimme klang bestimmt.

Der Geistliche hob die Schultern und zeigte die offenen Handflächen. *Ich weiß nicht, was Sie meinen,* bedeutete die Geste.

»Er sagt …«, sagte Amaniel.

»Ich weiß, was er sagt. Aber ich glaube ihm nicht. Er weiß genau, wohin er mich führen soll. Zum Bunker.«

Don Ubas Augen vergrößerten sich, dann schloss er sie kurz.

»Gut«, sagte er wieder mit dumpfer Stimme und angespanntem Gesicht.

Nach etwa einer Viertelstunde gelangten sie an den Felsen. Grauner schaute die Wand empor, dann zu Saltapepe. Der Commissario war kein guter Kletterer, aber dass man da nicht so einfach hochklettern konnte, das wusste er. Der Ispettore hätte sich das Genick brechen können.

Don Uba ging den Felsen in Richtung Süden entlang, die anderen folgten ihm. Nach etwa fünf Minuten begann sich am Gestein ein Vorsprung abzuzeichnen, etwa einen halben Meter breit und leicht ansteigend.

Sie zogen sich gegenseitig hoch, gingen an die Wand gedrückt vorsichtig weiter und gelangten auf eine kleine Plattform, auf der sie zu viert stehen konnten. Bislang war im dichten Gebüsch der Blick auf die Passsohle verdeckt gewesen. Nun hatten sie freie Sicht auf das Grenzdorf, die Autobahn, das Blinken der Tankstellen. Wollte jemand das Geschehen an der Grenze beobachten, so konnte er sich keinen besseren Platz aussuchen.

Der Fels war mit Moos überwachsen, Schmelzwasser rann über die kalte dunkelgraue Wand. Gestrüpp verdeckte einen Teil des Gesteins. Der Geistliche zog und zerrte am Geäst, drückte es beiseite, dahinter kam ein hellerer Stein zum Vorschein, er war nicht von der Natur geformt, ein meterhoher Quader, in den ein runder, dunkler Eingang geschlagen war.

Der Bunker.

Don Uba winkte die beiden Ermittler heran. »Bitte«, sagte er.

Noch einmal schaute sich Grauner um, dann traten sie ins Dunkel. Der Commissario hörte die Steine unter dem Druck der Schuhe knirschen. Er blinzelte mehrmals, dann hatten sich die Augen an das Schwarz gewöhnt. Sie erkannten Konturen. Die glatten Felswände links und rechts, die Steine am Boden, Kiesel und große Brocken. Eisenstangen stabilisierten die Decke. Leere Zigarettenpackungen lagen auf dem Boden, Stummel. Batterien. Ein kaputter Lederschuh, die Sohle hing nur noch lose daran.

Die Wände waren zerkratzt. Kreuze. Herzen. Pfeile. Totenköpfe. Sie gingen wortlos voran. Ganz hinten schimmerte Licht in die Bunkerhöhle, dort musste ein Ausgang sein oder zumindest ein Loch in der Decke.

Der Boden wurde sandiger, die Wände heller. Ein runder Raum tat sich auf. Links stapelten sich Schlafsäcke und Isomatten. Der Geistliche zeigte darauf.

»Die sind für die Männer, die nach Norden gelangen wollen«, erklärte Amaniel. »Sie schützen vor dem Erfrieren. Gute Menschen aus den Dörfern haben sie uns geschenkt. Der alte Jakob Voltinger war einer dieser guten Männer.«

In der Sekunde, als der Flüchtling den Namen des toten Greises aussprach, zeigte Don Uba zur anderen Seite des Bunkerraumes. Dort lehnte ein kleines Kreuz an der Wand. Zwei Ästchen, zusammengebunden mit einer dünnen Schnur. Neben dem Kreuz eine Papierrolle. Von einem roten Band umschlungen.

Saltapepe hob die Rolle hoch und reichte sie Grauner. Der Commissario schaute zum Geistlichen, dieser nickte. Er löste das Band, es segelte zu Boden. Es waren vier Blätter. Dick. Gelb. Mit Tinte beschriftet. Er begann zu lesen. Stoppte. Räusperte sich. Dann las er laut. Die Stimme hallte im Raum.

Gossensass am Brenner, den 12. August

Ich habe so lange mit der Schuld gelebt, sterben will ich nicht damit. Ich spüre, dass es mit mir zu Ende geht. Mein alter, gebückter Körper sagt es mir. Mein Herz pocht nur noch schwach. Doch diese eine Last muss ich loswerden, bevor ich dem Teufel gegenübertrete. Ich bin ein gläubiger Mann, doch wage ich nicht zu hoffen, zum lieben Herrgott zu gelangen. Nein, das wird nicht geschehen. Ich – wir! – wir werden in die Hölle kommen.

Mein Name ist Jakob Voltinger, und dies ist mein Geständnis.

Mein Leben hätte ein glückliches sein können, ohne diese eine Nacht, vor vielen, vielen Jahren. Es war ein Sommerabend im August 1946. Ich war ein Bub damals, mit anderen Buben aus Gossensass saß ich beim Rösslwirt an der Brennerstraße. Wir waren jung, der Krieg war aus, das Leben lag vor uns. Tagsüber waren wir in den Bergen unterwegs, wir kannten die Gipfel der Umgebung, die Wälder, die Felsen, die Bunker. Abends spielten wir Karten.

Es war viel los im Gasthaus – Abend für Abend. Fremde gingen ein und aus. Manchmal konnte man sich ein paar Reichsmark oder ein paar Lire dazuverdienen, wenn einer der Fremden nach einem ortskundigen Begleiter und einem Schleichweg nach Sterzing fragte. Je leiser so einer die Frage flüsterte, desto mehr Geld ließ er springen.

Der Mann in jener Augustnacht 1946 trug einen dicken Mantel, er hatte einen abgewetzten Rucksack dabei, er setzte sich an unseren Tisch und gab uns Wein aus. Wir fragten nicht nach. Wenn wir eins gelernt hatten, als junge Burschen während des Krieges und in den ersten Nachkriegsjahren, dann war es, nicht nachzufragen. Überhaupt nichts zu sagen, solange man nicht dazu aufgefordert wurde.

Nach dem dritten Glas fragte er. Wir hatten ausgemacht, nie jemanden allein zu begleiten. Mindestens zu zweit. Besser zu dritt. Und der da sah aus, als ob man ihn besser zu viert, zu fünft, zu zehnt begleitete. Er hatte uns fünfhundert Schilling versprochen, sie unter einer Serviette versteckt auf den Tisch gelegt. Viel Geld für Bauernbuben. Wir nickten. Da mischte sich einer der jungen Eisacktaler ein, die im Sommer zum Pass kamen, um Bauern bei der Viecharbeit zu helfen.

Grauner stockte. Er schaute kurz auf. Zu Saltapepe. Zum Geistlichen. Er war sich sicher, sie hörten sein Herz pochen. Er starrte weiter auf das Papier, er spürte den Kloß im Hals. Kurz wurde ihm schwindelig. Er atmete tief ein und aus. Die modrige Luft des Bunkers füllte die Lungen. Mit trockenem Mund und zitternder Stimme las er weiter.

Wenn er das Doppelte hinlegte, sagte der Eisacktaler, dann würde er ihn nicht nur mit uns bis nach Sterzing bringen, dann würde er ihn über Brixen bis nach Bozen begleiten. Ins dortige Franziskanerkloster. Dort würden sie einen wie ihn gut zu verstecken wissen und mit neuer Identität bis nach Genua oder Rom bringen. Er hatte leise gesprochen, und doch waren plötzlich alle verstummt im Gasthaus. Sekunden vergingen, ich hatte Angst, der Fremde würde gleich eine Waffe ziehen, aber er tat es nicht. Er legte die doppelte Summe unter die Serviette, und wir gingen los.

Meistens liefen wir im Schatten, wohin das weiße Mondlicht nicht gelangte. Auch das Funkeln der Sterne nicht. Wir durchquerten die Talsohle bei Gossensass und tauchten im Süden wieder in den dichten Wald ein. Hinter der Kuppe wären bereits die Lichter von Sterzing zu sehen gewesen, aber so weit kamen wir nicht. Es war der forsche junge Bursche aus dem Eisacktal, der die Gelegenheit nutzte, als der Fremde am Rande einer Lichtung hinter einer Tanne verschwand, um sich zu erleichtern. Der Eisacktaler trat von hinten an den Mann heran, während der mit den Knöpfen seiner Hose beschäftigt war, packte ihn. Einer meiner Freunde, der Moser Simon, half ihm sogleich. Der eine bog dem Fremden die Arme auf den Rücken, der andere drückte ihm den Hals zu. Gemeinsam zogen sie ihm den Rucksack von den Schultern.

Wir anderen standen abseits. Kommt her, schrie der forsche Eisacktaler. Kommt her, sonst seid ihr die Nächsten. Er hatte sein Taschenmesser gezückt. Die Klinge war rot. Das Blut tropfte auf den Waldboden. Er hatte dem Mann das Messer schon mehrmals in den Bauch gerammt. Ängstlich traten wir näher. Er packte uns, reichte das Messer weiter. Na los, jeder, jeder. Ich hielt die Hände vor die Augen. Ich hörte die Schreie des Mannes. Ich weiß nicht, wer zugestochen hat und wer nicht. Ich kämpfte gegen die Ohnmacht. Ich spürte, wie jemand an meinen Armen zerrte, mir das Messer in die Hand drückte, ich hielt es, zitternd. Ich hörte das Röcheln des Fremden, ich öffnete die Augen, sah die seinen, schreckgeweitet, ich sah seine aufgerissene Jacke, sein Unterhemd, in Blut getränkt. Ich stach zu. Zweimal, dreimal.

Einer öffnete den Rucksack, Geld sagte er nur, da ist Geld drin. Geld, viel Geld. Gold, Schmuck und Silberbesteck.

Wir schauten uns in die Gesichter. Wir sahen den Wahn. Wir schnauften wie Rösser. Nur der forsche Eisacktaler und der Moser atmeten ruhig. Unsere Gesichter waren blass. Nicht vom Mond. Nicht vom Schimmer der Sterne. Blass, weil uns das Blut aus den Wangen gewichen war. Aus den Fingern, aus den Zehen, zurück zum kalten schwarzen Herzen. Wir hatten gemordet. Für Geld. Viel Geld. Für Silber. Ein bisschen Gold. Ein wenig Schmuck.

Nur im Dunkeln, unter den Ästen der Tanne, da atmete nichts mehr, pumpte nichts mehr. Da lag der Tod. Der tote Mann, unsere tote Unschuld. Angst überkam mich. Ich übergab mich. Ein anderer weinte. Wir sprachen bibbernd. Was haben wir getan? Was sollen wir jetzt tun? Hört auf, schrie der Eisacktaler. Der hat es nicht anders verdient, sagte er, das war kein normaler Soldat, wer über die Grenze schleicht, der ist ein Kriegsverbrecher, der will weg, nach Südamerika, der da, der war irgendein Obernazi, um den ist es nicht schad', der war ein böser Mensch.

Die Herzen, sie pumpten. Schnell wie Nähmaschinen. Der Atem keuchte. Ich lief zu dem Toten hin, ich durchsuchte seine Taschen, ich wollte einen Namen, ich wollte wissen, wen ich getötet hatte. Ich fand nichts außer einer kleinen Medikamentenkapsel. Er blieb ein Unbekannter. Ich schloss ihm die Lider.

Ein Obernazi tot, von uns erstochen. Ist es wirklich eine böse Tat, einen bösen Menschen zu töten? Zudem in einer Zeit, in der das Chaos des Krieges noch herrschte? Diese Schuldfrage trieb mich jahrelang um. Doch ich habe gelernt, mit ihr zu leben, sie zu verschweigen, zu verdrängen, mir zu verzeihen. Mit dem, was später geschah in dieser Nacht, schaffte ich all dies nicht.

Wären wir nur schnell weg, zwei Minuten früher, wir hätten sie nie gesehen. Sie wären uns nie begegnet. Ich habe das Bild noch genau vor Augen. Ihre erschrockenen, knochigen Gesichter. Ihre zerrissenen Kleider, der alte Koffer. Sie schauten uns an wie aufgeschrecktes Wild. Ein Mann, eine Frau, zwei Kinder. Sie waren zwischen den Bäumen aufgetaucht. Kurz standen sie still, dann drehten sie sich um, verschwanden wieder zwischen den Baumstämmen. Auch wir machten uns auf den Weg zurück an den Pass. Wir sprachen kein Wort. Doch in jedem unserer Köpfe kreiste nur ein Gedanke: Hatten sie uns beobachtet? Hatten sie den Toten am Baum gesehen?

Wir trennten uns kurz vor Gossensass. Ich ging nach Hause, ich weiß nicht, was die anderen taten. Ob sie auch den Heimweg antraten, ob sie zurückkehrten ins Gasthaus. Ich weiß nur, dass am nächsten Morgen ein Raunen durchs Dorf ging, das Gerücht ging von Ohr zu Ohr. Im Wald sei ein toter Nazi gefunden worden. Erstochen. An einen Baum gelehnt. Und zwei Kilometer weiter runter, Richtung Sterzing, tote jüdische KZ-Überlebende. Auch erstochen. Ein Mann, eine Frau, zwei Kinder. Zwei Tage lang flüsterten die Leute am Pass, drei Tage, dann kamen die Amerikaner, fragten herum, dann hörte man nichts mehr.

Wir sprachen nie wieder darüber. Ich weiß bis heute nicht, wer die KZ-Überlebenden umbrachte. Einer von uns muss es gewesen sein. Einer mindestens.

Die anderen gaben das Geld des Nazis schnell aus. Sie renovierten ihre Höfe, kauften Maschinen, Ackergrund, Wald. Ich rührte meinen Teil des Geldes nicht an. Ich vergrub es. Wir sprachen mit niemandem über die Nacht. Wir spielten Karten. Unser Leben lang. Mein Leben änderte sich nicht, weil ich Geld hatte, irgendwo versteckt. Es war ein anderes geworden, unumkehrbar, weil ich gemordet hatte wie eine Bestie. Und geschwiegen wie ein Feigling.

Grauner ließ die Hand sinken, die Finger umklammerten die Blätter. Dann hob er sie wieder hoch. Sah sie noch einmal durch. Satz für Satz.

»Mein Vater …«, stammelte er. »Hier steht nichts. Hieraus geht nicht hervor … War er dabei?« Er schaute fragend zum Geistlichen.

Don Uba hob die Schultern. Amaniel und Cielo blieben stumm. Der Commissario schaute in die Ecke des Bunkerraums.

»Hier?«, fragte er.

Don Uba nickte und zeigte mit der Hand aufs Kreuz. Grauner ging ein paar Schritte auf die Wand zu. Er sah, dass der sandige Boden rund um die Stelle platt gedrückt war. Er stieß mit dem Fuß in die Erde, die Erde rieselte nach unten, wie in einer Sanduhr, es musste einen Hohlraum im Boden geben. Der Commissario kniete sich hin, steckte die Finger in die Erde, wühlte, bis er auf etwas Hartes stieß. Holz. Holzbalken. Er lockerte sie, schließlich ließen sie sich hochheben. Das Loch war quadratisch, keinen halben Meter breit und gerade so tief, dass die Blechkiste, die darin steckte, Platz hatte.

Grauner nahm sie heraus, blies den Sand vom Deckel und hob ihn hoch. Die Schachtel war mit Geldbündeln gefüllt.

Bis an den Rand. Der Commissario ließ ein paar der Scheine durch die Finger gleiten. Sie waren dünn und vergilbt, sie stanken. Es waren lauter Hunderter. Deutsche Reichsmark. Auch ein paar Münzen lagen da.

Er schaute auf. Immer noch kniend. Der Geistliche senkte den Kopf, er atmete laut einige Male ein und aus, dann bewegten sich seine Lippen mühsam.

»Als ich vor drei Jahren an den Brenner kam, freundete ich mich schnell mit Jakob Voltinger an. Es gab keinen Geistlichen am Pass, die Kirche war leer. Ich wusste nicht, wo ich sonst hinsollte, ich dachte mir, vielleicht ist das die Stelle, die ich ausfüllen muss. Die mich ausfüllt. Ein paar vereinzelte Dorfbewohner kamen manchmal in meine Messe. Manchmal ein Händler, der für bessere Geschäfte betete, mal ein Lkw-Fahrer, ein Bahnbeamter, ein junger Polizeianwärter, der seine Sünden aus dem *Siebten Himmel* beichtete. Jakob kam jeden Tag. Irgendwann hat auch er gebeichtet. Zuerst Alltägliches, dann jene Nacht. Doch Namen hat er nie genannt. Als Ihre …«

Der Geistliche sammelte sich einen Moment, schaute zu Grauner.

»… als Ihre Eltern ermordet wurden, hatte Jakob schnell den Verdacht, dass die Tat mit damals zu tun hatte. Doch auch darüber wurde in der Kartenrunde nicht gesprochen. Er hat mit sich gerungen, zu gestehen, auszupacken. Ich habe ihn nie gedrängt. Er hat stillgehalten. Bis vor wenigen Wochen – als seine Atembeschwerden stärker wurden und der Hausarzt ihn zu Untersuchungen nach Brixen schickte. Er weigerte sich, im Krankenhaus zu bleiben. Er sagte seinen Kollegen am Kartentisch, dass er ein Geständnis verfassen und aussagen werde. Sulzbacher besuchte ihn ein paar Tage später. Ohne dass die anderen es wussten. Er sagte ihm, dass etwas geplant sei, er wisse nicht, was. Am Abend des zwölften August trafen wir uns auf Jakobs Hof. Jakob setzte mehrmals an, schrieb ein paar Sätze, verwarf die Gedanken, zerknüllte das Papier. Dann schrieb er vier Seiten voll, verriet mir, wo er sein Geld vergraben hatte, überreichte mir das Geständnis und einige der Münzen, die Teil der Beute jener Nacht waren.«

Don Uba zeigte auf die Blätter in Grauners Hand.

»Ich bin nach Hause gegangen, doch ich konnte nicht schlafen. Ich hatte ein mulmiges Gefühl. Irgendwann in der Nacht weckte ich Cielo und Amaniel …«

Er stoppte, keuchte, schloss einige Sekunden die Augen, sein Brustkorb hob und senkte sich. Dann schaute er zu Amaniel. Der ergriff das Wort.

»Wir nahmen Don Ubas alten Cinquecento, fuhren hoch zu Jakobs Hof. Sein Hund schnaubte nur kurz, er kannte uns, wir hatten Jakob schon oft besucht. Das Haus lag im Dunkeln, alles schien normal, Jakob schlief wohl, wir machten kehrt und fuhren den Berg hinunter, durch Gossensass. Am Waldrand bei Sulzbachers Hof ließen wir das Auto stehen. Im Bauernhaus brannte Licht. Wir gingen im Schutz der Bäume näher, kletterten auf den Hochsitz. Wir hörten Hundegebell im Stall. Ein Jaulen, das plötzlich abbrach. Wir sahen eine Gestalt vom Stall ins Haus huschen. Wir hörten Geschrei, dann sahen wir Sulzbacher aus der Tür laufen, er rannte über die Wiesen in Richtung Süden. Wenige Sekunden später stand Moser in der Tür, er blieb stehen, schaute nach links und rechts, er musste Sulzbacher entdeckt haben, er verschwand im Stall, kam kurz darauf mit einem gesattelten Haflinger wieder hervor und folgte ihm. Don Uba holte sein Handy aus der Tasche und machte ein Foto. Doch Moser hatte sich schon zu weit vom Licht des Hauses entfernt. Auf dem Bild war nur noch ein Schatten zu erkennen. Wir kletterten vom Hochstand hinunter, folgten den beiden. Das Schwarz der Nacht umgab uns. Wir hatten sie verloren, irrten auf den Wiesen umher, in den Wald hinein, es musste mindestens eine Stunde vergangen sein, bis wir Sulzbacher am Betonpfeiler der Autobahn entdeckten. Da verstanden wir, was in dieser Nacht geschehen sollte.«

Don Uba hob die Hand. Er schien sich wieder erholt zu haben. Amaniel verstummte. Der Geistliche sprach weiter.

»Ich ritzte das Zeichen in den Pfeiler. Es zeigte in Richtung der Lichtung, auf der der Mord damals geschehen war. Ich legte Sulzbacher eine Münze in den Mund. Dann liefen wir zurück zum Cinquecento. Wir rasten wieder in Richtung Brenner, vorbei an Brennerbad, vorbei am alten Gasthaus, wieder unter der Autobahn hindurch, erneut zu Jakobs Hof. Der Hund bellte und knurrte. Er beruhigte sich erst, als ich an ihn herantrat, ihm zuflüsterte. Das Haus war leer. Jakob war verschwunden. Wir riefen nach ihm, suchten den Wald rund um den Hof ab. Erst am nächsten Tag, als am Brenner die Blaulichter eurer Polizeiwagen blinkten, als später im Wald alles abgesperrt wurde, erfuhren wir, dass er gefunden worden war. Nicht weit vom Bunker. Dass er hinter einem Pferd hergeschleift worden sein soll. Ich hoffe, dass er die Zyankali-Kapsel noch schlucken konnte, die er in jener Nacht vor siebzig Jahren in der Hosentasche des Toten gefunden hatte. Ich weiß, dass er sie immer bei sich trug. Ich betete, dass er die Schmerzen nicht mehr hatte ertragen müssen. Als die Polizisten weg waren, ging ich zum Fundort seiner Leiche, segnete den Platz unter den Bäumen, ließ eine Münze ins Gras fallen, ritzte einen Pfeil ins Holz der Tanne. Dann lief ich zum Bunker, formte das Kreuz, steckte es in den Sand und legte das Geständnis daneben. Das Foto, das ich in der Nacht gemacht hatte, lud ich im Internet hoch und schickte den Link der Bürgermeisterin.«

Don Uba senkte die Arme. Seine Stimme hatte in der Höhle gehallt, nun verstummte jedes Geräusch. Grauner dachte an die Zyankali-Kapsel. Nein, er würde die Erkenntnisse der Autopsie nicht preisgeben. Er würde Don Uba nicht über die vermutlich verlorene Wirkungskraft des Gifts informieren. Er wollte ihn glauben lassen, dass seine Gebete erhört worden waren.

»Warum?«, fragte Grauner stattdessen. »Warum sind Sie nicht sofort zu uns gekommen? Warum haben Sie nicht mit uns gesprochen, uns gesagt, dass Sie Jakob Voltinger kennen?«

Don Uba hob den Kopf. In seinem Blick war Zorn.

»Ich habe mit einem Polizisten gesprochen, hier am Brenner. Ein einziges Mal. Ich habe mir geschworen, es nie wieder zu tun. Ich habe Manfredo Petro in der Polizeistation besucht. Er hat mich in seine Arbeitsstube gebeten. Ich habe ihn aufgefordert, mir zu sagen, was er mit den Flüchtlingen macht, die er manchmal bei uns abholt. Er hat mich ausgelacht. Er hat seine Pistole gezogen, sie mir an die Stirn gehalten. Er schwor, mich umzubringen, wenn ich mich in Sachen einmischte, die mich nichts angingen. Er riet mir stillzuhalten. Sonst würde er veranlassen, dass unser altes Gasthaus geräumt wird. Er würde eigenhändig dafür sorgen, dass kein Flüchtling mehr am Brenner geduldet werde. Ich bin illegal in diesem Land. Wie Cielo. Wie Amaniel. Wie alle anderen im alten Gasthaus. Menschen ohne Stimme. Selbst wenn sie unversehrte Zungen haben. Menschen ohne Rechte. Menschen …«

Don Uba beendete den Satz nicht.

7

Tappeiner, Marché und Commandante Ceccanti waren zuerst zu den Höfen der beiden Kartenspieler gefahren, doch sie waren dort nicht anzutreffen gewesen. Also fuhren sie weiter zum *Goldenen Rössl* in Gossensass. Doch die Tische waren leer, nichts stand darauf, sie waren blank poliert, ebenso wie die Kugeln der Kegelbahn, die ordentlich neben der Bahn aufgereiht waren.

»Weil um diese Zeit noch alle in der Kirche sind«, erklärte der Wirt. Er stellte Tappeiner und Ceccanti ungefragt je einen Espresso hin, für Marché schenkte er grinsend Mineralwasser in ein Glas. Tappeiner verständigte sofort den Commissario.

Grauner beorderte eine Polizeikolonne vom Brenner nach Gossensass. Sie umstellten die Kirche. Die Autos blockierten die alte Staatsstraße, an jedem der Kirchentore standen bald vier Polizisten. Sie warteten. Sie hörten das Gebetsgemurmel durch die Holztore nach draußen dringen. Dann ein Orgelstück. Dann die finalen, gekrächzten Worte des alten, gebrechlichen Pfarrers.

»Nun gehet hin in Frieden!«

Als die Tore sich öffneten, war Burgstaller schnell entdeckt. Er wehrte sich nicht. Der Commissario fasste ihn am rechten Arm, einer der Polizisten griff nach dem zweiten Jackenärmel und fuhr kurz erschrocken zurück, als er den Stoff zusammendrückte und auf keinen Widerstand stieß. Sie ketteten den Mann mit Handschellen an eine Sitzbank vor der Kirche. Sie suchten weiter. Mischten sich in den Strom der

Kirchengänger, der sich wie ein Menschendelta in alle Richtungen verzweigte. Der größte Teil steuerte auf das *Rössl* zu, flüsternd, sich wissbegierig umdrehend. Grauner hielt einige an, fragte nach Moser. Sie sprachen nicht. Sie antworteten nur durch leichtes Nicken, Kopfschütteln oder Schulterzucken.

War er in der Kirche? Leichtes Nicken. Haben Sie ihn gesehen? Leichtes Nicken. Wo saß er? Schulterzucken. War er bis zum Schluss in der Kirche? Schulterzucken. Grauner ging zu Burgstaller, setzte sich neben ihn. Schwieg. Eine Minute verstrich, zwei vielleicht.

»Sie wussten, dass wir kommen«, sagte er dann.

Der Einarmige senkte den Kopf.

»Aber Sie sind nicht abgehauen«, sprach Grauner weiter.

Der Greis schloss nur kurz die Augen, öffnete sie wieder.

»Warum …« Der Commissario schaffte es nicht, den Satz zu Ende zu sprechen.

»Weil man erkennen muss, wann man verloren hat.«

»Moser …«

»Der Simon würde sich das nie eingestehen, das Verlieren. Der geht aufs Ganze. Alles oder nix. Das war immer schon so. Wir haben etwas Schlimmes angestellt, damals als Buben. Wir wollten es vergessen, verdrängen. Der Simon wollte immer nur eins – nicht erwischt werden. Deshalb hat er weitergemacht. Gemeinsam mit dem Geisler. Deshalb mussten Ihre Eltern sterben. Und Bertoldos Frau, die der Luis geliebt hat, wie keine andere Frau jemals zuvor und danach, der er alles, was er wusste, erzählt hat. Und jetzt wollte der Jakob auspacken, und der Luis hat sich auf seine Seite geschlagen. Der Simon war rasend vor Wut. Wohl auch vor Angst. Die bring ich um, hat er mir zugeflüstert. Lass, hab' ich dem Simon gesagt. Aber er wollte nicht auf mich hören. Wenn der Jakob auspackt, dann sind wir dran, hat er gesagt. Dann ist alles weg, was wir uns aufgebaut haben. Dann gewinnt die Wieser. Dann gehört ihr und ihrem Geliebten aus Mailand bald der ganze Brenner. Und wir sind ruiniert. Der Jakob muss sterben. Und der Luis auch. Und sollte das Geständnis bereits geschrieben sein, müssen wir es finden und vernichten. Er erzählte mir alles am Tag darauf. Dass der Jakob mit nichts rausrücken wollte. Dass er ihm gedroht habe. Vergeblich. Dass der Jakob fest entschlossen gewesen sei auszusagen. Dass er dann durchgedreht sei. Vor Zorn. Dass er den Jakob hinter Luis' Haflinger gespannt habe, ihn über die Brennerstraße geschleift habe. Zuerst die Staatsstraße entlang, danach ein Stück den alten Waldweg hoch …«

Grauner hörte die Worte des Einarmigen, aber er wartete nur auf den Moment, die eine, ihm so wichtige Frage stellen zu können. »Mein Vater, war er damals …«

»Ihr Vater ist nicht mitgegangen. Ihr Vater war bis über beide Ohren in die Kellnerin verliebt. Den hättest du für kein Geld der Welt wegbewegen können, von seinem Platz an der Theke. Ebenso wenig wie den Luis, der natürlich auch lieber bei der Kellnerin geblieben ist, als sich ein paar Reichsmark zu verdienen. Wer sie am Ende bekommen hat von den beiden, das weiß ich nicht mehr. Als sie am nächsten Tag von den Toten erfahren haben und wir nicht fähig waren, ihnen ins Gesicht zu schauen, haben sie sofort gewusst, dass wir es gewesen sind.«

Der Commissario wischte sich den Schweiß aus dem Nacken. Es war, als hätte sich ein schwerer Holzklotz in seinem Magen in Luft aufgelöst. Er versuchte, sich zu konzentrieren. Es fiel ihm schwer. Die Luft war dick, es war schwül. Von Süden mischte sich ein kaltes Lüftchen in die Wärme. Über dem Wipptal und dem Eisacktal zuckten Blitze, schwarze Wolken türmten sich auf.

»Das Silberbesteck der Nazis in Sulzbachers Küche …«, fragte Grauner.

»Das habe ich ihm vor vielen Jahren geschenkt.«

»Wo ist Moser?«, fragte er weiter.

»Ich weiß es nicht. Wir saßen ganz hinten, in der letzten Reihe der Holzbänke, rechts. Kurz nach Beginn der Messe ging das Gemurmel los. Die Neuigkeiten verbreiteten sich wie ein Lauffeuer in der Kirche. Es hieß, es habe eine Razzia gegeben. Drüben in Österreich. Es hieß, Wieser sei dorthin beordert worden. Es hieß, der schwarze Pfarrer vom Brenner habe die Polizei zu einem der Bunker geführt, zu einem Versteck. Es hieß, man habe Jakobs Geständnis gefunden. Moser schlich sich raus, als das Orgelspiel einsetzte.«

Grauner überlegte, wo sie mit der Suche beginnen sollten. Er konnte sich überall verstecken, vielleicht zu Hause, vielleicht im Wald. Weit konnte er nicht sein. Die Straßen waren gesperrt. Auch die Bahnhöfe. Jener von Gossensass und jener am Brenner.

»Moser hat uns angelogen, letztens im *Rössl.* Er kann reiten, trotz seiner Augen …«

Burgstaller nickte.

»Kann er auch Auto fahren?«

Nun schüttelte der Einarmige den Kopf. »Nein. Er hat keinen Führerschein. Er vertraut den Pferden und sie vertrauen ihm. Ihre Augen ersetzen seine. Sie schauen für ihn. Das kann kein Auto …«

»Das Pferd von der Mordnacht …«

»… hat er in den Wald gescheucht. Gehofft, dass alles auf den Luis hinweisen würde, auf einen Streit zwischen Jakob und Luis, sobald der Gaul den Weg zurück zum Hof gefunden hätte. Aber es ist im Wald herumgeirrt. Bis heute früh. Da ist es am Waldrand oberhalb des Dorfes aufgetaucht. Ein

Bauer hat es entdeckt. Er hat den Simon gerufen. Der hat es eingefangen und zurück in den Stall gebracht.«

»Er ist ein guter Reiter«, murmelte Grauner. »War er auch ein guter Bergsteiger?«

»Früher ja«, antwortete der Einarmige. »Gemeinsam mit dem Luis hat er einige Touren gemacht. Für mich war das nichts …«, er zuckte mit der armlosen Schulter, »… so kommst du beim Klettern nicht weit.«

Grauner versank in Gedanken. Moser, ein Bergsteiger, genauso wie Luis Sulzbacher. Ein Kletterer, der mit Seilen umgehen konnte, vielleicht auch welche zu Hause hatte.

»Sie sagten, er habe keinen Führerschein. Wenn er mal rausmusste aus Gossensass, welches Verkehrsmittel nutzte er dann?«

Burgstaller schien kurz nachzudenken. »Den Zug«, sagte er dann. »Er fuhr des Öfteren mit dem Zug. Mal nach Brixen, mal nach Bozen, auch mal ans Meer, nach Rimini.«

Wieder überlegte der Commissario. Mit dem Zug brauchte man von hier aus rund zwei Stunden nach Trient. Bis nach Pergine eine weitere halbe Stunde. Zeitlich passte es. Er blinzelte in die Sonne, dann legte sich ein Schatten auf sein Gesicht. Er schaute auf. Saltapepe war an die beiden herangetreten. Sein Blick war finster. In der Hand hielt er ein Funkgerät. Ein rotes Lämpchen blinkte.

»Wir … äh … haben ihn gefunden. Aber nicht gefasst«, sagte der Ispettore. »Er ist … war auf Sulzbachers Hof. Er ist auf der Flucht. Mit dem Pferd. Zuerst ist er über die Felder. Vorbei am Autobahnpfeiler. Dann über eine Schotterstraße den Wald entlang. Drei Autos folgen ihm.«

Grauner drehte sich wieder zu Burgstaller. Er musste nichts sagen. Der Einarmige verstand, welche unausgesprochene Frage er zu beantworten hatte.

»Das ist der alte Weg nach Sterzing. Er führt den Hügel hoch, ein Stück direkt an der Autobahn entlang, dann runter ins Tal.«

Das Blinken des Lämpchens wurde schneller. Das Funkgerät krächzte. Saltapepe hob es hoch, drehte an einem der Regler. Das Krächzen wurde lauter. Eine scheppernde Stimme erklang. »... hier Einsatzwagen dreizehn. Er ist auf die Autobahn geflüchtet. Ich wiederhole. Er ist auf der Autobahn. Wir wissen nicht, ob er bewaffnet ist. Er reitet die Standspur ... gen Norden. G...en den Verkehr. Der ist wahnsinnig! Wir folgen ihm z... Fuß. Autobahn bitte absperren, sofort! Wiederhole, so...t Autobahn absp...en!«

Grauner winkte zwei Polizisten herbei, er warf ihnen die Schlüssel der Handschellen zu und zeigte auf Burgstaller, dann lief er mit Saltapepe zu dessen Alfa.

Sie fuhren aus dem Dorf hinaus, in Richtung der alten Straße. Im Rückspiegel zeigten sich die Häuser von Gossensass, in ihrer Mitte ragte der Kirchturm empor, rechts zog sich das Pflerschtal in die Länge, ganz hinten stachen die weißen Gipfel in den hellblauen Augusthimmel. Der Tribulaun, die Weißwandspitze. Rechts spannte sich das Viadukt der Autobahn über die Talenge.

Wieder krächzte das Funkgerät. »Er ist im Tunnel verschwunden. W... können ihn nicht mehr sehen. Der Verkehr ist stark. Die Autos kommen ins Schleudern. Sie hupen. Wir gehen rein, die ...«

Die Verbindung brach ab. Saltapepe stoppte den Wagen am Straßenrand. Sie sprachen kein Wort, sie öffneten die Türen und starrten zur Autobahnbrücke hoch. Ganz links war das Blinken von Blaulichtern im Grün des Waldes zu sehen.

Dann geschah alles wie in Zeitlupe. Die Leitplanke bog sich nach außen, die Front eines Lkw durchstieß das Blech, der Lastwagen kippte vornüber und stürzte in die Tiefe. Erst dachte Grauner, Stücke der Leitplanke hätten sich gelöst, ein kleineres, ein größeres. Dann erkannte er, dass das größere Stück ein Pferd war, das kleinere ein Mensch. Er konnte im Nachhinein nicht sagen, wie lange sie regungslos dagestanden, zur Brücke gestarrt hatten. Es kam ihm wie Minuten vor, konnte aber nur wenige Sekunden gedauert haben. Grauner dachte an den unschuldigen Mann im Lkw. An das Schwinden der Sinne. An die letzten Blicke. Brückenbeton. Hellblauer Himmel im Norden. Schwarze Wolken im Süden. Grüner Wald.

Die Explosion ließ den Boden erzittern. Ein Feuerball stieg in die Höhe. Die Blaulichter versammelten sich in der Mitte der Brücke. Am Fuße des Pfeilers brannte der Lkw, das Feuer fraß sich in das Gras der Wiese und breitete sich kreisförmig aus. Die Flammen krabbelten die Baumstämme des Waldrandes hoch. Als die erste Tanne lichterloh brannte, ertönten hinter den beiden Ermittlern am Straßenrand bereits die Sirenen der Gossensasser Feuerwehr. Hinter dem bewaldeten Hügel hatten sich schwarzgraue Wolken versammelt. Erste Gewitterblitze zuckten. Es konnte sein, dass der Wind das Gewitter nach Osten blies, zerstreute. Grauner hoffte, es würde Regen geben.

8

Grauner hatte mit Charly telefoniert. Lange. Er hatte ihm alles erzählt, Details, die kein anderer Journalist erfahren konnte. Morgen würde Charlys große Reporter-Stunde schlagen.

Die Puzzleteile hatten sich zusammengefügt. Sie passten, Stück für Stück. Sie ergaben das große Ganze. Ein Panorama des Schreckens. Drei der Greise vom Kartentisch im *Goldenen Rössl* hatten 1946 gemeinsam mit Peter Geisler den flüchtenden SS-General Lutz von Gerkow nachts im Wald oberhalb von Sterzing erstochen und ihm seine Habseligkeiten abgenommen. Geld, Gold, Silber. Peter Geisler und Simon Moser ermordeten in derselben Nacht vier jüdische KZ-Überlebende, einen Mann, eine Frau, zwei Kinder, die zufällig Zeugen des Mordes im Wald gewesen waren.

Jahrzehnte später brachten Geisler und Moser Grauners Eltern zum Schweigen, da der Vater des Commissarios sich entschlossen hatte, einem jungen Historiker sein Wissen anzuvertrauen. Auch für das Bergunglück, bei dem die schwangere Frau des Bahnvorstehers Giuseppe Bertoldo ums Leben kam, waren Geisler und Moser verantwortlich. Susanne hatte ihren Mann mit einem weiteren Mitwisser und Kartenspielkollegen, Luis Sulzbacher, betrogen, der ihr alles erzählt hatte.

Geisler starb 2006. Moser und seine Kartenspielkollegen lebten weiter. Und mit ihnen Mosers Angst, dass doch noch jemand irgendwann alles preisgeben könnte. Nun hatte Moser Luis Sulzbacher und einen weiteren Jugendfreund und Spielkollegen, den Voltinger Jakob, eiskalt ermordet. Weil der greise Voltinger, den Tod vor Augen, alles hatte gestehen wollen.

Und Gigi Tolderini, der tote Pfleger von Pergine? Alles sah nach Suizid aus, das hatten die Kollegen der Gerichtsmedizin aus dem Trentino übermittelt. Suizid durch Erhängen mit einem Kletterseil. Ein Kletterseil, wie es auch Susanne zum Verhängnis geworden war. Ob das tatsächlich stimmte? Ob es tatsächlich Selbstmord gewesen war? Oder hatte auch hier Moser seine mörderischen Finger im Spiel gehabt? Grauner wusste es nicht. Und Moser konnte er dazu nicht mehr befragen.

Moser hatte sich von der Gossensasser Autobahnbrücke gestürzt. Und so lebte nun nur noch einer der Freunde von damals. Nur noch einer der Kartenspieler. Peter Burgstaller. Der Einarmige. Er würde vor Gericht kommen. Für die Beteiligung an einem heimtückischen Mord vor über siebzig Jahren.

Auf dem Rückweg nach Bozen fuhr Grauner in Brixen-Nord ab. Er stellte den neuen Panda im Parkhaus ab und lief durch die Altstadt. Er blickte hoch zu den Bischöfen aus Marmor auf der Eingangspforte des Doms. Zum heiligen Kassian, zum heiligen Ingenuin, zum heiligen Albuin. Sie machten grimmige Gesichter, wie immer. Der Commissario lief durch den alten Kreuzgang. Die Schritte hallten. Er schaute sich das Elefanten-Fresko an und erinnerte sich an Pater Matthias' Worte.

Die Wirklichkeit ist niemals das, was wir sehen, was wir hören. Sie ist das, was uns erzählt wird. Das,was wir nachts träumen.

Pater Matthias war in seiner Stube. Es roch würzig darin. Das war nicht die Würze des Fencheltees, den der Pater den beiden zubereitete. Es war dieselbe Würze, die nachts aus Saras Zimmer drang, dieselbe Würze, die den Pater schon in Verona umweht hatte. Sie unterhielten sich. Über Gott – wie immer. Dann verabschiedete sich der Commissario und spazierte noch ein Stück den Klosterboulevard entlang.

Er stemmte sich gegen das Tor zum Innenhof des Klarissenklosters, es ächzte, nur mit aller Kraft gelang es ihm, es aufzuschieben. Die Kieselsteine knirschten, die Holztür zur Kammer mit dem Drehfenster war verschlossen. Kurz hielt er inne, sog die frische Abendluft ein, ließ das Schweigen der dicken Mauern auf sich wirken, dann trat er wieder auf die Straße hinaus. In Mayerhofers Bäckerei war niemand zu sehen. Feierabend.

Von Brixen aus nahm Grauner die Staatsstraße, die sich unter der Autobahn hindurchschlängelte. Er bog nicht zu seinem Heimatdorf ab, er wollte zuerst noch einen Abstecher nach Bozen machen. Er fuhr an der Questura vorbei in den Westen. Dahin, wo die Straßen die Namen italienischer Städte, ehemaliger Ländereien, Väter der Einheit und Opernhelden trugen. Zweimal landete er aus Versehen in einer Sackgasse, dann fand er die richtige Seitenstraße, die Via Dalmazia, in der die unscheinbare Pizzeria lag.

Die Tische waren noch leer. Es war erst kurz nach halb sieben. Keinem Italiener kam in den Sinn, um diese Zeit zu Abend zu essen. Sie saßen auf der kleinen Terrasse an der Straße. Es roch nach kaltem Pizzateig, der knatternde Lärm der Motorini drang ihnen in die Ohren. Saltapepe hatte sich einen Negroni bestellt, Grauner ein Glas Sauvignon, der Pizzaiolo stellte ihnen ein paar Oliven und Grissini dazu. Sie schwiegen. So lange, wie nur Menschen schwiegen, die sich so gut kannten, dass die Stille nicht peinlich wurde.

»Ich muss mich morgen bei Belli entschuldigen«, sagte Grauner schließlich. »Ich hätte ihm viel früher Bescheid geben müssen. Er hätte allen Grund, mich rauszuschmeißen.«

Saltapepe legte ihm die Hand auf die Schulter. »So weit wird es nicht kommen, Grauner. Der beruhigt sich schon wieder. Und wenn er dich rausschmeißt, dann gehe ich auch.«

Wieder schwiegen sie eine Weile. Nur das Rauschen des Verkehrs war zu hören.

»Dein Vater«, sagte Saltapepe irgendwann.

Da sich die Augen des Ispettore hinter den Gläsern der Sonnenbrille versteckten, sah Grauner nicht, wohin er schaute.

»Er war kein böser Mensch. Er hat nichts Böses getan. Er geriet in die Fänge des Bösen, er wollte mit Professor Trontheimer sprechen, ihm sagen, was es zu sagen gab. Deshalb musste er sterben. Er starb als Held, Grauner. Auch deine Mutter ist eine Heldin. *Sono morti per la verità, tutti e due.*«

Der Commissario trank den letzten Schluck Wein aus, schnappte sich eine Olive, kaute darauf herum, den Kern spuckte er in den Aschenbecher. Dann stand er auf, nahm seine Jacke und legte Saltapepe die Hand auf die Schulter.

»Kann sein«, sagt er. »Aber ich brauche keine Helden. Ich hätte meine Eltern noch gebraucht. Sie hätten weiterleben sollen. Noch ein paar Jahre. Ich hätte sie so gerne noch ein letztes Mal gesehen, mit ihnen gesprochen.«

Er ging die paar Schritte zum Panda, drückte auf den Knopf am Schlüssel, der Panda blinkte kurz auf, er öffnete die Tür und drehte sich noch einmal zu Saltapepe um. »Grazie, Claudio. Grazie di tutto. Ohne dich hätte ich das alles nicht geschafft.«

Es war dunkel. Dunkel und stickig im Abstellraum. Er wartete. Eine Minute, zwei. Nichts passierte. Er traute dem Ganzen nicht. Er wartete weiter. Nein, nichts. Sie kamen nicht. Kein Kribbeln, keine Panik. Keine Gesichter. Er hatte es geschafft. Er hatte es tatsächlich geschafft. Er befühlte die Innenseite der Tür. Schnell fand er die Stelle mit den Einkerbungen. Er hatte alles vorbereitet. Er zog das Schmirgelpapier hervor und rieb damit über das Holz. Er befühlte, schmirgelte, befühlte, schmirgelte, bis sich die Stelle geebnet hatte. Der Fall war abgeschlossen. Grauner war fertig. Mit dem Brenner. Mit der Suche nach dem Mörder seiner Eltern. Mit seinen Dämonen.

Er öffnete die Tür, das Licht fiel herein. Er blinzelte, ging in die Helligkeit hinaus. Aus Saras Zimmer dröhnte laute Gitarrenmusik, Alba war in der Küche. Heute gab es Knödel. Der Geruch von gekochtem Speck und geschmolzener Butter, gehackter Petersilie und Parmesan drang in die Stube. Grauner war hungrig. Dermaßen hungrig, so schien es ihm, wie niemals zuvor in seinem Leben. Es war kurz vor zwanzig Uhr. In der regionalen Tagesschau würden sie über die Ereignisse in Gossensass und am Brenner berichten. Vielleicht auch im *ZDF,* in der *ARD,* auf *RTL,* im *ORF.* Ganz sicher auch auf *Rai Uno* und *Canale Cinque.* Morgen früh würde es in den Zeitungen stehen. Viel spekuliert werden. Alle würden den *Kurier* lesen. Dort würde am meisten drinstehen.

Er setzte sich an den Holztisch und zog zwei Papierstücke aus der Jackentasche. Geislers Visitenkarte, die er neben Voltingers Bett gefunden hatte. Und Geislers Totenkärtchen, das Schwester Margitta Tappeiner überreicht hatte.

Er schaute auf die beiden Karten. Er musterte Geislers Gesicht. Er strich mit den Fingern darüber.

Peter Geisler

** 5. Jänner 1930 † 13. September 2006*

Das Sichtbare ist vergänglich,
das Unsichtbare ist ewig.
(2. Korinther 4,18)

Er überflog die Zeilen immer und immer wieder. Er erspürte mit der Fingerkuppe ein Wasserzeichen auf der Rückseite des Totenkärtchens. Das Logo des Herstellers. Er hielt das Papier ins Licht. Ein Bär, der auf eine Schreibmaschine tippte. Darunter ein geschwungener Schriftzug.

Berliner Papiermanufaktur
gegr. 1947

Er griff nach einer Schachtel Streichhölzer, die neben der erloschenen Kerze am Rande der Eckbank lag. Er entzündete eines der Hölzer und hielt es an die beiden Karten. Das Feuer verschlang das Papier, kurz dachte er an das Feuer von Gossensass, das der Gewitterregen gelöscht hatte.

Als die Flamme seine Fingerspitzen erhitzte, ließ er den letzten Rest des Papiers zu Boden segeln. Er stand auf, ging in die Küche, drückte Alba einen Kuss auf die Wange, schnappte sich ein Tuch und kehrte in die Stube zurück. Er kniete sich nieder, wischte die Asche auf, erhob sich und blickte zum Fenster hinaus.

Er schaute auf die Berge der gegenüberliegenden Talseite. Wie schön sie waren. Unten, weit unten, rauschte die Autobahn, die Zugstrecke schlängelte sich durch das Eisacktal, verschwand mal im Wald, mal in Tunneln, tauchte wieder auf. Aber hier oben war das alles nicht zu sehen, nicht zu hören. Hier oben schien die Welt in Ordnung. Ein nie gekanntes Glück befiel den Commissario. Eine nie gekannte Leichtigkeit.

Epilog

Der Stuhl war umgekippt. Die Beine baumelten einen halben Meter darüber. Das Kletterseil hatte sich ins Fleisch des Halses geschnürt.

»Wie war die Fahrt?«, fragte der Greis. Er stand gebückt am Fenster, sein ganzes Gewicht auf einen Spazierstock gestützt.

Der Mann an der Tür nickte nur. »Hast du die neuen Pässe?«, fragte er zurück.

»Ja, die sind einwandfrei. Wie immer. Die Südtiroler Sache …«

»Läuft.« Der Mann trat ein, schloss die Tür. Er ging an die im Raum baumelnde Leiche heran. Die Sohlen der Cowboystiefel quietschten auf dem frisch polierten Parkettboden. Er näherte sich dem Toten, bis die Nasenspitze das abgewetzte Cordsakko des Erhängten fast berührte. »Moser ist tot. Burgstaller hat Voltingers Geständnis bestätigt. Er muss jetzt vor Gericht …«

»Katharina?«

Der Mann mit Hut schmunzelte. »Sie ist verliebt in mich wie eh und je. Sie denkt, ich sei auf Geschäftsreise. In Chicago.«

»In Pergine …«

»… ist ebenso alles geregelt. Gigi hat sich gewehrt, der Hund. Der hatte noch ganz schön viel Kraft für sein Alter. Doch die Spritze wirkte schnell. Und keine Sorge, das Mittel ist Stunden später nicht mehr nachzuweisen. Die Polizei denkt, es sei Suizid gewesen. Vielleicht verdächtigen sie auch Moser. Es war schön, wieder da zu sein. Alles ist so anders, neue Gebäude, der Park, sehr gepflegt, die Burg erleuchtet. Viele Erinnerungen kamen hoch. War das nicht eine schöne Zeit, damals? Ich, der Direttore, du, mein Lieblingsinsasse.«

»Ja«, brummte der Greis am Fenster. »Ja, das war es.«

Er schaute auf die Straße hinaus. Unter einer Linde stand ein Ford Escort, in Metallicblau, ein neueres Modell, italienisches Kennzeichen.

»Das Seil …«

»Perfekt!«

»Sag ich doch, es hält perfekt, wenn man einen aufknöpfen will. Es reißt perfekt, wenn man es einschneidet. Nichts geht beim Morden über ein gutes Kletterseil.« Der Greis schaute hoch zum toten Professor.

»Was machen wir mit ihm?«

»Wir lassen ihn verschwinden.«

Sie grinsten.

»Lass uns etwas essen gehen, Antonino, ja?«

Der Outlet-Investor und ehemalige Anstaltsleiter Dr. Griffi nickte. Er ging zum Greis hin, bot ihm den Unterarm an, er hakte sich bei ihm ein. Sie gingen an Trontheimers Leiche vorbei. Zogen die Wohnungstür von außen zu. Griffi drückte auf den Aufzugsknopf, die dicken Stahlseile ächzten.

»Worauf hast du Lust?«, fragte er. »Knödel?«

»Knödel? Wo um Gottes willen soll es in Berlin ordentliche Knödel geben?« Der Greis lachte. »Nein, Antonino, mir ist nach Pelmeni. Mit Erdäpfel-Füllung und geschmolzener Butter obendrauf. Ich kenne ein ganz vorzügliches ukrainisches Restaurant in Charlottenburg. Nicht weit von hier. Das *Odessa Star* in der Bleibtreustraße.«

»Das ist eine gute Idee, Peter. Das ist eine ganz vorzügliche Idee«, antwortete der Mann mit den Cowboystiefeln. Der Aufzug war im Erdgeschoss angelangt. Die Blechtüren öffneten sich ruckartig. Dr. Griffi half Geisler über die wenigen Treppenstufen ins Foyer hinab, öffnete die Haustür und bot dem Greis erneut den Arm zum Einhaken an. Dann traten sie in den lauen Berliner Sommerabend hinaus.

Danke

Dem Verlag *Kiepenheuer & Witsch.* Meinen Lektorinnen Sandra Heinrici und Mona Leitner. Meinem Agenten Marko Jacob. Dem Historiker Prof. Dr. Gerald Steinacher, dessen Standardwerk »Nazis auf der Flucht« ich empfehle. Dem Historiker und Dorfchronisten von Brenner und Gossensass, Dr. Günther Ennemoser. Schwester Monika, deren Stimme ich vernahm, nachdem ich an das Holzdrehfenster des Klarissenklosters klopfte. Prof. Dr. Elena Taddei, Expertin für Psychiatriegeschichte in Tirol. Rechtsmedizinerin Dr. Anne Port. Meinem Experten für Polizei, Carabinieri und die *Ferrovie dello Stato,* Paolo Marchiodi. Meinen Eltern und meiner Frau.

Geheimnisvolle Cevennen